1592

Das Buch
Eigentlich wollte Kommissar Duval mit seiner Freundin Annie und den beiden Kindern ein paar Tage Skiferien in den französischen Seealpen im Hinterland von Cannes machen. Doch dann bekommt Annie eine Nachricht und ein verstörendes Foto zugeschickt. Die Überreste eines vermisst gemeldeten Mannes wurden in der Nähe von Duvals Urlaubsort gefunden. Gab es ein Verbrechen oder wurde der Mann, wie gemunkelt wird, Opfer eines Wolfsangriffs? Das würde den Wolfsgegnern, den Schäfern und den meisten Dorfbewohnern gut ins Konzept passen, nicht aber den Naturschützern, den Tourismusentwicklern und den Rangern, die den Wolf im Nationalpark Mercantour schützen. Duval kann es auch im Urlaub nicht lassen und stellt auf eigene Faust Ermittlungen an, zumal die örtliche Gendarmerie nichts zu unternehmen scheint. Schnell merken er und Annie bei ihren Recherchen, dass das Thema Wolf eine Menge Konfliktpotenzial birgt, auch weil das Leben in den Bergen so ganz anders verläuft als an den Stränden der Côte d'Azur. Aber vielleicht findet sich ein Teil der Lösung sogar dort, im frühlingshaften Cannes?

Die Autorin
Christine Cazon, Jahrgang 1962, lebt mit ihrem Mann und zwei Katzen in Cannes. »Wölfe an der Côte d'Azur« ist ihr fünfter Krimi mit Kommissar Léon Duval.

Weitere Titel bei Kiepenheuer & Witsch
»Mörderische Côte d'Azur«, KiWi 1376.
»Intrigen an der Côte d'Azur«, KiWi 1429.
»Stürmische Côte d'Azur«, KiWi 1469.
»Endstation Côte d'Azur«, KiWi 1531.

Christine Cazon

WÖLFE AN DER CÔTE D'AZUR

Der fünfte Fall für
Kommissar Duval

Kiepenheuer & Witsch

Die Handlung des vorliegenden Romans spielt überwiegend im Hinterland von Nizza und Cannes. Manche Orte sind real, andere entstammen meiner Fantasie. Die Geschichte ist fiktiv, ebenso wie die darin vorkommenden Personen. Ihre beruflichen wie privaten Konflikte und Handlungen sind frei erfunden.
Jede Ähnlichkeit mit lebenden oder realen Personen wäre rein zufällig und ist nicht beabsichtigt.

1. Auflage 2018

© 2018, Verlag Kiepenheuer & Witsch, Köln
Alle Rechte vorbehalten. Kein Teil des Werkes darf in irgendeiner Form (durch Fotografie, Mikrofilm oder ein anderes Verfahren) ohne schriftliche Genehmigung des Verlages reproduziert oder unter Verwendung elektronischer Systeme verarbeitet, vervielfältigt oder verbreitet werden.
Karte auf der Umschlaginnenseite: Oliver Wetterauer
Umschlaggestaltung: Barbara Thoben, Köln
Umschlagmotiv: © plainpicture / Tilby Vattard
Foto der Autorin: © Jan Welchering
Gesetzt aus der Scala Pro und der Copperplate Gothic
Satz: Wilhelm Vornehm, München
Druck und Bindung: CPI books GmbH, Leck
ISBN 978-3-462-05122-3

Aux bergers et éleveurs du Haut Pays

À Danny

À la Sainte-Agathe – Le temps se gâte
FRANZÖSISCHE BAUERNREGEL

1

Mit einem Schlag war er wach. Er lauschte und versuchte einzuschätzen, wie spät es war. Es war vollkommen still, nur ein Waldkauzpärchen lieferte sich noch immer sein nächtliches Rufduell: Das balzende *Huhuuu* des Männchens wechselte sich mit dem *Ku-witt* des Weibchens ab. Nichts war zu hören außer seinem eigenen Atem und dem Schaben des Schlafsacks auf der Isomatte, als er den Arm bewegte, um auf die Uhr zu sehen. 7.41 Uhr. Jetzt, im Spätherbst, schlief er lange hier draußen. Zwölf Stunden beinahe. Die kurzen Tage machten schläfrig. Mit der täglichen Zunahme der Dunkelheit legte auch er jede Nacht etwas Schlaf zu, und das, obwohl er tagsüber keine körperlichen Anstrengungen vollbrachte. Der Mensch hatte wohl, zumindest wenn er sich dem Rhythmus der Natur anpasste, ein ebenso natürliches Bedürfnis nach Winterschlaf wie manch ein Tier. Jetzt allerdings musste er urinieren. Er wühlte auch den zweiten Arm nach oben und zog den Reißverschluss des Schlafsacks auf. Das sirrende Geräusch störte ihn. Alles war laut in der Stille. Dann hangelte er nach seiner Brille und setzte sie auf. Sofort war sie beschlagen von der nachtwarmen Feuchtigkeit. Er öffnete die Eingangsklappe des Zelts ein Stück, ließ kalte Luft hineinströmen, zog die im Schlaf verrutschte Mütze wieder über seine spärlichen Haare und streckte den Kopf hinaus.

Ku-witt machte das weibliche Käuzchen wie zur Begrüßung. Noch blickte er nur unscharf in den frühen Morgen, was jedoch nicht nur an seiner beschlagenen Brille lag. Nebel umgab das Zelt wie Watte. Er wälzte sich auf den Bauch, zog den Reißverschluss der Eingangsklappe mit einem energischen Ratschen komplett auf und warf sie zur Seite. Einen weiteren Moment starrte und lauschte er in das undurchdringliche Weiß. Beim Ausatmen kondensierte sein Atem zu einem kleinen Nebelhauch. Soweit er erkennen konnte, war die Wiese von einem leichten Raureif überzuckert. Er strampelte sich komplett aus dem Schlafsack und fühlte sich dabei ungelenk wie eine dicke Raupe. Zusätzlich zur Funktionskleidung hatte er die Daunenjacke anbehalten, denn in den letzten Nächten war es immer kälter geworden. Er griff nach den Schuhen, stopfte die Schnürsenkel nach innen und stellte sie vor das Zelt. Leise ächzend kroch er in gebückter Haltung hinaus und balancierte einen Fuß nach dem anderen in die kalten Schuhe. Steifbeinig stand er da und stakte ungelenk ein paar Schritte in die wattige Feuchtigkeit. Es brauchte immer einen Moment, bis seine Knie in der Kälte wieder geschmeidig wurden. Die gefrorene Wiese knirschte leise unter seinen Schritten. Dann nestelte er sein zusammengeschrumpftes Glied aus der Hose und begann in einem flachen Bogen zu urinieren. Dort wo der Strahl in die gefrorene Wiese plätscherte, knisterte und dampfte es leicht. Er räusperte sich und hustete ein Kratzen weg. Dann stutzte er. Vorsichtig drehte er den Kopf und lauschte mit angehaltenem Atem. Er versuchte, den Urinstrahl zu stoppen. War da was? Krähen stoben auf. Mit rauem *Krah, krah* flatterten sie hoch und ließen sich anderswo nieder. Er lauschte, dann ließ er den Strahl wieder fließen. *Aaaa*, atmete er erleichtert auf. Seit drei Tagen und drei Nächten war er jetzt hier. Irgendwann musste er ihn sehen. Diesmal war er sicher. Seit Monaten war er nun schon unterwegs. Immer wieder. Jede freie Minute verbrachte er seit über einem Jahr in den Bergen und streifte durch die Wälder. Eine der Wildkameras, die er im ganzen Tal an verschiedenen Bäumen angebracht hatte, hatte ihn eines Nachts aufgenommen. Er konnte es kaum fassen. Monatelang hatte er nur Rehe, Wildschweine, Kaninchen, Marder, einen Dachs und selbst Hirsche auf den Infrarotbildern gesehen, die die Wildkamera aufgenommen hatte. Immer nur nachts natürlich. Am Tag huschte allenfalls ein Eichhörnchen vorbei. Manchmal sah er gar nichts, da hatte vermutlich der Wind die Kamera ausgelöst. Einmal hatte er sogar einen Achtender gesehen, der sich friedlich grasend der Kamera näherte und schließlich mit den in den Aufnahmen bizarr leuchtenden runden Augen direkt in die Kamera starrte. Bilder, die jedem anderen das Herz hätten hüpfen lassen vor Begeisterung: »Ein Achtender, kannst du dir das vorstellen?« Aber ihn berührten diese Aufnahmen kaum. Unruhig klickte er weiter, um die restlichen gespeicherten Bilder anzusehen. Eines Tages musste er doch dabei sein! Und dann, eines Nachts, hatte die Kamera ihn festgehalten: Erstmals sah er ihn, den Wolf. *Oaaah*, brach es überwältigt aus ihm heraus. Endlich. Fast wurde ihm schwindlig, so berührt war er. Er klickte weiter. Ein großer Wolf. *Klick*. Was war das? Rechts am Rand liefen in einer Linie mehrere Wölfe, locker entspannt, wie ein Grüppchen lässiger Jogger, durchs Bild. Er klickte zurück und zählte sie. Fünf, nein sechs an der Zahl. Ein kleines Rudel folgte seinem Anführer, dem Alpha-Wolf. Sie waren da! Zweimal noch sah er den großen Wolf und das Rudel auf den Bildern der Kamera, immer liefen sie in die gleiche Richtung. Für ihren Rückweg schienen sie eine andere Route gewählt zu haben. Er war aufgeregt und glücklich. Endlich würde er ihn sehen. All die Monate des Wartens und Suchens waren vorbei und vergessen. Er hatte recht gehabt: Der Wolf war da und sogar ganz in der Nähe! Hier würde er bleiben.

Am Rand des Waldes unter einer großen Kiefer fand er einen geeigneten Platz für sein Zelt. Er schützte und verbarg es mit trockenen Ästen und Stämmen und spannte zusätzlich ein Tarnnetz darüber. Die Kamera auf dem Stativ hatte er ebenso versteckt und das blitzende Objektiv mit einem Tuch verhängt. Von diesem Ort blickte er über die abfallenden Bergwiesen und, mithilfe der Kamera und seines Fernglases, auf Gämsen und Steinböcke, die an der gegenüberliegenden Bergwand herumsprangen. Häufig lösten sich dabei Steine und von Weitem hörte er das Klackern und den Widerhall an den Felswänden, wenn kleine Felsbrocken hinabfielen. Weit oben kreiste manchmal ein Adler über ihm.

Mit dem Adler hatte alles begonnen. Sein Großvater hatte ihn eines Tages mitgenommen, hinauf in die Berge, und er hatte ihm den Adlerhorst auf einem Felsvorsprung auf der anderen Seite der Schlucht gezeigt. Zwei junge Adler sah er darin und er war von ihnen wie gebannt. Fast jeden Tag war er von da an hinaufgestiegen und hatte sich auf dem Bauch robbend bis zur Klippe vorgearbeitet, um sie mit dem Fernglas zu beobachten. Eines Tages, während er fasziniert die beiden jungen Adlerküken beobachtete, die sich, allein in ihrem Horst, gegenseitig wild und kraftvoll die von den

Eltern gebrachten Mäuse und Kaninchen entrissen und in großen Stücken gierig hinabschlangen, fiel ein Schatten auf ihn. Im gleichen Augenblick hörte er ein Rauschen und spürte einen leichten Windhauch. Der Schreck fuhr ihm in die Glieder und sein Herz pochte stark. Er wusste es sofort. Bebend lag er da, drückte seinen Körper auf den Boden und wagte nicht, sich zu rühren. Nur vorsichtig schielte er nach oben. Ein Adler kreiste lange und langsam über ihm. »Ich sehe dich«, schien er zu sagen.

»Ich tu dir nichts, ich schaue nur!«, hatte er, vibrierend vor Angst, beschwörend vor sich hin geflüstert. »Ich tue deinen Jungen nichts, niemals!« Endlos lange, so schien es ihm, kreiste der Adler. Immer wieder spürte er das Rauschen und den Hauch der Schwingen dicht über ihm, schließlich stieß der Adler einen Schrei aus, segelte zielstrebig hinüber zu seinen Jungen und ließ sich auf dem Rand des Adlerhorsts nieder. Auch von dort schien er ihn noch zu beobachten. Ich sehe dich.

Er war an diesem Tag bald hinabgestiegen, mit zitternden Knien und einem Flattern im Bauch, so aufgeregt war er, aber auch ein bisschen stolz. Er stolperte auf den Geröllpfaden, wollte nur schnell zum Hof der Großeltern, wo er sich von der Großmutter, wie jeden Nachmittag, ein Honigbrot hatte schmieren lassen, das er erleichtert in seine Schale mit Kakao tunkte und schmatzend kaute. Die Großmutter hatte ihm mit ihren rauen Händen zärtlich über den Kopf gestrichen. »Was biste denn so aufgeregt, Junge?«, fragte sie. Aber er wagte nicht, es ihr zu erzählen, aus Angst, sie würde ihn nicht wieder allein aus dem Haus gehen lassen.

Noch immer verehrte er den Adler, aber seit ein paar Jahren war es der Wolf, diese mythische Gestalt seiner Kindheit, der ihn mehr faszinierte. Schon immer hatte er die Märchen, in denen der Wolf vorkam, geliebt. Es gruselte ihn und gleichzeitig fand er den Wolf aufregender als das naive Rotkäppchen oder die dummen Ziegen, die sich fressen ließen.

In den Neunzigerjahren war der Wolf wieder im Mercantour aufgetaucht. Hatte sich aus den dichten Urwäldern im Osten auf den Weg gemacht, eines Tages die italienische Grenze überschritten und war von dort bis nach Frankreich gekommen. Er war wieder da.

»Das ist die größte Dummheit, die sie haben machen können«, schimpfte sein Großvater seither, »den Wolf wieder einsetzen. Was haben wir alles gemacht, um ihn loszuwerden«, wetterte er. »Frag mal die Alten, aber ach«, winkte er ab, »es gibt ja keine mehr.« Er schwieg und schüttelte sorgenvoll den Kopf. »Die haben die Wälder abgebrannt, um ihn zu verscheuchen«, setzte er nach einer Weile wieder an, »ihn zu finden, ihn zu jagen und ihn zu töten, und jetzt haben sie ihn wieder gezüchtet und neu eingesetzt. Ich kann es nicht glauben, dass es so viel Dummheit gibt. Das werdet ihr noch bereuen!«

›Frag mal die Alten‹, er musste sich ein Lächeln verkneifen, sein betagter Großvater zählte sich offensichtlich noch nicht dazu. Damals, als sie den Wolf ausrotten wollten, war sein Großvater noch ein Kind gewesen. Aber es war ihnen nicht gelungen! Gott sei Dank. Der Wolf war zäh. Und viel zu intelligent. Er hatte sich nur zurückgezogen, dorthin, wo man ihn in Ruhe ließ. Und jetzt war er wiedergekommen. »Wir haben ihn nicht wieder eingesetzt, *Pépé*, er ist von allein wiedergekommen«, hatte er seinem Großvater nicht nur einmal zu erklären versucht, aber der war unbelehrbar. »Von allein ... wer glaubt denn so was«, brummelte er nur ein ums andere Mal und schüttelte den Kopf. »So ein Unsinn!« Irgendwann hatte er es aufgegeben, sich mit dem Großvater über den Wolf auseinanderzusetzen. Sosehr dieser seine Liebe zu den Bergen, zur Natur und den Adlern teilen konnte, beim Wolf hatten sie keine Verständigungsebene gefunden.

Er spähte durch die Nebelschwaden, die sich mit einsetzender Helligkeit lichteten und geräuschlos aufstiegen. Aber die Sonne kam noch lange nicht über die Bergkuppe. Seit mehreren Tagen war er unterwegs und seit drei Tagen und Nächten war er nun hier. Er wollte nicht aufgeben. Nicht jetzt. Aber sein Wasservorrat ging zur Neige und er müsste die Akkus der Kamera bald wieder aufladen. Bislang hatte er außer den Gämsen und dem Adler keine anderen Tiere gesehen. Damit tat er dem Waldkauz, der ihn stets erstaunt und mit einer ruckenden Kopfbewegung neugierig betrachtete, unrecht, ebenso den kleinen Nagetieren, die durchs Laub raschelten und ihn mit ihren Knopfaugen erschrocken anstarrten, bevor sie wieder davonhuschten, den Ameisen, die direkt neben seinem Schlafplatz vorbeizogen und Blättchen und gelb gewordene Lärchennadeln zu ihrem Bau schleppten, und dem Murmeltierpärchen, das noch immer possierlich über die Wiesen kugelte oder sich ausgiebig putzte. Sie zählten alle nicht für ihn. Er wollte den Wolf. Jedes Mal, wenn er das schrille Pfeifen der Murmeltiere hörte, mit dem sie Gefahr ankündigten, griff er blitzschnell zum Fernglas, aber niemals entdeckte er den Hauch eines Wolfs, immer nur sah er kreisende Raubvögel, manches Mal den Adler. Trotzdem, der Wolf war da.

Ganz sicher. Und sie hatten ihn gesehen, keine Frage. Sie wussten schon lange, dass er da war. Mieden ihn. Wichen ihm aus. Waren immer schon weitergezogen. Diesmal auch? Waren sie gar nachts, während er schlief, an ihm vorbeigelaufen?

Aber irgendetwas war anders heute Morgen. Er spürte es. Konzentriert schüttelte er den letzten Tropfen von seinem Glied und verstaute es fröstelnd wieder in der Hose. Er hob den Blick und ... Oh mein Gott, er ist da! Der große Wolf. Das Alpha-Männchen. Stand da und blickte ihn an. Er sah ihn mit bloßem Auge. Keine fünfzig Meter entfernt: der Wolf. Wirklich und wahrhaftig stand dort der Wolf und blickte in seine Richtung. Oh mein Gott!

Ich sehe dich.

Ich sehe dich auch. Er atmete kaum und hatte Tränen in den Augen vor Rührung. Er musste nichts tun, um Liebe und Bewunderung in seinen Blick zu legen. »Ich tue dir nichts«, dachte er, wie früher, als er den Adler über sich kreisen spürte. »Ich tue dir nichts. Ich bin nur da. Genau wie du. Ich will dich nur sehen. Ansehen. Alles ist gut.« So standen sie und beobachteten sich. Wie lange wohl? Dann, einen Lidschlag später, war der Wolf verschwunden.

Er blinzelte und wischte sich eine Träne aus dem Auge. Ich habe ihn gesehen. Er hat mich gesehen. Ich HABE ihn doch gesehen? Oder hatte er den Wolf so sehr herbeigesehnt, dass er eine Halluzination hatte? Langsam, Schritt für Schritt, näherte er sich der Stelle, wo der Wolf gestanden hatte. Er war weg. Sicher. Aber er erkannte die kaum sichtbare Spur in der gefrorenen Wiese, die der Wolf hinterlassen hatte. Er folgte ihr und, gar nicht weit, fand er einen Haufen noch dampfender Exkremente. *Boah!*, brach es aus ihm heraus. Beglückt beugte er sich hinab, roch daran und atmete den beißenden Geruch der Ausscheidungen ein. *Boah!*, wiederholte er überwältigt. Wie stark es roch. Wahnsinn. Der Wolf war da. Und er hatte sich ihm gezeigt.

Er war übermütig und aufgewühlt. Er hätte laut jubeln und springen mögen. Purzelbäume auf der Wiese schlagen, aber er bezwang sich und jubelte nur nach innen. Er atmete tief aus. Was für ein Tag! Es hatte sich gelohnt. All die Monate, in denen er durch die Wälder der Berge gezogen war. Über ein Jahr lang hatte er ihn gesucht. Jetzt hatte der Wolf sich ihm gezeigt. Denn es war klar, dass dies ein Akt des Entgegenkommens war. Der Wolf sah alles, aber er zeigte sich selbst nicht. Wenn der Wolf nicht gesehen werden wollte, dann würde man ihn nicht sehen. Aber ihm hatte er sich gezeigt. Er fühlte sich privilegiert. Der Wolf hatte ihn akzeptiert. Was für ein Glück!

Ein fröstelnder Schauer durchzog ihn. Erst jetzt spürte er die Kälte wieder. Er schüttelte sich, sprang ein bisschen auf und ab und rieb sich energisch die kalten Hände. Gleich würde er sich seinen Kaffee auf dem kleinen Gaskocher zubereiten, den Rest des trockenen Baguettes über der Flamme etwas anrösten, die von der Kälte hart gewordene Butter und den Honig daraufschmieren und das Brot eintunken, und es so, weich geworden, schmatzend kauen. Und einen heißen Kaffee schlürfen. Was für ein Glück!

Plötzlich nahm er am Waldrand eine Veränderung wahr, nur ein leichtes Huschen, er hatte es mehr gespürt als gesehen. Er erstarrte und versuchte, die Bewegung zu orten. Da! Noch einmal der Wolf? Etwas blitzte auf. Das war kein Wolf. Dann geschah alles gleichzeitig. Etwas explodierte. Es war ohrenbetäubend in der Morgenstille. Es schleuderte ihn nach hinten, er taumelte und brach zusammen. Was war das? Was war passiert? Noch spürte er keinen Schmerz. Er tastete benommen zu seiner Brust, wo es warm pulste. Verständnislos betrachtete er die warme, schmierige Flüssigkeit. Seine Hand war voll davon. Das war doch Blut. Blut. Überall Blut. Was ist passiert? Dann erst kam der Schmerz. Fiel brüllend über ihn her. Ein Krähenschwarm flatterte aufgeregt krächzend aus den Bäumen. Es war das Letzte, was er sah.

2

»Wenn der Schnee so schlecht ist und wir nicht Ski fahren können, dann könnten wir doch heute zu dem Wolfspark fahren, oder Papi? Ich darf mir was wünschen, hast du gesagt!« Lilly sah ihren Vater mit weit aufgerissenen Augen an.

»Hm«, machte Duval. Seit Tagen lag ihm Lilly mit dem Wolfspark in den Ohren. Matteo schien auch nicht abgeneigt zu sein. Sie waren ausreichend Ski gefahren und hatten ihre Ziele erreicht. Zumindest Matteo, der seine Auszeichnung, eine Schneeflocke mit Stern, in einem Kinderskikurs geschafft hatte. Lilly jedoch war bei der entscheidenden Abfahrt zweimal hingefallen und hatte nur eine Teilnehmerurkunde erhalten. Bitterlich hatte sie geweint, und Duval hatte ihr zum Trost und seinem Sohn zur Belohnung versprochen, dass sie sich beide etwas wünschen dürften. Allerdings hatte er eher an ein großes Eis gedacht oder an ein Stofftier für Lilly und nicht an die von Matteo heiß ersehnte allerneueste Playstation. Ihre Ferienwoche ging zu Ende und der Schnee ebenso. So schien es. Nur wenige Pisten waren geöffnet, und das nur dank des Kunstschnees der Schneekanonen. So eine schlechte Saison hatten sie schon lange nicht mehr gehabt, hörte man überall im Ort. Der Bäcker klagte es jeden Morgen, wenn sie Baguette und Schokocroissants kauften, er hatte zu wenige Kunden. Und die Skifahrer murrten, weil sie so lange an den drei geöffneten Skiliften anstehen mussten und sich alle auf den wenigen, befahrbaren Pisten drängelten. Die Mädchen im *Office de Tourisme* zuckten bedauernd mit den Schultern und beteuerten charmant lächelnd, dass bestimmt noch einmal Schnee fallen werde, Anfang der kommenden Woche sicherlich. Nur die ganz Kleinen rutschten weiterhin unbekümmert und jauchzend auf bunten Plastiktellern die buckligen und teilweise matschig-aufgeweichten Schlittenhänge hinunter. An manchen Stellen schien schon braun und schmutzig die Erde durch den dünn gefahrenen Schnee und hinterließ zunehmend hässliche Spuren. Der Begeisterung der Kleinen tat es keinen Abbruch.

»Bitte, bitte, Papi!«, nuschelte Lilly durch ihre Zahnlücken, während sie ihr Schokocroissant kaute.

Duval seufzte ergeben. »Ist es weit?«, er sah Annie fragend an.

»Na ja«, antwortete Annie gedehnt, »was heißt weit, das ist alles relativ. Der Park liegt im Tal der Vésubie. Kurz vor Italien. Luftlinie sind es vielleicht 60 Kilometer. Aber das Hinfahren ist ein bisschen mühsam, weil man quer rüber und durch zwei Täler fahren muss«, erklärte Annie. »Und jetzt im Winter ...«, sie machte ein skeptisches Gesicht, »obwohl«, fügte sie dann hinzu, »die Straßen sind ja geräumt und Schnee ist nicht angesagt für heute.«

»Was heißt ›quer rüber durch zwei Täler‹?«, fragte Lilly.

»Quer rüber«, seufzte Duval, »und durch zwei Täler heißt, dass es keine gerade Strecke dorthin gibt, keine Autobahn oder so etwas, sondern wir müssen hier den Berg kurvig runterfahren, dann kommen wir unten im ersten Tal an, fahren dort über einen kleinen Fluss und auf der anderen Seite fahren wir einen anderen Berg kurvig wieder

hoch und dann das Ganze noch einmal«, erklärte er.
»Warte, wir schauen uns das mal auf der Karte an.«

»So kurvig, wie um hierherzukommen?«, fragte Matteo weniger begeistert.

»Ich vermute, ja.« Duval hatte den Routenplaner auf dem Handy geöffnet.

Valberg gab er ein und Vésubie. »Vésubie, oder?«, wandte er sich an Annie.

»Gib Boréon ein. Der Park ist in Boréon.«

»*Voilà*«, sagte Duval, »da haben wir's, das Blaue hier, das sich so wie ein Dünndarm schlängelt, das wäre die Strecke, die wir zu fahren haben.« Er schob das Handy in die Mitte des Tisches, sodass alle daraufschauen konnten.

»*Iiih*, Dünndarm«, machte Lilly und schüttelte sich.

Matteo schaute aus anderen Gründen unsicher auf die blau markierten Serpentinen. Ihm wurde bei kurvigen Autofahrten schnell schlecht. Duval sah seinen Sohn prüfend an. Sie hatten auf dem Weg vom Flughafen nach Valberg mehr als einmal anhalten müssen, um das Schlimmste zu verhindern. Duval, der eine krankhafte Angst davor hatte, sich zu übergeben, und den der säuerliche Geruch des Erbrochenen gegen seinen Willen sofort zum Würgen brachte, war bei jeder längeren Autofahrt mit seinen Kindern angespannt. Er und Matteo warfen sich im Rückspiegel gegenseitig aufmunternde Blicke zu. »Es wird schon gut gehen«, beteuerten sie beide vor jeder Fahrt. Duval hasste sich dafür, dass er, anstatt seinem Kind beizustehen, fluchtartig aus dem Auto sprang und sich nur vorsichtig wieder näherte, wenn Matteo oder Lilly ihn wieder riefen. »Es ist vorbei, Papi!« Er war der Vater immerhin. Wo kam man hin, wenn der Sohn seinen Vater trösten musste.

»Wir können ja wieder Pausen machen«, schlug Lilly vor. »Wenn es zu schlimm wird für Matteo, meine ich.«

Ganz gegen seine Gewohnheit widersprach Matteo nicht.

»Ja, das können wir, wir können auch mein Auto nehmen, es ist zwar alt, aber es ruckelt doch etwas weniger als die kleine Kiste eures Vaters«, schlug Annie vor. Sie hatte sich einen zehn Jahre alten Geländewagen gekauft, mit dem sie sich auch auf schwer befahrbaren Strecken im Winter sicher fühlte. »Außerdem haben wir alle mehr Platz«, befand sie. »Und wir können zusätzlich ein Medikament gegen Reisekrankheit in der Apotheke kaufen.«

»*Maman* will nicht, dass wir Medikamente nehmen, wir nehmen nur Hemjopathie«, entgegnete Lilly streng.

»Da hat sie ganz schön recht, eure *Maman*«, bestätigte Annie, und Lilly strahlte zufrieden.

»Homeopathie«, verbesserte Matteo.

»Sag ich doch, Homjopathie.«

»Homjopathie«, äffte Matteo sie nach und verdrehte die Augen.

»Matteo, hör auf«, ermahnte ihn Duval, während Lilly ein zornig-schrilles *Njääääh* quietschte, wie immer, wenn sie sich nicht anders gegen ihren großen Bruder wehren konnte.

»Herrje.« Annie sah gequält von einem zum anderen. »Also schauen wir mal, ob es ein homöo... ob es ein natürliches Mittel gegen Reisekrankheit gibt.« Sie tippte auf ihrem Smartphone herum. »Nux Vomica«, las sie laut vor, »hm, Brechnussbaum, das klingt ja schon so ein bisschen nach Brechreiz«, lachte sie. Matteo machte ein finsteres Gesicht. Annie sah Matteo prüfend an.

»Was ist?«, fragte er kritisch.

»Ich überlege, ob das Mittel zu dir passt«, sagte sie.

»Wie *Maman!*« Lilly schien zufrieden. »*Maman* macht das auch immer so.«

»Aha. Und? Passt es?« Matteo sah sie skeptisch an.

»Ich denke schon.« Sie lächelte. Sie mochte Matteo, obwohl er ein anstrengendes Kind war. Zugleich empfindlich, ungeduldig und schnell reizbar, dabei aber auch hellwach und etwas frühreif. Sie spürte bei ihm eine leichte Eifersucht gegenüber seiner kleinen Schwester, die ihren großen Bruder hingegen abgöttisch liebte. Aber vielleicht war so etwas auch normal, was wusste sie schon. So viele Kinder kannte sie nicht, und sie selbst war Einzelkind. Mager war er geworden, und er hatte dunkle Augenringe. Er war schnell gewachsen, seit sie ihn das erste Mal kurz gesehen hatte. Das passte alles zur Wesensbeschreibung.

»Wenn es dir übel ist, geht es dir dann besser, wenn es warm ist oder kalt?«, fragte sie ihn.

»Kalt«, antwortete Matteo ohne Zögern. »Manchmal mache ich das Fenster ein Stück auf, das tut mir gut.«

»Mir tut Kälte auch gut, wenn mir übel ist«, warf Duval ein.

»Wie der Vater, so der Sohn«, frotzelte Annie. »Kalt?«, fragte sie dann nach. »Wirklich?« Sie stutzte und las erneut den Eintrag über Nux Vomica. »Hättest du ›warm‹ gesagt, wäre es leichter ... Ingwer geht aber auch«, schlug sie dann vor. »Ingwertee oder Ingwerbonbons. Egal, wir gehen auf jeden Fall mal zur Apotheke und fragen, was sie uns empfehlen. Einverstanden?«

»Das heißt, wir fahren zum Wolfspark?«, fragte Lilly.

»Sieht so aus«, Duval lächelte. »Was meinst du, Matteo?«

»*Ouais*, o.k.«, stimmte er gedehnt zu.

»Jaaaa, wir fahren in den Wolfspark, wir fahren in den

Wolfspark«, sang Lilly und hüpfte um den Tisch. »Wolfspark, Wolfspark, Woholfspahark.«

»*Yeah, yeah, yeah*«, schrie Matteo, allein mit der Absicht, sie zu übertönen. Er machte eine Siegerfaust und hampelte ebenfalls herum.

»Yeah und o. k.«, dachte Duval bitter. Es gefiel ihm nicht, zu sehen, dass sein Sohn so viele amerikanische Ausdrücke verwendete. Duval hatte sich geweigert, sich von ihm neuerdings »Dad« nennen zu lassen, und auf »Papa« bestanden. Danach fühlte er sich kleinbürgerlich und engstirnig. Aber er wollte dem unverkennbaren Einfluss Bens, des Freundes von Hélène, etwas entgegenhalten. Vielleicht war es aber auch nur das Collège. Seit Matteo auf der weiterführenden Schule war, ließ er sich die Haare wachsen und warf seine vordere Haarsträhne immer wieder lässig zurück, wenn er sie nicht mit Gel zu einer kunstvollen Welle geformt hatte. Außerdem zog er nicht mehr alles an. Die Schuhe mussten von einer bestimmten Marke sein und die T-Shirts »cool«. »Da sind nur Kinder von Reichen«, hatte Matteo schon mehr als einmal geklagt. »Wenn du wüsstest, wie die angezogen sind! Und was die alles haben! Alle haben ein Handy. ALLE! Und alle spielen superneue Videospiele. Nur ich habe kein Handy und unsere Playstation ist total veraltet. Ich kann nicht mal Freunde einladen, so peinlich ist das«, hatte er sich bei seinem Vater beschwert, aber Duval war auch nicht dafür gewesen, ihn bereits mit einem Handy auszustatten, und auch nicht mit der allerneuesten Playstation. Den »richtigen« Rucksack aber hatte er ihm gekauft. Nichts war peinlicher, als mit einem ›Grundschul-Idiotenschulranzen‹ herumzulaufen, das verstand er.

»*Yeah*«, brüllte nun auch Lilly übermütig.

»Aber nur, wenn ihr den Tisch abräumt, euer Geschirr

selbst abwascht, die Zähne putzt und euer Bett macht«, rief Duval streng dazwischen.

»*Ouais*, kein Problem«, rief Matteo und tänzelte mit Hüftschwung und rappenden Kopfbewegungen, Teller, Tasse und Besteck einhändig balancierend, zum Waschbecken.

»*Ouais*, kein Problem«, imitierte Lilly ihren Bruder und zappelte ruckartig und dabei deutlich unsicherer als Matteo in Richtung Waschbecken.

»Lilly!«, rief Duval. »Nimm beide Hände!« Aber schon war klirrend das Besteck hinuntergefallen, und als sie sich danach bückte, rutschte die Tasse vom Teller und zersprang auf dem Küchenboden in tausend Teile.

Uääääääääh, heulte Lilly augenblicklich sirenenartig los.

Annie nahm blitzschnell den Teller aus der zitternden Kinderhand.

Duval seufzte und verdrehte die Augen.

»Trottel«, sagte Matteo verächtlich. »Immer machst du alles kaputt.«

»Das ist gar nicht wahr«, schrie Lilly unter Tränen.

»Matteo! So etwas will ich nicht hören!«, rief Duval ermahnend dazwischen.

»Immer«, wiederholte Matteo leiser, aber hörbar Richtung Annie.

»Ist nicht schlimm, das passiert. Mir fällt auch manchmal etwas runter«, zuckte Annie mit den Schultern und holte einen Besen aus dem angrenzenden Kämmerchen. »Hier«, sie drückte ihn Matteo in die Hand. »Du kannst schon mal zusammenfegen.«

»Wieso denn ich?«, maulte er.

»Weil es schneller geht, wenn wir alle zusammen helfen, deshalb.«

»Ich spül' doch schon mein Geschirr«, wehrte sich Matteo.

»Matteo, du machst, was Annie dir gesagt hat«, mischte Duval sich ein.

»Aber ICH habe doch nichts fallen lassen!«, widersprach er empört. »Warum muss Lilly nicht fegen?«

»Ach, Matteo.« Annie war hilflos gegen die ständigen Auseinandersetzungen der Geschwister.

»Matteo, hör auf, alles auszudiskutieren«, schnitt Duval ihm das Wort ab. »Du machst, was Annie dir gesagt hat.«

»*Die* hat mir gar nichts zu sagen«, brummelte er halblaut, aber hörbar vor sich hin.

»Matteo!« Duvals Ton wurde scharf. »So sprichst du nicht, nicht in diesem Ton, ist das klar?! Wir sind bei Annie zu Gast und sie ist die Chefin hier. Also hat sie dir sehr wohl was zu sagen, und wenn dir das nicht reicht, sage ich es gern auch noch einmal!«

»Aber ...«, setzte Matteo trotzdem an.

»Es reicht! Aus, fertig, basta!« Er hatte einen scharfen Befehlston angenommen.

Matteo nahm mit dunklem Blick unwillig den Besen in die Hand und fegte lustlos die Porzellansplitter zusammen.

Lilly schniefte immer noch. »Entschuldige bitte, Annie.«

»Schon in Ordnung, Lilly, ist nicht so schlimm«, tröstete Annie, »ich habe noch andere Tassen.«

»Ja, aber die war so schön«, jammerte Lilly.

»Ja, das stimmt, aber jetzt ist sie kaputt. So ist es nun mal. Ich schlage vor, dass ich das Geschirr spüle«, schlug sie betont heiter vor, »und ihr macht eure Betten und putzt die Zähne, ein letztes Pipi und in siebeneinhalb Minuten sind wir alle fertig?«

»Yep«, machte Matteo und war schon verschwunden.
Lilly folgte ihm, erleichtert, die Küche verlassen zu können.

»Matteo, der Besen!«, rief Duval ihm nach.

»Lass, ich mach's schon.« Annie stellte den Besen zurück in das Kämmerchen.

»Annie, so wird das nie was.« Er schüttelte unzufrieden den Kopf.

»Egal«, sagte Annie. »Es sind Ferien.«

»Ferien oder nicht, es gibt Regeln.«

»Jaja«, machte Annie abwinkend. »Was nimmst DU gegen die Kurven?«, wechselte sie das Thema.

»Ich fahre«, grinste Duval, »das ist immer noch das beste Mittel.«

———

Als sie am späten Nachmittag über den Col de la Couillole zurückfuhren, piepste Annies Mobiltelefon mehrfach.

»Wir haben Post«, sagte sie und sah auf das Display, öffnete eine Mail und starrte auf ein Foto. Schnell klickte sie es weg und hörte noch den Anrufbeantworter ab.

»Unglaublich«, sagte sie nach einer Weile und steckte das Telefon ein.

»Was ist passiert?«, fragte Duval.

»Arbeit«, sagte sie ausweichend.

Duval sah sie fragend an.

»Sie haben einen Mann gefunden, der seit dem letzten Herbst vermisst wurde.«

»Tot?«, forschte Duval nach.

»Ja.« Sie machte eine Geste mit dem Kopf Richtung Matteo und Lilly. Sie wollte nicht mehr erzählen.

»Wer ist tot?«, fragte Lilly auch wie auf Kommando.

»Ein Mann ist tot, Lilly. Er hatte vermutlich einen Unfall.«

»Kanntest du ihn?«, fragte Matteo.

»Ja, ich kannte ihn. Nicht besonders gut, aber ich kannte ihn. Es war jemand, der hier lebte.« Sie blieb merkwürdig einsilbig.

»War er ein Freund von dir? Bist du traurig?«, wollte Lilly wissen.

»Nein, er war kein Freund, Lilly. Und traurig bin ich nicht.« Sie sprach nicht weiter.

»Sonst könntest du meinen Wolfi haben«, schlug Lilly treuherzig vor.

»Zum Trösten?«, fragte Annie.

»*Uaaaah*«, machte Matteo verächtlich, »als ob Annie ein Stofftier zum Trösten braucht!«

Lilly quietschte schon wieder wütend los.

»Lilly, das ist supersüß von dir, danke für dein Angebot. Es stimmt, ich bin ein bisschen erschrocken, aber ich bin nicht traurig.«

»Gut, wenn niemand getröstet werden muss, dann können wir ja übers Abendessen nachdenken«, schlug Duval vor, um das Thema zu wechseln. »Raclette, wäre das was?!«

»Au ja!« Matteo war begeistert.

»Fondue!«, rief Lilly. »Lieber Käsefondue!«

»Annie, was schlägst du vor?«

»Raclette oder Fondue, beides geht, wir müssen nur Käse kaufen«, meinte sie dann leichthin und sah auf die Uhr. »Dann müssen wir jetzt aber zügig fahren, wenn wir noch zur Cooperative wollen, bevor sie schließt. Nur dort gibt es richtig guten Käse«, erklärte sie.

»Aber bis dahin haben wir noch ein paar Kurven vor uns«, Annie sah Matteo prüfend an. »Wird es gehen? Möchtest du noch ein Ingwerbonbon?«

Er schüttelte den Kopf. »Geht schon.«

Während Duval fuhr, klickte Annie erneut die Nachricht an und besah das Foto. Sie versuchte im Internet zu recherchieren, aber natürlich gab es kein Netz, und so gab sie es auf.

Sie hatten das Auto auf einem großen Platz hinter dem Rathaus geparkt. Während die Kinder durch die zusammengeschobenen hohen Schneehaufen stapften, berichtete Annie leise und hastig, was sie erfahren hatte: Ein Ranger, ein Wild- und Waldhüter des Nationalparks Mercantour, war tot aufgefunden worden. Oder zumindest das, was von ihm übrig war. Nämlich nur ein abgefressenes Gerippe.

»Was?«, fragte Duval.

»Du siehst mich genauso überrascht«, sagte sie. »Möglicherweise der Wolf«, fügte sie hinzu.

»Wir kommen gerade vom Wolfspark, Annie«, sagte Duval. »Haben wir da nicht lang und breit erfahren, dass der Wolf keine Menschen frisst?«

»Das musst du mir nicht erzählen«, sagte sie. »Ich glaube das auch nicht, aber der Jäger, der mir das Foto geschickt hat, ist sich seiner Sache sicher.« Sie zeigte ihm das an die Mail angehängte Foto.

Duval warf einen schnellen Blick darauf. Stutzte und besah es länger. »Woher hast du das?«

»Das hat mir einer der Jäger aus Ste. Agathe geschickt. Die Pressemitteilung der Gendarmerie, die ich bekommen habe, spricht aber von einem noch ungeklärten Unglücksfall. Kein Wort vom Wolf. Eigenartig, oder?«

»Allerdings.«

Castellar, ein lang gestrecktes Dorf, das von der Landstraße durchschnitten wurde, war ein typisches Dorf des Hinterlands. Ärmlich sahen die unregelmäßig aneinandergereihten zwei- und dreistöckigen Häuser in verblassten Pastellfarben aus. Auf den breiten, anscheinend neu angelegten Bürgersteigen hatte man die grau-vermatschten Schneereste zusammengeschoben und auf dem Kreisverkehrsinselchen inmitten des Dorfes hatte man vergessen, die Weihnachtsdekoration abzubauen. Im Vorüberfahren hatten sie ein paar Läden gesehen: einen Bäcker, einen Metzger, einen Gemischtwarenladen. Die Postfiliale, eine Schule, zwei Restaurants, eine Bar Tabac. Und immerhin eine Tankstelle. Aber man sah nur wenige Menschen auf der Straße, die eilig in einer Seitengasse oder hinter einer dunklen Eingangstür verschwanden. Das Dorf wirkte wie leer gefegt.

»Dort vorne ist die Cooperative«, sagte Annie und zeigte Richtung Dorfausgang. »So einen Laden habt ihr in Paris sicher nicht«, erklärte sie den Kindern. »Das ist so ein richtiger Genossenschaftsladen, man kann da Gummistiefel und Schneeschaufeln kaufen und handgeflochtene Körbe und alles, was die Bauern hier selbst erzeugen: Honig, Marmelade, Eier, Joghurt und vor allem Käse. Man lässt euch sicher den Käse probieren, wenn ihr wollt. Kommst du?«, wandte sie sich an Duval, der stehen geblieben war.

»Ich komme nach …«, erklärte er vage und deutete Richtung Bar Tabac.

»Ah.« Sie zog die Augenbrauen hoch.

»Kann ich nicht mit dir kommen?« Matteo sah seinen Vater bittend an.

»Nein, Matteo, bleib bei Annie bitte, das hört sich doch spannend an, was es dort in dem Laden gibt, oder? Kauft mal einen schönen Käse für heute Abend.«

»Käse. Körbe. Toll.« Matteos Verachtung war hör- und sichtbar.

»Und Angelwürmer, Rattengift und Mausefallen«, fügte Annie daher in dramatischem Ton hinzu. Lilly erschrak, aber Matteo grinste jetzt.

»Und danach gehen wir Marie-Laure in der Töpferei besuchen. Dort trinken wir einen Tee, und während wir dort auf euren Papa warten, können wir vielleicht sogar etwas töpfern, was meint ihr?«

Matteos Begeisterung hielt sich in Grenzen. »Gibt's hier kein Internetcafé, wo wir warten können?«, fragte er.

»Nein, das tut mir leid.« Annie schüttelte den Kopf. »Wenn du uns später abholen willst, die Töpferei ist in dem Haus gegenüber der Kirche«, erklärte sie Duval und wies nach rechts. »Das findest du sicher. Wenn nicht, fragst du nach der Töpferei von Marie-Laure, das wissen hier alle. Hier kennt jeder jeden.«

»Danke, bis später.« Einen Moment sah er Annie und den Kindern nach und ließ dabei den Blick durch das Dorfzentrum schweifen. Seltsam verschlafen wirkte es. Das Restaurant gegenüber war geschlossen. Die Fenster von Bäcker, Metzger und in dem kleinen Gemischtwarenladen waren erleuchtet, aber kaum jemand schien dort einzukaufen. Ein Auto stand mit laufendem Motor vor der Bar Tabac.

Die immerhin schien etwas belebter zu sein, man hörte die Männerstimmen schon von draußen. Vor der Tür standen zwei Männer in orangefarbener Signalkleidung und groben Arbeitsschuhen. Vornübergebeugt zogen sie an ihren Zigaretten. Es war wirklich kalt. In diesen ländlichen Dörfern verwöhnte man seine Gäste nicht, indem man ihnen die Luft mit Heizstrahlern anwärmte, wie es in

Cannes und an anderen Orten der Côte d'Azur üblich war. Die beiden Männer machten ein paar trippelnde Fußbewegungen, wie um sich aufzuwärmen. Vermutlich waren sie Arbeiter des Straßendienstes der D. D. E., der *Diréction départementale de l'Équipement*. Ein riesiger Schneepflug stand auf der anderen Seite des Platzes. Sie warfen Duval nur einen kurzen Blick zu, als er sich der Bar näherte.

Die Bar Tabac war schlecht geheizt, auch wenn es einem, wenn man von draußen kam, im ersten Moment warm erschien. Die Türglocke bimmelte und das Stimmengewirr verebbte kurz, als Duval eintrat. Mehrere Männer sahen ihm neugierig entgegen: Ein paar saßen an einem Tisch, ein Mann mit einer Kappe lehnte am Heizkörper und drei standen am Tresen, wo ein weiterer Mann am Tabakschalter gerade zwei Päckchen Zigaretten einsteckte. Er verstaute das Portemonnaie in seiner Jacke und wandte sich zum Gehen. »*Allez*, ich bin weg!«, rief er und hob die Hand zum Gruß. »Passt auf euch auf und lasst euch bloß nicht vom Wolf fressen!«, lachte er spöttisch und hatte schon die Tür des Bistros energisch hinter sich geschlossen. Die Glastür schepperte und die Türglocke bimmelte erneut. »*Rooo*«, antwortete es empört vielstimmig und das Geraune der Männer setzte sofort wieder ein, ungeachtet der Tatsache, dass sie einen Fremden unter sich hatten. Er war heute weniger interessant.

»Na, also der …!« Man schüttelte allgemein den Kopf.

»Er hat recht, das ist alles nur Blödsinn!«, rief einer.

»Na, dann frag die Jäger, frag sie doch!«, gab ein anderer aggressiv zurück.

»Die Jäger. Die sind doch alle total mytho, jedes Mal haben sie ein Wildschwein geschossen, groß wie ein Elefant.«

Es wurde gelacht.

»Dann frag' Julien. Julien war dabei, und er hat es mit eigenen Augen gesehen.«

»Welcher Julien?«

»Der Julien aus Ste. Agathe. Julien Mandine. Der Sohn von René. Kennst du doch.«

»Ach so, *der* Julien, ja klar kenne ich den. Und der war dabei?« Der Mann mit der Kappe kratzte sich am Kopf.

»Ich wusste, dass es eines Tages so weit kommen würde. Ich wusste es von Anfang an.« Der kleine rundliche Mann, der Duval am nächsten stand, nuschelte halblaut vor sich hin.

»Was möchten Sie?«, wandte sich der Wirt an Duval.

»Einen *café* bitte.«

Der Wirt nickte und stellte eine Tasse unter die Kaffeemaschine und drückte auf einen Knopf.

»Ich wusste es«, wiederholte der kleine rundliche Mann halblaut und warf einen Seitenblick auf Duval. Es sah wie eine Einladung zum Gespräch aus.

»Was ist passiert?«, fragte Duval daher.

Der Mann musterte ihn. »Sie sind nicht von hier, was?«

»Nein.«

Der Wirt stellte den Kaffee wortlos auf die Theke und schob ihm eine Plastikschale, gefüllt mit Zuckertütchen, hin.

Duval dankte mit einem kurzen Nicken.

»Sie sind in Ferien?«

»Ja«, bestätigte Duval. »Ich mache Ferien mit meiner Familie in Valberg. Ski fahren.«

»Aha«, nickte der Mann. »Hab ich mir schon gedacht.«

»Aber der Schnee ist nicht so besonders dieses Jahr«, fügte Duval freundlich plaudernd hinzu.

»Ach ja«, nickte der kleine Mann verständnisvoll. »Dieses Jahr hatten wir sehr früh sehr viel Schnee, Anfang November schon, das ist selten, aber dann kaum noch etwas. Aber nächste Woche soll es wieder schneien.« Der kleine Mann lächelte aufmunternd.

»Nächste Woche sind unsere Ferien leider beendet«, bedauerte Duval. »Die der Kinder sogar schon morgen.«

»Ach, das ist Pech.«

Duval rührte Zucker in die kleine Tasse und hörte den aufgeregten Männern zu. Dann trank er. Grauenhaft. Brüsk setzte er die Tasse ab.

»Der Wolf, wissen Sie?«, erklärte der kleine rundliche Mann die lebhafte Diskussion und sah ihn vertrauensselig an.

»Der Wolf?«

»Ja. Wir haben große Probleme mit dem Wolf.«

»Ach was. Hier im Dorf?«

»Nicht gerade im Dorf, aber weiter oben.« Mit der Hand deutete er vage eine Richtung an.

»He, Jean-Pierre, hör auf, den Mann zu belästigen«, rief nun ein Mann von einem der Tische. Er sagte *Schang-Pjähre* und betonte das e am Ende.

»Aber ich belästige ihn doch gar nicht. Wir reden nur.«

»Worüber redet ihr denn?«

»Wir reden eben. Über alles. Das Leben.« Der rundliche Mann gab sich philosophisch.

Die Männer lachten amüsiert. »Dein Leben. Das interessiert den Mann doch gar nicht. Lass ihn in Ruhe seinen Kaffee trinken.«

»Doch, doch, keine Sorge, ich unterhalte mich gern«, widersprach Duval liebenswürdig.

»Seht ihr!« Jean-Pierre war zufrieden. »Möchten Sie

noch einen Kaffee?«, wandte er sich gutherzig an Duval. »Ich zahl' Ihnen einen.«

»Nein, das ist nett, aber einer reicht mir«, wehrte Duval ab. Ein zweites bitteres Gebräu dieser Art würde er nicht hinunterkriegen.

»Etwas anderes vielleicht? Einen Roten?« Er wies auf das kleine Gläschen, das schon geleert vor ihm auf dem Tresen stand.

»Danke, gar nichts.« Duval verneinte freundlich.

»Nein? Also ich nehme noch einen«, bedeutete er dem Wirt, der umgehend das kleine Glas auffüllte. »Wissen Sie«, wandte er sich Duval zu, »ich unterhalte mich gern mit den Leuten. Also mit den Leuten von außerhalb, meine ich. Mich interessiert das, was sie denken, die Leute. Hier im Dorf, wissen Sie, hier kennt jeder jeden, und wir wissen schon alles voneinander. Was die Leute denken und so. Kennt man alles schon. Aber jemand wie Sie ...«

Anscheinend langweilte sich der kleine Mann namens Jean-Pierre, und ein Schwätzchen mit einem Fremden stellte eine angenehme Abwechslung in seinem Alltag dar.

»Was machen Sie beruflich?« Der Mann fragte es wissbegierig wie ein Kind.

»Ich«, sagte Duval gedehnt, »nun, ich bin Beamter in Cannes«, gab er dann ausweichend an.

»Beamter, aha.« Jean-Pierre musterte ihn neugierig. »So sehen Sie gar nicht aus«, befand er dann. »Arbeiten Sie in der Stadtverwaltung?«

»Hmhm«, machte Duval unbestimmt. Das konnte alles heißen.

»Ja so. Beamter«, wiederholte der kleine Mann bedächtig. »Das ist gut. Ich war auch Beamter, bei der D. D. E., dem Straßendienst, wissen Sie«, stellte er sich nun seinerseits vor. »Das war auch nicht schlecht. Körperlich anstrengend, aber man hat die Sicherheit. Seit zwei Jahren bin ich nun in Rente, und jetzt kümmere ich mich nur noch um meinen Garten. Ich habe einen schönen Garten«, beteuerte er und lächelte stolz.

Duval sah den Mann freundlich an. Er hatte etwas von der naiven Redseligkeit seiner Tochter, die in der Lage war, den Wartenden in der Schlange am Skilift ihre Familienverhältnisse zu erläutern. »Das ist nicht meine *Maman*«, hatte sie einer Dame erklärt, »das ist Annie. Das ist die Freundin von meinem Papa. Aber sie ist sehr nett. Meine *Maman* ist in Paris und …« Und wenn sie sich dann nicht für den Sessellift hätte in Position bringen müssen, hätte sie auch noch von Ben und Hélène erzählt. Sie drehte sich sogar im Lift noch einmal um und schrie der Dame ein freundliches »*Au revoir!*« zu.

»Nur im Winter, wenn die Erde gefroren ist, da kann ich nicht viel tun«, hatte der Mann schon weitergeredet. »Ich gehe trotzdem jeden Tag vorbei und schaue nach, ob alles in Ordnung ist. Im März fange ich langsam an mit dem Vorkeimen, aber hier oben muss man vorsichtig sein, es gibt immer wieder Kälteeinbrüche, wissen Sie. An der Küste ist das anders. Da ist es jetzt schon Frühling, oder?«

»Es ist viel milder, das stimmt. Es blüht auch schon allerhand.« Aber was nur? Es blüht eigentlich immer irgendetwas, dachte Duval. »Die Mimosen!« Er war erleichtert, dass ihm das eingefallen war. »Im Februar sieht man überall die Mimosen.«

»Ach, die Mimosen.« Das rote Gesicht des Mannes strahlte auf. »Einmal habe ich sie blühend gesehen. Da haben wir eine zweitägige Fortbildung gehabt in Nizza und wir sind von dort in den Tanneron gefahren. Richtig gelb waren die Hügel da. Schön war das«, erinnerte er sich. »Und mild war es, das ist man hier oben gar nicht gewohnt, im Februar, so milde Temperaturen. Wenn man da einen Garten hätte, da könnte man glatt schon mit den Kartoffeln und den Zwiebeln anfangen. Haben Sie einen Garten?«, fragte er dann.

»Nein«, Duval schüttelte den Kopf, »dafür habe ich keine Zeit. Ich wohne auch mitten in der Stadt, und ehrlich gesagt, ich glaube, ich habe keinen grünen Daumen. Meine Urgroßeltern hatten noch einen Garten und sogar Hühner, soweit ich mich erinnere. Aber ich, nein.«

»Hühner«, wiederholte Jean-Pierre und nickte. »Darüber habe ich auch schon nachgedacht. Vielleicht sollte ich mir Hühner zulegen«, sinnierte er jetzt. »Hühner sind praktisch, die fressen alles, legen Eier und in gewisser Weise hat man auch Gesellschaft, oder?«

»Sicher«, stimmte Duval bereitwillig zu und kratzte den Zucker aus der Kaffeetasse. Jean-Pierre nahm einen Schluck Rotwein. Einen Moment schwiegen sie. »Und Sie haben hier Ärger mit dem Wolf?«, fragte Duval endlich.

»Allerdings!« Jean-Pierres rundes, leicht gerötetes und bislang heiteres Gesicht verdüsterte sich. »Also nicht ich persönlich, aber die Schäfer und die Bauern, ich kann Ihnen sagen ...« Nun drehte er sich so, dass er mit dem Rücken zu den anderen Männern stand. Vertraulich beugte er sich zu Duval und nuschelte halblaut: »Und jetzt hat er einen Ranger vom Park angefallen.«

Sieh an. Hier wussten es auch schon alle. »Der Wolf?« Duval gab sich dennoch überrascht. »Das gibt's doch gar nicht.«

»*Schang-Pjähre*«, ermahnte einer der Männer am Tisch

erneut. »Lass doch den Mann in Ruhe seinen Kaffee trinken.«

»Aber wir reden doch nur.« Jean-Pierre war trotzig.

»Erzähl dem Mann keine Märchen.«

Aber Jean-Pierre ließ sich nicht davon abbringen. Er war so stolz auf seinen Gesprächspartner aus der Stadt. »Ich erzähle, was ich will«, gab er trotzig zurück. »Und was heißt hier Märchen, hä?! Frag doch mal Olivier, was er mit dem Wolf erlebt hat im Sommer, frag ihn doch! Und Ravel?! Was ist mit dem passiert, hä? Glaubst du, das waren die Ameisen, die ihn aufgefressen haben, hä?«, ereiferte er sich.

»*Rooo*«, raunten und murmelten die Männer aufgeregt, »hör auf, *Schang-Pjähre!*«

»*Allez*, lasst uns eine Runde Karten spielen. *Schang-Pjähre*, komm, wir brauchen noch einen vierten Mann!«, versuchten sie den redseligen kleinen Mann abzulenken. Aber Jean-Pierre hatte keine Lust, Karten zu spielen. Wann konnte er sich schon mal mit jemandem aus der Stadt unterhalten? Doch die anderen Männer sorgten nun mit polterndem Tischerücken und quietschendem Stühleschieben für Störung und erheblichen Lärm.

Duval verstand die Zeichen. »Wie viel?«, fragte er den Wirt und zeigte auf seine Tasse.

»Eins dreißig.«

»Sie wollen schon gehen?« Jean-Pierre war voller Bedauern.

»Ja.« Duval legte einen Euro fünfzig auf den Unterteller und schob ihn dem Wirt zu. »Stimmt so.« Zu Jean-Pierre gewandt erklärte er: »Muss mal schauen, wo meine Familie abgeblieben ist.«

»Ja, das verstehe ich.«

»Aber danke für das Gespräch.«

Die hellen Augen im roten Gesicht des rundlichen Mannes strahlten. »Ich unterhalte mich gern mit den Leuten, wissen Sie?!«

»Ja.« Duval lächelte und streckte Jean-Pierre die Hand hin. »Vielleicht ergibt es sich noch mal, man weiß ja nie. *Au revoir.*«

»Eben. Weiß man nicht. Also dann«, Jean-Pierre drückte ihm bewegt die Hand. Er hatte eine warme und kräftige, raue Hand. »*Au revoir!*«

»*Messieurs!*«, grüßte Duval allgemein in den Saal, der Wirt nickte ihm zu, die anderen Männer ließen nur ein undeutliches Brummen hören. Sie waren schon mit den Karten beschäftigt. Zumindest hatte es den Anschein.

Es war dunkel geworden. Ihn fröstelte und er zog die Kapuze über den Kopf und den Reißverschluss seines Anoraks höher. Eilig stapfte er unter dem sanften orangefarbenen Licht der Straßenlaternen dahin, vorbei an schmucklosen Häusern und großen Gärten im Winterschlaf. Aus den Schornsteinen der Häuser stieg Rauch und es roch eigentümlich. Duval schnüffelte. Holzfeuer, dachte er. Hier heizt man also noch mit Holz. Auf einer Hausfassade warb man, in schon halb verblasstem Blau-Weiß, noch immer für den Aperitif *Dubonnet*, den es schon seit Jahren nicht mehr gab.

Er sah den angestrahlten Glockenturm der kleinen Kirche und suchte sich den Weg durch die dunklen, engen Gassen dorthin, bis er auf einem ansteigenden Platz vor der Kirche stand. Links davon, mit mehreren Spots geradezu spektakulär angestrahlt, befand sich unter einem säulengetragenen Kreuzgewölbe ein großes *Lavoir*, ein öffentlicher Waschplatz. Daneben führte eine Treppe ins Oberdorf. Nur hinter wenigen Fenstern des einen oder anderen Hauses sah er Licht. Die meisten Häuser waren dunkel und die geschlossenen Fensterläden blickten ihn abweisend an. Die Töpferei erkannte er an den fantasievollen Tonskulpturen auf den Fensterbänken und der Treppe eines von einer alten Weinranke umschlungenen Hauses. In einer ausgehöhlten runden Form flackerte eine Kerze. Er hatte sich nicht getäuscht. An der Tür prangte ein tönernes Schild: *la poterie*. Er klopfte und öffnete gleichzeitig die Tür. Er stand in einem finsteren Flur. Hinter einer weiteren Tür hörte er Stimmen und sah einen Lichtschein unter einer Tür.

»Pappppiie«, jubelte Lilly, als habe sie ihn schon wochenlang nicht mehr gesehen. Sie trug ein riesiges weißes T-Shirt, in dem sie fast versank, und hatte die Ärmel ihres Pullovers hochgekrempelt. »Schau, was ich gemacht habe!« Stolz hielt sie ihm ein aus Ton geformtes kleines rundliches Tier entgegen.

»Toll, mein Spatz. Was ist das? Eine Katze?«, fragte Duval.

»Ein Schaf!«, erklärte mit leichtem Spott in der Stimme eine kleine Frau mit kurzen dunklen Locken. Sie formte mit lehmverschmierten Händen an einem Objekt und hielt ihm daher den Ellenbogen zur Begrüßung entgegen. »Marie-Laure«, stellte sie sich vor. Sie trug einen dicken Wollpullover unter einer lehmverschmierten Schürze. »Und Sie sind also der berühmte Kommissar, von dem ich schon so viel gehört habe.« Sie musterte ihn offen. »Endlich sieht man Sie mal.«

»Marie-Laure!« Annie war sichtlich verlegen.

Aber die grinste nur. »Setzen Sie sich. Möchten Sie einen Tee?«

»Gern.«

»Annie, würdest du?«, wandte Marie-Laure sich an Annie. Die nickte, suchte einen Becher aus dem kleinen Regal neben dem Waschbecken und goss Duval Tee aus einer gusseisernen Teekanne ein.

Am Ende des langen einfachen Holztisches drückte und knetete Matteo ebenfalls an einem vierbeinigen Tier herum.

»Auch ein Schaf?«, fragte Duval etwas dumm.

»Ein Wolf, Papa!« Matteo war geradezu empört. »Sieht man das nicht?« Er blickte Hilfe suchend Marie-Laure an.

»Selbstverständlich sieht man das«, sagte Marie-Laure entschieden. »Mit Tieren sind Sie nicht so vertraut, Commissaire, was?« Marie-Laure war immer noch spöttisch.

»Man kann nicht alles wissen«, entschuldigte sich Duval und verzog gespielt schuldbewusst das Gesicht. »Ich habe beruflich eher mit Menschen zu tun.«

Sie plauderten, Marie-Laure formte an ihrem Objekt, sie tranken Tee und die Kinder signierten ihre Tierskulpturen und stellten sie zum Trocknen in ein großes Holzregal.

»Wenn ihr das nächste Mal kommt, könnt ihr sie mitnehmen. So frisch und ungetrocknet gingen sie unterwegs nur kaputt. Das wäre doch schade, oder?«

»Wann kommen wir denn das nächste Mal?«, fragte Lilly unschuldig.

»Tja«, machte Duval und sah Annie an. »Da müssen wir Annie fragen, ob sie uns noch einmal aufnehmen will.«

»Da müssen wir erst mal fragen, ob alle einverstanden sind«, gab Annie zurück und warf Duval einen vielsagenden Blick zu, denn Duvals Exfrau Hélène war im Vorfeld nicht wirklich von der Idee begeistert gewesen, dass sie bei Annie Ferien machten. »Wenn das der Fall sein sollte, dann von mir aus gern und wann immer ihr wollt«, antwortete Annie.

»Au ja«, jubelte Lilly sofort los.

»Na, dann ist das ja geklärt«, entschied Marie-Laure trocken, »wir sehen uns bald wieder. Ich hebe eure Figuren auf, keine Sorge.«

3

Duval hatte seine Jacke ausgezogen und neben sich auf den Stuhl gelegt. Im Jachthafen von St. Laurent du Var war es ruhig, friedlich und warm. Er saß windgeschützt, sodass der leichte Wind, der die Takelage metallisch hell an die Masten schlagen ließ, ihn nicht erreichte. Er atmete durch. Der klimatische Unterschied zwischen den Bergen und der Küste war im Februar enorm. Es war so mild an der Küste. Nach dem letzten Tunnel, der sie aus den Schluchten des Hinterlands auf die weite Ebene gespuckt hatte, war es, als käme man auf einen anderen Kontinent. Die Sonne schien ihnen bereits warm entgegen und auf den Hügeln und Hängen blühten die Mimosen in allerhand Gelbtönen. Und je näher sie Nizza kamen, desto üppiger wurde das Grün. In den Gärten hingen die Orangen- und Zitronenbäume voll mit orangefarbenen und gelb leuchtenden Früchten. Für einen Moment sah er die Côte d'Azur wieder in all ihrer Lieblichkeit mit dem unbeschwerten Blick eines Reisenden. Er erinnerte sich an das Glücksgefühl, das sich jedes Mal einstellte, wenn er als Kind in den Ferien zu den Großeltern nach Cannes gefahren war. Zwei Monate Ferien mit Sonne und Meer. Was für eine unendlich lange Zeit der Freiheit. Er war melancholisch gestimmt. Nicht nur wegen der Erinnerungen. Er hatte die Kinder zum Flughafen gefahren und sie dort, wie immer, in die Obhut einer Begleitstewardess gegeben. Matteo meisterte die Situation des Abschieds mit einer etwas aufgesetzt wirkenden Coolness, aber für Lilly war dies immer noch ein kritischer Moment. Es brach ihm fast das Herz, sie so schluchzen zu sehen. Sie drückte ihren neuen Plüschwolf an sich und weinte heiße Tränen in seine Halsbeuge, als er sie an sich drückte. »Mein kleines großes Mädchen«, flüsterte er, »das schaffen wir! Jetzt fliegst du erst mal zurück zu *Maman*, das ist doch auch schön, die hat dich bestimmt doll vermisst. Und *Maman* willst du doch auch wiedersehen, oder?!«

»Jahaaa, *huhuuu*«, wimmerte Lilly in seinen Hals. Dann hatte er Hélène angerufen. Die Stimme ihrer Mutter hatte Lilly etwas beruhigt, und sie ging nun tapfer mit der Stewardess davon. Noch einmal winkte sie hinter der Zollabfertigung und Duval schickte seiner Tochter Luftküsse hinterher und ein Handzeichen für Matteo, und dann waren sie außer Sichtweite. Er schluckte. Erleichterung und eine schmerzhafte Leere machten sich gleichzeitig in ihm breit.

Er trank einen Schluck Rosé und studierte die Speisekarte. Er wollte am Hafen in St. Laurent du Var essen. Die vergangenen Tage waren schön, aber auch anstrengend gewesen. Eine Premiere mit Annie und den Kindern, die sie einfach gewagt hatten. Er war zufrieden, das Zusammensein hatte im Großen und Ganzen gut geklappt. Das Skifahren hatte die Kinder ermüdet, was sie liebenswürdig, aber insbesondere Lilly auch schnell reizbar gemacht hatte. Matteo konnte es nicht lassen, Lilly zu provozieren, bis sie wie eine Sirene losheulte. Es waren Momente wie diese, in denen Duval bedauerte, nicht mehr Einfluss auf seinen Sohn zu haben.

»Haben Sie sich schon entschieden?«, fragte der Kellner.

»Linguine mit Palourdes«, bestellte er und klappte die

Karte zu. Er freute sich tatsächlich darauf, mal wieder in aller Ruhe allein zu essen. Sein Mobiltelefon klingelte. Es war Annie.

»Ja?«, fragte er.

»Alles gut gegangen mit den Kindern?«

»Ja, alles o.k. Ich sitze gerade in der Sonne und ertränke meinen Schmerz in einem Glas Rosé.«

»Ach, du Armer, so schlimm?«

»Es ist jedes Mal eigenartig. Was wolltest du mir sagen?«

»Ich wollte hören, wann du wiederkommst ...«

»Fehle ich dir schon so? Ich bin doch heute früh erst weggefahren.« Er sagte es spöttisch, war aber doch gerührt.

»Tss«, machte sie, »nein, ich habe für morgen früh einen Ausflug geplant. Nach Ste. Agathe, wenn du verstehst, was ich sagen will. Vielleicht möchtest du mich ja begleiten? So unternehmen wir etwas zusammen, aber ich kann gleichzeitig ein bisschen recherchieren. Was sagst du?«

»Ach so.« Tatsächlich war er etwas enttäuscht. »Das muss ich überlegen, Annie ...«

»Dann überlege schnell, fürs Wochenende ist Schnee angesagt, wenn wir einen kleinen Spaziergang zum Tatort machen wollen, dann sollten wir das morgen angehen! Ich kenne jemanden, der uns hinbringt. Morgen ist übrigens auch Markttag in Castellar. Da kommen alle Leute von den umliegenden Dörfern und Höfen runtergefahren, insbesondere, weil ja für nächste Woche wieder Schnee angesagt ist, um sich mit allem Nötigen einzudecken. Da würde ich auch gern kurz vorbeischauen.«

Duval war kurz baff von so viel wilder Entschlossenheit.

»Gut«, sagte er. »Dann komme ich heute Abend.«

»Sehr schön. Kannst du vielleicht noch ein paar Sachen einkaufen?«

»Annie!« Duval stöhnte gequält auf.

»Du fährst doch sowieso am Einkaufszentrum vorbei«, insistierte sie.

»Genau, *vorbei* ... das ist was anderes als anhalten und dort einkaufen. Und hast du nicht gesagt, morgen sei Markttag in Castellar? Dann können wir doch dort das Wichtigste bekommen, oder? Ich kann ein paar Flaschen Rosé mitbringen, wenn du willst«, schlug Duval vor.

Sie lachte auf. »Super.«

»Oder Rotwein, möchtest du lieber Rotwein?!«

»Mach, was du willst«, sagte sie resigniert. »Aber beschwer dich dann nicht, wenn ich nicht koche.«

»Keinesfalls. Es gibt doch Restaurants da oben.«

»Bis heute Abend also?«

»Ja. Ich rufe dich an, wenn ich hier wegfahre.« Duval schüttelte den Kopf. Was war denn daran verkehrt, ein paar Flaschen Wein mitzubringen?!

Nur wenig später servierte ihm der Kellner sein Nudelgericht, auf dem sich üppig die Venusmuscheln stapelten. Eine kleine Schüssel für die Muschelschalen stellte er zusätzlich auf den Tisch, sowie ein Erfrischungstuch zum Reinigen der Hände. »*Bon appétit!* Möchten Sie noch etwas Rosé?«

Duval schüttelte verneinend den Kopf. »Eine Karaffe Wasser aber bitte noch.«

»Bringe ich Ihnen«, hatte der Kellner noch kaum ausgesprochen, da hatte er sie auch schon in der Hand. »Bitte schön.« Schwungvoll schenkte er ihm das Wasserglas voll.

Duval seufzte leise vor Wohlbehagen, als er mit den Fingern die ersten Muscheln aus ihren Schalen befreit hatte und sie genussvoll zusammen mit zwei aufgerollten Linguini in ihrer köstlich duftenden *Persillade,* einer Öl-Petersilien-Knoblauch-Mischung, leicht schmatzend verschlang.

»Alles in Ordnung?«, fragte der Kellner.

»Perfekt«, nuschelte Duval, leckte sich die fettigen Finger ab und trank einen Schluck Wein. Er kostete jede einzelne Muschel aus, ließ keine Nudel zurück und wischte zu guter Letzt die Persillade mit etwas Brot vom Teller.

»Oh!«, machte der Kellner erfreut, als er den Teller abräumte. »*Café?*«, fragte er.

»Sehr gern.«

Duval lehnte sich zurück und blinzelte in die Sonne, die so stark auf den weißen Jachten reflektierte, dass er die Sonnenbrille aufsetzen musste. Er genoss die Wärme und war vollkommen zufrieden. Sollte er wirklich heute wieder in den Schnee zurückfahren? Es erschien ihm geradezu absurd, dieses milde Klima freiwillig aufzugeben.

»Genießen Sie es«, riet ihm der Kellner und stellte die kleine Tasse Kaffee auf den Tisch. »Es soll am Wochenende regnen.«

»Ach!«, machte Duval, jäh aus seiner wohligen Stimmung gerissen.

»Und in den Bergen soll es wieder schneien.«

»Ja, das habe ich auch gehört«, gab Duval zurück. Na dann. Dann war es also entschieden.

―

»Mein Freund Léon«, stellte Annie ihn zum wiederholten Mal vor. Duval hatte schon die Hände verschiedener Männer geschüttelt, alle in groben Wollpullovern, wetterfester Kleidung, mit braunen, von Falten durchfurchten Gesichtern und wilden, ungekämmten Haaren. Fred, Daniel und

Benoît. Hier hatte man keine Nachnamen. Hier stellte man sich entweder mit seinem Beruf vor, Laurent, der Klempner, Marco, der Automechaniker und hatte man es mit zwei Bauern gleichzeitig zu tun, fügte man erklärend den Wohnort hinzu: »Fred aus St. Antoine« oder »Daniel vom *Champ Long*«. Fred und Daniel hatten Kühe und machten Käse und sie hatten heute einen kleinen Stand vor dem Rathaus, wo sich am Markttag das Leben abspielte. Duval sah große runde Käselaibe und kleine Frischkäse auf improvisierten Tischen. Gläser und Becher mit Joghurt gab es, hier und da zu kleinen Pyramiden gestapelt, und manches Mal ein paar Kisten mit Eiern. Weiter hinten verkaufte ein Imker Honig und daran schlossen sich allerhand andere Stände an. Wurst, Schinken. Gemüse. Ein Bauer verkaufte Kartoffeln, und es gab Stände mit Haushaltswaren und Kleidung. Dicke bunte Fleecepullover und Hosen in Tarnfarben lagen aus, daneben gefütterte Gummistiefel und Fellhausschuhe.

»*Bonjour!* So schnell sieht man sich wieder!« Jean-Pierre war hocherfreut, Duval wiederzusehen, und schüttelte ihm bewegt die Hand. »Sie sind auch zum Markt gekommen«, sagte er anerkennend. In Jean-Pierres Augen zeichnete ihn sein Besuch auf dem Markt fast als Einheimischen aus oder zumindest als jemanden, der wusste, wo man hingeht.

»Ja, ein bisschen was einkaufen«, erklärte Duval, obwohl er das Einkaufen auf dem Markt Annie überlassen hatte, nachdem sie ihn zweimal von Ständen weggezogen hatte, um bei den »richtigen« Erzeugern einzukaufen, wie sie ihm erklärte.

»Die Märkte, das sind noch echte Treffpunkte«, sagte Jean-Pierre und zeigte auf die Menschen, die in Gruppen zusammenstanden und eifrig aufeinander einsprachen. »Obwohl es früher lebendiger war«, bedauerte er.

»Ach, es ist doch recht lebendig für einen kalten Samstag im Februar«, widersprach Duval höflich. Eigentlich hatte er sich den Markt auch bunter und größer vorgestellt.

»Ach, kein Vergleich mit früher«, meinte Jean-Pierre. »Aber die alten Bauern sterben weg und es kommen keine nach. Niemand will mehr diese schwere Arbeit machen auf dieser harten, kargen Erde voller Steine.« Er seufzte. »Ich habe die Arbeit auf dem Hof meiner Eltern irgendwann auch gegen einen besser bezahlten Posten bei der D. D. E. getauscht. Das habe ich Ihnen schon erzählt, oder?«

Duval nickte. »Dass Sie bei der D. D. E. waren, daran kann ich mich erinnern.«

»Obwohl ich die Arbeit auf dem Hof gern gemacht habe. Aber davon kann man heute einfach nicht mehr leben. Alles ist so teuer geworden. Und er war so abgelegen, der Hof. Da kam kaum einer vorbei. Schon gar nicht im Winter. Deswegen geht man ja auch auf die Märkte. Um sich zu sehen und sich auszutauschen.« Er blickte umher. »Aber wir werden immer weniger. Viele gehen in die Stadt. Was wollen Sie machen«, er zuckte mit den Schultern. »Früher«, sagte er, »früher, da war Castellar der wichtigste Umschlagplatz für Vieh. Die Bauern, Schäfer und die Viehhändler kamen von weit her. Nicht im Februar«, fügte er hinzu. »Aber im Juni und im September. Da war hier was los! Der September, wenn die Schäfer von den Bergen hinabkommen, um ihre Schafe zu verkaufen, hach, das waren Zeiten«, erinnerte er sich. »Manchmal standen dort drüben bis zu 25 000 Schafe.« Er zeigte auf den großen leeren Platz am Ortsausgang. »Und Castellar platzte aus allen Nähten, in allen Kneipen war was los. Es wurde gegessen, getrunken und später manchmal auch getanzt.« Er seufzte. »Das kann man sich gar nicht vorstellen, wenn man das heute hier sieht. Kommen Sie mal im Juni oder im September, das sind immer noch die schönsten Märkte. Wenn es auch nicht mehr so ist wie früher.« Er schüttelte bedauernd den Kopf. »Ich gehe dann mal weiter«, verabschiedete er sich. »Einen schönen Tag noch!«

»Danke, gleichfalls«, wünschte Duval und sah sich nach Annie um. Sie winkte von Weitem und kam auf ihn zu.

»Na«, sagte Annie, »Jean-Pierre hat einen Narren an dir gefressen, scheint mir.«

»Er ist irgendwie rührend, aber auch redselig.«

»Ja, er ist ein herzensguter Kerl, ein bisschen einfältig, und viele nutzen seine Großzügigkeit aus. Aber komm, ich muss dir noch jemanden vorstellen. Eine ganz besondere Persönlichkeit hier im Tal.«

Duval seufzte, aber Annie schleppte ihn schon zu einem beleibten älteren Mann mit grauem Bart und schwarzem Hut, der, trotz der Kälte, nur ein offenes rot kariertes Flanellhemd über einem T-Shirt trug und behäbig hinter einem weiteren Käsestand saß. Nichts machte ihn auf den ersten Blick zu einer außergewöhnlichen Persönlichkeit. Neugierig und freundlich sah der Mann ihn an. »Der Freund von Annie, soso. Ich bin Gérard.« Er drückte ihm die Hand. »Kalt hier oben, was?«, fragte er.

»Allerdings«, bestätigte Duval. Er hatte sogar eine Mütze aufgesetzt, derart unangenehm war ihm die Kälte heute Morgen, nach dem kurzen Ausflug ins milde Klima der Küste. Was für unterschiedliche Welten, und das nur zwei Autostunden entfernt.

»Es gibt Sie also wirklich«, sagte der dicke Mann amüsiert. »Wissen Sie, ich dachte, Annie habe Sie nur erfunden, damit die Männer hier oben sie in Ruhe lassen.«

»Ach was«, machte Duval und blickte hinüber zu Annie,

die schon wieder mit anderen Menschen ein paar Schritte weiter diskutierte.

»Na, so einen hübschen weiblichen Neuzugang haben wir nicht alle Tage, wissen Sie. Da macht sich manch einer Hoffnungen.« Er sah Duval prüfend in die Augen. »Wo leben Sie sonst?«

»In Cannes.«

»Ach. In Cannes, ich hätte es mir denken können, Annie war ja vorher auch in Cannes. Probieren Sie mal meinen Käse«, er hielt Duval ein Holzbrett mit kleinen Käsewürfeln hin. »Den gibt's nicht in Cannes, den gibt's nur hier!«

»Danke«, Duval nahm ein Würfelchen Käse und steckte es in den Mund. »Machen *Sie* den Käse?«

»Na ja, um korrekt zu sein, den Käse macht mein Sohn, aber da ich es bin, der ihn auf den Märkten verkauft, sprechen die Leute immer von Gérards Käse, und ich manchmal auch schon. Und?«, fragte der Mann erwartungsvoll.

»Sehr fein«, bestätigte Duval kauend. »Ich nehme ein Stück davon. Welcher ist es?«

»Der hier.« Gérard tippte auf einen der Käselaibe auf seinem Tischchen. »Ich finde ihn auch sehr gelungen diesmal. Sie können diesen hier aber auch gern probieren.« Er hielt ihm ein anderes Brettchen mit Käsewürfeln entgegen.

»Was ist der Unterschied?«

»Die Reifezeit.«

»Aha.« Duval probierte auch den zweiten Käse. »Erstaunlich«, befand er überrascht. »So viel Geschmack! Und das ist der gleiche Käse?«

»Ja«, Gérard lächelte leicht. »Das ist eben handgemachter Käse, er ist in jedem Reifestadium anders. Das hat nichts mit dem Käse zu tun, den sie im Supermarkt bekommen und der immer gleich schmeckt. Der, den sie zuerst probiert haben, ist noch recht jung. Der ist nur einen Monat gereift. Der zweite hat vier Monate im Reifekeller gelegen. Viel älter wird er bei uns nicht, dafür ist unsere Produktion zu gering und die Nachfrage zu groß«, lächelte er. »Ich bin auch ganz überrascht von dem hier«, sagte er und tippte mit dem Messer auf den Käselaib mit der dunklen Rinde. »Sie sind immer alle ähnlich und doch wieder anders. Wie der Käse ist, weiß man wirklich erst, wenn man ihn anschneidet.«

»Aha«, sagte Duval verständnislos. »Aber Sie machen ihn doch immer auf die gleiche Art?«

»Ja, natürlich, aber schon die Milch variiert, je nachdem ob die Kühe auf der Sommerweide frisches Gras oder im Winter überwiegend Heu fressen. Unsere Kühe sind zwar fast das ganze Jahr draußen, aber es gibt doch einen Unterschied. Und das Erhitzen der Milch spielt eine Rolle, und das Lab und die Temperatur in der *Fromagerie*, und die Käsebakterien im Reifekeller und jede Menge andere Faktoren. Es ist wie beim Wein oder beim Kochen«, erklärte er. »Es ist immer die gleiche Traube oder Sie verwenden immer das gleiche Rezept, aber es wird doch immer wieder anders. Mit dem handgemachten Käse ist es genauso. Und jeder von uns hier«, er zeigte auf die beiden Männer an den anderen Käseständen, »jeder macht Käse aus Kuhmilch und trotzdem sind sie alle anders. Welchen Käse möchten Sie also?«

»Den ersten«, Duval tippte auf den Käselaib, »oder ... ach geben Sie mir von beiden ein Stück«, entschied er dann.

Gérard lächelte. »Wie viel wollen Sie?« Er hielt ein großes Messer an den Laib Käse und deutete damit eine Ecke an. »So viel etwa?«

»Genau«, bestätigte Duval und Gérard schnitt eine tortenstückgroße Ecke aus den beiden Käselaiben, wog sie ab und wickelte sie in ein Papier. »Macht neun Euro.«

Duval nahm zehn Euro aus seinem Portemonnaie. »Bitte schön.«

Gérard gab ihm einen Euro zurück und reichte ihm das kleine Paket. »Lassen Sie es sich schmecken. Falls Sie ihn im Kühlschrank aufbewahren, denken Sie daran, ihn rechtzeitig vor dem Essen rauszunehmen, damit er sein Aroma entfalten kann. Am besten wäre es, wenn Sie ihn in einem kühlen, trockenen Raum aufbewahren könnten, in einer Speisekammer oder einem kleinen *garde-manger*, wenn Sie so etwas haben.«

Duval schüttelte bedauernd den Kopf. »Habe ich nicht, aber so lange wird der Käse auch gar nicht aufbewahrt, denke ich, der wird gegessen«, grinste er.

»Ah, du hast auch Käse gekauft, sehr gute Wahl.« Annie hängte sich bei Duval ein. »Siehst du, da ist er, der große Unbekannte mit der schwarzen Mütze«, wandte sie sich an Gérard. »Ich habe dir gesagt, dass ich ihn dir eines Tages vorstelle, Gérard. Ist Monique nicht da? Monique ist Gérards Frau«, erklärte Annie.

»Nein, sie hat Schmerzen in den Knien, sie wollte nicht den ganzen Tag hier in der Kälte herumstehen.«

»Dann sag ihr schöne Grüße von mir und gute Besserung, wie geht's den Kindern? Und den Enkeln?«

»Gut, sehr gut, danke. Magali kommt sicher zum Essen runter und bringt die Kleinen mit. Wo esst ihr nachher? Wir werden ins *Le Central* gehen. Wollt ihr nicht dazukommen?« Er sah auf die Uhr. »Dann musst du vielleicht schnell noch zwei Plätze reservieren.«

»Das *Central* ist *das* Restaurant am Platz«, erklärte Annie. »Gaël, der Besitzer und Koch, macht ganz fantastisches

Essen! Mit lokalen Produkten in Bio-Qualität. So etwas Feines findest du im Hinterland so schnell nicht mehr. Da müssen wir mal hin, solange du da bist«, wandte sie sich an Duval, »aber«, sie sah Gérard an und schüttelte bedauernd den Kopf, »nicht heute. Ein andermal gern, wirklich. Ich habe Léon versprochen, eine kleine Tour zu machen«, erklärte sie. »Bevor es morgen wieder schneit«, fügte sie noch hinzu.

»Zwei Städter in den Bergen«, witzelte Gérard. »Du weißt schon, dass es besser wäre, frühmorgens loszugehen?«

»Ja«, sie wehrte ab. »Wir gehen nicht so weit.«

»Wo geht ihr hin?«

Annie zögerte kurz.

»Ich frage nicht aus Neugier, Annie«, erklärte Gérard, »aber irgendjemand muss wissen, wo ihr hingeht, einfach zur Sicherheit ... du hast gesehen, was mit Ravel passiert ist.«

»Ja«, Annie lächelte beruhigend. »Danke, dass du dich um uns sorgst, aber wir gehen nicht allein. Eric wird uns führen«, sagte Annie. »Eric Lemoine.«

»Eric? Eric aus Ste. Agathe?« Gérard war erstaunt.

»Genau der«, sagte Annie leichthin. »Es wird ihm vielleicht nicht so gefallen, dass ich nicht allein komme, aber da muss er durch«, lenkte sie das Thema wieder in andere Bahnen.

»Ach Eric, der ewig unglücklich Verliebte, ob der noch mal jemanden findet?«, ließ Gérard sich ablenken.

Laute Stimmen unterbrachen das Gespräch. Ein Handgemenge bildete sich. Annie hob den Kopf, als wittere sie etwas. Duval spannte sich an. Eine Gruppe Menschen hatte sich auf dem Marktplatz eingefunden und wurde sofort umringt.

»Der Herr Abgeordnete. Wurde aber auch Zeit, dass der sich blicken lässt«, sagte Gérard düster. Er schaute von Annie zu Duval. Jetzt schien er zu verstehen. »Sie sind auch Journalist?«, fragte er und sah Duval aufmerksam an.

»Nein.« Duval schüttelte den Kopf und auch Annie machte eine abwehrende Kopfbewegung. »Alles, nur das nicht«, fügte Duval noch hinzu und sah Annie hinterher, die sich schon mit gezückter Kamera von den beiden entfernt hatte.

»Ah, der Wolf, das ist wirklich eine Plage«, seufzte Gérard. »Vor zwanzig Jahren, als die ersten hier wieder gesichtet wurden, da war ich sogar noch Feuer und Flamme, können Sie sich das vorstellen? Ich habe den Wolf verteidigt, konnte mir nicht vorstellen, dass ich das mal anders sehen würde.«

»Sie haben auch Probleme mit dem Wolf?«, fragte Duval überrascht.

»Allerdings. Wir haben vier Färsen verloren letztes Jahr. Das sind junge Kühe«, erläuterte er.

»Durch den Wolf?«

»Wir können das nicht beweisen, aber was soll es sonst sein? Wir vermuten, dass die Kühe in Panik davongerannt sind und sich dabei verletzt haben. Eine fiel dabei in die Schlucht, eine zweite hat sich ein Bein gebrochen und die dritte hatte so schwere Verletzungen am Hinterteil ... wir mussten sie alle töten.« Er sah düster vor sich hin.

»Und die vierte?«

»Von der vierten haben wir nur noch das abgefressene Skelett gefunden. Wir haben sie nur noch an den Hörnern erkannt. Wollen Sie mal ein Foto sehen?«

Noch bevor Duval antworten konnte, hatte er ein Smartphone aus der Tasche gezogen und suchte darin ein Foto.

»Hier«, er hielt es ihm hin. Duval sah eine lange Wirbelsäule auf einem Waldboden liegen, von einer Kuh war nichts mehr zu erkennen, außer den beiden ungleichmäßig geformten Hörnern am skelettierten Kopf. Es erinnerte stark an das Foto des Skeletts des Rangers, das der Jäger an Annie geschickt hatte.

»Beeindruckend, was?«

»Allerdings«, stimmte Duval zu. »Weiß Annie davon?«

»Ich glaube nicht.«

»Warum nicht?«

Gérard zuckte mit den Schultern.

»Und es war der Wolf, das ist sicher?«

»Gesehen haben wir ihn nicht. Das ist das Problem. Er kommt immer, wenn niemand da ist. Aber es gibt ein Rudel in der Nähe unseres Dorfes, das ist sicher. Dafür haben wir jede Menge Anzeichen. Das Wild aus den Wäldern kommt immer näher an die Dörfer und frisst mehr und mehr in unseren Feldern und in den Gärten, und das trotz Elektrozäunen. Die Rehe machen da einfach einen eleganten Schritt drüber, der Zaun stört sie gar nicht.«

»Hm«, machte Duval. »Ich gehe auch mal schauen«, sagte er und blickte Richtung Annie. »Bis später vielleicht.«

»Ja, machen Sie das, bis später«, erwiderte Gérard.

Auch andere Marktbesucher näherten sich jetzt der Gruppe um den Abgeordneten, der mit einigen Getreuen aus dem Landtag, dem Bürgermeister von Castellar und Mitgliedern aus dem Stadtrat gekommen war. Ein wild aussehender, kleiner gedrungener Mann, der von zwei anderen sekundiert wurde, hatte sich vor dem Abgeordneten François Dupré aufgebaut und rief mit dramatisch lauter Stimme: »Nichts machen Sie! Nichts! Nur Versprechungen vor der Wahl und dann passiert nichts! Ich habe Sie gewählt, weil Sie mir in die Hand versprochen haben, sich für uns einzusetzen. Ich habe Ihnen vertraut, weil Sie von hier sind. Aber Sie sind genau wie die anderen. Nach der Wahl haben Sie uns vergessen. Was tun Sie für uns? Nichts! Das ist eine Schande! Wissen Sie, wie wir hier jeden Tag leben? Nein! Gar nichts wissen Sie! Gar nichts! So geht es nicht mehr weiter! Das ist das Ende der Schäferei. Wollen Sie das?«

»Natürlich nicht, Olivier, beruhigen Sie sich!«

»Ich beruhige mich, wenn Sie endlich etwas für uns tun!«

»Olivier!«, versuchte der Abgeordnete den aufgebrachten Mann zu besänftigen. »Olivier, glaube mir, ich habe euch nicht vergessen, aber es ist nicht so einfach, wie du dir das vorstellst. Der Park ...«

»Der Park!«, unterbrach der wilde dunkle Mann sofort. »Der Park! Der Park! Sie kotzen mich an mit Ihrem Park. Kein Mensch hat ihn hier gewollt, diesen Dreckspark. Er sollte uns und die Natur schützen, hieß es. Und jetzt? Das Gegenteil ist eingetreten. Ich sehe nur noch Verbote und Einschränkungen für uns. Ständig werden wir überprüft und kontrolliert und bekommen Geldbußen auferlegt, weil wir einen heiligen Grashalm im *Park* abgeknickt haben. Was für einen Sinn macht denn so ein Naturpark noch für uns, die wir in und mit und von der Natur leben? Touristen latschen ohne Sinn und Verstand durch unsere Herden, und der Wolf, der darf unkontrolliert alles ...«

»Wir müssen weiter, *Monsieur le Député*.« Leise, aber deutlich machten sich die Begleiter des Abgeordneten bemerkbar. »Einen Moment noch«, sagte François Dupré.

»Olivier«, sagte der Abgeordnete leise und eindringlich, »ich bin auf eurer Seite. Du weißt, dass ich sogar einen Verleumdungsprozess am Hals habe, weil ich gesagt habe, der Wolf sei wieder eingesetzt worden und nicht von allein gekommen?!«

»Na und?«, machte Olivier mit einer wegwerfenden Handbewegung. »Was hilft mir das?«

»Es zeigt dir nur, dass ich kein Blatt vor den Mund nehme. Ich setze mich für euch ein, aber um Politik auf Departementsebene oder sogar auf nationaler Ebene zu beeinflussen, braucht es Zeit. Das geht nicht von jetzt auf gleich. Verstehst du? Man muss mit den richtigen Leuten reden, zum richtigen Zeitpunkt.«

»Na, dann reden Sie aber bald mit den richtigen Leuten, bevor wir Schäfer das Handtuch werfen. Wenn es so weitergeht, wird es bald keine Schäfer mehr in Frankreich geben und auch keine Schafe«, rief er aufgebracht. »Wie wollen Sie denn, dass wir zukünftig noch konkurrieren mit dem billigen Lammfleisch aus Neuseeland, hä?! Die haben dort keinen Wolf, die produzieren extensiv ohne irgendwelche Einschränkungen und überschwemmen unsere Supermärkte mit ihrem billigen Fleisch, aber wir, wir müssen ständig noch mehr Geld für den Schutz unserer Herden ausgeben. Wie sollen wir das denn kalkulieren, frage ich Sie. Wenn wir als Schäfer wirtschaftlich überleben wollen, müssen wir unser Fleisch zwangsläufig teurer verkaufen. Noch teurer! Das können Sie ja mal versuchen, dem Verbraucher zu erklären, und ihm vom Wolf erzählen! Der hustet ihnen was, der Verbraucher! Und von wegen Qualität und kurze Produktionswege. Letzten Endes zählt nur der Preis. Wenn das Fleisch aus Neuseeland billiger ist als das aus der Region, zuckt der Verbraucher nur die Achseln und kauft seine Lammkeule im Supermarkt. Ich kann's ihm nicht verdenken. Jeder muss heute schauen, wo er bleibt.

Aber für uns bleibt da nichts mehr. Für uns ist es das Aus, verstehen Sie das? Ein ganzer traditioneller Berufszweig geht hier vor die Hunde! Ich glaube manchmal, dass Sie genau das wollen. Sie töten uns!«, rief er dramatisch und spuckte zur Bekräftigung auf den Boden.

»Geduld, Olivier, Geduld! Ich bitte dich! Und heute bin ich aus einem anderen Grund hier.«

»Ha! Wegen dem Dreckskerl kommen Sie?! Aber vielleicht wachen Sie jetzt auf! Jetzt sehen Sie, dass der Wolf da ist und was er tut. Wenn uns etwas passiert, interessiert es keinen, aber für einen edlen Ranger«, er spuckte aus, »ja, für den gibt man sich gern mal die Ehre.«

»Olivier«, sagte der Abgeordnete streng, »ich weiß nicht, wovon du sprichst.« Er wandte sich ab und wurde von seinen Begleitern sofort umringt und von Olivier abgeschirmt. François Dupré schüttelte nun Hände von Bürgern, denen es offensichtlich eine Ehre war, ihrem Landtagsabgeordneten so nah zu kommen.

»Ich werde ihn abschießen, wenn ich ihn sehe, den Dreckswolf, das können Sie mir glauben. Und wenn Sie mich dafür anklagen wollen, dann tun Sie es!«, brüllte Olivier wütend und wurde nun seinerseits von anderen Männern beschwichtigt.

»Hör auf, Olivier!«

»Sag das nicht so laut, Olivier, du wirst Ärger bekommen.«

Der Abgeordnete drehte sich noch einmal um. »Ich habe das jetzt nicht gehört, Olivier, aber mäßige dich!« Dann schnell wieder ein professionelles Lächeln und Händeschütteln für andere Bürger.

»Olivier!« Annie hatte sich dem wilden Schäfer genähert, der sich noch immer ereiferte, umringt von Freunden, die versuchten, ihn zu beruhigen.

»Olivier Mounier!«, wiederholte sie laut.

»Was?«, blaffte der Mann sie an. »Was wollen Sie?«

»*Bonjour* erst mal«, Annie lächelte ihn und die anderen Männer charmant an. Es wirkte immer. Gerade hier in der Bergwelt, in der die rauen halbwilden Männer selten von einer Frau offen angelächelt wurden. Und lange blonde Locken bekam man hier auch nicht oft zu sehen. Annie war sich ihres Äußeren und ihrer Wirkung auf die Männer durchaus bewusst. Aber sie war trotz ihrer zierlichen Statur und ihres weiblichen Erscheinungsbildes eine energische und angstlose Frau und beeindruckte in der Folge eher durch ihr Auftreten. »Sie wissen, wer ich bin, oder? Annie Chatel«, stellte sie sich vor.

»Die Journalistin«, raunten die Männer, und wenn Olivier sich von ihrem gewinnenden Lächeln zunächst hatte besänftigen lassen, so war er bei dem Wort »Journalistin« wieder aufgebraust. »Die Journalistin! Na, Sie haben mir noch gefehlt zu meinem Glück. Was wollen Sie?«

»Ich habe gehört, was Sie gesagt haben. Ich würde gern mit Ihnen reden.«

»Worüber?«

»Über Sie. Über die Schäferei.«

»Ach was? Interessieren Sie sich jetzt neuerdings für die Schäferei?« Olivier sah sie spöttisch an.

»Ich interessiere mich für alles, was hier oben passiert«, gab sie ungerührt zurück. »Auch für den Wolf«, fügte sie dann noch hinzu.

Die Männer sahen sie abweisend an. »Red' nicht mit der«, zischte ihm ein Mann halblaut ins Ohr. »Du kennst sie nicht, du weißt nicht, was sie aus dem macht, was du ihr erzählst. Die Journalisten sind alle vom gleichen Schlag, am Ende schreiben sie nur, was ihnen selbst gefällt!«

»Na, jetzt hören Sie mal auf«, widersprach Annie. »Sie kennen mich doch gar nicht.«

»Eben«, gab der Mann zurück. »Wir kennen Sie gar nicht. Wer weiß, für wen Sie arbeiten. Was Sie wirklich denken.«

»Dann informieren Sie sich«, sagte Annie ungerührt. »Hier«, sie reichte Olivier ihre Visitenkarte. »Melden Sie sich bei mir, wenn Sie mir etwas erzählen wollen.«

»Und wenn nicht?«

Annie zuckte mit den Schultern. »Ich würde mir das überlegen an Ihrer Stelle«, sagte sie zu ihm und blickte auch in die Männerrunde. »Ich kann Ihnen immerhin eine gewisse Medienaufmerksamkeit verschaffen. *Au revoir.*« Sie hielt Olivier die Hand hin.

Olivier musterte sie und hinter seinem düsteren Gesichtsausdruck erschien ein listiges Lächeln. Er schlug in die ihm hingehaltene Hand ein. »*Au revoir.* Wir sehen uns wieder«, fügte er hinzu.

»Schön.« Annie lächelte. »Dann bis bald also.«

»Bis bald!«

»Gehen wir?« Annie zog Duval mit sich. Sie winkte von Weitem einen Abschiedsgruß in Richtung der Marktstände, von denen aus man die ganze Szene beobachtet hatte. Auch Duval hob die Hand zum Gruß.

»Wollen wir nicht doch mit den anderen essen gehen? Das wäre doch eine gute Gelegenheit, zu hören, was die Leute reden, oder?«

»Ja«, stimmte Annie zu. »Aber ich dachte, du wolltest unbedingt zum Tatort?«

»Beides können wir nicht machen? Oder morgen?«

»Leider nein«, Annie schüttelte den Kopf. »Wir müssen

ja nicht nur hin-, sondern auch wieder zurückkommen, und wenn wir hier mit den anderen essen gehen, wird es zu spät. Du hast keine Ahnung, wie lange sich diese Essen an Markttagen hinziehen. Das ist *das* gesellige Ereignis im Monat! Da wird gegessen und geredet und weitergegessen und zu allem wird getrunken und noch mehr getrunken. Das ist supernett, könnte tatsächlich auch sehr interessant werden, aber danach ist man in einem eher trägen Zustand und außer heimfahren und früh ins Bett gehen macht man an so einem Tag nichts mehr.« Sie verdrehte theatralisch die Augen. »Und alle sagen, dass es morgen wieder schneien wird, sie täuschen sich hier selten, was das Wetter angeht, weißt du. Das will ich nicht riskieren. Wenn wir zum Tatort wollen, müssen wir das heute noch machen. Wir müssen Prioritäten setzen, wie es so schön heißt.«

»Erklär mir mal, was da gerade los war, ja?«, bat Duval, als er auf dem Beifahrersitz den Sicherheitsgurt anlegte. Sie waren wieder mit Annies Wagen unterwegs. »Wer ist dieser Olivier? Und der Politiker, den habe ich schon immer mal gesehen neben Tozzi und Konsorten, was ist das für einer?«

»Olivier ist Schäfer und er ist der Rebell unter den Schäfern.«

»Ja, das habe ich gesehen. Und er ist gegen den Wolf.«

»Ist das eine Frage?«

»Eine Feststellung.«

»Ja. Sicher. Die Schäfer sind alle gegen den Wolf. Das kann man durchaus verstehen. Die haben ihren Job jahrelang seelenruhig gemacht, da stört die Veränderung jetzt natürlich. Aber früher gab es den Wolf auch und die Schäfer im letzten Jahrhundert haben sich damit arrangiert. In Italien und in Spanien leben die Schäfer auch mit dem Wolf. Ich finde das manchmal ein bisschen einfach, zu sagen, wir wollen den Wolf nicht mehr, weil er uns zwingt, anders zu arbeiten. Da sind sie vielleicht ein bisschen, *ähm*, sagen wir unflexibel.«

»Hm, das klang aber einleuchtend, was er über die Konkurrenz mit Neuseeland gesagt hat, finde ich. Ich habe mir da bislang gar keine Gedanken gemacht, dass ein Land, das so weit weg ist, eine Konkurrenz für die hiesigen Erzeuger darstellen könnte. Und dass es unter anderem daran liegt, weil es in Neuseeland keinen Wolf gibt. Das ist doch ein Argument, oder?«

»Hm«, machte Annie. »Vielleicht. Aber Olivier ist vor allem ein wilder Aktionist«, fügte sie dann hinzu. »Habe ich dir nie von dem Skandal bei dem Infoabend für den Wolf erzählt?«

»Glaube nicht.«

»Das war echt der Hammer«, begann Annie. »Ich war da, weil der Park mich gebeten hatte, ein bisschen ausführlicher über die Infoabende über den Wolf zu berichten. Aber ich hatte wenig Lust, ich habe an so einem Infoabend schon mal teilgenommen, es ist im Prinzip immer das Gleiche. Sie zeigen einen sehr schönen Naturfilm und dann gibt es einen vertiefenden Vortrag oder es werden Fragen beantwortet. In der Regel kommen da nur ein paar Touristen. Das war an dem Abend nicht anders. Es war überhaupt niemand aus Castellar anwesend, nur Michel und Claudie, zwei recht aktive Ökoaktivisten, die sind fast immer dabei, sonst nur Touristen, Familien mit Kindern. Die Stimmung war ganz klar ›pro Wolf‹, es sah nicht aus, als sollte es noch eine kontroverse Diskussion geben, und ich wollte mich schon aus dem Staub machen, als es im Vorraum plötzlich hörbar zu einem Handgemenge kam.«

»›Oh oh, oh, hee‹, brüllte jemand. ›Ich mache, was ich will!‹ Eine Frau schrie und dann wurde schon die Tür zum Saal aufgerissen, ein Mann stürmte hinein und so schnell konnte ich gar nicht begreifen, was los war, da hatte er schon einen halb verwesten Schafskadaver zwischen die Menschen geworfen. Überall Blut und Dreck und Scheiße und es stank ganz fürchterlich. Es war grässlich. Alle schrien und sprangen auf und jeder war irgendwie mit Blut und Dreckspritzern besudelt. ›Da seht ihr, was er macht, euer Wolf!‹, hat der Mann gebrüllt. Er hatte blutunterlaufene Augen, ich weiß nicht, vielleicht hatte er auch getrunken. Er war wirklich Furcht einflößend, stand da wie ein Rachegott. Die Kinder schrien und heulten. Die Touristen drückten sich an den Wänden entlang, sie waren empört, angeekelt, und versuchten, ihren verängstigten Kindern den Anblick des verwesten Kadavers zu ersparen. Das Mädchen vom Park war völlig überfordert. Michel und Claudie versuchten, den Mann zu beruhigen und nach draußen zu bringen, aber er randalierte und brüllte, dass er keine Lust mehr habe auf diese Wolfspropaganda, dass sie gern alle mit ihm nachts bei den Schafen schlafen könnten, damit sie wüssten, was es bedeutet, heutzutage Schäfer zu sein, zu Zeiten des Wolfs und so weiter. Irgendjemand hatte die Gendarmerie angerufen und drei Beamte waren innerhalb kürzester Zeit da. Sie haben den Kerl, der wie ein Wilder randalierte, mitgenommen. Am Ende brüllte er, die Leute vom Park gehörten eingesperrt, und nicht er!«

»Und das war Olivier?«

»Ja, es war meine erste Begegnung mit ihm.«

»Eindrucksvoll.«

»Allerdings.«

»Wusstest du, dass Gérard, so heißt er doch, Gérard, der ältere Mann, von dem ich Käse gekauft habe?«

Annie nickte.

»Wusstest du, dass sie auch vier Kühe verloren haben? Er sagt, durch den Wolf.«

»Ach was? Vier Kühe?! Nee, das wusste ich nicht.« Sie blickte Duval befremdet an. »Und das hat er dir einfach so erzählt?«

»Ich habe gefragt.«

»Aha.« Annie schwieg.

»Ich fand ihn sympathisch.«

»Ja!«, bestätigte Annie. »Gérard ist ein ganz großartiger Mensch, vorurteilslos und sehr frei. Er hat in den späten Sechzigerjahren einen Hof von seinem Onkel übernommen und eine Hippiekommune aufgemacht.«

»Eine Hippiekommune? Echt?«

»Das wilde Leben sieht man ihm heute nicht mehr an«, sie grinste. »Musst du dir eines Tages mal von ihm erzählen lassen.«

»Gern. Und sag mal, der Politiker? Das ist Dupré, oder? François Dupré?«, fragte Duval weiter.

»Genau. François Dupré. Der wird hier im Tal sehr verehrt. Einer von uns ist ›was Hohes‹ geworden, sagen sie hier. Was Hohes! Schau mal«, unterbrach sie sich, »da wollen wir hin.« Annie deutete in eine Richtung: von Weitem sah man eine Ansammlung von Häusern, die dicht aneinandergeschmiegt vor einem Berggipfel thronten. »Von hier hat man den schönsten Blick auf Ste. Agathe. Wenn man oben ist, merkt man leider nichts mehr von dieser pittoresken Kulisse, aber man hat dafür einen tollen Blick auf das Tal. So, und ab jetzt wird's steil und kurvig.«

Duval sah beeindruckt aus dem offenen Fenster. Die Sonne schien freundlich, der Himmel war hellblau, aber von milchigen Wolkenschlieren durchzogen. Sie waren von der kurvigen Kreisstraße auf eine kleine Nebenstraße abgebogen. Die Serpentinen des einspurigen Sträßchens schraubten sich steil in die Höhe.

»Kurvig ist es doch schon die ganze Zeit.«

»Ja, aber das war nur ein kleiner Vorgeschmack. Jetzt geht's erst richtig los.« Sie lachte. Dann sah sie ihn an: »Dir ist doch nicht schlecht oder so was?!«

Duval schüttelte den Kopf. »Noch nicht, zumindest. François Dupré also ...«

»François Dupré«, sagte sie gedehnt, »ist eigentlich nur der Sohn seines Vaters, der auch schon Landtagsabgeordneter und später Senator war. Er folgt nur einer vorgezeichneten provinziellen Politikerkarriere, aber für die Leute hier ist er etwas Besonderes und gleichzeitig doch immer auch einer von ihnen. Und der eine oder andere von hier war mit ihm in der Grundschule und später noch im Collège, bevor François als Interner aufs Gymnasium nach Cannes wechselte. Das schaffen hier nur ganz wenige. Nicht wegen der fehlenden Intelligenz, sondern weil das Gymnasium, die Stadtschule, wie sie hier sagen, nur etwas für die ist, die sich die Kosten für das Internat oder ein Zimmer in einer privaten Unterkunft leisten konnten. Später hat er dann studiert. Wirtschaftswissenschaften, und soviel ich weiß, nur das Nötigste, gerade genug, um einen Abschluss zu haben. Eine praktische Ausbildung als Buchhalter hat er auch gemacht. Er war zunächst Unternehmer und verdiente sein Geld mit den Skiliften in Valberg. Später wurde er dort Bürgermeister, genau wie sein Vater. Manche, die ihm böse wollen, sagen giftig, selbst das Bürgermeisteramt habe er von seinem Vater geerbt.« Sie grinste. »So ist das hier. Heute ist er auch Landtagsabgeordneter in Nizza. Aber die Duprés sind von hier. Sie haben Haus und Besitz in den Bergen, sie leben überwiegend hier, und sie pflegen den Kontakt zu den Menschen, und die sind ihnen dafür dankbar. Noch Fragen?«

»Und wie passt jetzt Ravel da rein?«

»Ravel.« Sie schnaufte. »Ich weiß nicht. Ich habe gestern alles noch mal gelesen, was ich über sein Verschwinden geschrieben habe. Schau mal in meiner Tasche, ich habe es ausgedruckt.«

Duval suchte in ihrer Tasche und fand mehrere zusammengefaltete Blätter, die mit einer Büroklammer aneinandergeheftet waren. »Ist es das?«

Sie warf einen Blick darauf und nickte. Duval überflog die drei Artikel.

Intensiv begonnen hatte die Suche nach Régis Ravel, 53 Jahre alt, gehobener Beamter im Dienst des Parc du Mercantour, am Dienstag, den 31. Oktober. Ausgehend vom Parkplatz Belvedere, wo man sein Auto, einen japanischen Geländewagen, unverschlossen gefunden hatte, wurde der *Secteur Terre Rouge* mit einem Maximum an Personal durchkämmt. Das Gelände auf einer Höhe von durchschnittlich 1700 Metern war unwegsam und schwer zugänglich. Allein dreizehn Gendarmen des PGHM, *Les pelotons de gendarmerie de haute montagne*, einer Einheit, die auf Rettung im Hochgebirge spezialisiert ist, waren zugegen, sie wurden unterstützt durch einen Helikoptereinsatz des Zivilschutzes. Dennoch blieb die Suche, die am ersten Abend bis 21.30 Uhr dauerte, erfolglos. Am zweiten Tag hatte man die Suche wieder aufgenommen und zusätzlich einen Sankt-Hubertus-Hund, der über außergewöhnliche Riechfähigkeiten verfügte, eingesetzt. Ebenso hatte die GMP-Einheit der Freiwilligen Feuerwehr sich an der Suche beteiligt. Sie war aber ebenso erfolglos geblieben. Der einsetzende starke Schneefall am Morgen des 2. November, der über mehrere Tage und Nächte nicht nachgelassen hatte, hatte die weitere Suche nach Régis Ravel vorzeitig beendet.

Er sah auf. Ihm war beim Lesen leicht schwindlig geworden.

»Und wusstest du, dass er ursprünglich aus Cannes stammt? Das ist mir gestern wieder eingefallen. Vielleicht bekommst du den Fall ja auch auf den Schreibtisch? Oder es hat ihn schon einer?«, fragte Annie.

»Hm«, machte Duval. »Wenn sich bei mir etwas getan hätte, hätte Villiers mich schon angerufen. Wenn die Gendarmerie hier ermittelt, dann ist das zunächst deren Zuständigkeit. Wir sind erst dran, wenn der Fall irgendeine Wendung Richtung Cannes nimmt. Ich kann Villiers aber mal anrufen«, sagte er und holte sein Telefon heraus. »Oh. Kein Netz«, sagte er.

»Ah ja«, Annie seufzte, »das ist hier ständig so. Später im Dorf geht es sicherlich.«

»Kanntest du ihn näher? Ravel meine ich.«

»Was meinst du mit näher?«, fragte sie zurück und warf ihm einen frechen Blick zu.

Duval verdrehte kurz die Augen.

»Ich habe das auch schon überlegt«, sagte sie nun sachlich. »Ich weiß tatsächlich gar nicht viel über ihn. Er ist mir nur ein paarmal bei offiziellen Gelegenheiten begegnet. Ich fand ihn nie sehr charmant, um ehrlich zu sein. Obwohl er kein schlechter Typ war. Also, er sah gar nicht schlecht aus, meine ich. War groß, sportlich, kleine intellektuelle Brille, etwas wortkarg. Das finde ich ja durchaus anziehend.«

Sie grinste Duval verschmitzt an. »Aber wir hatten keinen richtigen Draht zueinander. Ich habe, wenn ich ein Statement vom Park brauchte, lieber seine Kollegin Aurélie angerufen.«

»Du meinst, du fandest ihn suspekt, weil er deinem Charme nicht erlegen ist?«

»*Hö!*«, machte sie und sah Duval mit gespielter Empörung an. »Na ja, vielleicht hast du recht. Das bin ich nicht gewohnt, wenn man mir widersteht.« Sie grinste.

Annie war die kurvenreiche enge Straße dynamisch hinaufgefahren. Manchmal hupte sie kurz. Auf seiner Seite ging es steil bergab und es gab nicht überall eine Begrenzung.

»Findest du nicht, dass du ein bisschen zu schnell hier hochkurvst?«, fragte Duval.

»Deswegen hupe ich ja«, war ihre kurze Antwort.

»Und was machst du, wenn dir plötzlich ein Auto hinter der Kurve entgegenkommt?«, fragte Duval.

»Der hupt ja in der Regel auch. Also hören wir uns rechtzeitig. Angst?«, fragte sie spöttisch.

»Nein«, sagte Duval, »aber ...«

»Oh!« Sie verlangsamte sofort. »Verzeih, habe ich nicht mehr dran gedacht. Du bist tatsächlich blass. Ist dir schlecht? Soll ich anhalten? Oder willst du vielleicht fahren?«

»Vielleicht hältst du mal kurz an und wir öffnen das Fenster«, sagte er. »Ich hätte beim Fahren nicht auch noch lesen sollen«, sagte er.

Sie fuhr in einer der nächsten Kurven scharf rechts ran und schaltete den Motor aus. »Tut mir echt leid.«

»Schon gut.« Duval stieg aus und atmete ein paarmal durch. Die frische Luft tat ihm gut. Wie still es plötzlich war. Man hörte keinen Laut. Weit unter ihm schlängelte sich der Fluss das Tal entlang. Er sah Castellar, wo sie vor zehn Minuten noch gewesen waren, schon spielzeugklein daliegen. Oberhalb von Castellar lag eine Schlossruine, die man unten im Dorf kaum wahrnahm. Von hier oben wirkte die ehemalige Schlossanlage plötzlich recht eindrucksvoll.

»Da ist Valberg, siehst du?« Annie zeigte auf die kaum wahrnehmbare Ansiedlung auf einem Berg im Hintergrund. »Wenn wir ein Fernglas hätten, könntest du mein Haus sehen. Es liegt in dieser Richtung.«

»Hm. Ich finde Valberg ja nicht so richtig idyllisch, trotz all der Holzhäuser, der Châlets an den Hängen ...«

»Ach, jetzt im Winter sieht es doch ganz hübsch aus«, widersprach Annie. »Aber du hast recht, man merkt durchaus, dass Valberg kein gewachsener Ort ist«, stimmte Annie zu. »Einer der ersten künstlich erbauten Skiorte übrigens, aber eben ohne ein richtiges historisches Zentrum. Jetzt, im Winter, passt alles, der Schnee mildert auch die hässlichsten Ferienwohnungskomplexe irgendwie ab, und auch die vielen Parkplätze stören weniger, einfach, weil sie genutzt werden. Im Sommer scheint alles zu groß und zu leer. Zu viele asphaltgraue Parkplätze, zu viele Restaurants mit zu großen Terrassen, und zu viele Hotels. Aber sie arbeiten ja dran, Valberg auch für den Sommer attraktiv zu machen, mit neuen Wanderwegen, einer Sommerrodelbahn, dem Golfplatz, dem Schwimmbad. Und das grandiose Panorama, das man von dort oben hat, entschädigt einen für so manche Bausünde, finde ich.« Sie zuckte mit den Schultern. »Ich habe da außerdem einen pragmatischen Ansatz, mein Häuschen ist nett, ich kann es bezahlen, das ist nicht so leicht, hier etwas zu finden, was ganzjährig vermietet wird. Die Leute vermieten lieber für die

Saison, das bringt in kürzerer Zeit mehr Geld, verstehst du? Es ist im Prinzip wie in Cannes, dort vermieten auch die meisten lieber für Kongresse. Und Valberg liegt eben im Zentrum meines Einzugsgebietes. Das ist alles.« Sie sah ihn prüfend an. »Geht's wieder? Willst du vielleicht fahren?«

»Ja«, nahm Duval das Angebot dankend an. Er fuhr die letzten Kilometer und kurz vor dem Dorf verwandelte sich das Sträßchen in eine steile, von alten Kastanienbäumen gesäumte Allee. »Stell dich am besten hierhin«, Annie zeigte direkt hinter dem Ortsschild auf einen kleinen Parkplatz, wo schon drei andere Autos schräg nebeneinandergeparkt hatten. »Und vielleicht drehst du den Wagen schon mal ... Vorsichtsmaßnahme«, fügte sie erklärend hinzu.

»Falls wir schnell abhauen müssen?«, fragte Duval in ironischem Ton.

»Nö, falls es schneit. Auf der engen Straße im Schnee zu manövrieren, das vermeide ich lieber.«

Duval sah skeptisch in den Himmel. »Du meinst, es schneit *heute* noch?«

»Kann schon sein. Hier wechselt das Wetter schnell und Schnee ist immerhin angesagt.«

Sie liefen über schmale steile Treppen durch das Dorf, das am Berghang zu kleben schien. In mehreren Reihen schmiegten sich Häuser über- und aneinander. Ehrwürdige Steinhäuser mit holzgeschindelten Dächern standen neben Häusern mit in die Jahre gekommenem Verputz und verrosteten Wellblechdächern. Windschief blickten sie mit ihren Holzbalkons allesamt in dieselbe Richtung und schienen sich gegenseitig zu stützen. Obwohl es alt und ein bisschen ärmlich wirkte, hatte das Dorf Charme und Charakter, fand Duval. Ein ursprüngliches raues Bergdorf. Aus mehreren

Schornsteinen stieg Rauch auf. Es roch auch hier nach Holzfeuer. *Auberge* stand auf einem Holzwegweiser, der nach rechts führte, und ein DIN-A4-Zettel klebte darunter, der auf ein Essen anlässlich des Patronatsfests hinwies. Man hörte Stimmen und helle, klappernde Geräusche.

»Wann ist denn das Fest der heiligen Agathe?«, fragte Duval.

»Keine Ahnung. Ich bin nicht so religiös, dass ich mir alle Namenstage und Patronatsfeste der einzelnen Dörfer und Weiler merken kann. Warum?«

»Weil es dann hier ein Festessen gibt«, sagte Duval.

»Aha«, machte Annie desinteressiert.

Sie überquerten einen länglichen, mit Kastanienbäumen gesäumten Platz, Wasser plätscherte in einem Brunnen. Vorbei ging es an der holzgedeckten kleinen Kirche und dem angrenzenden Friedhof und am Dorfausgang, vor einem Holzwegweiser, der Ziele in mehreren Richtungen anzeigte, trafen sie auf einen Mann in wetterfester Kleidung.

»Du kommst spät.« Er begrüßte Annie halb erfreut, halb verärgert. Dann musterte er Duval. »*Bonjour*«, sagte er sichtlich unerfreut und drückte ihm die Hand. »Kommt der mit uns?«, wandte er sich an Annie, als sei Duval nur Beiwerk.

»Ja«, antwortete Annie schlicht. »Léon – Eric«, stellte Annie sie einander ohne weitere Erklärungen vor.

»Na dann«, Eric schien nicht begeistert zu sein. »Ich hoffe, ihr habt beide Schneeschuhe dabei?«

»Ach«, machte Annie überrascht. »Sollten wir das?«

»Wäre besser. Ich weiß nicht, wie es da oben aussieht. Geht vielleicht auch so.« Er zuckte mit den Schultern. »Für dich habe ich Schneeschuhe mitgebracht.« Er zeigte auf die sperrigen Plastikrahmen, die an seinem Rucksack hingen.

»Aber ich wusste ja nicht, dass ...« Er beendete den Satz nicht.

»Na ja«, machte Annie leichthin, »wir probieren das so, oder Léon? Du bist schneetauglich«, entschied sie.

Duval nickte nur. Hatte er eine Wahl?

»Dann lasst uns losgehen«, befand Eric, drehte sich um und begann zügig mit dem Aufstieg. Er hatte, trotz der Bergstiefel, einen leichten Schritt, fast schien es, dass er den schmalen steilen Zickzackpfad hinaufjoggte.

Die Situation gefiel Duval nicht so richtig. Eric schien ein Auge auf Annie geworfen zu haben und sie hatte ihn wohl nicht davon in Kenntnis gesetzt, dass sie vergeben war. Und auch nicht davon, dass sie zu der Wanderung zum Tatort noch jemanden mitbrächte. Er fühlte eine leichte Unruhe in sich, die er das letzte Mal verspürt hatte, als Annie für eine Recherche viel Zeit mit einem Flüchtlingshelfer verbracht hatte. Hervé. Nur ungern erinnerte sich Duval daran. Es war die erste Krise in ihrer noch jungen Beziehung gewesen. Danach hatten sie sich umso inniger wiedergefunden, und die Feuerprobe hatte Annie bestanden, indem sie bereit gewesen war, mit seinen Kindern eine Ferienwoche zu verbringen. Und wer war jetzt dieser Eric? Er war auf jeden Fall sportlich und Duval, der regelmäßig lief, erkannte auch bei ihm den Schritt des Läufers. Marathon vielleicht, obwohl er so asketisch nicht wirkte. Eric lief leichtfüßig, ohne sich umzudrehen. Duval folgte ihm mit ein wenig Mühe und er begann zu schwitzen, aber Annie war zurückgefallen und er hörte sie keuchen.

»Eric!«, japste sie jetzt. Aber er schien sie nicht zu hören.

»Eric!«, rief Duval lauter und Eric drehte sich um.

»Was?«

»Können wir einen Moment anhalten? Annie kommt nicht nach«, erklärte Duval.

»Ah.« Eric nickte und blieb stehen.

»Sie haben einen strammen Schritt«, sagte Duval anerkennend, als er neben ihm angelangt war. »Sie laufen regelmäßig, oder?«

»Ja.« Eric nickte.

»Marathon? Trial?«

»Ach was«, winkte Eric ab. »Das klingt so ...« Er sprach nicht weiter. »Ich laufe einfach. Ich kann gar nicht anders. Ich habe das Gefühl, meine Beine ... Also, ich weiß auch nicht. ES läuft einfach.« Er lachte. »Das ist meine bevorzugte Fortbewegung und ...«, er zuckte mit den Achseln, »wie das Gelände ist ...« Er beendete den Satz nicht. »Und wenn man das heute Trial nennt ...« Auch diesen Satz ließ er in der Luft hängen.

Duval sah ihn prüfend an. Anscheinend war es Erics Art zu sprechen. Beide sahen sie Annie entgegen, die mit rotem Gesicht keuchend herankam.

»Mann!«, japste sie und schniefte. »Ihr habt vielleicht einen Schritt drauf.«

Duval reichte ihr eine Wasserflasche und ein Taschentuch.

Sie nickte dankbar und trank einen Schluck. Dann wischte sie sich die Stirn ab und schnäuzte sich ausgiebig. »Mann, ich schwitze und bin vollkommen außer Atem, können wir ein bisschen langsamer gehen?«

»Entschuldige, Annie, ich bin ...«, sagte Eric, den Rest des Satzes schien er nur zu denken.

»Was?«

»Wie was?«, gab Eric zurück.

»Ich habe nicht verstanden, was du sagen willst. Du bist was?«

»Ah«, Eric lachte, »ja, siehst du, das bin ich auch nicht ... ich bin sonst immer ... ich laufe, meine ich, meistens jedenfalls ... Gewohnheit.« Er zuckte mit den Achseln.

»Ich versteh' kein Wort, Eric«, sagte Annie irritiert.

»Sie sind sonst immer allein unterwegs, ist es das?«, versuchte Duval zu ergänzen.

»Genau«, Eric schien erleichtert, dass jemand seine Andeutungen verstand. »Nur mit dem Hund. Ein Husky«, erklärte er. »Der will viel rennen, passt also. Redet auch nicht viel«, er lachte, »idealer Partner. Können wir wieder?«

Annie nickte.

»Geh voran«, schlug Duval vor. »Ich bleibe hinter dir.«

»Nee, das kann ich nicht leiden, da fühle ich mich gehetzt. Ich bleibe hinten, aber vielleicht geht's ein bisschen langsamer, ja?«

Anfangs schritt Eric geradezu theatralisch langsam weiter. Aber schon bald zog er wieder in seinem eigenen Rhythmus davon. An einer beinahe unsichtbaren Abzweigung wartete er auf sie. Dort bogen sie vom Weg in den Wald ab, krochen unter tief hängenden Zweigen hindurch und stiegen über quer liegende Baumstämme. Das Laub unter den Füßen raschelte und Äste knackten. Hinter dem Wald lag eine krautige Wiese voller Steine. Es lief sich weich auf der Wiese, nur manchmal stolperte man über einen niedrigen, trockenen Lavendelstrauch oder rutschte in ein von Murmeltieren gegrabenes Loch. Gleich dahinter schloss sich ein graues abschüssiges Geröllfeld an, das sie langsam und auf einem kaum erkennbaren Pfad überquerten. Mehr als einmal gerieten Annie und Duval dabei ins Rutschen und Steine kullerten nach unten. »Huh«, machte Annie. »Das ist jetzt kein offizieller Wanderweg mehr, oder?«, fragte Duval.

»Nein. Das hier ist ein Pfad, den die Schafe im Sommer ... die Transhumanz.«

»Transhumanz?«, fragte Duval nach.

»Ja.«

»Sie meinen den Almauftrieb? Zur Hochweide im Sommer?«

»Na sicher.«

»Aha«, machte Duval. »Die gehen wirklich hier rüber?«, fragte er dann doch noch mal nach. »Eine ganze Schafherde?«

»Jo«, machte Eric nachlässig. »Hier oder woanders.«

Duval nahm es zur Kenntnis. »Sie sind Schäfer?«, fragte er dann.

Eric lachte. »Seh' ich so aus?«

Duval schwieg. War es eine Beleidigung, jemanden für einen Schäfer zu halten? »Verzeihung«, sagte er dann vorsichtshalber, »ich wollte Sie nicht ...« Diesmal brachte auch er den Satz nicht zu Ende.

»Schon in Ordnung.« Eric verstand immerhin auch die halben Sätze anderer. »Ich hatte früher ein paar Kühe«, erklärte er dann. »Aber Schafe ... nein. Und Sie?«, fragte Eric unvermittelt.

»Ich auch nicht«, antwortete Duval, die verklausulierte Art Erics nachahmend. Der war kurz irritiert.

»Hä?«

»Weder Kühe noch Schafe«, erläuterte Duval trocken, was Eric zu einem gackernden Gelächter veranlasste. »Der ist gut!« Er lachte immer mal wieder auf, während er weiter voranstapfte. Erneut ging es durch den Wald, immer noch querfeldein, zumindest schien es Duval so, und nun ging es auch wieder bergauf. Plötzlich wurde die Welt weißer, zunächst lagen nur vereinzelt weiße Schneeflecken hier und da im Wald, aber mit jedem Schritt nach oben nahm auch die Schneemenge zu. Der Schnee lag nicht allzu hoch und er matschte sofort zusammen, als sie darüberliefen.

Eine Zeit lang stapfte Eric schweigend in kleineren Schritten vor ihnen her. »Achtung«, sagte er immer mal und bog Äste zur Seite, sodass Duval und danach Annie hindurchschlüpfen konnten. An manchen Stellen, dort wo die Sonne durchkam, war der Schnee unter der Oberfläche geradezu suppig und sie rutschten in manch einer Pfütze hin und her. Als Duval gerade anfing, an Erics Orientierungssinn zu zweifeln, blieb dieser stehen. »So, da wären wir«, sagte er. Etwas weiter vor ihnen spannte sich das gelbe Absperrband quer durch den Wald. Und durch die kahlen Kiefernstämme sahen sie nun auch das Ende des Waldes vor sich. Eine leicht abfallende Wiese, die von der fahlen Februarsonne beschienen war, lag dahinter.

»Offiziell geht's jetzt nicht ... oder, was wollt ihr machen?«, fragte Eric.

»Wow«, machte Annie, die die letzten Meter schneller herangekommen war, »hier ist es also.« Sie schnaufte tief. »Na, ich will das sehen, natürlich gehen wir da rein, oder?« Sie sah Duval fragend an.

Duval blickte umher. Sie hatten deutlich sichtbare Spuren hinterlassen, aber auch sonst war der Waldboden nicht mehr unberührt. »Das ist ja sicher nur für den Wolf abgesperrt, oder?«, befand er in ironischem Ton, schlüpfte unter dem Absperrband hindurch und hielt es für Annie hoch. Sie verdrehte die Augen. Musste er den Wolf erwähnen?!

»Hehe, genau, für den Wolf«, Eric fand die Idee witzig und er gackerte schon wieder vor sich hin, als er ihnen folgte.

Annie lief mit vorsichtigem Schritt auf der abfallenden

Wiese hin und her. Sie blickte nach rechts und links und begann zu fotografieren. Auf der Wiese lag kein Schnee mehr, nur in ein paar Ecken, die von der tief stehenden Sonne nicht erreicht wurden, fanden sich vereinzelt verharschte Schneereste. Die mittägliche Februarsonne schien warm, Annie hatte ihre Mütze abgenommen und schüttelte ihre blonden langen Locken, die hell im Licht strahlten. Ihre Jacke hatte sie um die Hüfte gebunden. Duval aber war zunächst am Waldrand stehen geblieben und betrachtete die Szenerie von Weitem. Es bot sich ein überraschend freier und weiter Blick auf die felsige zerklüftete Berglandschaft gegenüber. Er machte ein paar vorsichtige Schritte. Die Sonne warf Lichtflecke auf die unregelmäßige Schneedecke, unter der an manchen Stellen schon der dunkle feuchte Waldboden sichtbar war. Duval zog die kalte Luft ein und schnüffelte. Alles wirkte friedlich, die Wiese vor ihm sah wie unberührt aus, dabei mussten dort vor nicht allzu langer Zeit jede Menge Leute von der Polizei und der *Police Scientifique* tätig gewesen sein. Eric saß auf einem Stein am Rand der Lichtung und betrachtete Annie mit Wohlgefallen, während er aus seinem Rucksack Wasser, eine Flasche Wein, Brot und allerhand anderes holte. Es war Mittagszeit. Duvals Magen knurrte auch schon. »Auf zum Essen«, dachte er, als er etwas auf dem Boden aufblitzen sah. Er stutzte. Das war doch ... Er zögerte, sah von Annie, die nur Augen für den Ort zu haben schien, zu Eric, der wiederum nur Augen für Annie hatte, dann zog er sein Mobiltelefon heraus und machte ein Foto. Und ein Panoramafoto dessen, was er von hier aus sah. Er blickte auf die Wiese vor sich und direkt auf den Rücken von Annie, die noch immer konzentriert fotografierte. Wie viel Meter waren es bis zu ihr?

Dreißig, schätzte er, sicher keine fünfzig. Er suchte in seinen Taschen nach seinem Notizblock, aber er fand ihn nicht. Auf der Rückseite eines Kassenzettels, den er in seiner Brieftasche hatte, machte er eine kleine Skizze, um den Fundort im Gelände zu verorten. Dann zog er seine Handschuhe an, bückte sich und hob die Patronenhülse mit zwei Fingern vorsichtig auf. Lag dieses Ding hier einfach so herum, und noch niemand hatte es gefunden? Er besah sie kurz: Kaliber 7 × 64 RWS. war in das Messinggehäuse eingraviert. Eine Allroundpatrone, die sich für die Wildschweinjagd eignete. Er zog ein Plastikbeutelchen aus seiner Anorak-Tasche, daran hatte er immerhin gedacht, ließ die Hülse hineinfallen und steckte das Tütchen in seine Jackentasche. Er blickte erneut zu Eric, der konzentriert den Wein entkorkte. Er schien nichts bemerkt zu haben. Die Patronenhülse eines Jagdgewehrs. Duval suchte noch etwas im weiteren Umkreis, wühlte und stocherte hier und da mit einem Ast ein bisschen unter dem Schnee herum, aber er fand sonst nichts Ungewöhnliches mehr.

»Wollt ihr nicht erst mal eine Pause machen?«, rief Eric ihnen zu. »Es ist Mittag. Zeit für ein Picknick.«

Duval war überrascht, was Eric alles aus seinem Rucksack gezaubert hatte. Gerade hatte er ein Einmachglas mit offensichtlich hausgemachter Pastete in der Hand.

»Hm, das sind ja wahre Genüsse, die Sie uns hier anbieten.« Er holte seinerseits den Käse, den er gekauft hatte, heraus und legte ihn dazu.

»Käse von Gérard«, nickte Eric anerkennend. »Wir können uns duzen, oder?«, schlug er dann vor.

»Gern«, stimmte Duval zu.

»*Allez*«, sagte Eric, »darauf trinken wir!« Eric drückte

ihm ein kleines Glas in die Hand und goss etwas Rotwein hinein. »Und eins für Annie.« Er streckte auch ihr ein Glas entgegen.

»Oh, das ist lieb. Danke, Eric«, sagte sie, »aber sagt mal, findet ihr das nicht ein bisschen makaber, dass wir ausgerechnet hier essen?«, fragte sie dann.

»Stört dich das wirklich?« Eric, der gerade ein bunt kariertes Tuch auf dem Boden ausbreiten wollte, hielt inne.

»Hast du Angst vor dem Wolf?«, konnte sich Duval nicht verkneifen.

Sie sah ihn streng an.

Eric lachte hingegen.

»Ich weiß nicht, ich dachte nur, wegen des Toten und auch wegen der Spuren.«

»Och«, machte Eric und winkte lässig ab, »der Ravel, der kann uns jetzt nichts mehr, das ist sicher.«

»Na ja, Spuren haben wir jetzt auch so schon zahlreich hinterlassen und unseren Abfall nehmen wir wieder mit, wenn du das meinst«, sagte Duval.

»Sicher, das meine ich auch nicht.« Sie zögerte, aber Eric hatte schon das Einmachglas mit Leberpastete geöffnet und steckte ein Messer mit einem Horngriff hinein.

»Wow, Eric, danke, ich habe heute früh auf dem Markt auch extra eingekauft.« Sie holte nun ihrerseits Köstlichkeiten aus dem Rucksack, legte ein Olivenbrot auf das Tuch, öffnete ein Säckchen mit kleinen rötlich-braunen Oliven und nahm noch einen runden weißen Käse heraus.

»Was ist das?«, fragte Duval.

»Ein lokaler Camembert. Oder sagen wir ›eine Art Camembert‹. Das ist ja immer so ein Problem mit der originalen Herkunfts- und Herstellungs-Bezeichnung, es ist ein Käse, der wie ein Camembert hergestellt wird, sagen wir so. Macht einer der jungen Bauern weiter oben im Tal neuerdings. Und zum Nachtisch ...« Sie zog eine kleine Frischhaltebox heraus und öffnete sie, darin lagen dunkelbraune Kuchenstücke. »*Moelleux au chocolat!* Und Kaffee!« Sie hatte eine kleine Thermoskanne in der Hand. »Und an Zucker habe ich auch gedacht, ich bin gut, oder?« Sie sah kokett von einem zum anderen.

»Du bist wunderbar, Annie!« Duval beugte sich vor und küsste sie auf den Mund.

Eric hustete und verschluckte sich fast an seinem Wein. »Ach so!«, sagte er, nachdem er sich wieder gefasst hatte. »Das muss einem ja auch gesagt werden.« Er lachte verlegen und wirkte für einen Moment hilflos. »Na dann, auf die Liebe!«, rief er und stürzte das Glas Rotwein in einem Zug hinunter. Dann schenkte er sich sofort nach.

»He!«, machte Annie, »nicht so schnell, heb' noch was für uns auf! Zum Käse will ich nachher gern noch ein Schlückchen Rotwein haben.«

Aber Eric musste seine Enttäuschung ertränken. Wenn Duval und Annie ihm nicht demonstrativ ihre Gläser hingehalten hätten, hätte er die Flasche in Windeseile allein geleert. »Soso«, machte er. »Soso.« Er legte den Kopf schief und sah von Annie zu Duval. »Ihr beiden also. Und ich dachte ...« Er sagte dann aber doch nicht, was er dachte, sondern schenkte sich erneut Wein nach.

Duval legte sich ein großes Stück Leberpastete auf ein Stück Baguette und sie picknickten in der Sonne. Was für ein schönes Fleckchen Erde. »Und hier also hatte Régis Ravel sich zum Rendezvous mit dem Wolf verabredet«, sagte Duval unvermittelt und brachte Eric damit unverhofft wieder zu einem fröhlichen Glucksen.

»Léon«, warf Annie streng ein.

»Was glaubst du, Eric?«, fragte Duval stattdessen.

»Was ich glaube? Ob Ravel den Wolf ...? Schon möglich, der war, wie soll ich sagen, fixiert von der Idee.«

»Fixiert von der Idee, den Wolf zu sehen?«, vergewisserte sich Duval.

»Sicher.«

»Und dann?«

»Keine Ahnung. Vielleicht. Vielleicht nicht.«

»Kanntest du ihn gut?«

»Wen? Den Wolf?« Eric gackerte albern über seinen eigenen Witz. »Kennen? Den Ravel?«, fragte er, als er sich wieder beruhigt hatte. »Na ja, wir wohnten im selben Dorf«, begann er und schwieg dann. »Mehr als mir lieb war«, fügte er dann hinzu und starrte finster vor sich hin. »Ich verdanke ihm meinen neuen Status als Sozialhilfeempfänger.« Er sprach nicht weiter.

»Im Ernst?« Annie war hellhörig geworden. »Willst du damit sagen, es war der Ravel, der dich angezeigt hat?«

»Na, beweisen kann ich's nicht. Aber ich hab's im Gefühl, dass er mir die Gendarmen auf den Hals gehetzt hat.«

»Warum sollte er das tun?«, fragte Annie.

»Was ist passiert?«, fragte Duval gleichzeitig.

»Oh Mann, all diese Fragen«, rief Eric ausweichend. »Da hast du ja einen schönen Kollegen, Annie, ihr seid schlimmer als die Flics, ihr Journalisten.« Er kicherte erneut, als habe er einen Witz gemacht. »Aber lasst uns in Ruhe essen und trinken und dann sollten wir beizeiten wieder runter. *Allez*, Prost!« Er schüttete erneut den Rotwein in sich.

Annie verzog das Gesicht. »Ja, der Kollege hat manchmal ziemlich viel von einem Flic«, gab sie zurück und schaute Duval frech an.

»So? Findest du?«, fragte Duval spitz. Er dachte an die

Patronenhülse in seiner Jackentasche. »Von wann bis wann geht eigentlich die Jagdsaison?«, fragte er unvermittelt.

»Noch mehr Fragen«, stöhnte Eric gespielt gequält auf. »Trink lieber was, sonst ist gleich nichts mehr übrig«, sagte er und hielt die Flasche prüfend gegen das Licht.

»September bis Januar, so in etwa.« Annie sah ihn fragend an.

»*Allez*, Annie trink wenigstens du was, das wird ja sonst eine Strafexpedition ...«

»September bis Januar«, sinnierte Duval laut. »Und Régis Ravel ist Ende Oktober verschwunden.«

Eric stöhnte auf. »Wenn ich gewusst hätte, auf was ich mich mit euch einlasse. Ich dachte, wir machen 'ne nette kleine Tour ...«

»Ja, so sind sie, die Journalisten«, Annie grinste verschmitzt, »unnachgiebig, hartnäckig, wissbegierig. Ich weiß gar nicht, warum manche Flics uns so gar nicht mögen, wir machen schließlich nur unsere Arbeit, nicht wahr, Léon?«

Aber dann sprachen sie doch über die Qualität der hausgemachten Leberpastete und über das Schweineschlachten und das Schlachten generell. »Ich bin für das Landleben ...«, begann Eric düster und schüttelte den Kopf. »Ich bin zu ... ich kann nicht ... anfangs haben sie mich hier zu den Schlachtfesten eingeladen, aber ... also«, er lachte verlegen dieses Mal und schüttelte wieder den Kopf. »Geht gar nicht. Ich trinke dann. Das fällt nicht weiter auf, alle trinken«, lachte er, »aber ich tat es, weil die Schweine ...« Er schüttelte sich. »Erbärmlich ist das. Furchtbar. Schon mal gehört?« Duval schüttelte den Kopf. Er wusste nicht, worauf Eric anspielte, und konnte nicht ganz folgen. »Du bist *für* das Landleben?«, wiederholte er fragend.

»Was?«, fragte Eric zurück.

»Du hast gesagt, du bist für das Landleben.«

»Ja«, sagte Eric, »natürlich. Stadt geht gar nicht.«

»Ich glaube, Eric will sagen, dass er für das Landleben *nicht gemacht ist*. Das Raue, das Tiereschlachten, das kann er nicht aushalten. Auch wenn er sich noch weniger vorstellen kann, in der Stadt zu leben, ist es das, Eric?«

»Genau«, ergänzte Eric, »gar nicht.«

»Ah.«

Eric seufzte. »Erbärmlich, wirklich. Und dann isst man es doch.« Er schüttelte den Kopf und trank noch einen Schluck Rotwein.

»Eric«, sagte Annie, »du willst mir doch nicht weismachen, dass du trinkst, weil du beim Essen der Leberpastete noch das Schreien der geschlachteten Schweine hörst?«

»Nein«, entgegnete Eric, »obwohl«, er lachte und schien zu überlegen, »doch vielleicht. Weiß man's?«

Annie sah Eric liebevoll an und tätschelte ihm die Schulter. »Du bist zu sensibel.«

»Ja«, schluchzte Eric auf, »endlich erkennt es mal jemand«, versuchte er noch zu spotten, aber der Rotwein hatte schon seine Wirkung getan und er heulte tatsächlich kurz auf und wischte sich die Tränen mit dem Hemdsärmel ab. »Sag ich ja«, fügte er dann hinzu.

»Wie hast du denn das dann mit den Kühen gemacht?«, fragte Duval, um das Thema zu wechseln. »Die konntest du nicht ...« Er ließ den Satz ebenso offen.

»Nur Milchkühe«, erklärte Eric, »keine Fleischkühe ... Schlachten geht gar nicht. Milchkühe. Milch, Käse.«

»Aber Vegetarier bist du dennoch nicht geworden?«

»Nein«, er schüttelte beinahe verzweifelt den Kopf. »Sollte ich vielleicht. Aber Rindfleisch esse ich kaum.«

»Verstehe. Wie viel Kühe hast du gehabt? Oder hast du noch welche?«

»Fünf hatte ich. Marguerite, Nivea, Opéra, Lila und Lilou«, zählte er auf. »Man will sich ja auch nicht totarbeiten, nicht wahr. Bisschen Leben muss man schon haben.«

Duval lachte kurz auf. »Sicher. Nivea?«, fragte er dann amüsiert. »Du hast eine Kuh, die Nivea heißt?«

»Hatte«, seufzte Eric.

»Ja, Verzeihung. Und davon kann man leben?«, fragte Duval. »Konntest, meine ich. Von fünf Milchkühen?«

»Ha, nein«, Eric lachte und stöhnte gleichzeitig. »Nein. Nicht mal, wenn man bescheiden ist. Davon kann heutzutage ... und früher auch nicht wirklich. Ist ein teures Hobby, das kann man vielleicht ...«

»Eric hat jetzt keine Kühe mehr«, erläuterte Annie und Eric schniefte bestätigend erneut in seinen Ärmel. »Und früher hat er zusätzlich als Postbote gearbeitet und Gelegenheitsjobs für die Dorfgemeinde gemacht, nicht wahr Eric?«

»›Früher‹, schön, dass du das betonst«, sagte Eric. Es sollte wohl amüsiert klingen, es schwang aber vor allem rotweinlastige Melancholie mit.

»Und manchmal arbeitet er eben auch als Bergführer«, erklärte Annie, »so wie heute. Und vielleicht sollten wir bald wieder an den Rückweg denken? Gibt's noch etwas Rotwein?«, fragte sie und hielt ihm auffordernd ihr Glas hin.

»Aber sicher.« Eric schüttete einen Schluck Wein in ihr Glas und sah Duval fragend an.

»*Allez*«, sagte der und hielt ihm ebenfalls das Glas hin. Eric schenkte ein und leerte den letzten Schluck in Duvals Glas.

»Ah!«, machte er und grinste Duval an. »Es wird ein Mädchen.«

»Was?«

»Na, das sagt man doch so, wenn man die Flasche leert: *Ça sera une fille à la fin d'année.*«

»Ach«, machte Duval wenig begeistert.

»Ah, willst du nicht? Auch gut«, Eric setzte die Flasche an, um auch sicher den letzten Tropfen gerettet zu haben. »Dann ist der Rest für mich.«

Annie schüttelte amüsiert den Kopf, entfernte sich ein paar Schritte, tat so, als ob sie tränke, und schüttete den Wein entschlossen hinter einen Baum. »Ich bin fertig. Gehen wir zurück?«

———

»Wie du gemerkt hast, trinkt Eric gern einen über den Durst. Den Job als Postbote hat er so letztes Jahr verloren, weil die Gendarmen ihn angetrunken beim Postausfahren erwischt und seinen Führerschein einbehalten haben. Ohne Führerschein kein Postausfahren. Das hat seine finanzielle Situation erheblich verschlechtert. Eine Zeit lang hat er so rumlaviert, aber er hatte wohl auch Schulden angehäuft, keine Ahnung woher, wirtschaftet vielleicht schlecht, was weiß ich, aber letzten Endes musste er die Kühe verkaufen, er konnte sie nicht mehr ernähren. Jetzt hat er gar nichts mehr. Er trinkt aus Kummer nun aber noch mehr als vorher«, erzählte Annie Duval später, nachdem sie Eric nicht weit von seinem abgelegenen Hof abgesetzt hatten und nun die kurvenreiche Bergstraße wieder zurückfuhren.

»Und die Verkehrskontrolle verdankt er diesem Ravel?«

»Sagt er.« Annie zuckte mit den Schultern. »Ich habe das eben zum ersten Mal gehört. Ich weiß es nicht. Kann sein. Kann auch nicht sein.«

»Kannst du mal bei der Gendarmerie anhalten?«, bat Duval. »Ich habe da oben nämlich etwas gefunden.«

Annie bremste quietschend. Das Auto kam mit einem Ruck zum Stehen und Duvals Sicherheitsgurt spannte sich an. »Echt? Was denn?«

Duval hielt das Plastiktütchen mit Patronenhülse hoch.

»Das ist ja der Hammer! Und das sagst du mir erst jetzt? Meinst du, er ist erschossen worden? Dann war es gar nicht der Wolf? Zumindest nicht ursächlich?«

Duval zuckte mit den Schultern.

Dann standen sie vor dem Tor der Gendarmerie. Ein rötlicher Zweckbau aus den Achtzigerjahren am Ende eines geteerten Hofes, auf dem mehrere dunkelblaue Dienstfahrzeuge geparkt waren. Rechts schloss sich das Gebäude mit den Dienstwohnungen an. Duval klingelte und hielt gleichzeitig seinen Dienstausweis in die Überwachungskamera über dem Eingang. Ein Summen erklang und das Tor öffnete sich.

Majorin Delgado begrüßte Annie, die sie kannte, kühl und musterte Duval. »Was kann ich für Sie tun?«

»*Bonjour Madame la Major*, Commissaire Léon Duval, ich arbeite für die Police Nationale in Cannes«, stellte Duval sich vor.

Die Majorin sah augenblicklich verärgert aus.

»Ich bin nicht dienstlich hier. Ich mache ein paar Tage Ferien in Valberg«, fügte er hinzu.

»Ah.« Die Majorin entspannte sich wieder.

»Ich habe allerdings von dem Fall des Rangers gehört,

dessen Überreste man gefunden hat«, der Blick der Majorin wurde wieder wachsam, »und ich wollte Ihnen eine Zusammenarbeit anbieten, Madame la Major, der Tote war in Cannes ansässig, wie Sie sicher wissen. Ich schlage Ihnen einen Informationsaustausch vor.«

»Sehr freundlich von Ihnen, Commissaire«, unterbrach die Majorin, »aber ich glaube nicht, dass wir auf Ihre Hilfe oder ›Ihre‹ Informationen, wenn Sie denn welche haben sollten, angewiesen sind. Wir sind durchaus in der Lage, eine Ermittlung zu führen.«

»Das wollte ich in keiner Weise anzweifeln. Ich wollte Ihnen nur anbieten, also falls ich im Laufe der Ermittlung in irgendeiner Weise behilflich sein kann ...«

»Danke«, sagte sie kalt. »Hat Laurent Tozzi Sie informiert?« Sie sah ihn prüfend an.

»Laurent Tozzi?« Duval überlegte kurz. Was hatte dieser Provinzpolitiker damit zu tun? »Nein«, antwortete er wahrheitsgemäß.

»Na dann«, sie schien erleichtert. »Falls die Spur nach Cannes führen sollte, Commissaire, dann geben wir den Fall selbstverständlich an Sie ab. Im Moment aber ist es unser Fall und ich leite die Ermittlungen hier oben.«

»Sicher.« Er hätte es wissen müssen. Die Konkurrenz zwischen der im ländlichen Raum agierenden Gendarmerie und der städtischen Police Nationale war ja nichts Neues. Zwei eigenständige Organisationen, die jeweils anderen Verantwortlichkeiten unterstanden. Die Gendarmerie war deutlich militärisch organisiert und bis vor Kurzem ausschließlich dem Verteidigungsminister unterstellt, während die Police Nationale dem Innenminister verantwortlich war.

»Entschuldigen Sie, Madame la Major«, unterbrach Annie sehr höflich. »Ich habe Ihre Pressemitteilung erhalten. Sie sprechen von einem Unfall. Ich habe aber andere Informationen. Einen wahrscheinlichen Wolfsangriff nämlich. Was sagen Sie dazu?«

»Gar nichts sage ich dazu.« Die Majorin war unerbittlich.

»Ich habe ein Foto«, Annie öffnete ihr Mobiltelefon und zeigte das Foto, das man ihr geschickt hatte.

»Kein Kommentar.«

»Aber Sie können doch nicht glauben, dass das nicht an die Öffentlichkeit gelangt«, Annie war empört.

»Hören Sie«, der Blick der Majorin war eisig, »ich untersage Ihnen die Veröffentlichung dieses Fotos. Ihre Profession in Ehren, aber Sie Journalisten haben schon manch eine polizeiliche Ermittlung zum Scheitern gebracht. Ich erinnere Sie nur an die Affäre Grégory, die gerade wieder Wellen schlägt. Von mir erhalten Sie keine anderen als die offiziellen Informationen.«

Annie fühlte sich unwohl. In der Affäre Grégory ging es um die Entführung und den Tod eines kleinen Jungen, was vor mehr als dreißig Jahren das gesamte Land in Aufruhr versetzt hatte. Tatsächlich hatten die Journalisten, die damals in dem kleinen Vogesendorf wie ein Schwarm Krähen eingefallen waren, die Arbeit der Gendarmerie behindert und manch einer hatte später aus Scham darüber seinen Beruf aufgegeben. Der zuständige junge Provinzrichter, der es damals offensichtlich genossen hatte, sich vor der Presse zu inszenieren, hatte sich allerdings ebenso wenig mit Ruhm bekleckert. Der Fall hatte sich durch eine Anhäufung von Fehlern zu einem Fiasko entwickelt und war bis heute nicht aufgeklärt. Die Wiederaufnahme des Falls sowie der mysteriöse Tod des damals zuständigen Richters hatten im letzten Jahr erneut die Gemüter erhitzt. »Sie können mir das nicht untersagen!«, wehrte Annie sich entschieden.

Die Majorin antwortete nicht. »Noch etwas?« Fragte sie und musterte Duval kühl.

»Durchaus.« Duval war nun ganz freundlich. »Madame la Major, bitte lassen Sie uns in Ruhe darüber sprechen. Ich habe heute etwas gefunden, was Ihnen in diesem Fall vielleicht weiterhelfen könnte, was meinen Sie?« Duval legte die Plastiktüte mit der Patronenhülse auf den Tisch.

Die Majorin warf einen Blick darauf und schien wenig beeindruckt. Die Jagdsaison war vorbei. Patronenhülsen jeglicher Art fanden sich überall im Wald. Die Jäger kümmerten sich nicht um solche Kleinigkeiten. »Wo haben Sie das gefunden?«, fragte sie daher gleichgültig.

»*Pra* ...« Der Flurname des Tatorts wollte Duval nicht einfallen. »Am Tatort«, sagte er daher.

»*Pra Guillot*«, half Annie ihm aus.

Augenblicklich war die Majorin wütend. »Herrgott noch mal! Fängt das schon wieder an? Was machen Sie dort? Das Gelände ist gesichert. Sie wissen doch wohl, was das heißt? Und Sie stapfen gegen alle Regeln, zusätzlich in Begleitung einer Journalistin, einfach dort herum. Na, vielen Dank auch. Sie haben uns gerade noch gefehlt.« Sie war außer sich. »Außerdem«, fügte sie hinzu, »haben wir das Gelände mit einem Metalldetektor komplett durchkämmt. Das«, sie zeigte auf die Patronenhülse, »kann nicht von dort stammen.«

»Ich habe *das* gerade eben dort gefunden. Warten Sie ...« Er zeigte zusätzlich die Fotos, die er vom Fundort gemacht hatte, und faltete den Zettel auseinander, auf dem er eine Skizze angefertigt hatte.

Die Majorin betrachtete beides kritisch. »Wenn Sie damit

andeuten wollen, wir machten unsere Arbeit nicht richtig ...«

»Ich will gar nichts andeuten, Madame la Major«, gab Duval zurück, »ich habe die Patronenhülse heute da oben gefunden, das ist alles. Nun«, er steckte das Tütchen wieder ein, »aber Sie haben sicher recht, und die Hülse hat nichts mit der Tat zu tun. Kein Problem.« Er sah auf die Uhr. »Verzeihen Sie die Störung, wir sind schon wieder weg.« Er salutierte kurz.

»Nun«, sagte die Majorin gedehnt und man sah ihr an, dass es sie Überwindung kostete, freundlich zu sein. »Wir könnten, also wenn Sie uns die Patronenhülse überlassen wollen, meine ich, sie vielleicht doch zu einer ballistischen Auswertung an die *Police Scientifique* geben. Für alle Fälle. Sie haben sie ja immerhin am Tatort gefunden und, nur um alles auszuschließen, nicht wahr ... ich würde Sie selbstverständlich über das Ergebnis informieren«, setzte sie dann noch hinzu. »Vertraulich selbstverständlich«, sagte sie und warf Annie Chatel einen strengen Blick zu.

»Hm.« Annie schnaubte kurz und setzte zu einer Antwort an, aber Duval kam ihr zuvor.

»Ja, das ist vielleicht keine schlechte Idee, ich bin ja bestimmt noch ein paar Tage hier oben. Und selbst, wenn ich wieder in Cannes sein sollte, Sie können mich jederzeit erreichen.« Er holte eine Visitenkarte aus der Brieftasche und reichte sie der Majorin.

»Gut, dann wollen wir Sie nun wirklich nicht länger aufhalten«, erklärte Duval. »Madame la Major«, er salutierte. Annie streckte ihr die Hand entgegen. Die Majorin drückte sie kurz und sachlich. Annie und Duval wandten sich zum Gehen.

»Commissaire!«

»Ja?«

»Die Patronenhülse, Sie wollten sie doch ...«

»Selbstverständlich, verzeihen Sie«, er schlug sich an die Stirn, »ich war in Gedanken schon wieder woanders.« Er holte das Tütchen hervor und hielt es der Majorin entgegen. »Bis wann meinen Sie, könnten wir«, er sagte bewusst wir, »mit dem Ergebnis rechnen?«

»Ich melde mich, sobald ich etwas weiß, Commissaire.«

»In Ordnung.«

»So ausgebufft kenne ich dich gar nicht.« Annie sah Duval von der Seite an.

»Tja«, machte Duval. »Ich kann noch ganz anders, ich werde mich nämlich für die nächsten Tage in der Auberge in Ste. Agathe einmieten, was sagst du dazu?«

Kurz war sie sprachlos. »Wann hast du dir das denn überlegt? Meinst du wirklich, das ist nötig? Du kannst doch weiterhin bei mir wohnen.«

»Ich weiß, Annie. Aber ich habe, wie man so schön sagt, Blut geleckt.« Er grinste.

»Du willst hier ermitteln?« Sie sah ihn fassungslos an.

»Nein, natürlich nicht. Du hast doch gehört, was die Majorin gesagt hat. Ich habe hier keinerlei Befugnis. Nein, ich bin ein Flic auf Urlaub und höre so ein bisschen herum, das ist alles.«

»Hm.« Annie klang abschätzig. »Und du glaubst, einem Flic aus der Stadt wollen sich die Leute hier anvertrauen?«

»Ich werde mich natürlich nicht als Flic vorstellen, nur wenn es sich nicht vermeiden lässt, aber dann bin ich ein Flic in Ferien, außer Dienst, verstehst du? Das erinnert mich allerdings daran, dass ich Villiers anrufen wollte.« Er holte sein Telefon hervor. Hier immerhin gab es ein Netz.

»Entschuldige ...«

»Villiers? Störe ich Sie?«

»Keinesfalls, Chef!«

»Villiers, hören Sie doch mal herum, ob Sie etwas zu einem gewissen Régis Ravel finden können, ein Angestellter des Parc du Mercantour, der ursprünglich aus Cannes stammt. Vielleicht gibt es dort Familie, was weiß ich.«

»Ich bin aber heute nicht im Dienst, Commissaire, reicht es morgen?«

»Jaja sicher, er ist eh schon tot.«

»Na dann«, Villiers lachte. »Ravel wie der Boléro-Ravel?«

»Ja.«

»Sind Sie nicht beeindruckt von meiner Kultiviertheit?«

»Ich weiß, dass Sie ein Schlauer sind, Villiers. Sie müssen mich nicht beeindrucken.«

Ausnahmsweise sagte Villiers darauf nichts.

»Sind Sie noch da?«, fragte Duval.

»Sicher, Commissaire.«

»Sehen Sie, Ihr Schweigen beeindruckt mich viel mehr«, frotzelte Duval. »Noch etwas, gibt's irgendeine aktuelle Stellungnahme, ein Tweet oder was weiß ich, von Tozzi? Sie sind doch in dieser schnellen Welt zu Hause, oder? Laurent Tozzi übrigens, nicht Umberto.«

»Umberto Tozzi?«

»Vergessen Sie's, das ist wohl nicht mehr Ihre Generation. Obwohl sich das eine oder andere Lied in Ihrem Repertoire ganz gut machen würde. Ich meine Laurent Tozzi vom Conseil Géneral.«

»Sie machen mich neugierig, Commissaire. Ich mache mich auf die Suche nach beiden Tozzis. Und wozu sollte der eine oder andere Tozzi sich äußern?«

»Mich interessiert nur Laurent. Was weiß ich. Hören Sie halt mal rum.«

»Mach ich, Chef. Sonst geht's Ihnen gut?«

»Bestens, danke.«

»Dann bis morgen.«

»Danke, bis morgen, Villiers!«

Annie hatte, während Duval telefonierte, ihrerseits in ihrem Smartphone Nachrichten gelesen. Jetzt steckte sie es ein. »Tweets von Tozzi kann ich dir auch suchen, wenn du willst. Ich wusste nicht, dass du ein Fan bist?!«

»Bin ich gar nicht. Aber die Majorin hat ihn erwähnt. Ich hätte vielleicht pokern sollen und sagen, dass Tozzi uns informiert hat. Aber ich habe nicht schnell genug geschaltet.«

»Hat Tozzi der Gendarmerie denn überhaupt was zu sagen?«

»Nein, das ist es ja, was mich irritiert.«

»Hm«, machte sie. »Aber noch mal zu deinem Vorhaben in Ste. Agathe«, setzte sie das unterbrochene Gespräch fort. »Du bist ein Fremder! Wenn du wüsstest, wie lange ich teilweise gebraucht habe, bis die Leute mir etwas erzählen wollten.« Sie sah ihn zweifelnd an. »Du glaubst wirklich, einem Fremden erzählen sie was?«

»Na ja, du bist die ortsansässige Journalistin – da ist man sicher vorsichtiger, nicht alle wollen, dass das, was sie sagen, in die Zeitung kommt.«

»Wenn du wüsstest, wie viele Leute in die Zeitung wollen«, stöhnte sie, »sie sind sogar richtig beleidigt, dass ihre wichtige Mitteilung vielleicht ›nur‹ in die Zeitung und nicht auch ins Fernsehen kommt ...«

»Ja, das gibt's auch. Kenne ich. 150 Leute, die einen verdächtigen Mann gesehen haben wollen, aber letztlich ist kein Hinweis brauchbar. Und die Leute sind noch empört, weil sie keine Belohnung bekommen. Aber ich komme ja nicht, um aktiv etwas zu erfahren, ich sperre nur ein bisschen die Augen und die Ohren auf. Und vielleicht erfahre ich doch etwas, gerade an solchen Orten, wo man nicht offen etwas erzählen kann, weil alle alles wissen und weil alles weitergetratscht wird. An solchen Orten haben die Leute oft ein Bedürfnis zu reden, mit jemandem von außen, der nach zwei Tagen wieder weg ist, verstehst du? Es ist so wie mit Zufallsbekanntschaften im Zug. Da kann man mal alles rauslassen.«

»Möglich.« Annie schien nicht überzeugt.

»Sicher.«

»Und erzählst du mir, was du erfährst?«

»Schauen wir mal, wenn du nett fragst, vielleicht.«

Annie verdrehte die Augen.

»Erzählst du mir denn, was du erfährst?«, fragte er.

»Vielleicht. Wenn du nett fragst«, gab sie im gleichen Ton zurück.

»Siehst du.«

»Essen wir denn heute Abend noch zusammen?«

»Nein. Ich fahre mit dir zurück nach Valberg, hole ein paar Sachen und dann fahre ich nach Ste. Agathe. Morgen soll es schneien, oder? Dann bin ich besser schon da oben.«

»Ja«, sie nickte, »damit zumindest hast du recht. Wenn ich mir den grünlich grauen Himmel so ansehe, dann geht es bald los. Na gut«, seufzte sie und fuhr los, Richtung Valberg.

»Hier, vergiss die Handschuhe nicht.«

»Danke.«

»Und du willst wirklich jetzt noch los?«

Es tat ihm gut, sie so offensichtlich betrübt zu sehen. »Liebchen, komm her.« Er nahm sie in die Arme und küsste sie lange und ausdauernd. Sie schmiegte sich an ihn und es kostete ihn Überwindung, sich loszureißen. »So«, befand er, »das war ein guter Abschiedskuss. Wir telefonieren, ja?«

Dann setzte er sich in den klapprigen Fiat und fuhr los. Er war ja wohl nicht zu retten. Anstatt sich einen netten Abend mit Annie zu machen, tat er sich diese lange kurvenreiche Fahrt heute schon zum dritten Mal an. Er suchte im Radio nach hörbarer Musik, aber alles, was er reinbekam, waren launige Sprüche eines jugendlichen Moderators von Radio Oxygène, der nach jedem Song voller Euphorie das »Beste der Berge« verkündete und die unzähligen Sportshops, Restaurants, Klubs und Pubs aufzählte, die es in Valberg, Isola und Auron zu besuchen gab. Duval suchte mit einer Hand in der Seitentasche der Tür und fand zwei Musikkassetten. Die transparenten Hüllen waren matt und verkratzt, er öffnete eine und schaute flüchtig darauf. Brassens. Natürlich Brassens. Er öffnete die andere Hülle. Jean Ferrat. Na, das passte doch. Beinahe erleichtert schob er die Kassette in das Fach seines Autoradios. Er drehte die Lautstärke auf und schon sang Ferrat *La Montagne*, eine Liebeserklärung an die Berge. Er sang von den Menschen, die die Bergdörfer verlassen und gegen ein vermeintlich besseres Leben in der Stadt getauscht hatten, obwohl das einfache Leben in den Bergen doch so wundervoll sei. »*Pourtant, que la montagne est belle…*« Duval erinnerte sich, dass Jean-Pierre genau das erzählt hatte. »*Comment peut-on imaginer…*«, brummte er die Worte mit und dachte an den toten Régis Ravel. Der war von Cannes wieder in die Berge gezogen. Er konnte sich dennoch kein richtiges Bild von ihm machen.

4

Duval hatte sich in der Auberge eingemietet, die etwas unterhalb des Dorfes in einem neuen Gebäudekomplex neben dem kleinen Rathaus und dem Gemeindesaal lag. Die schlichten kleinen Zimmer lagen im ersten Stock und vom Holzbalkon aus hatte man einen Blick auf das Tal unterhalb und die Berge ringsherum. Er war damit durchaus zufrieden.

Auf die Frage, ob er abends auch etwas essen könne, hatte die Wirtin, die erhitzt war und deutlich gestresst schien, kurz aufgelacht. »So viel Sie wollen«, hatte sie geantwortet, »wenn Sie bereit sind, im Gemeindesaal mit zu essen. Dort ist alles eingedeckt und vorbereitet. Setzen Sie sich später einfach irgendwohin, es gibt keine reservierten Plätze oder Tische, es kommen sowieso nicht alle wegen ...«, sie zögerte, »wegen einem Unglücksfall, der sich vor ein paar Tagen hier ereignet hat.« Sie schüttelte den Kopf. »Sie wollten das Patronatsfest ganz absagen, können Sie sich das vorstellen? So etwas hat es noch nie gegeben. Und damit ein viergängiges Menü für 80 Personen kurzfristig absagen, wissen Sie, was das heißt?«

»Ein großer Verlust vermutlich«, antwortete er. Das Fest der heiligen Agathe wurde also heute gefeiert. Er war sehr zufrieden.

»Denen habe ich was erzählt, das können Sie mir glauben. Und das Patronatsfest ist doch das Patronatsfest, ich meine ... und wir haben doch extra das Agathenbrot gebacken«, sie wies auf einen großen Korb mit faustgroßen runden Küchlein, der auf einem Tisch stand, »und der Pfarrer hat es in der Messe gesegnet, und dann wollen sie allen Ernstes das Essen absagen. Als würde das den Ravel wieder lebendig machen. Und der Ravel ist ihnen sowieso egal, Scheinheilige sind das«, schimpfte sie vor sich hin. »Sie essen also?«, fragte sie dann unvermittelt, und Duval nickte. »Gern. Was gibt es denn Schönes?«

»Hier!« Sie drückte ihm einen hellgrünen Zettel in die Hand: Festessen anlässlich des Patronatsfests Ste. Agathe stand darauf. Darunter war das Menü aufgelistet. Aufschnittplatte mit Hasenpastete, Rehragout *façon Daube* nach Jägerart, dazu Kürbis-Ravioli, Käseplatte, Überraschungsdessert. Wein und Kaffee.

»Alles hausgemacht«, beteuerte sie. »Bis auf den Wein und den Kaffee.«

»Sehr gern esse ich mit«, sagte Duval.

»Schön.« Sie trug ihn in die Liste ein. »Dreißig Euro für das Essen, inklusive Wein so viel Sie wollen und Kaffee. Und ein Agathenbrot bekommen Sie natürlich auch«, ratterte sie hinunter. »Gesegnet!«, fügte sie hinzu, als würde das den Wert noch erhöhen. »Um halb neun geht's los. Zahlen können Sie morgen, oder alles zusammen, wenn Sie wieder abreisen.« Sie sprach schnell.

»In Ordnung. Haben Sie eigentlich Internet hier oben?«

»Natürlich, verzeihen Sie, dass ich nicht gleich daran gedacht habe, Sie zu fragen. Wir haben Wi-Fi, Moment, ich gebe Ihnen einen Zettel. Bitte«, sagte sie, »da steht alles drauf, wo Sie sich einwählen, und das Passwort, *voilà*, brauchen Sie sonst noch etwas?«

»Könnte ich jetzt vielleicht schon mal einen Pastis bekommen?«, bat Duval.

»Sicher«, die Wirtin griff in das Regal hinter sich und goss schwungvoll die honigfarbene Flüssigkeit in ein hohes Glas, »einen *Pastaga* für Monsieur, wohl bekomm's!« Sie stellte eine Karaffe auf den Tresen. »Hier haben Sie Wasser, möchten Sie Eiswürfel? Nein? Dann gehe ich jetzt mal ... ich muss wieder in die Küche ...«

Duval entschied sich für einen Platz an einem der eher gut besetzten langen Tische. Das Gespräch verstummte, man sah ihn neugierig an.

»Sie erlauben, dass ich mich zu Ihnen setze? Ich möchte ungern allein essen«, erklärte er und zeigte auf einen der leeren Tische.

»Natürlich, setzen Sie sich nur. Ich glaube, ich habe Sie heute Morgen schon durch das Dorf laufen sehen«, erwiderte eine Dame und lächelte ihn charmant an. »Sie waren mit der Journalistin unterwegs, nicht wahr?«

»Gut beobachtet«, Duval sah die Dame freundlich an. Man konnte wohl wirklich nichts tun, ohne dass alle Bescheid wussten. Er hoffte, die Dame fragte nicht, wohin sie wohl unterwegs gewesen sein könnten.

»Ja, ich bin ein Bekannter von Annie Chatel. Ich lebe in Cannes, ich habe ein paar Tage frei und wollte in den Bergen etwas ausspannen. Ich hatte erst ein Zimmer in Valberg, aber als ich heute Morgen beim Wandern hierherkam, war ich augenblicklich verzaubert vom Charme dieses Dorfes, und so habe ich jetzt in der Auberge ein Zimmer genommen. Es ist außerdem viel ruhiger hier.« Duval fand, dass es nicht mal gelogen war. Er mochte das Dorf wirklich.

Die Männer und Frauen am Tisch nickten geschmeichelt. Nein, fanden sie einhellig, das Dorf musste den Vergleich mit Valberg nicht scheuen, so viel war klar. Obwohl das die Großkopferten von Valberg natürlich anders sahen. Aber die hatten auch keine Ahnung, für die zählte nur das *bling-bling*. Ein Golfplatz ist das Neueste, so ein Quatsch, und jetzt bauen sie dort ein riesiges Luxushotel mit Hubschrauberlandeplatz, damit die Reichen eingeflogen werden können. Aber hallo, wo sind wir denn?

»Sind Sie denn auch Journalist?« Die Dame schien misstrauisch.

»Nein, um Gottes willen!«, Duval antwortete so überzeugend, dass sie erleichtert nickte. »Wissen Sie, hier ist etwas Schreckliches passiert, obwohl, das wissen Sie ja vielleicht? Die Journalistin wird sicher darüber schreiben, oder?«, fragte sie misstrauisch weiter.

»Ja, ich weiß, dass ein Mann, der in den Bergen verschwunden war, tot aufgefunden wurde«, Duval zögerte. »Ich habe aber weder mit Zeitungen noch mit dem Fernsehen etwas zu tun, auch nicht mit dem Radio«, ergänzte er noch.

»Gut.« Die Dame schien beruhigt. Gleichzeitig wurden jetzt Platten mit Wurst und Schinken angereicht, in der Mitte lagen dicke Scheiben der angekündigten *Pâté de lièvre*, einer Pastete aus Hasenfleisch. »*Oh là là, le Pâté!*«, wurde geradezu gejubelt. Die jungen Frauen, die am Tisch servierten, stellten auf jeden Tisch zwei Körbe mit Brot, einmal das klassische Baguette in Stücke geschnitten, im anderen lagen die runden kleinen Brote, die er in der Auberge schon gesehen hatte. »Das ist unser Agathenbrot«, sagte die Dame links von Duval stolz. »Nehmen Sie eines, es wurde heute früh hier im Dorfbackofen gebacken und in der Messe gesegnet«, erklärte sie ihm.

»Was hat es denn mit dem Brot auf sich?«, fragte Duval höflich interessiert.

»Ach, Sie kennen die Geschichte von der heiligen Agathe nicht?«, fragte sie ungläubig.

Duval schüttelte den Kopf.

»Nun«, begann sie, offensichtlich hochzufrieden, diese Legende erzählen zu können, »Agathe war zu römischer Zeit eine tugendhafte junge Frau, eine Christin, die der römische Statthalter, ich weiß seinen Namen nicht mehr, aber es spielt auch keine Rolle, also der hätte sie gern für sich gehabt. Aber Agathe war sehr fromm und sie verweigerte sich. Und daraufhin wurde sie gefoltert. Aber nehmen Sie ruhig«, sagte sie und schob beide Brotkörbe in seine Richtung.

Duval wählte eines der kleinen Brote, das in der Mitte kreuzförmig eingeschnitten war, und eine Scheibe der Pastete. Mit einem Ohr lauschte er der Dame und mit dem anderen hörte Duval dem Gespräch am Tisch zu, das sich um das Essen drehte. Wo hatte man schon einmal so eine gute Hasenpastete gegessen? Der Metzger Thaon in St. Sauveur machte hervorragende Pasteten, da war man sich einig.

Die Dame beugte sich nun zu ihm und sagte leise und eindringlich: »Man hat ihr die Brüste abgeschnitten!« Sie verzog schmerzvoll das Gesicht. Die Vorstellung allein schien ihr selbst wehzutun.

»Oh!«, machte Duval betroffen, nicht nur, weil es von ihm erwartet wurde.

»Sehen Sie!«

»Und das runde Brot symbolisiert ...«, er sprach den Satz nicht zu Ende.

»Jawohl.« Die Dame nickte ernst. »Es wird gebacken, um an ihrem Namenstag an ihre Leiden zu erinnern.«

»Verstehe.« Duval betrachtete betroffen das Brot, das er gerade auseinandergebrochen hatte, um es mit der Hasenpastete zu essen.

»Damit wurden schon Feuersbrünste abgewehrt. Deswegen sollte man immer ein Agathenbrot im Haus haben.«

»Ach ja?« Duval war irritiert. »Man isst es nicht?«

»Na ja«, sagte sie nachsichtig. »Nehmen Sie noch eines und bewahren Sie es auf.« Sie legte ihm fürsorglich ein weiteres rundes Brot neben den Teller.

»Danke«, Duval sah sie freundlich an, »aber ich kann mir beim besten Willen nicht vorstellen, wie ein Brot gegen ein Feuer helfen soll.«

»Man wirft es hinein!«, sagte die Dame sehr bestimmt.

»Und damit wollen Sie das Feuer löschen?«

»Das ist ja gerade das Wunder.« Die Dame schien überzeugt.

»Hm«, machte Duval ungläubig.

»In Catanien, dort wo sich das Grab der heiligen Agathe befindet, bricht ja alle paar Jahre der Vulkan aus und der Lavastrom konnte so schon immer umgeleitet werden! Das Dorf wurde bislang immer verschont!«

»Man hat den Lavastrom mit einem Brot umgeleitet?« Duval musste aufpassen, dass er nicht lachte.

»Der Priester hält auch ein Stück vom Schleier der heiligen Agathe gegen den Lavastrom.«

»Das grenzt wirklich an ein Wunder.«

Die Dame nickte ernst. »So ist es.«

»Lass den jungen Mann essen, *Lolotte*«, mischten sich

die Männer am Tisch ein. »Er hat noch nicht mal die *Pâté* gekostet.«

»Ich heiße Charlotte«, stellte sich die Dame nun vor. »Hier im Dorf aber bin und bleibe ich die *Lolotte*.«

»Léon Duval«, stellte sich Duval nun vor und erfuhr noch die Namen der anderen Damen und Herren am Tisch: Da waren zwei Roberts, Antonia, René, Simone, Marie und Maryse. Duval nickte höflich, wusste aber schon kurz darauf nicht mehr, welche der Damen Maryse und welche Marie war. Der weißhaarige Herr neben ihm war einer der Roberts, so viel konnte er gerade noch behalten. Und natürlich Charlotte, genannt *Lolotte*. Sie war, wie die meisten der Gäste an seinem Tisch und im Saal, ein älteres Semester. Die Herren wirkten rüstig und kräftig. Allen sah man an, dass ihnen körperliche Arbeit nicht fremd war. Duval sah kräftige, schwielige Hände und sonnengegerbte faltenreiche Gesichter. Man trug die verschiedensten Arten von karierten Hemden unter dunkelblauen oder weinroten Pullovern. Die Damen an seinem Tisch waren zur Feier des Tages alle, so schien es ihm, beim selben Friseur gewesen. Sie trugen, bis auf Charlotte, wohlondulierte Frisuren in unterschiedlichen Farbschattierungen. Charlotte wirkte ein bisschen städtischer mit ihrem blonden Pagenkopf, der sie auch jünger wirken ließ als die anderen Damen. Ihr rundliches blasses Gesicht hatte nur wenige Falten und sie hatte hellblauen Kajalstift unter ihre wässrig blauen Augen gemalt.

Duval aß das gesegnete Brot nun doch nicht. Das Gefühl, vor aller Augen auf symbolischen Jungfrauenbrüsten herumzukauen, war ihm unbehaglich. Er wählte daher ein Stück Baguette, auf das er die *Pâté* legte. »Und?« Man sah ihn erwartungsvoll an, kaum hatte er den ersten Bissen in den Mund gesteckt.

»Köstlich. Ganz köstlich«, beteuerte er mit vollem Mund. Und es war nicht gelogen.

Die Runde am Tisch nickte zufrieden und das Gespräch um die Herstellung von Pasteten kam wieder in Gang. Alle mischten sich ein. Duval war, so schien es ihm, umgeben von Experten der Pastetenherstellung. Natürlich ist Schweinefleisch in der Hasenpastete. Die Frage ist nur, wie viel Hasenfleisch auch darin ist. Und die Gewürze sind wichtig. Natürlich die Gewürze. Nicht zu viel Wacholder. Wacholder? Wacholderbeeren. Und ein Schuss Cognac, warum nicht. Die allerfeinste Pastete aber war die *Pâté de Grives*, die Drosselpastete, ein Genuss, hörte Duval nun, aber da schritt Charlotte ein. Die armen Vögelchen, das sei nun nicht mehr in Ordnung, empörte sie sich, und man stritt sich nun darum, ob früher nicht nur die Pasteten, sondern überhaupt alles besser gewesen war und ob man die neue Zimperlichkeit der Städter, der Vegetarier und Écolos, jetzt überall einführen müsse. »Die gehen mir wirklich auf den Wecker, diese Écolos mit ihren Verboten«, eiferte sich ein kleiner Mann mit Schnauzbart, und alle nickten. Duval nahm sich derweil noch eine Scheibe von der Hasenpastete, sie war wirklich ausgezeichnet. Man betrachtete ihn mit Wohlwollen. Ein Städter, der essen konnte und die guten, einfachen Dinge nicht verschmähte, war offensichtlich gern gesehen.

»Noch ein Schlückchen Roten?«, und noch bevor Duval nicken konnte, hatte ihm sein Tischnachbar zur Rechten schon das Glas gefüllt.

Charlotte war nach ein paar Bissen wieder gestärkt und redete ungebrochen weiter. Er hatte sich nicht getäuscht, sie war Buchhalterin und hatte viele Jahre in Nizza gearbeitet, wie sie Duval nun anvertraute. Aber jetzt, ganz frisch pensioniert, verbrachte sie die meiste Zeit wieder in ihrem Dorf. Trotzdem fehlte ihr die Stadt, sodass sie jede zweite Woche nach »unten« führe. »Sie verstehen das sicher?«, fragte sie rhetorisch, und als Duval verständnisvoll nickte, begann sie, ihm von nun an vertraulich die Hand auf den Arm zu legen, wenn sie das Wort an ihn richtete. Das *Tête-à-tête* mit Charlotte wurde ihm etwas anstrengend, er versuchte die übrige Tischgesellschaft in das Gespräch mit einzubeziehen und war erleichtert, als der zweite Gang serviert wurde: Eine riesige dampfende Schüssel Ragout wurde auf den Tisch gestellt und zwei ebenso große Schüsseln mit Ravioli. *La Biche en Daube avec ses Raviolis à la Courge*, ein Rehragout begleitet von hausgemachten Ravioli mit Kürbisfüllung. Wohl ein bekannter und großer Klassiker der Auberge, denn alle Gäste im Saal machten genießerisch *aah* und *oooh,* manche klatschten gar. Kurz drauf konnte Duval sie verstehen, das lang geköchelte Fleisch war zart, aber der Wildgeschmack kräftig, und die Ravioli mit ihrer cremigen, milden Füllung waren eine für ihn ungewöhnliche, aber passende Ergänzung. Selbst Charlotte war vorübergehend sprachlos geworden und tunkte vergnügt ihr Brot in die Fleischsoße.

»Alles in Ordnung? Schmeckt es Ihnen«, fragte die Aubergistin, die von Tisch zu Tisch ging. »Fantastisch!«, schwärmte Duval und ließ sich auch hier gerne einen Nachschlag geben, was dazu führte, dass sein Tischnachbar zur Rechten ihm auf die Schulter klopfte: »So etwas kriegen Sie in keinem Restaurant in der Stadt, was? Das ist noch echte Qualität! Und hausgemacht!«

Tatsächlich war *Daube* eher ein rustikales Essen der gutbürgerlichen Küche, das man in Cannes allenfalls im Winter in den Bistros bekam. Duval dachte an die *Daube* aus

Rindfleisch, die er einmal auf der Île Ste. Marguerite gegessen hatte. Die schöne, verführerische Alice hatte sie zubereitet. Was war aus ihr geworden, fragte er sich. War sie noch auf der Insel? War sie weitergezogen? Aber das Bild von Alice verflüchtigte sich schnell, denn Charlotte sprach schon wieder auf ihn ein.

»Stellen Sie sich vor, beinahe hätten sie das Fest abgesagt!«

Duval nickte. »Ja, das hatte mir die Dame der Auberge bereits gesagt. Wegen des Todesfalls?«

»Ja. Als ob ihm das noch etwas helfen würde.«

»Sicher nicht«, stimmte Duval zu. »Aber vielleicht aus Respekt vor seiner Familie.«

»Die leben doch gar nicht mehr hier«, wehrte sie ab. »Der war ganz allein hier oben. Und das Leben geht doch weiter und essen müssen wir doch sowieso.«

Duval stimmte diesem Pragmatismus durchaus zu. »Wäre schade gewesen, wenn ich das nicht hätte kosten können«, sagte er.

»Sehen Sie!«

»*Lolotte*, lässt du den jungen Mann mal in Ruhe essen?«, rief einer der Männer laut vom unteren Tischende.

»Aber ich lasse ihn doch ...«, reagierte Charlotte empört. »Oder etwa nicht?«, wandte sie sich an Duval.

»Doch, doch, alles in Ordnung.« Duval lächelte freundlich.

Lolotte warf dem Mann am Tischende einen giftigen Blick zu. Um sich gleich darauf umso liebenswürdiger Duval zuzuwenden. »Wo waren wir?«

Duval amüsierte sich über das vertrauliche »wir«. »Wir sprachen über den Toten.«

»Genau. Régis Ravel.« Sie beugte sich näher zu Duval.

»Er war ja nicht sehr sympathisch, wissen Sie«, sagte sie so leise wie möglich, aber doch so, dass Duval es bei dem fröhlichen Lärm noch hören konnte.

Duval sah sie an. »Nicht sympathisch?«, wiederholte er fragend.

»Na ja. Er war korrekt, wissen Sie. Sehr korrekt, aber man muss doch auch mal fünfe gerade sein lassen können.«

»Hmhm«, machte Duval. »Und das konnte er nicht?«

»Nein. Stur war er. Er war der Herr des Parks und, wie sagt man, er war päpstlicher als der Papst. Immer ging es um die Regeln des Parks. Früher haben wir doch auch hier gelebt und Pilze gesucht und Kamille und Beifuß gepflückt und plötzlich sollen wir das nicht mehr tun? Ich bitte Sie. Die paar Pilze und die paar Stängelchen Beifuß. Aber da hat er gleich Anzeigen erstattet und uns Geldbußen auferlegt. Damit macht man sich hier natürlich unbeliebt, aber das war ihm egal.«

»Beifuß?«, fragte Duval nach.

»Ja natürlich. Für den Génépi. Ein Kräuterlikör. Wir machen hier alle unseren Génépi selbst. Dafür braucht man vierzig Stängel Beifuß, aber den Alpenbeifuß, wissen Sie?«

Duval schüttelte den Kopf.

»Warten Sie«, sie holte ihr Smartphone heraus und tippte umständlich etwas ein. »Hier«, sagte sie, »sehen Sie«, und sie zeigte Duval ein Foto der Pflanze. »Sieht nach nichts aus, ist aber sehr aromatisch.«

»Artemisia«, las Duval. »Artemisia, ist das nicht die Absinthpflanze?«

»Das ist nicht dasselbe«, mischte sich nun der Mann zu seiner Rechten ein. »Es ist die gleiche Pflanzengattung, Artemisia für Absinth wächst fast überall, aber die Artemisia für den Génépi, da müssen Sie schon hoch steigen, um sie zu finden. Sie steht auch unter Artenschutz und darf nicht mehr, oder sagen wir, nur in kleinen Mengen gesammelt werden.«

»Aber das erkläre ich ja gerade«, riss Charlotte das Gespräch wieder an sich. »Dieser Beifuß, oder die Artemisia für Génépi, das ist ja dasselbe, nicht wahr, also diese Pflanze ist viel aromatischer als die für Absinth, und sie wächst nur im Hochgebirge. Das bedeutet für uns hier, dass wir sie jetzt nur noch im Nationalpark finden können. Ein paar Jahre lang war das vollkommen verboten. So ein Quatsch, sage ich Ihnen, von einem auf den anderen Tag verbietet man uns, was wir schon immer gemacht haben, nur weil sie entschieden haben, dass hinter dem Dorf jetzt fast sofort der Nationalpark anfängt. Der Fluss ist die Grenze, wissen Sie. Nach links in die Wälder können wir gehen, aber nach rechts in die Berge und auf die Alpenwiesen nicht mehr. Also hingehen dürfen wir, aber nichts mehr sammeln. Aber da haben wir eine Petition eingereicht, und jetzt haben sie das Recht geändert, man darf tatsächlich pro Person einmal vierzig Stängel Beifuß pflücken, aber wehe man erwischt Sie mit der doppelten Menge, weil Sie Ihrer Nachbarin, die nicht mehr auf 2000 Meter hinauflaufen kann, welchen mitbringen wollen.« Sie schüttelte empört den Kopf. »So ein Quatsch, wirklich.«

Charlotte aß schweigend ein paar Bissen und Duval spürte, dass sie angestrengt nachdachte. Dann hatte sie sich entschieden. »Ich verrate Ihnen das Rezept«, sagte sie halblaut zu ihm gewandt. Und dann wurde Duval eingeweiht: »Vierzig Stängel Beifuß mit vierzig Stück Zucker vierzig Tage in Alkohol ziehen lassen.« Sie sah ihn beinahe triumphierend an.

»Ich danke Ihnen für Ihr Vertrauen«, lächelte Duval. »Wenn ich jemals über das Pflänzchen stolpere, dann will ich ein paar Stängel mitnehmen und Ihren Likör ansetzen.«

»Vierzig Stängel!«, wiederholte Charlotte eindringlich. »Es ist ganz einfach, immer vierzig, vierzig Stängel Beifuß, vierzig Stück Zucker und vierzig Tage«, wiederholte sie. »Das können Sie gar nicht vergessen, nicht wahr. Aber er wächst natürlich nur im Sommer. Im Sommer müssen Sie den Génépi sammeln. Und passen Sie auf, dass Sie nicht mehr mitnehmen als erlaubt. Die sind streng geworden. Der Park ist der Park. Die Leute hier haben ihn nicht gewollt, den Park, aber man hat sie nicht gefragt, wissen Sie. Das war eine Entscheidung von ganz oben und eines Tages stehen sie vor den Tatsachen. Das, was sie gestern noch gemacht haben, ist heute verboten.«

»Und der Herr Ravel ...«, setzte Duval noch einmal an.

»Mit dem war nicht gut Kirschen essen«, sagte sie düster. »Na, nun ist er tot, ich will nichts Schlechtes über ihn sagen.«

Zwischenzeitlich war ein riesiges Brett mit Käse auf den Tisch gestellt worden. Nun schob man es ihm zu. »Bitte bedienen Sie sich!« Er blickte darauf und schüttelte bedauernd den Kopf. »Es ist zu viel«, wehrte er ab, »ich kann nicht mehr.«

Das aber ließ man nicht gelten. Zumindest den Käse des Bauern aus dem Nachbarort müsse er unbedingt probieren, wurde protestiert. So schnitt Duval sich mit einem abenteuerlich großen Messer noch jeweils eine Ecke des angebotenen Käses ab und ließ sich dazu noch ein weiteres Gläschen Rotwein einschenken. Zunächst probierte er einen milden Frischkäse, der sahnig cremig im Mund zerging, und danach schnitt er die Rinde des gelblichen Hartkäses ab und kostete den kräftig schmeckenden Käse. Was für ein Geschmackserlebnis. Duval war vergnügt und spülte mit einem Schluck Rotwein nach. Langsam spürte er die Müdigkeit, die sich in seinem Körper wohlig ausbreitete. Gott sei Dank musste er diese kurvenreiche Strecke heute nicht mehr fahren. Er sah auf die Uhr, es war fast Mitternacht. Aber das Essen war noch nicht vorüber. Niemand außer ihm schien müde zu sein. Der Geräuschpegel im schmucklosen Gemeindesaal war hoch, auch wenn nicht alle Tische voll besetzt waren.

Plötzlich ging das Licht aus und das lärmige Raunen im Saal wurde leiser. *Pscht*, machten manche, jemand zündete am Eingang des Saales mit einem Feuerzeug mehrere kleine Kerzen an, zwei Männer trugen ein Tablett mit dem von Kerzen erleuchteten Nachtisch herein und stimmten das Geburtstagslied *Joyeux Anniversaire* an. Die Menschen im Saal begannen in getragenem Rhythmus mitzusingen, »*Joyeux Anniiiiii – versaiiiiiiere – Agathe, joyeux anniversaiiiiiire!*«. Die beiden Männer blieben mit ihrem Tablett vor einer blonden jüngeren Frau stehen. »*Bon anniversaire*, Agathe! Alles Gute zum Geburtstag!« Die Menschen im Saal klatschten Beifall. Und die blonde Frau erhob sich, lachte und verbeugte sich in alle Richtungen. »Danke!«, rief sie. »Ich danke euch allen!« Dann blickte sie auf den Nachtisch und schrie empört auf: »Oh nein! Das geht zu weit! Ihr seid wirklich alle besessen. Das wird ja jedes Jahr schlimmer!«

»Kerzen ausblasen!« wurde gerufen, aber sie rief empört »Niemals!«.

»*Allez*, los Agathe, sei kein Spielverderber!«

Schließlich blies die Frau die Kerzen aus und rief »Ich hab' mir aber nichts gewünscht, damit ihr es wisst!«.

Es wurde laut applaudiert, gepfiffen und »Bravo!« gerufen. Das Licht ging wieder an und Duval versuchte vergeblich, einen Blick auf den Nachtisch zu erhaschen. Die blonde Frau setzte sich wieder hin. Man servierte ihr als Erster eine Portion, aber demonstrativ schob sie den Teller von sich und schüttelte den Kopf. »Ich esse nichts davon!«, rief sie. Im Saal wurde es wieder lauter, es wurde gelacht, geraunt und der Nachtisch wurde zigmal fotografiert.

Die Männer gingen nun von Tisch zu Tisch und schnitten überall, begleitet von großem genießerischen »*Oh là là*«, von dem großen Kuchen, denn es war wohl ein Kuchen, für jeden der Anwesenden Stücke ab. Bis sie am Tisch Duvals ankamen, war von dem Kuchen, in der Form einer drallen Frau mit zwei großen weißen Brüsten, nur noch die Hälfte übrig: die runden Brüste, mit Zuckerguss und kandierten Kirschen dekoriert, waren noch nicht angeschnitten und besonders die Herren an Duvals Tisch wollten unbedingt ein Stück davon haben. »Agathe, wer bekommt denn nun was von den Titten?«, riefen sie höchst erregt und feixend.

»Wie die Kinder!« Charlotte war offensichtlich geniert vor Duval, dass die Männer des Dorfes so ein unwürdiges Bild abgaben.

»Macht, was ihr wollt! Das geht mich nichts an.« Agathe verschränkte die Arme und rollte mit den Augen.

»Also Monsieur, was dürfen wir Ihnen geben?«, fragte höflich, aber mit einem breiten Grinsen einer der Männer und hielt ihm das Kuchentablett hin, das Messer bereits an den Zuckergussbrüsten angesetzt. Man beobachtete ihn. Hier konnte man es nur falsch machen. Wählte er etwas von den angebotenen Zuckergussbrüsten, hätte er den feixenden Beifall der Männer, wählte er ein neutrales Stück, den der Damen. Aß er gar nichts, wäre er ein Spielverderber. »Na«, sagte Duval, »ich möchte Agathe nicht verärgern an ihrem Geburtstag«, und er ließ sich ein neutrales Stück Kuchen, sozusagen aus der Hüfte, geben. Die anderen Männer lachten, Lolotte an seiner Seite nickte ihm dankbar zu und tätschelte leicht seinen Arm. Auch Agathe schien es zur Kenntnis zu nehmen.

Duval lief die paar Schritte durch die Nacht Richtung Auberge. Es gab hin und wieder eine Straßenlaterne, außerhalb ihres Lichtkegels war es jedoch stockfinster. Mitten in der Finsternis blieb er kurz stehen. Er hörte nur seinen eigenen Atem. Es war still. Die Musik und die lebhaften Geräusche aus dem Gemeindesaal drangen nur wie ein dumpfes Raunen nach außen und nur manchmal entfloh von dort ein Schwall von Lärm, wenn jemand die Tür öffnete. Unglaublich, diese Stille. Und jetzt begann es zu schneien. Einzelne Flocken, dick wie Gänsefedern, tanzten vor ihm im gelblichen Licht der Straßenlaterne. Er steckte die Hände in die Anoraktaschen und fühlte dort das kleine, runde Brot, das ihm Charlotte aufgedrängt hatte. Er solle es aufheben, hatte sie eindringlich gesagt. Was die Menschen so alles glaubten in diesem Dorf. Aber immerhin das Sprichwort *À la Sainte-Agathe, le temps se gâte* schien sich zu bewahrheiten. Das Wetter wurde noch einmal schlecht an Ste. Agathe.

Es war verrückt. Gestern Morgen war er noch in Cannes gewesen, am palmenbestandenen Meer, und jetzt befand er sich am Ende der Welt. Zumindest fühlte es sich so an. In seinem Zimmer angekommen, ließ Duval sich schwer auf das Bett fallen. Zu seiner Überraschung war die Matratze fest und gab kaum nach. Wunderbar, dachte er und schlief beinahe sofort ein.

———

Duval erwachte von einem ohrenbetäubenden Geschrei, das er vergeblich in seine Träume zu integrieren versuchte. Was war das? Er stöhnte und zudem fühlte er sich leicht verkatert. Er zog das Kopfkissen über seine Ohren. Das Geschrei war durchdringend, an Weiterschlafen war nicht zu denken. Er tastete nach seinem Handy, acht Uhr immerhin. Annie hatte ihm bereits eine Nachricht geschickt und ihm einen guten Morgen gewünscht. Er lächelte und quälte sich dann aus dem Bett, öffnete die Fenstertüren, schob die Fensterläden durch den frisch gefallenen Schnee zur Seite und: Die Welt war weiß. Die Bäume waren mit einer dicken Schneeschicht bedeckt, märchenhaft sah es aus und er genoss die eigentümliche wattig gedämpfte Stille, die nur von diesem asthmatisch klingenden Geschrei durchdrungen wurde. Der Morgenhimmel war klar und blau, es schien ein schöner Tag werden zu wollen. Er atmete die kalte Luft ein und aus. Sie kondensierte zu einer kleinen Wolke, er zog die Schultern hoch und rieb sich die Hände. Dann beugte er sich vor und versuchte zu erkennen, woher dieses wahnsinnige Geschrei kam. Auf einer verschneiten Wiese links unterhalb der Auberge stand ein Esel und begrüßte, Hufe scharrend und schreiend, den Morgen. Duval musste lachen: ein Esel! Er erinnerte sich nicht, schon jemals vorher einen Esel schreien gehört zu haben, aber gleichzeitig wünschte er, dieser möge auch bald wieder damit aufhören. Das Tier hatte sich jedoch gerade in Fahrt geschrien. Vermutlich passte es ihm nicht, dass die Wiese, auf der es zu grasen gedachte, verschneit war. Jetzt fingen auch die Hunde an zu bellen. Ein helles, aufgeregtes Kläffen und nervöses Fiepen mischten sich mit dem keuchenden Geschrei des Esels. Von Weitem hörte er das stete Piepsen eines rückwärtsfahrenden Lastwagens oder vielleicht war es der Schneepflug. Wer hatte etwas von Stille auf dem Land erzählt? Duval schloss die Tür und suchte zwei Aspirin in seinem Kulturbeutel, löste sie im Zahnputzbecher auf und trank das Glas in einem Zug aus. Er duschte heiß und freute sich auf einen guten starken Kaffee, wurde aber enttäuscht. Im Frühstücksraum der Auberge roch es nach lange warm gehaltenem Kaffee. Und so schmeckte er auch. Er rührte noch ein weiteres Stück Zucker hinein, aber die Süße machte den bitteren, verbrannten Geschmack nicht besser. Er dachte an seinen Sohn, der sich angewöhnt hatte, dramatisch stöhnend den Kopf auf die Tischplatte fallen zu lassen, wenn er sein Missfallen ausdrücken wollte, und Duval hätte es ihm jetzt gern nachgemacht. Er nahm seine Jacke und beschloss ein Stück zu laufen, die trockene kalte Luft würde seinem Kopf guttun.

———

Tatsächlich hatte im Dorf schon jemand Schnee geräumt, zumindest die Treppen, die nach oben ins Dorf führten, waren freigeschaufelt und es gab kleine Pfade, die zu dem einen oder anderen Haus führten. An mehreren Orten hörte man noch das Schaben der Schneeschippen. Auch die Zufahrtsstraße war geräumt worden, er sah den brummenden Schneepflug mit dem gelben Signallicht gerade in einer Kurve verschwinden. So abgelegen das Dorf auch schien, es war an die Infrastruktur angebunden. Er lief einmal alle geräumten Wege im Dorf ab, stapfte dann ein paar Meter durch den Schnee nach oben und blieb vor einer Wegkapelle stehen.

Ein paar bräunlich verwelkte oder auch erfrorene Rosen standen in einem Einmachglas vor einer Heiligenfigur: Ste. Agathe. Das Wasser war eingefroren. Ein Zettel lag unter dem Glas: »Für meine Oma im Himmel« stand darauf. Duval schluckte.

―

»Guten Morgen, na, haben Sie gut geschlafen?«, fragte der weißhaarige Mann, der gerade die Schneeschaufel neben die Eingangstür gestellt hatte und nun Asche und Salz auf den Weg streute.

Wie hieß er noch? »Guten Morgen, Sie sind Robert, nicht wahr?«, fragte Duval.

»Richtig.«

»Guten Morgen, Robert«, sagte Duval jetzt höflich. »Danke, wunderbar. Obwohl es nicht so still war, wie ich dachte, also zumindest heute Morgen nicht.«

»Ja, dieses Dorf lebt«, antwortete Robert. »Wissen Sie, vor vierzig Jahren lebten hier nur noch drei alte Menschen, man hätte meinen können, das Dorf sterbe mit ihnen aus. Alle waren weggegangen, um in der Stadt zu arbeiten, aber dann sind langsam wieder Menschen zurückgekommen, zunächst nur die, die nach der Pensionierung wieder hier oben leben wollten, aber dann kamen auch jüngere, und heute sind wir wieder über fünfzig, und im Sommer, in den

Ferien, bestimmt doppelt so viele. Es ist nicht mehr so wie vor dem Krieg, aber doch ein lebendiges Dorf. Und das ist gut so«, sagte er zufrieden.

Duval schniefte und rieb sich die Hände. Er hatte die Handschuhe vergessen.

»Ist Ihnen kalt? Kommen Sie ruhig einen Moment rein. Vielleicht möchten Sie einen Kaffee, um sich aufzuwärmen? Wir wollten gerade Karten spielen und könnten sowieso noch einen vierten Mann brauchen. *La belote.* Spielen Sie?«

»Ich kann's mal versuchen. Früher habe ich ganz gut gespielt.« Es stimmte. Seine Eltern waren Bridgespieler. Seine Mutter spielte mindestens einmal in der Woche Bridge mit ihren Freundinnen, wenn es ihr auch mehr um das gesellige Ereignis ging, als darum, das Spiel gewinnen zu wollen. Dennoch hatte sie lange nach einer Partnerin gesucht, mit der sie sich verstand und die in etwa das gleiche Niveau hatte. So viel Ehrgeiz hatte sie dann schon. Duval konnte selbstverständlich Bridge spielen, hatte sich aber, vor allem, um sich vom Elternhaus abzugrenzen, das populärere Belote beigebracht, und es eine Zeit lang viel und gern gespielt.

»Na, das verlernt man doch nicht«, sagte der ältere Mann und hielt ihm die Tür auf.

Duval trat ein und die Wärme in der völlig überhitzten Wohnküche nahm ihm fast den Atem. Er öffnete seinen Anorak. Die Küche hatte eine Gewölbedecke, ein großer Herd nahm viel Raum ein, daneben lag Holz auf dem Boden. Mehrere Menschen standen in der Küche und diskutierten aufgeregt, sie verstummten, als Duval eintrat.

»Ich habe euch jemanden mitgebracht«, sagte er. »Der junge Mann aus der Auberge, mit dem wir gestern schon gegessen haben.« Man grüßte ihn und gab ihm die Hand und ein paar der Menschen verließen, weiterhin diskutierend, die Küche.

»Setzen Sie sich.« Maryse, die er gestern kennengelernt hatte, eine magere Frau mit einem faltigen Gesicht, offenbar die Frau von Robert, zog ihm den Tisch zur Seite, sodass er sich auf das Kanapee dahinter setzen konnte. Eine große Katze sprang sofort neben ihn auf das Kanapee, suchte sich drehend den idealen Platz und ließ sich alsbald auf seinen Knien nieder.

»Ah, und schon hat Sie der Kater adoptiert. Das ist ein gutes Zeichen«, sagte eine alte gebeugte Frau, die, auf einen Gehstock gestützt, schwerfällig laufend durch die Tür hereinkam. Schnaufend ließ sie sich auf einen Stuhl am Tischende fallen.

»Meine Mutter«, stellt Maryse vor. »*Maman*, das ist ein Gast der Auberge, er hat gestern schon mit uns im Gemeindesaal gegessen.«

Die alte Frau musterte ihn offen. »Sie sind Gast in der Auberge, soso. Und hat es Ihnen geschmeckt, das Essen?«

»Ja, ausgezeichnet.«

»Das ist recht«, sagte sie zufrieden. Duval wollte ihr die Hand geben. Sie zögerte. Duval sah, dass sie enorm knotige Finger hatte, und sie schien sich einen Moment dafür zu schämen. »Ich habe keine schönen Hände«, sagte sie, »das Rheuma und zu viel harte Arbeit, was wollen Sie machen.« Sie reichte ihm dann doch die Hand. »Ich will Sie ja nicht zwingen, mir Küsschen zu geben«, sagte sie augenzwinkernd.

Duval sah sich um. Ein großer Fernseher in einer Ecke lief bereits, aber der Ton war ausgeschaltet. Es lief irgendeine Vormittagssendung, in der gekocht wurde. An einem

Küchenbuffet steckten Familienfotos, an der Wand hing ein gesticktes Alphabet und der Postkalender hing an der Küchentür. Auf einem Holzregal standen mehrere goldfarbene Pokale, ein paar Porzellanfiguren und ein Strauß getrockneter Lavendel. Daneben ein Ammonit, ein großes Fossil einer versteinerten Schnecke. Über dem Fernseher hing ein Kreuz, hinter das die, vermutlich gesegneten, Buchsbaumzweige vom vergangenen Osterfest geklemmt waren.

»Wer will einen Tee? *Maman*, möchtest du einen Tee? Möchten Sie einen Tee?«, wandte sich Maryse auch an Duval. »Oder einen Kaffee?«

»Lieber einen Kaffee«, bekannte Duval.

»Gut, Kaffee für Sie, und ich mache Tee für alle«, entschied sie und hantierte mit dem Wasserkessel herum, der auf dem alten Küchenherd stand.

»Wer spielt denn jetzt?«, fragte der weißhaarige Robert und holte abgegriffene Karten aus einer Tischschublade. »Ich mache erst mal Tee«, sagte Maryse, »wenn du willst, kannst du meinen Platz haben, Simone.«

Duval, Robert, ein dritter Mann und eine ältere, große schlanke Frau setzten sich an den Tisch.

Sie stellten sich als Claude und Simone vor. Robert verteilte die Karten.

Duval spielte mit Claude und anfangs machte er den einen oder anderen Fehler, den sein Mitspieler mit einem leichten Schnalzen der Zunge und fast unmerklichem Augenbrauenhochziehen quittierte, aber dann hatte Duval sich wieder eingefunden, und sein Partner lächelte nun fein, bei jedem heimgetragenen Stich.

Das Telefon klingelte und Maryse nahm ab.

Einen Moment hörte sie still zu. »*Oh, merde!*«, sagte sie

sichtlich getroffen. »Warte, ich gebe dir Robert. Er weiß besser, was zu tun ist.«

»Es ist Elena. Die Gendarmen haben Olivier verhaftet. Vor den Kindern. Sie glauben, dass er den Ravel umgebracht hat«, erklärte sie ihrem Mann und damit auch allen Anwesenden. »Elena ist fix und fertig.« Ihr Mann übernahm den Hörer.

»Waaas?«, fragte Simone schockiert.

Claude legte die Karten auf den Tisch und lauschte der Konversation am Telefon. Auch Duval versuchte zu erraten, was am anderen Ende gesprochen wurde.

»Ganz ruhig. Was haben sie genau gesagt? ... Aha. Na, das ist sicher keine Verhaftung, Elena, das ist, was weiß ich, eine Vernehmung vielleicht.« Er hörte wieder zu. »Das weiß ich auch nicht, Elena, aber beruhige dich bitte.«

Hatte die Gendarmerie Olivier als Waffenbesitzer ausfindig gemacht? Hatte er da oben geschossen? War es die Patronenhülse, die er gefunden hatte? Warum hatte man ihn dann noch nicht benachrichtigt? Diskret sah Duval auf sein Mobiltelefon, aber es war keine Nachricht eingegangen.

»Und wenn du den Anwalt anrufst, der, der ihn letztes Mal verteidigt hat?«, hörte er Robert sagen. »Nein, ich kenne keinen, ich habe in meinem ganzen Leben noch keinen Anwalt gebraucht. Aber warte doch erst mal ab, Elena, ja, ich verstehe dich. Aber Olivier ist ja nicht auf den Kopf gefallen, der kann selbst sagen, dass er einen Anwalt will. Aber versuche ruhig zu bleiben! Wenn wir bis heute Nachmittag nichts hören, dann fahre ich runter und schaue, was ich machen kann. Wenn du etwas erfährst, meldest du dich, ja? Wir halten uns auf dem Laufenden. *Allez, courage!* Küss die Kinder von mir.«

»Die Gendarmen haben Olivier mitgenommen und sie

haben das Haus durchsucht und seine Waffen und die Munition eingepackt. Olivier hat natürlich getobt, wie er eben ist. Und das alles vor den Kindern, könnt euch vorstellen, wie es denen geht. Elena ist völlig durch den Wind, die Kinder heulen. Sie glaubt, er sei verhaftet. Aber das glaube ich nicht.«

»Aber warum denn?« Simone war wütend. »Es war doch der Wolf! Der hat ihn angefallen, das sagen doch alle, oder?«

»Ah, der Wolf ist nie schuld, das weißt du doch«, sagte Maryse spöttisch.

»Wollen die jetzt etwa behaupten, Olivier habe den Ravel gefressen?«

»Entschuldigen Sie, dass Sie das alles mitbekommen, aber wir haben hier ein großes Problem. Ein Einwohner unseres Dorfes ist letztes Jahr verschwunden und jetzt tot aufgefunden worden.«

»Ja, ich habe das gestern Abend schon gehört«, erklärte Duval. »Kein Problem, wenn Sie unter sich bleiben wollen, dann kann ich Sie auch gern allein lassen«, schlug er vor.

»Wie Sie wollen, aber wir haben hier nichts zu verbergen.«

»Erzähl dem jungen Mann doch mal, was los ist, vielleicht sieht einer, der von außen kommt, das klarer als wir«, schlug Maryse vor.

»Sind Sie für oder gegen den Wolf, das müssten wir erst mal klären, sonst brauchen wir gleich gar nicht anzufangen«, sagte Claude.

»Sind Sie ein *Écolo*?«, fragte gleichzeitig Simone.

»*Écolo*? Ich trenne meinen Müll, soweit ich es vermag«, antwortete Duval. »Und ich lasse keinen Müll am Strand oder im Wald zurück. Meinen Sie das? Ich bin aber im

Leben noch nie mit dem Wolf konfrontiert worden.« Den Wolfspark ließ er vorsichtshalber unter den Tisch fallen. »Ich bin weder für noch gegen den Wolf, solange ich nicht weiß, um was es geht. Ich habe da nur ganz vage Vorstellungen, wie überhaupt vom Leben hier oben. Aber«, fügte er hinzu, er hatte plötzlich keine Lust mehr auf Geheimnisse vor diesen Menschen, »ich bin Polizist, das sollten Sie vielleicht wissen, bevor Sie mir alles erzählen.«

»Ach«, sagte Simone, »ein Flic, na, so sehen Sie gar nicht aus.«

Duval zog eine Grimasse. »Ich weiß nicht, wie man als Flic so aussehen soll, aber ich habe auch ein Privatleben. Und ich mache ein paar Tage Ferien.«

»Ah so. Na dann.«

Robert sah ihn lange an. »Ich freue mich, dass Sie so aufrichtig waren, uns das zu sagen. Ich hätte es nicht geschätzt, das hinterher zu erfahren.«

»Ich bin jedenfalls nicht hier, um Sie auszuhorchen«, sagte Duval, auch wenn es nicht ganz der Wahrheit entsprach.

Claude sah ihn dennoch kritisch an.

Simone aber fragte nun: »Können Sie uns denn erklären, was es bedeutet, wenn die Gendarmerie jemanden ›mitnimmt‹? Warum konnten sie denn nicht zu Hause mit ihm sprechen?«

»Das kann ich Ihnen nicht so einfach beantworten. Da hat jeder seine Methoden, und das ist von Fall zu Fall unterschiedlich, wissen Sie. Jeder macht das, wie es ihm angemessen erscheint. Vielleicht haben sie irgendetwas gefunden, eine Spur, die zu Ihrem Freund führt. Vielleicht dachten sie auch, sie müssten ihn etwas beeindrucken. Er scheint ja kein ängstlicher Typ zu sein. Ich glaube, ich habe ihn am Markttag mit den Politikern erlebt. Ein kleiner kräftiger Mann, dunkle Haare und Bart?!«

»Ja, das ist Olivier. Er nimmt kein Blatt vor den Mund, das ist sicher. Das wird ihm noch mal zum Verhängnis«, bedauerte Maryse.

»Zum Verhängnis wird ihm seine Gewalttätigkeit, wenn er wütend ist«, widersprach ihr Mann.

»Aber er bringt doch niemanden um!«, empörte sich seine Frau.

»Er hat ihn schon geschlagen, das weißt du genau wie ich.«

»Ja, aber davon stirbt man ja nicht.«

»Maryse! Du weißt genau wie ich, dass Olivier ein Hitzkopf ist, der schwer zu bremsen ist, und er hat ihm gedroht, dass er das nächste Mal nicht nur schlagen würde.«

»Er soll gesagt haben, ›das nächste Mal machst du Bekanntschaft mit meinem Gewehr, nicht nur mit meinen Fäusten‹«, erklärte Claude in Richtung Duval.

»Bah, das hat er *gesagt*«, winkte Maryse ab, »das bedeutet doch nichts, man sagt viel, wenn man wütend ist.«

»Olivier hat den Mann, der hier in der Gegend tot aufgefunden wurde, einmal geschlagen«, wiederholte nun auch Simone. »Also vorher, bevor er tot war natürlich, ich weiß nicht, ob ich mich so klar ausdrücke?!«

»Doch, doch, ich verstehe schon«, Duval nickte. »Geschlagen, aus welchem Grund?«

»Weil der Wolf ihm vierzehn Schafe gerissen hat!«, sagte nun die alte Frau am Tischende mit ernster Stimme. »Vierzehn Schafe, können Sie sich das vorstellen? In einer Nacht! Er hat ihn geschlagen, weil er, also der Ravel, weil der gesagt hat ›deine Schafe sind mir scheißegal, ich bin hier wegen dem Wolf‹.«

»Du musst ihm alles erzählen, der Herr Polizist kennt die Geschichte doch gar nicht.«

»Oh bitte, Sie können mich ruhig weiterhin Léon nennen«, wandte Duval ein.

»Gut. Wenn ihr erlaubt, dann erzähle ich das mal, ja?« Robert übernahm das Wort.

»Olivier ist Schäfer, nicht wahr«, begann der Mann nun etwas weitschweifig. »Das machen nicht mehr viele, es ist ein hartes, raues Leben, man lebt mit den Tieren, vor allem, wenn man im Sommer mit den Schafen unterwegs ist. Es ist alles viel schwieriger geworden, seit der Wolf wieder da ist. Früher reichte es, einen kleinen Hütehund zu haben, der die Schafe wieder zusammentrieb, wenn sie sich zu weit von der Herde entfernten. Aber um die Herde gegen den Wolf zu schützen, braucht es jetzt mehrere große Herdenschutzhunde. Die meisten hier haben jetzt die Patous, die Pyrenäenhunde, mit denen ist übrigens nicht zu spaßen. Wenn Sie beim Wandern in die Nähe einer Schafherde kommen und der Hund sieht Sie, dann bleiben Sie besser stehen, bis er Sie als inoffensiv erkannt hat. Oder Sie machen einen Umweg. Letztes Jahr ist ein Mann von drei Patous umstellt worden und als er dachte, jetzt sind sie ruhig und ich kann weitergehen, haben sie ihn gebissen.«

»Das interessiert doch niemanden«, unterbrach ihn seine Frau ungeduldig, »erzähl vom Wolf!«

»Ja, lass mich ausreden, Maryse«, schimpfte Robert und fuhr fort, von den Hunden zu erzählen. »Die Hunde schlafen sogar mit den Schafen und sie sind auch aufmerksam und wehrhaft, aber wenn sie es mit einem Wolfsrudel zu tun haben, dann sind auch die Hunde überfordert.«

»Wenn der Wolf sich ein Schaf nähme, weil er Hunger

hat«, ließ sich die alte Frau wieder vernehmen, »das wäre ja noch in Ordnung, aber er hat einfach Blutdurst, er tötet, weil es ihm Spaß macht.«

»Ja, und wenn die Schafe panisch hin und her rennen, dann macht ihm das zusätzlich Lust zuzuschnappen«, fügte Maryse hinzu.

»Und so hat der Wolf dem Olivier einmal vierzehn Schafe gerissen«, übernahm wieder Robert das Wort. »Wissen Sie, ein Schäfer, der kennt seine Schafe, die eigenen sowieso, aber auch die, die er dort oben hütet. Das sind ja oft große Herden von tausend oder zweitausend Schafen. Aber er hat sie doch alle im Blick. Die eigenen, da gibt es immer welche, die wachsen einem ans Herz, wenn man sie mit der Flasche aufgezogen hat. Aber auch all die jungen Schafe, die im Frühjahr geboren wurden und ihre erste Transhumanz machen. Schäfer ist wirklich ein Beruf, verstehen Sie? Und auch wenn man sie später verkauft und ja, natürlich werden sie gegessen, aber es sind doch deine Tiere. Und dann kommt der Ravel und ...«

»Der Olivier hat gesagt, ich zeig sie dir, meine vierzehn Schafe, damit du siehst, was er anrichtet, der Wolf«, mischte sich nun die alte Frau wieder ein, »und der Ravel sagte nur ›die sind mir egal, deine Schafe, und vielleicht waren es deine Hunde und es war gar nicht der Wolf‹, und er hat sie nicht mal angesehen. Da hat der Olivier ihn verprügelt und ich hätte ihn auch verprügelt«, sagte die alte Frau am Tischende entschieden und wedelte mit ihrem Gehstock herum.

»*Maman*«, ermahnte ihre Tochter. »Meine Familie, wir sind auch Schäfer«, erklärte sie Duval. »Also meine Eltern und ich. Heute natürlich nicht mehr, mein Vater ist schon gestorben, ich habe jetzt meine Rente, aber meine Mutter hatte bis vor ein paar Jahren immer noch ein paar Tiere. Sie hat immer mit den Tieren gelebt.«

»Das war mein Leben«, sagte die alte Frau. »Jetzt kann ich nichts mehr tun, ich bin zu nichts mehr nütze, aber der liebe Herrgott will mich einfach nicht haben. Also sitze ich hier und warte. 98 bin ich jetzt und denke, was soll ich noch hier. Ohne Tiere. Früher habe ich im Winter noch Körbe geflochten, aber das kann ich auch nicht mehr, so sehr tun mir die Finger weh.« Und sie zeigte erneut ihre verdrehten Finger. »Gar nichts kann ich mehr und alles tut mir weh, aber er will mich noch nicht, der da oben.«

»*Maman*, hör auf. Du bist noch gesund, dein Kopf funktioniert noch gut. Sei froh, dass du noch da bist, und ruh dich aus. Dein ganzes Leben hast du geschafft, jetzt kannst du dich auch mal ausruhen.«

»Ja, der Kopf, der geht noch, aber der Körper, der will gar nicht mehr. Ausruhen. Von was denn? Ich sitze hier und tue nichts. Das ist kein Leben, sage ich Ihnen. Ich war immer draußen, ich habe immer gearbeitet, mit den Tieren und im Garten, und jetzt? Was soll ich denn noch? Ach«, seufzte sie, »es ist nicht schön, alt zu werden.«

»*Maman*, jetzt hör auf, dich zu beschweren.«

»Ich hätte Sie nicht auf 98 geschätzt, nicht mal 90 hätte ich Ihnen gegeben. Sie sehen viel jünger aus und Sie erzählen noch ganz lebendig.« Duval wusste, was sich gehörte.

»Ja, das sagen Sie so, haben Sie gesehen, wie ich laufe?«, wehrte die alte Frau ab, aber es schien sie dennoch zu freuen.

»Und der Ravel hat natürlich sofort Anzeige wegen Körperverletzung erstattet«, begann Robert wieder.

»Körperverletzung!«, zischte seine Frau böse dazwischen.

»Können Sie sich das vorstellen? Ein blauer Fleck und er schreit Körperverletzung. *Malheur!* So ein Weichei.«

Duval amüsierte sich, aber er konnte nicht umhin zu kritisieren: »Würden Sie sich denn so einfach verprügeln lassen?«

»Ach, ich hab schon eine Menge Schläge gekriegt in meinem Leben.« Sie warf ihrer Mutter einen vielsagenden Blick zu. »Das kann ich Ihnen sagen und ich hatte mehr als nur einen blauen Fleck, aber deshalb habe ich doch kein Drama daraus gemacht.«

»Früher haben die Männer sich geprügelt und danach war Ruhe«, warf die alte Frau ein. »Da brauchte man keine Gendarmen und es gab keine ›Körperverletzung‹.«

»Es ist seine eigene Schuld!«, sagte Maryse immer noch böse. »Er kann doch nicht sagen, deine Schafe sind mir scheißegal, zu einem Schäfer, der gerade vierzehn Schafe verloren hat, getötet von diesem Dreckswolf!«

»Der Wolf bringt alles durcheinander. Alle und alles. Die Leute sind nicht mehr wie früher, das muss man schon sagen.«

»Ja«, gab Duval zu, »die Menschen sind nicht mehr wie früher, das Leben ist auch nicht mehr wie früher. Aber ist es wirklich die Schuld des Wolfs?«

Aber da fielen alle über ihn her. Natürlich ist es die Schuld des Wolfs. Oder die Schuld derer, die den Wolf wieder eingesetzt haben. Diese spinnerten *Écolos*, die die Natur an der Hochschule gelernt haben, aber die nie wirklich mit der Natur gelebt haben, die niemals mühsam der rauen Natur hier oben ihr tägliches Brot abgerungen haben. Draußen bei Wind und Wetter und Sonne und Regen und Hagel, und das jeden Tag. Die sitzen schön im Trockenen an ihren Schreibtischen und denken sich was

Schönes aus. Und dann haben sie gedacht, und wenn wir den Wolf wieder einsetzen, das wäre was. Was für ein Schwachsinn. Den Wolf wieder einzusetzen ist eine Sache, aber ihn zu einer schützenswerten Art zu machen, ist eine andere. Der tötet vierzehn Schafe und man darf nicht auf ihn schießen? Was ist das denn für eine Logik? Jetzt fürchtet der gar nichts mehr. Der hat das schnell begriffen und jetzt lebt der hier wie im Schlaraffenland. Im Sommer bedient er sich oben in den Bergen, im Winter kommt er bis in die Dörfer. Aber die *Écolos* in Paris, die verstehen gar nichts, die glauben, der Wolf ist ein Schmusetier. Aber wenn denen morgens im Park der Wolf begegnen würde, dann würden sie schreien. In der Stadt haben sie ja schon Angst vorm Fuchs, wenn er plötzlich in ihrem Garten steht. Die möchte ich mal erleben, wenn sie mit dem Wolf konfrontiert wären und der ihnen vor ihren Augen den Schoßhund frisst. Dann wachten sie vielleicht auf, aber dann ist es zu spät. Dann gibt es die Schäfer schon nicht mehr.

Alle hatten aufgeregt durcheinandergesprochen.

»Was ich dem Ravel übel genommen habe, ist, dass er doch eigentlich von hier kommt, die Großeltern hatten auch einen Hof hier. Und der hat uns geholfen, die Lämmer mit dem Fläschchen aufzuziehen. Aber jetzt ist er so ein Hoher geworden, so einer aus der Stadt, und er tut so, als verstünde er uns nicht mehr und als wären wir dumme Hinterwäldler.« Wut und Verletztheit sprach aus jedem Satz Maryses.

Sie waren alle kaum zu bremsen und Duval hörte still zu. Dann sah er Robert an. »Sie waren noch nicht fertig, oder? Wie ist es mit der Anzeige wegen Körperverletzung weitergegangen? Wie ging das aus?«

»Es gab dann eine Anklage und Olivier musste vor Gericht. Aber wir haben sofort eine Petition verfasst!«

»Eine Petition?«, fragte Duval nach. Noch eine Petition, dachte Duval. Eine fürs Beifußsammeln, eine für den Schäfer.

»Natürlich. So macht man das heute doch. Das haben wir verstanden. Alle haben wir unterschrieben, aber wenn ich sage alle, so sind wir doch im ganzen Tal nicht mehr als 500. Aber wir haben ihn unterstützt.«

»Von wegen alle!«, unterbrach ihn schon wieder wütend seine Frau. »Die Hippies und die *Écolos* haben natürlich nicht unterschrieben. Und nicht mal alle Jäger. Die sind ja so sehr für den Wolf, dieses wunderbare Tier. Aber die haben ja auch selbst keine Tiere! Die Hippies machen ein bisschen Garten und vermieten Zimmer und spielen Wanderführer für die Touristen, da kann man gut für den Wolf sein.«

»Herrgott, Maryse, lass mich mal zu Ende erzählen!«, ereiferte sich ihr Mann. »Also, es kam zum Prozess und Olivier hatte einen guten Richter, sage ich ...«

»Na ja, gut ist was anderes!«, unterbrach die alte Frau. »Gut wäre gewesen, wenn der Richter gesagt hätte, hört mir mit diesem Mist auf, habt ihr nichts anderes zu tun, und Olivier wäre freigesprochen worden, wie es sich gehört.«

»*Maman*, bitte, lass Robert erzählen.«

»Und er bekam nur eine Geldstrafe und ein paar Monate auf Bewährung. Er ist nach Hause gekommen wie ein Held! Wir waren alle sehr stolz. Aber natürlich ging der Streit mit dem Ravel weiter. Einmal hat man bei ihm eingebrochen und alles durcheinandergeworfen und Geld geklaut und den Computer, da haben sie auch sofort geglaubt, es sei Olivier gewesen, aber er war es nicht. Der war an dem Abend bei uns. Das habe ich bezeugt und alle, die sonst noch da waren, auch.«

»Und wenn ich es richtig verstanden habe, so ist Monsieur Ravel jetzt tot und man hat als Erstes wieder Ihren Schäferfreund Olivier verdächtigt, dieses Mal fester zugeschlagen zu haben?!«

»Ja. So sieht es aus. Aber sie haben vom Ravel nur noch die Knochen gefunden, es heißt, dass er wohl vom Wolf gefressen worden ist. Also, das ist das, was die Jäger hinter vorgehaltener Hand erzählt haben. Die haben ihn nämlich gefunden, die Jäger. Aber laut will das keiner sagen. Der Wolf frisst ja keine Menschen, nicht wahr?« Robert Issautier sagte es in einem ironisch verärgerten Ton.

»Und natürlich war es jetzt doch wieder nicht der Wolf. Der ist es ja nie«, fügte seine Frau böse hinzu. Sie sah aus, als wollte sie ausspucken.

»Und? Was meinen Sie?«, fragte Simone neugierig.

Duval zuckte mit den Schultern. »Ich weiß es nicht, ich höre es mir an«, sagte er. »Es ist Ihre Version.«

»Aber es ist die Wahrheit!«, empörte sich Maryse Issautier.

»Sicher. Das habe ich verstanden«, beschwichtigte Duval. »Es ist Ihre Wahrheit«, sagte er. »Aber Monsieur Ravel ist jetzt tot. Das muss aufgeklärt werden.«

»Es war der Wolf. Er hat ihn gesucht und gefunden«, befand Maryse patzig.

»Es geschieht ihm recht«, sagte die alte Frau wieder. »Ich vermisse ihn nicht. Er war kein guter Mensch.«

»*Maman!*«, sagte Maryse streng.

»Ja, was denn, darf man nicht mal mehr die Wahrheit sagen? Hochnäsig war er, weil er in der Stadtschule gewesen ist. Na und? Braucht er mir deshalb nicht mehr Guten

Tag sagen, wenn er an mir vorbeigeht? Ich kannte ihn noch, als er als Kind bei seinen Großeltern war. Ein verwöhnter Rotzbengel war er damals schon. Und wie oft kam er zu uns, um ein Glas Milch oder einen Käse zu erbetteln. Und heute sagt er nicht mal mehr Guten Tag!«

»Na, jetzt sagt er wirklich gar nichts mehr«, witzelte Claude.

»Ich weine ihm nicht nach«, die alte Frau war wirklich unerbittlich.

»Was machen wir denn jetzt, um Olivier zu helfen? Irgendwas müssen wir doch tun. Können Sie denn nicht etwas tun?«, wandte sich Simone an Duval.

»Was wollen Sie, dass ich tue? Zur Gendarmerie gehen und sagen, lassen sie mal den Olivier wieder frei, der war es bestimmt nicht?«

Simone zumindest hielt das durchaus für möglich. »Aber er war es doch auch nicht. Ganz sicher. Und Sie sind doch Polizist!«

»Ich habe hier doch gar keine Befugnis. Die Gendarmen würden mir was husten, wenn ich mich da einfach so einmischen würde.« Er überlegte. »Ich kann aber etwas anderes versuchen«, schlug er vor. Er schob die Katze von seinen Knien, erhob sich und drängte sich zwischen Kanapee und Tisch hindurch. »Ich werde mal telefonieren«, sagte er. »Bis später! Und danke für den Kaffee!«

»Keine Ursache«, sagte Maryse.

»Ihr Anorak!«, rief ihm Robert nach.

»Ah, ja, danke, es ist so warm bei Ihnen, ich konnte mir plötzlich gar nicht mehr vorstellen, dass es draußen kalt sein könnte. Bis später!«, wiederholte Duval. »Und vielen Dank noch mal!«

»*Bonjour* Annie. Störe ich dich?«

»*Bonjour* Léon, na, wie geht's dir in der Stille der Bergeinsamkeit?«

»Welche Stille? Welche Einsamkeit? Ich bin umgeben von schreienden Eseln und gesprächigen Dörflern.«

Sie lachte glucksend. »Ach ja, Bernadette hat einen Esel, ich erinnere mich.«

»Hast du vom Schäfer gehört?«

»Von Olivier? Natürlich. Aber woher weißt du das denn?«

»Ich bin hier schließlich am Puls der Zeit«, gab Duval zurück. »Ich sage dir ja, gesprächige Dörfler.«

»Du bist unglaublich, Léon, du bringst alle dazu, sich dir anzuvertrauen. Wie machst du das?«

»Keine Ahnung. Aber sag, können wir zusammen Mittag essen irgendwo? Ungestört meine ich. Also ich mag den Lokalkolorit der Bar Tabac, aber wenn ich gleich wieder den vertrauensvoll-gesprächigen Jean-Pierre an meiner Seite habe ...«

Annie lachte. »Zwei Tage in den Bergen und schon ist es dir zu viel. So sind sie hier. Es wird immer lang und breit gequatscht. Wenn wir wirklich ganz ungestört sein wollen, dann müssen wir wegfahren, mindestens nach Valberg, aber wir könnten es im *Central* versuchen. In Castellar. Das ist das kleine Restaurant, von dem ich dir neulich schon erzählt habe, die haben im Winter zwar nicht jeden Tag auf, aber vorhin, als ich vorbeigefahren bin, habe ich gesehen, dass der Rollladen hochgezogen war, und es brannte Licht im Innern. Noch sind ja Ferien und bei dem schönen Schnee kommen vielleicht ein paar Touristen. Ist die Straße geräumt? Kannst du runterkommen?«

»Ja, geräumt ist sie. Ich denke schon, dass ich runterkommen kann«, sagte Duval und blickte auf den Schnee, der sich unter den Sonnenstrahlen in eine matschige Masse verwandelte. Darunter glänzte der Asphalt schwarz und nass.

»Gut, dann treffen wir uns um halb eins im *Central*, ja? Es gibt in Castellar nur drei Orte, wo man etwas essen kann, du wirst es finden.«

»In Ordnung. Bis gleich also.«

»Bis gleich.«

Sie hatten einen Ecktisch im angrenzenden Saal des Restaurants gewählt, auch wenn er weniger geheizt schien als der Hauptraum, der aber von der Straße aus durch eine Glasfront direkt einsehbar war.

»Hier sitzen wir nicht so auf dem Präsentierteller. Und jetzt erzähl mal«, forderte Annie ihn sofort auf.

»Erzähl du doch«, entgegnete Duval, »ich muss erst mal die Karte studieren.«

»Nimm das Tagesgericht«, schlug Annie vor. »Ich nehme immer das Tagesgericht und ein Dessert. Ganz egal, was sie anbieten, es ist jedes Mal ein Genuss. Du kannst natürlich auch das ganze Menü nehmen.«

»Und was ist das Tagesgericht?« Duval sah sich um, doch schon stand die Bedienung am Tisch.

»Haben Sie schon gewählt?«

»Was haben Sie denn heute Schönes?«, fragte Duval.

»Heute haben wir eine mit in Calvados marinierten Äpfeln gefüllte Entenbrust. Dazu servieren wir ein Kartoffelgratin. Die Ente stammt von einem lokalen Bauern, genau wie die Äpfel und die Kartoffeln. Den Calvados beziehen wir von einem kleinen Erzeuger aus der Normandie. Alles Bioqualität«, fügte sie hinzu.

»Wunderbar. Das nehme ich.«

Annie nickte zustimmend.

»Zweimal Ente und Dessert also? Wegen des Desserts komme ich später, oder wissen Sie schon, was Sie wollen? Und was möchten Sie trinken?«

»Was gibt es denn?«, fragte Duval.

»*Baba au Rhum*, *Nougat Glacé*«, begann sie aufzuzählen.

»*Baba au Rhum*«, Duval war schnell entschieden.

»Ich nehme *Nougat Glacé*.«

»Wunderbar.« Die Bedienung lächelte. »Und zu trinken?«

»Wir nehmen lieber nur eine Karaffe Wasser, wir müssen beide noch fahren und bei dem Schnee ...«, entschied Duval mit Bedauern und Annie nickte zustimmend.

»Der Koch ist der Bruder von dem Bauern, der diesen Käse nach Art eines Camemberts macht, weißt du, den ich bei dem Picknick dabeihatte? Und hier im Restaurant verwenden sie, soweit sie können, alles von ihrem eigenen Hof. Im Sommer auch das Gemüse.«

»Sehr schön«, sagte Duval, »aber mir sind diese Verwandtschaftsverhältnisse hier alle ein bisschen zu viel, wer der Bruder und der Cousin von wem ist. Schon da oben im Dorf bringe ich die Namen durcheinander. Und wenn ich nicht mal das Gesicht der Käsebauern und des Kochs sehe, wie soll ich mir das alles merken?«, seufzte er. »Was weißt du also?«

»Na, Olivier ist von der Gendarmerie abgeholt worden, es gab ein großes Drama vor den Kindern. Alle sind deswegen empört, dabei war er es, der das Drama gemacht hat. Wäre er brav und leise mitgegangen, wären die Kinder nicht so geschockt gewesen, denke ich. Aber so ist er eben. Leise kann er nicht.« Sie verdrehte die Augen.

»Und?«

»Wie und? Das ist alles. Weißt du mehr?«

»Sie haben seine Waffe und Munition mitgenommen.«

»Ah. Das wusste ich nicht. Und? Ist es dieselbe Munition wie die, von der du die Patronenhülse gefunden hast?«

»Keine Ahnung.«

»Ich weiß aber noch etwas«, sagte sie: »Es ist schon wieder eingebrochen worden. Das ist jetzt schon das fünfte oder sechste Mal seit ...« Sie überlegte. »Seit dem letzten Sommer.«

»Aha. Wo? Bei wem?«

»Dieses Mal in einem isoliert liegenden Haus weiter oben in den Bergen. Bei Agathe.«

»Agathe? Die mit den Brüsten?«, platzte Duval heraus.

Annie sah ihn befremdet an. »So gut kennst du sie schon?«

Duval erklärte die Situation mit dem Geburtstagskuchen. »Er war gar nicht schlecht gemacht, sah ein bisschen aus wie eine Skulptur von Niki de Saint Phalle, weißt du? Und eben mit diesen enormen Zuckergussbrüsten.«

»Und?«

»Was und? Ich habe natürlich nichts von den Kuchen-Brüsten genommen, wenn du das meinst. Vor all den Leuten, die mich anstarrten.«

»Arme Agathe.«

»Ich war nicht sicher, ob sie wirklich verärgert ist oder nur die Verärgerte spielt.«

Annie zuckte mit den Schultern. »Ich kenne sie nicht so gut. Ich finde sie enorm mutig, dass sie da oben allein lebt, das ganze Jahr.«

»Von was lebt sie denn?«

»*Chambre d'hôte*. Sie vermietet Zimmer an Wanderer.«

»Und das funktioniert?«

»Sonst würde sie es nicht machen, denke ich. Aber hier oben hat man andere Ansprüche, man ist bescheidener und gibt viel weniger Geld für irgendwelchen Schnickschnack aus. Hier ist wichtig, dass man für den Winter genügend Holz hat und dass das Auto funktioniert, man braucht nicht die neuesten Klamotten oder so.«

»Und sie hat keinen Mann?«

»Sie interessiert dich, die Agathe, was?«

»Was hat man ihr gestohlen?«, wechselte Duval das Thema.

»Eine Handmähmaschine glaube ich. Sie hat es erst heute festgestellt, weil sie nachts nicht mehr hochgefahren ist. Und wenn es Spuren gab, dann sind sie jetzt unter dem Schnee versteckt. Das stelle ich mir schrecklich vor, da oben allein zu sein und zu wissen, dass jemand da war. Auch wenn nichts geklaut wurde. Beim nächsten Mal bricht er dann ins Haus ein.«

»Wieso ›er‹?«

»Oh, keine Ahnung, das war nur so dahingesagt.«

»Hat Agathe eine Waffe?«

»Weiß ich nicht. Ich hätte eine, so allein da oben, so viel ist sicher.«

Dann servierte man ihnen das Essen. Es war liebevoll, beinahe kunstvoll auf den Tellern angerichtet. »Wow«, sagte Duval überrascht, »das hätte ich so nicht erwartet.«

»Gaël hat in diversen großen Häusern gekocht, in Monaco und in London. Und jetzt hat er das Restaurant hier gekauft. Ich wünschte ihm ein paar mehr Gäste, also zumindest im Winter. Im Sommer läuft es wohl schon ganz gut. Weißt du was, ich werde es fotografieren«, sagte sie, holte ihr Smartphone aus der Tasche und machte ein

Foto von dem Gericht auf ihrem Teller. »Ich werde es nur schnell noch teilen«, sagte sie und tippte flink mit zwei Daumen auf ihrem Display. »So«, sagte sie. »Damit sie in Cannes auch wissen, dass man im Hinterland exquisit essen kann.« Sie packte das Telefon wieder in die Tasche. »Wow«, machte Duval zum zweiten Mal, als er das Fleisch anschnitt und kostete. Er spießte ein Apfeltsück auf, dippte es kurz in die Soße und steckte es in den Mund. »Oh, là, là«, sagte er überwältigt. »So ein feines Sößchen und diese Calvados-Äpfel! Köstlich. Ich bin wirklich beeindruckt.«

»Siehst du!« Annie lächelte so stolz, als habe man sie selbst gelobt.

»Schmeckt es Ihnen?«, fragte die Bedienung freundlich.

»*Sublime*«, sagte Duval, »und könnte ich vielleicht doch ein kleines Glas Wein ...«, er sah Annie an, die nickte. »Gut, wir nehmen eine kleine Karaffe, geht das? Haben Sie einen offenen Wein?«

»Nein, aber ich kann gern eine Flasche aufmachen und Ihnen jedem ein Glas Wein einschenken. Wir haben einen eleganten Cabernet Sauvignon von einem befreundeten Winzer aus dem Languedoc. Der würde wunderbar dazu passen, was meinen Sie?«

»Perfekt.«

»Ich habe übrigens mal auf die Schnelle alles zusammengestellt, was ich über den Wolf gefunden habe«, sagte Annie.

»Aha.«

»Es ist schwierig, darüber zu schreiben, weißt du? Ich glaube, das Problem ist, dass es zwei Lehrmeinungen gibt, schlimmer noch, es ist wie ein Religionskrieg und es gibt keinerlei Verständigung zwischen beiden Parteien. Es gibt die, die sagen, der Wolf ist ein wildes, aber scheues Tier, er gehört zu unserer Biodiversität und wir müssen wieder lernen, mit ihm zu leben. Und die, die sagen, er ist gefährlich, er frisst unser Vieh und es ist nur eine Frage der Zeit, bis er Menschen angreift. Mit dem Wolf sind all die alten Ängste und Mythen verbunden. Diese düsteren Geschichten von heulenden Wolfsrudeln im Winter, die um dein einsames Haus streichen und nur darauf warten, dass du herauskommst ... *huuuuuu*«, machte sie mit düsterer Stimme und verdrehte die Augen.

Duval lachte. »Soll das ein bedrohliches Wolfsheulen sein?«

Die Bedienung kam mit dem Wein an den Tisch und zeigte Duval die Flasche. »Ich bin kein ausgesprochener Weinkenner«, bedauerte Duval, »wenn Sie ihn mir empfehlen, dann ist es sicher eine gute Wahl.«

»Danke für Ihr Vertrauen.« Sie lächelte und schenkte beiden ein Glas ein. »Sie werden es nicht bereuen.«

Duval hob sein Glas. »Auf was trinken wir? *Amour, Gloire et Beauté*«, schlug er ironisch den Titel einer amerikanischen Soap-Opera vor, die seit Jahren täglich im Fernsehen lief.

»Hier oben trinkt man gern auf die Gesundheit der Bergbevölkerung«, gab Annie trocken zurück.

»Gut, *Amour, Gloire et Santé* also, für alle!«

Sie hob ihr Glas. »*Amour et Santé.*«

»Wirklich fein«, sagte Duval, nachdem er gekostet hatte.

»Alles in Ordnung?«, fragte die Bedienung nach.

»Bestens, vielen Dank!«.

»Spaß beiseite«, sagte Annie dann. »Ich habe einen Artikel gefunden, den ich ganz ausgewogen fand, er war drei Seiten lang, danach folgen zwölf Seiten lang hasserfüllte Kommentare von Naturschützern einerseits und irgendeinem Agrarverband andererseits. Die schaukeln sich gegenseitig hoch, das ist unglaublich. Manche Naturschützer haben aber auch einen an der Waffel, wenn sie allen Ernstes sagen, Viehzucht gehöre generell abgeschafft und die Bauern sollten eben Gemüse anbauen.«

Duval schüttelte amüsiert den Kopf. »Die Veganer, was? Darf man nicht mal mehr ein Stück gutes Fleisch essen? So wie diese ausgezeichnete Ente aus kleiner Bioproduktion?«

»Na ja, schau, das ist das Problem, genau die, die offene Weidehaltung machen, die kleinen Biobauern, sind durch die Attacken des Wolfs gefährdet. Die von der Agroindustrie, wo Tiere nur in Stallhaltung gezüchtet werden, zucken nur mit den Schultern.«

Einen Moment aßen sie schweigend.

»Ich wollte vor allem auch wissen, ob der Wolf, entgegen dem, was sie uns im Wolfspark erzählt haben, schon Menschen angefallen hat«, nahm Annie den Faden wieder auf.

»Und?«

»Es kam tatsächlich schon vor.«

Duval hielt beim Schneiden des Fleischs inne. »Nicht dein Ernst?«

»Doch. Nicht in Frankreich, aber irgendwo in Russland hat einer eine Joggerin angefallen. Sie war nicht sehr groß, steht in dem Artikel. Und vermutlich hat die gleichförmige Bewegung dieser kleinen Person seine Instinkte geweckt.«

»Friedliches Joggen gehört also demnächst zu einer gefährlichen Sportart, zumindest wenn man klein ist.«

»Wie man's nimmt, vor Kurzem ist hier eine Joggerin vom Zug erfasst worden, weil sie Kopfhörer auf den Ohren hatte und weder den Zug noch sein Alarmsignal hörte.«

»Und sie lief auf den Gleisen?«

»Nein, sie überquerte die Gleise. Hier gibt es jede Menge

unbeschrankte Bahnübergänge für den kleinen Hinterlandzug, der von Nizza nach Digne fährt, weißt du? Den *Train des Pignes*.«

»Heißt der wirklich so? *Train des Pignes*? Pinienzapfenzug?«

»Offiziell heißt er *Chemin de Fer de Provence*, aber alle sagen *Train des Pignes*. Das steht auch noch auf meiner To-do-Liste für eine nette Reportage, die Strecke soll wunderschön, pittoresk und verwunschen sein.«

»Noch mal zum Wolf. Eine tote Joggerin in Russland ist ja nicht wirklich viel, oder?«

»Nein, aber ich bin plötzlich ganz unsicher geworden, es gibt mehr und mehr Vorfälle, wo der Wolf sich Menschen genähert hat. In einer Landgemeinde, wo ein Wolf angeblich in der Nähe der Schule gesichtet wurde, hat der Bürgermeister deshalb jetzt den Kindern verboten, draußen zu spielen, und zur Schule müssen sie immer zu zweit gehen oder besser noch gefahren werden. Das finde ich natürlich auch völlig überzogen und solche Aktionen polarisieren nur noch mehr. Geschürte Angst ist nie gut.« Sie blätterte in ihren Papieren und legte einen kleinen Artikel auf den Tisch. »Schau mal hier: Kürzlich hat der Wolf am helllichten Tag eine Herde einer Schäferin auf der anderen Seite von Valberg angegriffen. Dabei kam einer der Hütehunde ums Leben und einer der Schäfer erlitt schwere Verletzungen, als er den Hund schützen wollte. Er hatte nur einen Stock und der Wolf war davon wenig beeindruckt.«

»Hast du das geschrieben?«

»Nein. Das ist ein Presseartikel auf der Seite von François Dupré, der sich da ganz volksnah zeigt. Teilnahmsvoll auf der Seite der Schäfer.«

»Warum ist Olivier denn dann so sauer auf ihn?«

»Was weiß ich. Ich habe mich tatsächlich bislang nicht so intensiv mit der Problematik beschäftigt. Aber ich habe nachgefragt bei der Schäferin, Marie heißt sie, der Hund war zerfetzt und dem Mann, einem Schäfer aus Anatolien, hat der Wolf den halben Unterschenkel buchstäblich rausgerissen. Offiziell wird das dann sprachlich immer etwas geglättet. Man will keine Grausamkeiten verbreiten. Marie war übrigens ziemlich verbittert. Es ist schon der zweite Hund, den sie innerhalb eines Jahres verliert. Sie sagte, so schnell kann sie gar keinen Hund erziehen, wie sie ihr abhandenkommen.«

»Durch den Wolf?«

»Nein, sie hat ihn erschießen müssen.«

Duval hielt kurz mit der Gabel in der Hand inne. »Tollwut?«

»Nein. Er hatte angefangen, die Hühner des Nachbarn zu jagen. Sie hat ihn zunächst nur verprügelt und hoffte, er würde es nicht mehr tun. Aber sein Instinkt war stärker. Beim zweiten Mal hat er ein Huhn getötet und damit war auch sein Schicksal besiegelt. Dafür gibt es kein Pardon in der Welt hier oben. Ein Wachhund oder ein Hütehund, der anfängt zu jagen, ist indiskutabel, sagte sie mir. Ich musste erst mal schlucken, als sie mir das erzählt hat.«

»Ja, das klingt hart, aber ich verstehe es absolut.«

»Sie sagte, ›wir müssen unsere eigenen Hunde töten, wenn sie unser Vieh jagen, aber ich muss zusehen, wie der Wolf mein Vieh tötet, und dagegen darf ich nichts tun‹. Sie findet das unerträglich.«

»Das verstehe ich durchaus.«

In diesem Moment nahm ein Paar am Nebentisch Platz. »*Bonjour* Annie! *Bonjour* Monsieur! Und guten Appetit!«

»Oh, *Bonjour* Michel! *Bonjour* Claudie, danke!«

Man stellte sich einander vor und tauschte ein paar Floskeln aus. Beide wählten, ebenso wie Annie und Duval, das Tagesgericht und dazu eine Karaffe Wasser.

»Gute Wahl! Es ist so lecker!«, sagte Annie.

»Das glaube ich gern. Wir essen häufig hier«, stimmte der Mann, der als Michel vorgestellt worden war, zu.

»Probieren Sie den Rotwein, einen Cabernet Sauvignon aus dem Languedoc«, fügte Duval ergänzend hinzu. »Wir haben ihn auch erst nachträglich bestellt, aber er ist eine ausgezeichnete Ergänzung!«

»Danke«, Michel sah Duval freundlich an. »Schreibst du über den Fall?«, erkundigte er sich dann bei Annie, »oder darf man das nicht fragen?«

Annie sammelte die Papiere wieder zusammen und zuckte mit den Schultern. »Fragen darfst du immer. Aber ganz ehrlich, ich fange gerade erst an zu recherchieren, ich weiß es nicht. Ich wollte erst, aber irgendwie finde ich keinen richtigen Ansatz«, sagte sie ausweichend.

Duval sah sie erstaunt an. »Und Olivier? Wolltest du nicht eine Story mit Olivier machen, oder?«

»Ich bin nicht sicher«, sagte sie vorsichtig. »Im Augenblick ist Olivier ja nicht ... ähm ... verfügbar.«

»Verstehe.«

»Ach, Olivier, unser Held«, sagte Michel. Es klang ein wenig spöttisch.

Die Frau mit den dunklen Locken an seinem Tisch verdrehte die Augen. »Ich kann's nicht mehr hören, echt. Sie tragen alles Leid der Welt auf ihren Schultern, die armen Schäfer. Ein bisschen Flexibilität täte ihnen ganz gut. Aber sie sind so was von stur und unbeweglich. Kein Wunder, dass es mit ihnen den Bach runtergeht. Wer nicht mit der Zeit geht, der geht eben mit der Zeit.« Sie lächelte zufrieden über ihr Wortspiel. »Der Wolf ist nur der Sündenbock, auf dem sie die eigene Unfähigkeit, sich an die Welt anzupassen, abladen«, fügte sie noch hinzu.

Duval sah sie erstaunt an.

»Ich bin für den Wolf«, sagte sie mit einem breiten Lächeln.

»Ja, so viel habe ich verstanden«, sagte Duval.

»Und Sie?«

»Bis heute Morgen hatte ich ehrlich gesagt noch keine Meinung, und ich fange gerade erst an, mir eine zu bilden.«

»Von wo kommen Sie?«

»Léon ist aus Cannes«, erklärte Annie. »Da gibt es bislang keine Wölfe.«

»Zumindest nicht solche«, sagte Duval.

»Oh, Cannes, und Sie beehren uns in diesem Kaff mit Ihrer Anwesenheit, na, so was.«

»Gefällt es Ihnen nicht hier?«, wunderte sich Duval.

»Doch, doch. Sehr sogar. Ich lebe seit über dreißig Jahren hier, aber diese verknöcherte Mentalität der Leute, die immer wollen, dass alles beim Alten bleibt, geht mir zunehmend auf den Wecker.«

»Na, für die Schäfer war das Leben ohne den Wolf vermutlich angenehmer.«

»Ja, noch angenehmer«, sie zog spöttisch die Mundwinkel nach unten. »Das ist doch ein Faulenzerjob, für den sie auch noch einen Haufen Subventionen bekommen. Ohne die könnten sie gar nicht mehr leben. Und sie bekommen eine hohe Entschädigung für jedes gerissene Tier. Seitdem gibt es immer mehr vom Wolf gerissene Tiere. Verstehen Sie?« Sie sah Duval provokant an.

»Wollen Sie damit sagen, dass das alles nicht stimmt?«

»Ich sage nur, dass wir es mit immer mehr angeblich vom Wolf gerissenen Tieren zu tun haben.«

»Arbeiten Sie für den Park?«, fragte Duval.

»Nein.« Sie lachte. »Ganz im Gegenteil. Ich kümmere mich um kranke Menschen. Ich bin freiberufliche Krankenschwester.«

»Und Sie glauben, die lügen alle?«, wiederholte Duval seine Frage.

»Hören Sie«, erklärte sie Duval mit einem nachsichtigen Ton ihre Sicht der Dinge: »Die sind wochenlang da oben auf 2000 Meter Höhe allein mit der Herde. Oft genug lassen sie die Schafe auch allein mit den Hunden und machen sich einen Lenz. Natürlich verschwindet da mal ein Schaf, das sich verirrt hat, weil es den Anschluss an die Herde verloren hat, oder eines fällt die Klippen runter oder was weiß ich. Tiere werden krank und sterben bei der Transhumanz. Das ist so. Vielleicht wird auch wirklich eines vom Wolf gerissen. Das liegt in der Natur der Dinge. Was soll er auch sonst tun, der Wolf, wenn er Hunger hat? Er frisst nun mal keine Karotten.«

Alle lachten, sogar Duval schmunzelte.

»Und Sie meinen, die Zahlen werden dann nach oben geschummelt, um ein bisschen mehr Entschädigung zu erhalten?«

»*Voilà!*«, antwortete sie trocken.

»Und die vierzehn Schafe, die Olivier verloren hat?«

»Sie sind ja schon gut informiert für jemanden, der gerade erst angefangen hat, sich eine Meinung zu bilden«, spottete die Krankenschwester. »Die hat nie jemand gesehen, die vierzehn Schafe, verstehen Sie?«

»Aber er hat sie doch sicher fotografiert?«

»Hören Sie, heute kann man doch alles machen. Der

Olivier ist nicht auf den Kopf gefallen. Der ist, anders als viele seiner Kollegen, ein ganz Schlauer. Der hat den anderen Schäfern gesagt, ich zeige euch jetzt mal, wie man das macht.«

»Ach so?!«

»Genau.« Sie verzog das Gesicht.

»Und was sagst du dazu?« Annie reichte Michel den Text über den Wolfsangriff bei der Schäferin Marie.

Michel warf einen Blick darauf und gab das Blatt dann an Claudie weiter. »Es ist noch nicht geklärt, ob dieser Wolf vielleicht Tollwut hatte, das würde seine extreme Aggressivität erklären. Aber dass dieser Typ sich mit einem Stock zwischen den Hund und den Wolf gestellt hat, ist natürlich dumm. Das ist für den Wolf eine totale Provokation. Er hätte das den Hund mit dem Wolf austragen lassen sollen.«

»Der Hund war wohl schon stark verletzt«, sagte Annie.

Michel zuckte gleichgültig mit den Schultern. »So etwas kommt vor. Wir müssen wieder lernen, mit dem Wolf zu leben und ein richtiges Verhalten anzunehmen. Vor allem die Schäfer.«

»Ich glaube«, sagte Annie, »es muss zukünftig irgendeinen Kompromiss geben. Ein Leben mit dem Wolf, aber auch mit dem Recht, auf den Wolf zu schießen, wenn man wirklich in Gefahr ist.«

»Aber, Annie, das ist doch schon längst so«, empörte sich Michel. »Das Recht gibt es. Hast du nicht gehört, was unser neuer Umweltminister verkündet hat, kaum dass er im Amt war? Es hat mich so angekotzt. Ich dachte, wir hätten mal einen wirklichen Umweltminister und nicht nur irgendeine Marionette der Lobbyisten, aber nein, schon hat er die Zahlen für die Abschussquote der Wölfe erhöht!

Es ist ein Skandal! Immer wird Rücksicht auf den Menschen genommen! Herrgott, er kann nicht immer alles machen, der Mensch. Immer geht es um den Profit. Jeder denkt nur an sich in seinem eigenen Klein-Klein. Es geht doch um etwas Größeres, es geht um unseren Planeten! Wir müssen umdenken. Es wird vielleicht weniger bequem für den Menschen, aber es ist die einzige Lösung für unsere Zukunft! Wir dürfen die Meere nicht leer fischen, wir dürfen die Wälder nicht abholzen und ich sage, wir dürfen den Wolf nicht töten. Unter keinen Umständen. Aber nein, sogenannte Problemwölfe werden schon wieder abgeschossen: 40 sollen es jetzt werden, kannst du dir das vorstellen? Im letzten Jahr waren es 36 und es reicht ihnen immer noch nicht. Die sollen besser auf ihre Schafe aufpassen, anstatt den Wolf abzuschießen, diese Idioten! In unserem Departement haben sie letztes Jahr allein 23 getötet. Darunter drei junge Wölfe, die noch überhaupt nichts getan haben. Wo kommen wir dahin? Nicht gezählt alle die, die illegal von Wilderern und Hobbyjägern abgeschossen wurden. Weißt du, wie viele Wölfe ohne Kopf gefunden wurden von irgendwelchen Trophäenjägern?«

»Oh«, machte Annie und schwieg betroffen.

»Wie viele Wölfe gibt es denn überhaupt?«, fragte Duval. »Gibt es da eine offizielle Zahl?«

»Das ist schwierig einzuschätzen, weil er so beweglich ist, der Wolf legt ja oft Hunderte von Kilometern zurück«, sagte Claudie. »Man zählt daher die Ortschaften, wo man Wolfsrudel gesehen hat. Letztes Jahr sprach man von etwa 360 Wölfen in Frankreich. Die meisten davon leben allerdings hier in unserer Ecke. Vielleicht sollten wir mal wieder einen Info-Abend machen, was meinst du, Michel? Wenn nicht mal Annie weiß, dass es dieses Recht gibt, dann haben wir noch viel Aufklärungsarbeit zu leisten. Vor allem, damit diese schwelende Stimmung gegen den Wolf nicht überhandnimmt.«

»Gute Idee«, stimmte Michel zu, »mal sehen, ob wir das mit dem Park zusammen machen können. Das Problem ist nämlich, dass alle eine Meinung zum Wolf haben, aber keiner wirklich informiert ist.«

Annie senkte betroffen die Augen.

Die Bedienung brachte das Gericht für Claudie und Michel. »Achtung, die Teller sind heiß!«, sagte sie.

»Wir nehmen auch von dem Rotwein aus dem Languedoc, oder?« Michel sah von Claudie zur Kellnerin. Claudie schüttelte den Kopf. »Ich bin noch nicht fertig für heute und muss noch fahren. Außerdem möchte ich meine Patienten ungern mit einer leichten Rotweinfahne ansprechen.« »Och«, Michel machte eine wegwerfende Handbewegung. »Dann also nur für mich bitte.«

»Kommt sofort.«

»*Bon appétit!*«, wünschte Duval.

»*Bon appétit!*«, wünschte auch Annie.

»Danke. Findet ihr nicht auch, dass es immer viel zu schön angerichtet ist, um es anzuschneiden?«

»Geht mir auch so«, bestätigte Annie. »Deswegen habe ich es auch fotografiert und geteilt, auch wenn ich es eigentlich idiotisch finde, all das Essen von anderen Leuten im Internet zu sehen.«

»Diesen Reflex habe ich nicht«, bekannte Michel. »Ist vermutlich ein Generationsproblem.« Er grinste. »Nun, am besten besprechen wir das am Donnerstag im Anschluss an den Lektüreabend«, überlegte Michel, »vielleicht weiß ich dann schon was. Kommst du übrigens?«, wandte Michel sich an Annie. »Es wäre schön, wenn wir das beibehalten könnten. Ein Hauch von Kultur wenigstens einmal im Monat.«

»Ich will es versuchen. Aber wenn ich den ganzen Tag in der Gegend herumgefahren bin, dann habe ich oft abends keine Lust mehr, noch mal runterzufahren und später wieder hinauf – und das bei dem Wetter«, wandte Annie ein, »und es ist lange her, dass ich ein Buch gelesen habe, das mich nachhaltig beeindruckt hat. Gerade will mir gar keines einfallen«, sagte sie verlegen.

»Alles kein Problem. Dieses Mal wird sowieso Michel seine Lieblingsbücher vorstellen. Und du kannst gern bei uns schlafen«, schlug die Krankenschwester vor. »So hättest du schon mal eine Strecke gespart. Die Ente ist wirklich sehr fein«, sagte sie.

»Mhm«, machte Michel zustimmend mit vollem Mund.

»Bioqualität«, sagte Annie. »Das merkt man eben. Und danke für das Angebot. Das wäre eine Option. Ich könnte vielleicht auch bei Marie-Laure übernachten«, überlegte sie laut.

»Siehst du«, sagte Michel, »und Marie-Laure bringst du dann einfach auch mit, dann haben wir noch eine Teilnehmerin mehr. Wir haben in den Wintermonaten einmal im Monat hier im Restaurant einen kleinen Kulturstammtisch gegründet«, erklärte er Duval. »Zum einen, damit wir uns alle mal sehen, zum anderen, um das Restaurant etwas zu unterstützen, obwohl einmal im Monat jetzt auch nicht viel hilft, aber es ist immerhin ein Abend. Und tatsächlich auch, um kulturelle Veranstaltungen zu planen, ein Konzert, vielleicht einen Theaterabend, und jetzt im Winter haben wir zusätzlich einen Lektüreabend eingerichtet, und jeder stellt an einem Abend seine Lieblingsbücher oder einen besonderen Text vor. Oder einen Autor.« Einen Moment schwieg er. »Lesen Sie?«, fragte er dann.

»Hm«, machte Duval und setzte das Weinglas ab, »hin und wieder. Ich sollte vielleicht wieder mehr lesen, das stimmt. Aber vieles erscheint mir so banal, angesichts dessen, was ich den ganzen Tag erlebe. Es ist schwierig, etwas zu finden, was mich einerseits ablenkt, fesselt und mir nicht, wie soll ich sagen, blutleer erscheint.«

»Blutleer«, Annie verdrehte leicht die Augen. »*Voilà*«, erläuterte sie für die anderen, »Léon ist Polizist. Sein Alltag ist voller Blut.« Sie sagte es dramatisch-spöttisch.

»Ah, ... ich verstehe.« Michel sah ihn interessiert an. »Dann lesen Sie Kriminalromane? Oder eher nicht?«

»Na ja, ich habe schon die großen Klassiker gelesen, Simenon natürlich, früher las ich gern James Hadley Chase«, sagte Duval, »aber in den aktuellen Krimis finde ich mich nicht wieder. Ich frage mich, warum die Drehbuchschreiber nicht mal wirklich mit der Polizei zusammenarbeiten, um realistische Szenarien zu entwickeln. Aber vermutlich ist die echte Polizeiarbeit viel zu langweilig, zu langatmig, und die Lösungen im wahren Leben sind oft so unbefriedigend. Im echten Leben werden nur zwei von zehn Fällen wirklich aufgeklärt. Im Krimi aber wird jeder Fall gelöst, und dann endet es so kompliziert, da blicke selbst ich oft nicht mal durch.« Er winkte ab.

»Sie meinen, in den echten Kriminalfällen ist die Lösung einfach?«

»Na, vielleicht nicht einfach, aber in den allermeisten Fällen geht es um Geld. Um Geld und Macht, um Frauen und Eifersucht.«

»Ist das wirklich so?«

»Ja. Wenn man es runterbricht, geht es am Ende immer darum.«

Michel sah ihn nachdenklich an. »Und Sie ermitteln wegen Régis Ravel? Der kam ja ursprünglich aus Cannes, oder?«

»Das wissen Sie?«, fragte Duval zurück.

Jetzt lachte Michel. »Hier weiß man alles von allen. Es passiert so wenig, dass jede Information x-mal durchgekaut werden muss. Sie ermitteln also?«

»Nein.« Duval schüttelte den Kopf. »Ich habe hier mit meinen Kindern eine Woche Ferien gemacht und hänge nun noch ein paar Tage dran. Und über Annie habe ich von diesem Fall gehört. Das ist alles.«

»Verstehe. Und Sie kennen sich noch aus Cannes? Annie war ja vorher auch eher an der Küste unterwegs, nicht wahr?!«

»Genau«, bestätigten beide gleichzeitig.

»Wir haben uns bei meinem ersten Fall in Cannes kennengelernt – ich kam gerade aus Paris und hatte gleich während des Filmfestivals mit einem Mord zu tun, und Annie hat mir entscheidende Hinweise gegeben.«

»Was mir dann in der Folge zu diesem Karrieresprung in die Berge verholfen hat«, sagte sie halb bitter, halb amüsiert.

»Ja«, bedauerte Duval, »wer die Wahrheit ausspricht, macht sich nicht immer beliebt.« Er lächelte sie an. »Und wir haben den Kontakt beibehalten, nicht wahr, Annie?!«

»Ja«, sagte sie schlicht, sah ihn aber nicht direkt an.

Dann servierte man ihnen das Dessert. Duval bekam einen *Baba au Rhum*, der, das sah und roch man schon, ordentlich mit Rum getränkt war. Annie fotografierte blitzschnell das zuckerglänzende und mit einem Sahnehäubchen versehene Gebäck und nahm auch ihr eigenes, eisiges *Nougat Glacé* auf. »Beides hausgemacht«, betonte die Bedienung.

»Das wissen wir, Agnès«, sagte Michel. »Grüß mal in die Küche, sag dem Koch, dass wir ihn lieben!«

Sie lächelte und verschwand.

Kurz darauf kam der Koch in den Saal und wischte sich die Hände an seiner weißen Schürze ab. Sein rundes Gesicht war verschwitzt und er wirkte etwas verlegen. Er begrüßte Michel und die Krankenschwester mit Küsschen. »Schön, euch zu sehen«, sagte er. »Alles gut?«, wandte er sich an Duval und Annie. »Schmeckt es Ihnen?«

»Ausgezeichnet, wirklich, ich hätte nicht erwartet, in diesem Dorf so erlesen zu essen«, beteuerte Duval. Und Annie nickte bestätigend. »Ich kenne Ihre Kochkunst ja schon.«

Der Koch lächelte. »Das freut mich. Dann weiterhin guten Appetit und vielleicht bis ein andermal – ich muss jetzt wieder«, er schlug Michel kurz auf die Schulter, »bis Donnerstag, es bleibt dabei?«

»Ja«, bestätigte Michel, »wir werden zwischen acht und zwölf Personen sein, genauer weiß ich es noch nicht.«

»Geht schon klar«, sagte der Koch, lächelte in die Runde und verschwand wieder.

Duval und Annie löffelten genießerisch ihr Dessert, während Claudie und Michel noch beim Hauptgang waren. Sie sprachen mal zu zweit und mal zu viert noch über dies und das, aber es war nicht das ungestörte Gespräch, das Duval sich erhofft hatte.

»Dazu hätten wir wirklich weit wegfahren müssen«, entschuldigte sich Annie später. »Raus aus dem Dorf. Hier kannst du nichts unbeobachtet tun, man wird immer gesehen und in jeder Kneipe setzt man sich dazu. Das ist einfach so. Ich dachte, im *Central* wären wir ungestört, aber wie du siehst ...«

»Schämst du dich eigentlich, mit mir gesehen zu werden?«, fragte Duval plötzlich.

»Was? Wie kommst du denn darauf?«

»Ich hatte den Eindruck, dass du nicht zugeben wolltest, dass wir ein Paar sind.«

Sie antwortete nicht gleich.

»Also?«

»Njein«, sagte sie ausweichend. »Aber es ist schwierig für mich hier oben. Wie sieht das aus, wenn die Journalistin mit einem Flic zusammen ist? Dann erzählt mir keiner mehr irgendwas.«

»Ich darf dich erinnern, dass du mich als Polizisten vorgestellt hast. Das wäre nicht nötig gewesen.«

Sie antwortete nicht.

»Du schämst dich also, mit einem Flic zusammen zu sein?«

»Nein«, widersprach sie. »Aber in den Dörfern hier oben muss man vorsichtig sein, verstehst du das nicht?«

»Aha.« Duval lachte kurz bitter auf.

»Was weißt du denn schon?«, begehrte sie auf. »Du kennst das Leben hier doch gar nicht.«

»Nein, aber du.« Duval antwortete sarkastisch.

»Ich bin immerhin schon eine Weile hier und lebe mit den Menschen.«

»Na ja«, machte Duval. »Mit wem *lebst* du denn? Mit diesen beiden, die wir gerade im Restaurant gesehen haben?«

»Was hast du denn gegen sie? Ich rede mit allen. Ich muss mit allen reden, es ist mein Job. Mit den Schäfern rede ich genauso wie mit den Abgeordneten, verstehst du? Aber in meiner Freizeit will ich gern mit Menschen zusammen sein, mit denen ich mir wirklich etwas zu sagen habe. Ich kann doch nicht immer nur mit Jean-Pierre übers Wetter reden oder über den Gemüsegarten, den ich nicht mal habe.«

»Hm«, machte Duval.

»Willst du mir vorwerfen, dass ich Freunde brauche? Ich bin nicht wie du, Léon, mit dieser Einstellung ›ein guter Polizist hat keine Freunde‹.«

»Was ich damit meine, ist, dass ich mir keine Sache zu eigen mache, ich bleibe bei aller Sympathie oder Antipathie neutral. Und ich mache auch nicht meine Überzeugung zu einer Richtschnur für die Wahrheit.«

»Das tue ich auch nicht«, reagierte Annie empört.

»Und warum willst du mit Olivier jetzt nicht mehr reden?«

»Das habe ich gar nicht gesagt. Ich bin nur nicht sicher, dass ...«

»Es bei deinen ›Freunden‹ gut ankommt«, beendete Duval ihren Satz. »Ich verstehe schon.«

»Außerdem sitzt er gerade bei der Gendarmerie in der Zelle«, sagte sie trotzig.

Sie standen unschlüssig voreinander im Schnee. »Gut, Annie, es ist kalt, was machen wir, küsse ich dich jetzt vor allen Leuten oder ist dir das unangenehm?« Er sah sie düster an. Duvals Mobiltelefon klingelte und enthob Annie einer direkten Antwort.

Es war Villiers. »*Ça va*, Chef? Wie geht's, wie steht's im Schnee?«

»Danke, Villiers, gut geht's und tatsächlich stehe ich gerade im Schnee«, gab Duval trocken zurück.

»Wirklich?« Villiers schien überrascht.

»Ja, es hat frisch geschneit. Sehr schön anzusehen. Sie sollten mit ihrer Familie einen kleinen Ausflug machen.«

»Gott bewahre!« Villiers' Mutter stammte von der tropischen Insel La Réunion und durch ihren Einfluss war er, genau wie die Bewohner der Küste, gleichermaßen fasziniert wie geängstigt vom Schnee. Schnee gab es auf La Réunion genau wie an der Côte d'Azur so gut wie nie. Schon die Aussicht darauf lähmte die gesamte Küste: »Bleiben sie zu Hause, gehen Sie nicht raus, wenn Sie nicht unbedingt müssen«, wurde im Radio dramatisch wiederholt, für die Schulen gab es schneefrei, der öffentliche Nahverkehr wurde vorsichtshalber eingestellt und auf den Autobahnen kam es zu katastrophalen Staus und Auffahrunfällen. Und das alles nur, weil Schneefall vorhergesagt worden war. Keine einzige Flocke war wirklich gefallen, aber die Menschen an der Küste waren tagelang in heller Panik.

An der Küste mochte man den Schnee nur in gebändigter Form. Etwa als dekoratives Element. Gern gesehen wurde, wenn manch eine Stadt im Winter rund um das Rathaus etwas Kunstschnee verteilen ließ, der nachts mit violetten Scheinwerfern angestrahlt wurde. Und Schnee auf den Skipisten ja, aber bitte nicht auf den Straßen. Kein Küstenbewohner, selbst erfahrene Skiurlauber, konnte bei Schnee und Eis wirklich Auto fahren.

Ein Ausflug in die verschneiten Berge, deren Gipfel sich im Winter direkt hinter der Küste stolz in die Höhe reckten, war ein beliebtes »Man müsste mal«-Thema. Man müsste mal hinfahren, wenigstens, um den Kindern oder Enkelkindern den Schnee zu zeigen, die wissen ja gar nicht, was das ist. Immerhin waren die weißen Berge von der Küste gut sichtbar und sie bildeten an Sonnentagen einen reizvollen Kontrast mit den grünen Palmen und dem azurblauen Meer. Aber letztlich siegte die Angst: Wer wusste schon, was einen »dort oben« wirklich erwartete? Obwohl nur anderthalb Stunden von der Küste entfernt, schien ein Ausflug in das alpine Hinterland einer Expedition zum Nordpol gleichzukommen. Viele hatten nie einen Fuß dorthin gesetzt. Im Sommer vielleicht, aber im Winter bei Schnee und Eis? Bei der Kälte? Freiwillig? *Brrr*. Dafür brauchte es schon Mut und natürlich besondere Kleidung, Schneeschuhe, Winterreifen oder gar Schneeketten. Zu viel Aufwand für einen ungewissen Nutzen. Die Skiaufenthalte, die im Winter für die Schulklassen sämtlicher Schulen des Départements organisiert wurden, sollten einen Anreiz bilden, die Skiorte im Hinterland mehr zu frequentieren, aber nur wenige Küstenbewohner wurden dadurch tatsächlich zu Wintersportlern.

»*Ouh*«, machte Villiers nun auch, »ich verstehe wirklich nicht, dass Sie sich das so lange antun. Hier ist es so mild, dass wir heute schon draußen gegessen haben.«

»Wie schön für Sie, Villiers. Wollten Sie mir abgesehen davon sonst noch etwas sagen?«

»Jawohl. Zu Régis Ravel haben wir nichts gefunden. Absolut nichts. Nicht aktenkundig bisher. Nicht mal in der Verkehrssünderkartei ist er auffällig geworden. Was für ein bemerkenswert korrekter Mann. Und er hat keinen Wohnsitz mehr in Cannes.«

»Na, das soll ja vorkommen, dass Menschen sich nichts zuschulden kommen lassen. Auch wenn wir berufsbedingt seltener mit ihnen zu tun haben. Und zu Tozzi? Haben Sie da etwas Interessantes gefunden?«

»*Ah, oui!* Warten Sie ...« Villiers schien etwas zu suchen. Duval hörte im Hintergrund leise Musik laufen.

»Villiers, schießen Sie los!« Duval war ungeduldig.

»Ach Mensch ... na gut, aber hey, 40 Jahre *Ti amo*, ich

wollte es Ihnen eigentlich vorsingen, aber ich bin noch nicht so richtig textsicher«, prustete er los.

»Villiers, Sie haben Glück, dass Sie so weit weg sind!« Duval seufzte hörbar.

»*Sie* haben mich auf den Umberto aufmerksam gemacht!«, verteidigte sich Villiers. »Ich kannte den gar nicht. War noch vor meiner Geburt. Aber zu *Laurent* Tozzi, wenn Sie wüssten, wie viele Tweets die Herren Politiker jeden Tag in die Welt setzen! Wer soll denn da noch durchblicken? Nun ja, Laurent Tozzi arbeitet sich auf jeden Fall gerade an der neuen Regierung ab. Jeden Tag schießt er mehrere Spitzen gegen den neuen Präsidenten, aber das meinen Sie sicher nicht, oder?«

»Nein.«

»Dachte ich mir, nun, er äußert sich natürlich ebenso verstärkt zum Flüchtlingsproblem, er findet die Aktionen des Vereins *Solidarität im Tal des Roya* gefährlich. Nennt die Flüchtlingshelfer Kriminelle und er fordert die Regierung auf, die Wanderwege entlang der italienischen Grenze stärker zu überwachen, ›Operation Sentinelle‹ nennt er das. Ist es das, was Sie suchen?«

»Vielleicht. Das haben wir hier auch gefunden mit Annie. Ich weiß selbst nicht genau, was ich suche. Zum Wolf haben Sie nichts entdeckt?«

»Zum Wolf, doch da war was ... warten Sie ...« Er schien in seinem Computer etwas zu suchen. »*Voilà*, da habe ich es: ein paar Fotos von ihm im Wolfspark, in Anwesenheit des Fürsten von Monaco. Da gibt es irgendeine Kooperation mit dem *Musée Océanographique* in Monaco. Ist es das?«

»Ich weiß es nicht, aber danke erst mal. Bis demnächst, ich bleibe noch zwei, drei Tage, dann sehen Sie mich wieder.«

»In Ordnung. Viel Spaß noch im Schnee und grüßen Sie Annie von mir!« Er drehte die Musik laut, sodass Duval gequält das Telefon vom Ohr nahm und es Annie hinhielt. Ein verzerrtes *Ti amo* drang aus dem Telefon. »Hier, für dich.«

Annie sah von ihrem Smartphone auf und grinste. »Oh, danke!«

»Sie hat es gehört, Villiers, sie steht neben mir und dankt Ihnen.«

»War mir ein Vergnügen!«

»*Allez*, bis die Tage, Villiers.«

»*Au revoir*, Commissaire.«

»Ein Kindskopf, der Villiers«, wandte sich Duval wieder Annie zu, die in ihrem Smartphone las.

»Ja«, sagte sie abwesend. »Es geht los, Léon.«

»Was geht los?«

»Julien hat das Foto von Régis Ravels abgefressenem Skelett auf Facebook veröffentlicht. Es ging ihm wohl nicht schnell genug mit meinem Artikel. Die Überschrift ist eine Katastrophe: ›Ein Mensch wird vom Wolf gefressen und die Presse schweigt!‹. Herrje. Das kann ich ja nicht auf mir sitzen lassen. Ich habe neulich tatsächlich nur ein paar Zeilen veröffentlicht, dass man den Vermissten gefunden hat, und selbstverständlich ohne Juliens Foto. Was sollte ich auch sonst tun? Ich wollte genau das nicht, einen einseitigen, reißerischen Artikel. Und es stimmt ja vielleicht auch gar nicht, wenn Ravel verletzt war oder was weiß ich, aber diese Entwicklung hat er verpasst, der Julien.« Sie schüttelte verärgert den Kopf. »Die Gendarmerie hätte ja aber auch mal eine neue Pressemitteilung rausgeben können, wenn sie schon Olivier einbestellen! Was soll denn diese Geheimhaltung?! Haben sie dir schon was gesagt wegen der Patronenhülse?«

Duval schüttelte den Kopf.

»Oh Mann, das tritt im Netz gerade einen Shitstorm los.« Sie schüttelte den Kopf. »Es ist jedes Mal unfassbar, was da an Hass hochkommt. Die Gruppen und Vereine, die für den Wolf sind, wollen sich zusammenschließen und gemeinsam demonstrieren. Gegen die Diffamierung des Wolfs. Ich fasse es nicht.«

»Wo? Hier?«

»Sieht so aus.«

»Eine Demonstration müssen sie anmelden, ich glaube kaum, dass die Gemeinde und die Gendarmerie dazu ihre Genehmigung geben. Beobachte das mal, ja?«

»Da kannst du sicher sein. Was machst du jetzt?«

»Du meinst, ob ich dich küsse oder nicht?«

Sie verdrehte die Augen. »Nein, was machst du jetzt, am Nachmittag?«

»Ich werde mir ein paar Zeitungen kaufen und in mein Feriendomizil fahren und etwas lesen. Ich habe Urlaub, nicht wahr? Und vielleicht mache ich ein kleines Schläfchen, ich spüre eine gewisse Müdigkeit.«

»Aha.«

»Ich schlage dir nicht vor, mitzukommen, es wäre zu kompromittierend für dich, wenn wir zu zweit in meinem Zimmer verschwinden, denke ich.«

»Allerdings«, seufzte sie. »Willst du vielleicht mit zu mir kommen? Ich versuche zu retten, was zu retten ist mit diesem Foto und dieser Aktion, aber dann ...«

»Ach«, machte Duval gespielt überrascht, »so ein Angebot kann man ja eigentlich nicht ablehnen, oder?«

»Eigentlich?«

»Ich werde trotzdem ein paar Zeitungen kaufen«, sagte Duval. »Und dann fahre ich mit meinem eigenen Wagen nach Valberg. Ist das diskret genug?«

»Danke«, sagte sie und gab ihm zwei Küsschen auf die Wangen. »Bis gleich.«

Im kleinen Presseladen gab es eine ansehnliche Auswahl an Zeitungen und Zeitschriften und neben allerhand Krimskrams auch ein paar Regalmeter mit Büchern. Duval betrachtete die Buchtitel: Liebesromane, Psychothriller, Kochbücher, Pflanzenbestimmungsbücher, ein paar Bildbände über den Parc du Mercantour und die Berge, ein Buch, das das Leben der Schäfer in den Bergen im Jahreslauf dokumentierte, und friedlich daneben lag ein Bildband über den Wolf. Duval entschied sich für ein breites Spektrum an Zeitungen, einschließlich der Hinterlandausgabe des Nice Matin, und er legte das Buch über die Schäfer und den Bildband über den Wolf dazu. Und vielleicht lag es an dem Gespräch mit Michel und Claudie, dass er, schon an der Kasse stehend, kurz entschlossen den ersten Band einer Trilogie dazulegte, deren Autorin schon eine Weile von sich reden machte und dessen Titel ihn ansprach: *Vernon Subutex*. Er erinnerte ihn an *Vernon Sullivan*, das Pseudonym von Boris Vian. Wie lange war das schon her? Er sollte wieder mehr Literatur lesen. Der Anfang war gemacht.

Dann setzte er sich ins Auto und fuhr die Serpentinenstraße nach Valberg hinauf. Jean Ferrat sang wieder hingebungsvoll von der Schönheit der Berge und Duval pfiff schräg dazu mit.

5

Als Duval am frühen Morgen die kurvige Strecke zurück zur Auberge fuhr, war der Himmel stahlblau und die Sonne strahlte auf den weißen Schnee. Duval war vergnügt und tatendurstig. Er beschloss, eine Schneeschuhwanderung zu machen.

»Ah, Gott sei Dank, da sind Sie ja! Wir haben Sie vermisst gestern«, sagte die Aubergistin sichtbar erleichtert. »Sie verzeihen mir, aber ich habe in Ihr Zimmer geschaut und nachdem Ihr Gepäck noch da war ...«

»Ja, ich habe anderswo übernachtet, ich wollte Sie noch benachrichtigen, aber ...«

»Wissen Sie, es ist nicht, dass ich Angst um mein Geld hatte, es ist nur so, dass ich mir schnell Sorgen mache, wenn Städter allein durch die Berge laufen. Und dann bei dem Schnee ... und nachdem das mit dem Régis Ravel passiert ist. Man weiß ja nie.«

»Verzeihen Sie«, sagte Duval, »daran habe ich nicht gedacht.«

»Schon in Ordnung«, sagte sie. »Reisen Sie heute ab?«

»Nein, im Gegenteil, ich bleibe noch ein bisschen. Aber ich würde heute tatsächlich gern wandern gehen. Können Sie mir etwas empfehlen, was auch für einen Städter an einem Tag machbar ist?«

»Haben Sie Schneeschuhe?«

Duval verneinte.

»Ich kann Ihnen welche leihen, und dann gehen Sie vielleicht zu Agathe, das ist eine schöne Strecke. Ich kann Agathe vorher anrufen, dann macht sie Ihnen was zu essen, und danach wandern sie wieder runter. Vierzehn Kilometer hin und zurück, das schaffen Sie leicht, Sie sehen ja sportlich aus.«

Er war zufrieden. Es war genau das Ziel, das er sich erhofft hatte. Die Aubergistin telefonierte für ihn, um ihn anzukündigen.

»In Ordnung«, sagte sie gerade, »ich sage es ihm, das macht er bestimmt. Ob Sie ihr etwas mitbringen könnten?«, wandte sie sich an Duval, »nichts Schweres, ein bisschen frisches Gemüse, einen Salat, einen Käse.«

»Klar«, sagte Duval, »kein Problem.«

»Und wenn Sie Wein trinken möchten, dann müssten Sie ihn auch mitbringen. Oben gibt's im Winter nur Wasser oder Tee.«

»Aha«, machte Duval. »In Ordnung, wenn Sie mir eine Flasche verkaufen wollen?!«

»Geht in Ordnung, Agathe, so wie ich ihn einschätze, ist er in zwei, zweieinhalb Stunden oben«, bestätigte die Aubergistin gerade, während sie Duval musterte.

»Ich mache Ihnen alles schnell fertig, welchen Wein möchten Sie? Roten?«

»Ja, den, den es neulich beim Fest gab, oder was immer Sie haben.«

»Einen Côtes du Rhône«, sagte die Aubergistin, »bekommen Sie.«

Die Aubergistin erklärte ihm noch einmal den Weg, den er gar nicht verfehlen könne, es sei alles ausgeschildert. »Und wenn Sie heute Nacht nicht hier schlafen, dann weiß ich ja diesmal, wo Sie sind«, sagte sie und zwinkerte ihm verschwörerisch zu.

Duval versuchte nicht einmal zu protestieren, auch wenn er kein amouröses Abenteuer mit Agathe anstrebte. Er stapfte los. Kurz hinter dem Dorf zog sich der Wanderweg hinauf, dessen Anfänge er schon von der Wanderung mit Eric und Annie kannte. Schon bald sackte er so in den Schnee ein, dass er die Schneeschuhe anzog. Er gewöhnte sich schnell daran, mit ihnen zu gehen. Anders als kürzlich mit Eric blieb er dieses Mal auf dem Wanderweg und als er auf einer gewissen Höhe angelangt war, ging es beinahe horizontal weiter. Beglückt lief er durch den unberührten Schnee, der an schattigen Stellen noch leicht und pudrig war, dort wo er von der Sonne beschienen wurde, war er bereits pappig. Duval schwitzte in der Sonne und er hatte sich der Mütze, der Handschuhe und des Schals bereits entledigt. Beim Laufen hörte er nur das Flap-Flap der Schneeschuhe, seinen Atem und das Rauschen in den Ohren. Manchmal blieb er stehen, hielt den Atem an und lauschte: nichts. Vollkommene Stille. Auf den Bäumen und Büschen lag noch immer dick der Schnee, noch kein Wind hatte ihn davongefegt. Es sah märchenhaft aus. Gegenüber reckten sich die verschneiten Gipfel majestätisch in den blauen Himmel. Er zog sein Mobiltelefon heraus. »Kein Dienst«, informierte es ihn. Nicht mal Notrufe, fragte sich Duval. Nur Datum und Uhrzeit gab das Telefon preis. Aber ein paar Fotos machte er. Das immerhin war möglich.

Irgendwann sah er von Weitem ein paar graue Häuser mit weißen Schneemützen, die sich an einen Berghang schmiegten. Etwas oberhalb lag ein weiteres Anwesen. Aus dem Schornstein stieg Rauch auf. Das musste das Haus von Agathe sein: *La Bastière.*

»Willkommen! Ach, Sie sind es, ich habe es mir fast gedacht«, lachte Agathe und begrüßte ihn freundlich. Sie hatte an einem wuchtigen Holztisch vor dem Haus in der Sonne gesessen. »Man muss die Sonne nutzen«, sagte sie.

»Genau das dachte ich auch«, erwiderte Duval und stellte Stöcke und Schneeschuhe vor der Tür ab. Aus seinem Rucksack zog er den Wein und das Paket, das Bernadette ihm für Agathe mitgegeben hatte.

»Ist schwierig im Winter mit den Einkäufen, wie machen Sie das? Mit dem Hubschrauber?«

Sie lachte laut auf. »Das könnte ich gar nicht bezahlen. Und so viel brauche ich ja auch gar nicht. Man lernt eine gewisse Vorratshaltung«, sage sie, »ganz wie früher. Und wenn Gäste kommen, dann bitte ich sie hin und wieder, mir was mitzubringen. Und Wein gibt's im Winter nur, wenn man ihn selbst hochschleppt. Aber wenn die Strecke befahrbar ist, dann fahre ich auch hin und wieder runter zum Einkaufen.«

»Es gibt also eine Straße?«

»Straße wäre übertrieben, es gibt einen Weg«, lachte sie. »Man braucht dafür aber ein geländegängiges Fahrzeug. Diesen Weg können Sie nachher auch wieder runtergehen, ist nicht ganz so verwunschen wie der Wanderweg, geht aber schneller und Sie können sich nicht verirren, selbst wenn es dunkel wird.«

»Ich habe sogar eine Stirnlampe dabei«, sagte Duval, stolz auf seine Voraussicht.

Sie lachte erneut. »Gut gemacht.«

»Ich habe Ihnen einen kräftigen Eintopf gemacht, mit Kartoffeln, Gemüse und Fleisch, das wärmt schön, danach gibt's den Käse, den Sie mir mitgebracht haben, und zum Nachtisch selbst gemachtes Apfelkompott, ist das in Ordnung?«

»Wunderbar. Man könnte fast draußen essen, was meinen Sie?«

»Ganz richtig, zurzeit ist es tagsüber draußen wärmer als drinnen, wenn die Sonne scheint zumindest, ich habe aber dennoch Feuer gemacht. Für den Fall, dass Sie drinnen essen möchten.«

»Gern draußen«, sagte Duval.

»Dann setzen Sie sich, oder möchten Sie erst die Hände waschen? Das Bad ist oben.«

Duval zog bei der niedrigen Tür den Kopf ein. Er stand direkt in der Küche, die, wie in der Küche der Issautiers, eine Gewölbedecke hatte. Im Nebenraum, einem Wohnzimmer mit Natursteinwänden und schweren dunklen Deckenbalken, flackerte ein Feuer im offenen Kamin. Eine steile Holztreppe führte nach oben. Das Badezimmer hatte über dem Waschbecken, an der Stelle, wo man in der Regel einen Spiegel erwartete, ein Fenster und von dort konnte man das verschneite Tal überblicken.

»Herrje, ist das schön bei Ihnen«, sagte Duval, als er wieder vor dem Haus stand.

»Ja, nicht wahr?« Sie sah ihn freundlich an. »Sie müssten es erst mal im Sommer sehen, wenn alles grün ist und die Wiesen voller Blumen sind. Seit ich das Haus gefunden habe, kann ich tatsächlich nicht mehr weg von hier.«

»Wie sind Sie denn hier gelandet?«, fragte Duval. »Wenn ich es richtig verstehe, kommen Sie ursprünglich nicht aus der Gegend?«

Sie schüttelte den Kopf. »Nein, aber jetzt lebe ich seit beinahe zwanzig Jahren hier oben und habe inzwischen schon das Gefühl, von hier zu sein.«

»Und Sie leben wirklich allein hier?«

Duval stellte noch die eine oder andere Frage, sodass Agathe sich zu ihm setzte und ihm, während er aß, bereitwillig ihre Geschichte erzählte: Mit ihrem ersten Mann war sie zufällig zum Wandern in der Ecke gelandet, angezogen von dem Dorf, das ihren Vornamen trug, Ste. Agathe. »Mein Mann und ich, wir haben uns beide auf Anhieb in die Gegend verliebt und haben etwas zu kaufen gesucht. Das Haus hier war damals für einen Appel und ein Ei zu haben, aber es war auch in keinem guten Zustand. Trotzdem haben wir zugegriffen und es wieder aufgebaut und alles, alles haben wir selbst gemacht. Wir hatten anfangs nicht mal Strom, kein fließendes Wasser, das müssen Sie sich vorstellen. Keine Waschmaschine, keinen Kühlschrank. Es war schon hart, aber es hat sich gelohnt, finde ich. Na ja, aber als das Haus fertig war, und nach noch einem Winter, da war auch unsere Beziehung am Ende. Ich habe es nicht verstanden, ich dachte, jetzt fängt doch alles an, aber Bernard, meinem damaligen Mann, hat es gereicht mit der Einsamkeit und dem wenigen Komfort. Der wollte wieder einen Fernseher haben und warmes Wasser und eine Zentralheizung, eine Kneipe um die Ecke und ein Kino und was weiß ich. Ich dachte, er kommt wieder, er kann das hier doch nicht alles aufgeben.« Sie zeigte mit beiden Händen auf die Bergwelt um sie herum. »Aber er kam nicht wieder. Vielleicht hat er sich auch mit mir gelangweilt, was weiß ich.« Sie verzog das Gesicht. »Ich habe ihm seinen Anteil nach der Scheidung abgekauft und seitdem bin ich hier.«

Eigentlich wollte er fragen, ob sie keine Angst habe vor der Einsamkeit, vor Männern, vielleicht neuerdings vor dem Wolf. Stattdessen aber fragte er:

»Und seitdem machen Sie *chambre d'hôte?*«

»Ja, aber das war anfangs natürlich noch viel spartanischer und ich habe damit wirklich nicht viel Geld verdient. Ich habe die ersten Jahre zusätzlich im Winter in Valberg und in Isola in der Restauration gearbeitet, während der Skisaison, wissen Sie. Damit kam ich über die Runden. Bis ich dazu keine Lust mehr hatte und entschieden habe, ganzjährig nur noch hier zu sein.«

»Und das geht?«

»Sehr gut«, sagte sie ein bisschen zu schnell und zu laut. Duval sah sie forschend an und sie senkte den Blick.

»Na gut«, sagte sie dann. »Sagen wir, es könnte besser laufen. Im Sommer geht es. Der Winter ist schwierig. Aber auch der Sommer ist sehr vom Wetter abhängig. Eine Zeit lang hab ich mit Leuten zusammengearbeitet, die Eselwandern anbieten, aber alle Rundwege führen hier oben zwangsläufig durch den Park und wir hatten immer wieder Ärger mit den Rangern, die es strikt untersagen, da können wir noch so auf Nachhaltigkeit unserer Wanderungen verweisen. Es ist nicht schön für die Familien in Ferienstimmung, wenn sie eine Verwarnung bekommen oder gar eine Geldbuße für irgendein vom Esel abgefressenes oder zertretenes Pflänzchen unter Artenschutz. Wir mussten es aufgeben, es war zu unangenehm.« Sie seufzte. »Ich weiß gar nicht, wieso ich Ihnen das erzähle, eigentlich sage ich sonst immer, es läuft prima. Muss man ja. Wenn Sie anfangen zu sagen, es läuft nicht, dann kommt gleich gar keiner mehr. Vielleicht muss ich doch eine Internetseite machen.« Sie verzog das Gesicht.

»Das haben Sie nicht?« Duval wollte es nicht glauben.

»Ich habe nicht mal einen Computer und nein, kein Internet, auch keinen Fernseher übrigens. Könnte ich über Satellit bekommen, hat mich aber bisher nicht interessiert.«

Duval zog sein Mobiltelefon heraus. »Kein Dienst«, ließ es ihn erneut wissen. »Sie haben wirklich kein Internet?«, fragte er.

Sie schüttelte lächelnd den Kopf. »Anfangs sind die Leute oft schockiert. Manche halten es nicht aus, aber die meisten finden es dann erholsam. Ich habe Gäste, die kommen extra deswegen. Nicht erreichbar zu sein, ist ein Luxus.«

»Aber eine Internetseite – das ist doch heute, wie soll ich sagen, unumgänglich, oder?«

»Vielleicht. Ich wollte, dass es ohne geht, wie früher. Nur über Mundpropaganda. Ich wollte nur mit Menschen zusammenarbeiten, die ich im weitesten Sinne kenne, oder die mir jemand schickt, der mich kennt. Freunde von Freunden, verstehen Sie? Ich bin hier die meiste Zeit allein, ich wollte keine unangenehmen Überraschungen mit Fremden erleben. Bernadette ruft mich immer vorher an, wenn sie mir Gäste schickt. Dann weiß ich, selbst wenn Sie, als einzelner Mann, den ich nicht kenne, kommen, dass sie Sie – wie soll ich sagen ...«

»Dass ich keine Gefahr darstelle«, beendete Duval den Satz.

»Ja«, sie atmete aus.

»Verstehe. Tatsächlich war das auch das Erste, was mir durch den Kopf ging. Ob Sie hier allein keine Angst haben.«

»Ich bin kein ängstlicher Typ«, sagte sie. »Mir ist auch noch nichts Schlimmes passiert. Nur manchmal setzen sich Kerle fest, die wollen einfach nicht mehr gehen. Dann behaupte ich oft, ich müsse weg, hätte einen Termin, und werfe sie quasi raus. Einmal kam ein Gast überraschend am Tag nach seiner Abreise zurück und sagte, er habe sich in mich verliebt. Der wurde dann etwas aufdringlich. Da habe ich behauptet, ich hätte vor kurzer Zeit jemanden kennengelernt und sei nicht interessiert. Aber na ja, so oft kommt es jetzt auch wieder nicht vor. Meistens habe ich hier kleine Wandergruppen oder Familien. Nicht so oft, wie ich mir wünschen würde, aber es reicht, ich komme klar. Schmeckt es Ihnen?«, fragte sie dazwischen.

»Ja, sehr, vielen Dank.« Und Duval ließ sich nicht lange bitten, als sie ihm einen Nachschlag anbot. »Das Brot ist außergewöhnlich«, sagte er und hielt eine dicke Scheibe kräftiges Brot prüfend hoch.

»Das backe ich selbst«, erklärte sie stolz. »Mit Sauerteig und Vollkornmehl.«

»Toll«, sagte Duval anerkennend, ohne die geringste Ahnung vom Brotbacken zu haben.

Er konnte sich gar nicht genug wundern über diese couragierte junge Frau, die vielleicht in seinem Alter war. Er wagte nicht zu fragen, wie alt sie geworden sei.

»Was machen Sie, wenn Sie krank sind?«, fragte er stattdessen.

»Ich bin nicht krank«, sagte sie ruhig.

»Aha.«

»Sagen wir, ernstlich krank war ich noch nie. Erkältet bin ich schon manchmal. Hin und wieder habe ich auch eine Grippe mit Fieber, aber das geht alles vorüber. Nur einmal, da habe ich mich beim Holzhacken verletzt, da musste die Hand genäht werden«, sie zeigte ihm eine Narbe, die vom kleinen Finger der linken Hand über den Handballen reichte. »Das war in der Tat eine Zeit lang ein gewisses Handicap, aber ich hatte Anspruch auf eine tägliche Hilfe, insofern klappte das auch. Obwohl ich es schlecht aushalten kann, jemanden anzuweisen, der nicht so richtig sieht, was zu tun ist.«

»Sie hacken auch Ihr Holz selbst?« Duval wollte es nicht glauben.

»Ach ja, hin und wieder, wenn keiner meiner Brüder sich erbarmt hat, habe ich das gemacht. Aber heute bezahle ich jemanden dafür, dass er mir das Holz macht.«

»Danach wollte ich gerade fragen, Ihre Familie?«

»Die wohnen alle unten in der Provence. Manchmal kommen sie für ein paar Tage hierher, vor allem in den Sommerferien, dann drücken sie mir gern die Kinder aufs Auge«, sie verdrehte die Augen und lachte gleichzeitig. Sie stutzte kurz. »Oh!«, sagte sie. Anscheinend hörte sie etwas. Und dann konnte auch Duval entfernt Motorgeräusche ausmachen.

»Besuch?«, fragte er.

Sie stand auf und blickte in eine Richtung. »Ja«, sagte sie, »sieht ganz so aus.« Sie konnte ihr Strahlen kaum verbergen.

Die Motorgeräusche wurden lauter und ein Motorschlitten näherte sich rasch, drehte einen rasanten Bogen unterhalb des Hauses, dass der Schnee in einer Garbe nur so aufstob. Ein Mann mit verspiegelter Sonnenbrille und einem großen Rucksack stieg ab und winkte.

Sie winkte zurück und ihr Gesicht rötete sich vor Freude.

»Es ist Sylvain«, sagte sie zu Duval gewandt und lief dem Mann entgegen. Ein braun gebrannter sportlich aussehender Typ, der Duval von Weitem an Lillys Skilehrer erinnerte, küsste Agathe und drückte sie an sich.

»Wo hast du denn dieses Ding her?«, fragte sie und betrachtete den Motorschlitten.

»Hab ich günstig gekriegt«, lachte er. »Der Typ vom Skiladen hat mir einen Preis gemacht, weil er sich selbst ein neueres Modell kaufen wollte.«

»Du hast es *gekauft*?« Sie starrte ihn entsetzt an.

»Klar, was glaubst du denn? Ich muss doch irgendwie hierherkommen, wenn ich dich sehen will. Komm her!« Er zog sie an sich und küsste sie erneut heftig.

»Aber du hättest es leihen können«, sie wirkte verärgert. »Das ist viel zu teuer! Wie oft brauchst du das wirklich? In zwei Wochen liegt kein Schnee mehr und du kannst wieder den Geländewagen nehmen. Und dieses Ding steht hier unnütz herum.«

Er winkte ab. »Freut es dich nicht, mich zu sehen?«

»Doch, klar, aber ...«

»Dann küss mich und hör auf mit dieser Meckerei. Morgen machen wir damit einen Ausflug, du wirst sehen, wie das funzt.«

Arm in Arm kamen sie zurück. Die couragierte Agathe wirkte nun wie ein sehr verliebtes Schulmädchen. »Ein Gast, den mir Bernadette geschickt hat«, stellte sie ihm Duval vor.

»*Bonjour!*«, sagte Sylvain, drückte ihm die Hand und musterte ihn prüfend.

Kleiner Konkurrenzcheck, dachte Duval und bemühte sich um einen neutralen Gesichtsausdruck. Sylvain hatte eine starke Präsenz. Ein Alpha-Männchen, dachte Duval. »Möchtest du etwas essen?«, fragte Agathe und als Sylvain bejahte, brachte sie ihm Besteck, ein Glas und einen Teller, für Duval servierte sie gleichzeitig den Käse auf einem kleinen Holzbrett und sie stellte bereits eine große Schüssel

Apfelkompott auf den Tisch. Dann verschwand sie wieder in der Küche. »Ich wärme dir nur schnell die Suppe auf«, rief sie von dort.

»Ich hab dir ein paar Sachen eingekauft«, rief er ihr hinterher und holte Obst und Gemüse aus seinem Rucksack hervor, weiterhin Kaffee und einen Drei-Liter-Container Wein. »Und ich war extra bei dem guten Metzger«, rief er und legte ein enormes Paket auf den Tisch.

»Und ...«, er zögerte, »... Schokolade für meine Süße«, rief er erneut laut Richtung Küche und legte etwa zehn Tafeln edle Bitterschokolade auf den Tisch. »Das reicht für einen Moment, oder?«, fragte er, als sie wieder neben ihm stand.

Sie war verlegen und begeistert gleichzeitig. »Danke, *Chérie*«, sie küsste ihn, »im Prinzip habe ich ja alles, was ich brauche.«

»Aber ich bleibe jetzt ein paar Tage da«, sagte er und grinste.

»Echt?«

»Überraschung«, sagte er.

»Uuuund«, machte er und holte als Letztes ein in buntes Papier verpacktes Paket aus dem Rucksack und hielt es Agathe entgegen.

»Noch mehr? Du bist verrückt, echt!«

»Geburtstag«, sagte er und zuckte mit den Schultern.

»Danke!« Sie küsste ihn erneut und befühlte das Paket. »Es ist weich.«

»Keine Katze«, sagte Sylvain.

Sie lachte. »Gut, eine reicht mir auch! Sylvain ist ein Tierretter«, erklärte sie Duval, »er hat mir, kaum dass er mich kannte, eine kleine Katze mitgebracht, die er irgendwo aufgegabelt hat.«

»Sie war halb verhungert«, sagte Sylvain, »ich musste sie einfach mitnehmen. Ich kann Tiere nicht leiden sehen.«

»So ähnlich bin ich auch an einen Kater gekommen«, erzählte Duval. »Ich wollte ihn gar nicht, aber er kam zu mir zurück. Jetzt freue ich mich richtig darüber, ihn als Hausgenossen zu haben.«

»Genau so ist das«, bestätigte Sylvain und sah Duval aufrichtig freundlich an, »Katzen suchen sich ihren Menschen.«

»Na ja, meine hat mich ja nicht wirklich gesucht«, wandte Agathe ein, »aber tatsächlich könnte ich mir auch nicht mehr vorstellen, ohne sie zu sein.«

»Sie ist aber bei dir geblieben. Das ist auch ein Zeichen. Und so bist du weniger allein, wenn ich nicht da bin«, sagte Sylvain und tätschelte Agathe die Hand.

Sie lächelte ihn an und öffnete das Paket. Hervor kam ein wundervoll flauschig weicher hellblauer Fleecepullover. »Oh, ist der schön! Danke!« Sie war wirklich gerührt. »Aber der ist viel zu empfindlich, so eine helle Farbe ...«

»Ich weiß, du hättest dir nie diese Farbe gekauft, aber als ich ihn sah, wusste ich, dass du darin fantastisch aussehen würdest.« Und in der Tat passte das helle leicht ins Türkis gehende Blau des Pullovers, den sie nun an sich hielt, gut zu ihrem Teint, ihren blauen Augen und ihren blonden Haaren. Annie bevorzugte immer knallige Rottöne, aber so ein Blau könnte ihr auch gut stehen, dachte Duval und eine leichte Sehnsucht nach Annie zog durch seinen Körper. Es wäre ihm allerdings nie eingefallen, ihr, gegen ihre klassische Farbauswahl, einen hellblauen Pullover zu schenken. Sylvain aber war offensichtlich nicht nur sehr verliebt und großzügig, sondern auch innovativ.

Während Sylvain aß, erzählte Agathe, wie sie sich kennengelernt hatten. Immer wieder unterbrach sie sich dabei und sah ihn an, küsste ihn kurz oder suchte seine Hand. Sylvain, eine Art Allrounder mit einem Ein-Mann-Bauunternehmen, machte von Maurerarbeiten bis zum Dachdecken alles selbst. Im vergangenen Sommer hatte er einen Auftrag in einem benachbarten Bergdorf angenommen, in dem eine Straße mit großen Steinen gepflastert werden sollte, in einer eher mittelalterlichen Art. Er hatte das günstigste Angebot abgegeben und fand sich allein mit einer geradezu herkulischen Aufgabe wieder.

»Ich wollte den Job«, sagte er. »Insofern habe ich den Kostenvoranschlag so knapp wie möglich kalkuliert und vorgeschlagen, keine Steine zu kaufen, sondern Steine aus der Gegend zu nehmen, die ich selbst aussuchen wollte. Steine gibt's hier ja wie Sand am Meer«, sagte er und deutete auf Stellen in der Landschaft, die jetzt unter dem Schnee begraben waren. »Okay, sieht man jetzt nicht. Und ich habe es allein gemacht. Am Ende aber war ich fast tot. Es war ein Knochenjob. Aber«, sagte er, »beim Steinesuchen bin ich eines Tages hier gelandet«, er sah Agathe an, »und ich habe sie gesehen, und es war Liebe auf den ersten Blick.«

Sie nickte bestätigend.

»Insofern sage ich immer, jede noch so beschissene Situation hat auch ihr Gutes.«

»Und den Job hatten Sie ja auch bekommen, auch wenn er dann viel Arbeit bedeutet hat.«

»Ja, schon richtig. Aber nach dem Job bin ich erst mal wieder zurück, ich komme aus der Haute Savoie. Ich habe da mein Haus, das ich in den letzten Jahren selbst gebaut habe.« Sylvain griff nach seinem Smartphone, »warten Sie, ich zeig's Ihnen«. Er suchte nach Bildern und hielt Duval das Display entgegen. Der Commissaire erkannte ein großes Holzhaus, ein Châlet, wie es in den Bergregionen üblich war. »Schönes Haus«, sagte er anerkennend.

»Ja, keine schlechte Hütte«, bestätigte Sylvain stolz und betrachtete selbst die Fotos des Hauses. »150 Quadratmeter, mit allem, was das Herz begehrt, ich habe sogar einen Jacuzzi auf der Terrasse. Aber Agathe wollte nicht mitkommen.« Er sah sie vorwurfsvoll an. »Also bin ich allein zurück. Aber dann, ein paar Wochen später, habe ich mich einfach entschieden, es hier zu versuchen, mit Agathe. So was passiert einem ja nicht oft, dass es so einschlägt. Nicht wahr, Schätzchen?« Er beugte sich zu ihr und küsste sie heftig.

»Und irgendwo muss ja das Geld herkommen«, seufzte Sylvain, »im Winter ist es in den Skiorten eigentlich immer möglich zu arbeiten, also mache ich jetzt das. Gerade bin ich Skilehrer. Im Frühjahr müssen wir sehen, was ich machen kann. Ich kann so gut wie alles, daher bin ich ganz zuversichtlich.«

»Sie sind tatsächlich Skilehrer? Sie haben mich, gleich als ich sie sah, an den Skilehrer meiner kleinen Tochter erinnert«, sagte Duval. Er beschrieb Lilly und wie sie geweint hatte, keine Auszeichnung in Form einer Schneeflocke erhalten zu haben.

»Doch, doch, ich erinnere mich an die Kleine«, Sylvain nickte. »Sie konnte eigentlich alles ganz prima, nur bei der entscheidenden Abfahrt hat sie gepatzt. Das ist also Ihre Tochter?!«

»Ja, ich habe auch noch einen Sohn, der war in einem anderen Kurs.«

Sylvain schien sich zu entspannen, als Duval von seinen Kindern sprach. Er lehnte sich zurück und tätschelte Agathe das Knie.

»Zu zweit können Sie hier nicht arbeiten?« Aber schon

als Duval die Frage stellte, wurde ihm klar, dass es Unsinn war. Agathe kam schon allein kaum über die Runden.

»Das hatten wir gehofft«, sagte sie jedoch überraschend. »Wir wollten noch einige Zimmer in der Scheune ausbauen, denn es hieß plötzlich, es würde demnächst einen großen Wanderweg geben, der von hier bis nach Italien führt, und entlang des Weges würden ein paar Häuser mit etwas mehr Komfort als Unterkunftsmöglichkeit gesucht. Einen Teil der Trasse haben sie schon angefangen, weiter drüben, Richtung Italien.« Sie zeigte mit der Hand Richtung Osten. »*Les Balcons du Mercantour* haben sie den Weg getauft.«

»*Les Balcons du Mercantour*?«, fragte Duval nach.

»Ja«, bestätigte Agathe. »Ein Panoramaweg. Das alles sollte in ein paar Jahren fertig sein. Ich hatte mich beworben und es sah anfangs alles ganz gut aus, aber dann haben sie die Wegführung geändert und was weiß ich noch alles, jedenfalls bin ich nicht mehr im Rennen.« Sie seufzte. »Egal.«

»Das verdanken wir deinem Freund Ravel«, sagte Sylvain bitter.

»Hör auf«, sagte Agathe. »Er war nicht mein Freund und jetzt ist er tot.«

»Wegen des Parks?«, fragte Duval. »Also war er dagegen, weil der Wanderweg durch den Park geführt hätte?«

»Ach was! Der gesamte Wanderweg führt durch den Park! Aber dagegen hat niemand etwas. Weil es ja der Park entschieden hat«, schimpfte Sylvain.

»Lassen Sie uns über etwas anderes reden«, schlug Agathe vor. »Ich glaube, es ist gut so. Ich weiß gar nicht, ob ich das auf Dauer gewollt hätte, so viele Leute hier, selbst wenn es Geld bringt. Vermutlich war ich selbst ambivalent mit dieser Entscheidung, deswegen ist es nichts geworden. Vielleicht funktioniert es auch deswegen nicht so richtig mit den

Chambres d'hôte, weil ich einerseits das Alleinsein liebe und die Stille – ich vermiete, um Geld zu verdienen, aber es tut mir immer auch ein bisschen leid, dass der Ort kein Geheimtipp mehr ist. Ich freue mich zwar, wenn Leute kommen und dann länger bleiben als zunächst vorgesehen, aber andererseits bin ich auch erleichtert, wenn sie wieder weg sind. Wäre es wirklich gut, wenn es hier brummen würde vor Gästen? Die Stille wäre weg und nach fünf Jahren wäre man dann so ausgebrannt, dass man nur noch wegwill. Weg vom schönsten Fleckchen Erde, das es gibt.«

»Das weißt du doch alles gar nicht«, widersprach Sylvain, »und jetzt gibst du dir auch noch selbst die Schuld, ich fasse es nicht.« Er sah Duval an, als suche er Zustimmung.

Duval zuckte mit den Schultern. »Ich kann das nachvollziehen, was Agathe sagt, es ist das Problem des Tourismus schlechthin. Die schönsten Orte der Erde sind überlaufen, weil alle sie sehen wollen. Und alle sind außerdem enttäuscht, weil es so ›touristisch‹ geworden und weil man nicht mehr allein dort ist. Aber was soll man tun? Den Menschen das Reisen verbieten? Selbst die Ethnologen haben ein Problem damit. Sie wollen ein von der Zivilisation noch unberührtes Volk entdecken, und wenn sie es entdeckt haben, ist es nicht mehr unberührt. Und vielleicht hat Ravel gespürt, dass Agathe unsicher war, und hat nicht darauf bestanden, das wäre ja auch eine Möglichkeit, nicht wahr? Man braucht wirklich begeisterte Menschen, um ein Projekt voranzutreiben – womit ich nicht sagen will, dass Sie nicht für diesen Ort hier brennen, das sehe ich, aber eben vielleicht nicht genug, um ihn entscheidend zu verändern.«

»Reden wir jetzt bitte über etwas anderes«, wehrte Agathe ab. »Weißt du schon, dass sie mir die Scheune aufgebrochen haben?«

»Was?« Sylvain sprang auf. »Diese Halunken! Wenn ich die im Dorf sehe, können sie was erleben! Was haben sie dir gestohlen?«

»Die Motorsense«, seufzte Agathe. »Ist ja jetzt nichts Superwertvolles, aber sie war noch ganz neu.«

»Bist du sicher, dass sonst nichts fehlt?«

»Ich habe nichts wirklich Wertvolles darin, das weißt du doch. Es ist meine Rumpelkammer.« Sie zuckte mit den Schultern. Zu Duval gewandt erklärte sie: »Mein Brennholz ist dort gestapelt, ansonsten stehen da nur alte Möbel herum und jede Menge Krempel, den man vielleicht irgendwann noch einmal braucht. Eine alte Tür, die Waschmaschine. Ersatzreifen. Und dann alles für den Sommer, die Gartenmöbel, Gartengerät und Werkzeug.« Sie sah nun beide Männer an. »Und der große Rasenmäher, aber der war ihnen vermutlich zu schwer. Außerdem ist er alt, das lohnte sich nicht.«

»Wieso sagen Sie ›sie‹?«, fragte Duval jetzt laut. »Wissen Sie, wer die Einbrüche verübt?« Sie standen zu dritt vor der Scheune. Duval besah das geborstene Holz. Das zweiflügelige alte Holztor der Scheune war mit einem einfachen Schloss versehen und man hatte es vermutlich mit einem Brecheisen aufgebrochen. Fingerabdrücke würde man auf dem groben trockenen Holz vermutlich vergeblich suchen.

»Ach so, weil, na ja, wir vermuten, dass es eine Gruppe von Jungens ist. Es ist schon mehrfach hier im Tal eingebrochen worden. Einmal ist ein Motorrad verschwunden. Ein anderes Mal eine Motorsäge und anderes Werkzeug. Bei Ravel hat man einen Computer geklaut. Und einmal hat man in einer anderen Herberge Whisky, eine Stereoanlage und Geld aus der Kasse genommen. Das sieht alles so nach gelangweilten Jungs aus. Nach Mutprobe. Whisky,

Motorradfahren. Den Computer und die Motorsäge kann man vielleicht verscherbeln, wissen Sie.«

»Und deine Motorsense auch.«

»Ja«, seufzte Agathe. »Ich habe es auch der Gendarmerie gemeldet. Aber bei dem Schnee kommen die jetzt erst mal nicht, vermute ich, und wenn es Reifenspuren oder sonst etwas gegeben hat, dann sind die jetzt unterm Schnee begraben.«

»Ich baue dir ein neues Schloss ein, besser zwei, und vielleicht zusätzlich noch ein Vorhängeschloss«, sagte Sylvain und machte Anstalten, das alte Schloss sofort auszubauen.

»Nicht!«, hielt Duval ihn davon ab. »Die Gendarmerie will es vielleicht noch auf Spuren untersuchen.«

»Meine Fingerabdrücke sind da sowieso schon überall«, lachte Sylvain, ließ es aber bleiben.

»Ach was, drei Schlösser, das ist doch Quatsch«, wehrte Agathe ab, »das Wertvollste haben sie schon mitgenommen. Ich könnte einen Zettel drankleben, ›Einbruch lohnt sich nicht mehr, hier wurde schon geklaut‹.« Sie machte eine Grimasse.

»Und im Haus?«, forschte Sylvain nach. »Ist da was verschwunden?«

»Nein, alles in Ordnung. Die Tür war verschlossen.«

»Ach ja«, Sylvain lachte. »*Chérie*, hier weiß doch jeder, wo du den Schlüssel versteckst.«

»Ja, aber das Haus war unberührt. Das habe ich gespürt. Ich glaube auch nicht, dass Einbrecher, die die Remise aufbrechen, das Haus brav auf- und später wieder abschließen und den Schlüssel wieder an sein Versteck legen. Aber es war sicher jemand, der wusste, dass ich nicht da sein würde. Ich war an dem Abend unten zum Fest, weißt du? Ich habe unten geschlafen und gestern bin ich dann hochgelaufen.«

»Na, das wusste doch auch jeder, oder? Es war *dein* Fest. Hier wissen wirklich alle alles«, wandte er sich in einem spöttischen Ton an Duval.

»Von wegen *mein* Fest. Es war das Fest der heiligen Agathe«, widersprach Agathe.

»Und *dein* Geburtstag. Wie war es denn?«, fragte Sylvain.

»Na ja, wie immer. Der Kuchen war dieses Jahr eine Monstrosität, du hättest ihn sehen sollen ...« Sie formte mit den Händen in der Luft zwei enorme Brüste. Er lachte rau.

Duval beschloss, sich zu verabschieden, das Paar wirkte so, als wäre es lieber allein. »Agathe, ich werde mich auf den Weg machen. Danke für Ihre Gastfreundschaft. Was schulde ich Ihnen?«

»Ach«, sagte Agathe. »Den Wein und den Käse haben Sie selbst hochgetragen, wie soll ich Ihnen das berechnen?«

»Na, aber Sie müssen den Salat und den Käse doch trotzdem bezahlen. Und den Eintopf haben Sie gekocht, das Brot gebacken und das Apfelkompott gekocht. Fünfzehn Euro, ist das in Ordnung?« Er suchte im Portemonnaie.

»Achtzehn«, sagte Sylvain. »Der Preis für ein Menü beträgt achtzehn Euro.«

Agathe schien unangenehm berührt, widersprach aber nicht.

Duval legte ohne mit der Wimper zu zucken einen Zwanzigeuroschein auf den Tisch. »Stimmt so«, sagte er.

»Danke«, sagte sie. »Achtzehn nehme ich im Sommer, aber das ist dann ein anderes Menü ...«, versuchte sie zu erklären, aber Duval winkte ab. »Schon in Ordnung.«

Er zog seine Schneeschuhe an, warf sich den Rucksack über die Schultern und lief nun zügig den Weg hinunter, den Sylvain mit dem Motorschlitten hinaufgefahren war.

———

Schneller, als er erwartet hätte, sah er die Häuser von Ste. Agathe unter sich liegen. Aus manchem Schornstein stieg Rauch auf. Er kam am Haus der Issautiers vorbei und wollte kurz nachfragen, ob man Neuigkeiten von Olivier habe. Dass er gehofft hatte, Annie würde über ihn eine Titelstory für den Nice Matin schreiben, hatte er niemandem erzählt, und vielleicht würde sie es ja auch noch tun. Und vielleicht könnte er gleichzeitig einen Kaffee bekommen. Er zog seine Schneeschuhe aus und stampfte den restlichen Schnee von den Schuhen. Er öffnete die Außentür und klopfte an die Tür zur Küche, die nur angelehnt war.

»Jemand zu Hause?«, fragte er halblaut und schob sich vorsichtig in den Raum.

Maryse Issautier, die mit dem Kater auf dem Bauch ein Schläfchen auf dem Kanapee gemacht hatte, setzte sich überrascht auf. Ihr Gesicht wirkte noch faltiger und ihre Frisur war zerdrückt. Sie schien es zu wissen, denn sie fuhr mit den Händen kurz durch die Haare.

»Oh, Verzeihung.« Duval war sein unangemeldeter Besuch nun unangenehm.

»Schon gut«, sagte sie. »Wie spät ist es?« Sie sah auf die Uhr, die an der Wand über dem Steingutwaschbecken hing. »Fünfzehn Uhr. Kommen Sie ruhig rein, nicht so schüchtern. Irgendeiner weckt mich immer. Und jetzt sind Sie es. Nicht schlimm. Wollen Sie einen Kaffee?«

»Gern.«

»Na, dann setzen Sie sich.« Gleichzeitig erhob sie sich und zwängte sich zwischen Kanapee und Tisch hindurch, ohne den Tisch zu bewegen.

»Und Sie waren heute bei Agathe.«

Es war eine Feststellung. »Das wissen Sie?«

Sie lachte. »So ist das hier. Wir wissen alles. Hat's Ihnen gefallen?«

Die Frage klang zweideutig und Duval antwortete entsprechend. »Ja, ist eine schöne Tour. Und eine couragierte Frau.«

Sie nickte. »Ich wünschte, sie wäre nicht immer so allein. Das ist doch nichts, so allein da oben.« Sie sah Duval prüfend an, so als ob sie überlegte, ob er einen guten Partner für Agathe abgeben würde.

»Aber sie ist gar nicht allein«, entgegnete Duval. »Sie hatte Besuch.«

»Ach«, machte Maryse und sah überrascht aus. Alles wusste sie wohl doch nicht, und das schien ihr nicht zu gefallen. »Der Sylvain war da?«, fragte sie Duval mit einem missmutigen Gesicht, während sie auf den Knopf der Kaffeemaschine drückte. Die dröhnte los und sofort roch es nach köstlichem Kaffee.

Duval nickte angesichts des Lärms nur mit dem Kopf.

»Na ja«, sagte sie. »Hauptsache, sie ist glücklich.«

»So sah sie aus.«

Maryse nahm die Espressotasse aus der Maschine, da klopfte es erneut.

»Sehen Sie«, sagte Maryse. »So ist das immer. Herein«, sagte sie und dann »Ach, du Sch...reck«, und sie starrte die Majorin und zwei Beamte der Gendarmerie an. »Haben Sie die mitgebracht?« Sie blickte zu Duval. Der schüttelte nur den Kopf.

»Madame Issautier?«, fragte die Majorin und warf Duval einen erstaunten Blick zu.

»Ja?!«

»Guten Tag. Wir würden gern mit Robert Issautier sprechen. Ihr Mann, nicht wahr? Ist er da?«

»Was wollen Sie von ihm?«, fragte Maryse unfreundlich, rief aber gleichzeitig laut nach ihrem Mann: »Robert!« Und noch etwas lauter: »Robert! Er ist schwerhörig«, erklärte sie. »Wenn er sein Mittagsschläfchen macht, nimmt er das Hörgerät raus. ROBERT!«, brüllte sie jetzt.

»Was ist los?«, rief es von oben.

»Die Gendarmerie ist da!«

»Was?«

»DIE GENDARMERIE!«, brüllte sie erneut. Jetzt wusste es vermutlich das gesamte Dorf. Dann servierte sie Duval in aller Ruhe den Kaffee und schob ihm die Zuckerdose zu.

»Danke«, sagte er.

Robert Issautier kam polternd die Treppe herunter und trat in die Küche. »Die Gendarmerie?«, fragte er ungläubig.

»Na, so was. Guten Tag, Madame, guten Tag, die Herren!« Dann erblickte er Duval. »Und Sie sind auch da?«

Duval machte eine hilflose Geste.

Auch die Majorin blickte Duval streng an. »Darf ich Sie bitten, zu gehen, oder gehören Sie zur Familie?«

»Na«, machte Maryse, »er gehört nicht zur Familie, aber er kann doch wohl seinen Kaffee trinken!«

»Mir ist es ganz recht, wenn er bleibt«, sagte Robert Issautier.

»Wie Sie meinen.« Die Majorin wurde offiziell: »Monsieur Robert Issautier?«, fragte sie nun.

»Na, aber was soll das denn, Sie kennen mich doch!«, empörte sich Robert Issautier.

»Monsieur Issautier also, ich bin Majorin Delgado. Meine beiden Kollegen Leutnant Ferrero und Sergeant Brun.«

»Sehr erfreut«, sagte Robert überfreundlich. »Was kann ich für Sie tun?«

»Monsieur Issautier«, kam die Majorin sofort zur Sache: »Besitzen Sie ein Jagdgewehr mit dem Kaliber 7 × 64?«

»Ja.« Robert Issautier klang lammfromm.

»Sie haben dafür einen gültigen Waffenschein?«

»Aber sicher«, sagte er liebenswürdig.

»Würden Sie uns die Waffe und den Waffenschein bitte zeigen?«

»Selbstverständlich. Wenn Sie erlauben, dass ich den Waffenschein in meinem Büro suche?«

»Einer der Kollegen wird Sie begleiten, wenn Sie einverstanden sind.« Die Majorin blickte auffordernd zu Leutnant Ferrero.

»Und wenn ich nicht einverstanden bin, kommt er trotzdem mit, nicht wahr?«

Die Majorin Delgado lächelte ganz leicht. »Richtig.«

Während Robert Issautier, gefolgt von dem jungen Gendarmen, wieder die Treppe hinaufstieg, blieben die Majorin und Sergeant Brun in der Küche stehen. Die Majorin wandte sich zur Treppe: »Und Ihren Personalausweis und die Munition bitte!«, rief sie hinterher.

»Es ist ordentlich warm bei Ihnen«, meinte Sergeant Brun, der versuchte, sich so weit wie möglich vom Herd zu postieren.

»Ach«, sagte Maryse, »jetzt wo Sie es sagen. Ich finde es gar nicht so warm, aber ich friere immer schnell, wissen Sie.« Sie nahm einen Scheit Holz vom Stapel neben dem Ofen, öffnete mit einem Schürhaken eine gusseiserne Klappe und während man es darin lodern hörte, warf sie das Holz hinein. Eine heiße Luftwelle schoss nach oben. Rote Glutpartikel tanzten wild herum. Die Gendarmen zuckten zusammen. Polternd ließ sie einen zweiten Holzscheit folgen. Und wieder stob die heiße, rot glühende Luft nach oben. »So«, sagte sie. Sie ließ die Klappe laut zufallen und hängte den Haken wieder an seinen Platz.

Mit unbeteiligtem Blick setzte sie sich aufs Kanapee. Duval fand die Komödie großartig.

Majorin Delgado blieb ungerührt, aber Sergeant Brun trat mit hochrotem Kopf nervös von einem Fuß auf den anderen.

Robert Issautier kam, gefolgt von dem Gendarmen, die Treppe hinab. Er legte mehrere Dokumente nebeneinander auf den Tisch: »*Voilà*«, sagte er, »da ist der Jagdschein. Den Waffenschein und die Versicherung für die Hunde habe ich Ihnen auch mitgebracht. Und meinen Personalausweis habe ich hier.« Er nahm den Ausweis aus seiner Brieftasche und hielt ihn der Majorin entgegen. Dann stellte er ein Kästchen auf den Tisch. »Die Munition.«

Die Majorin warf einen nachlässigen Blick auf den Personalausweis und einen längeren auf den Waffenschein. »Eine Mauser«, sagte sie. »Haben Sie die noch aus alten Zeiten?«

Robert Issautier lächelte leicht. »Nein. Ich war noch ein Kind, als die Deutschen hier alles stehen und liegen ließen, um schneller weglaufen zu können. Ich habe meine Mauser später redlich erworben. Aber warum stehen Sie denn immer noch herum?«, fragte er dann erstaunt. »Hast du den Gendarmen keinen Platz angeboten?«, wandte er sich an seine Frau, die auf dem Kanapee energisch den Kater streichelte.

»Ach so«, sagte sie unschuldig. »Ich wusste ja nicht,

ob ... also, dann setzen Sie sich«, sagte sie nicht besonders einladend und zeigte auf die Stühle am Tisch.

»Danke schön, Madame.« Stühle scharrend setzten sich alle um den großen Küchentisch.

»Aber bitte schön«, antwortete sie fast ein bisschen frech.

»Maryse«, ermahnte sie ihr Mann.

Sie warf ihm einen giftigen Blick zu.

»Also hier haben Sie alles«, wiederholte er, »aber das ist alles sowieso hinfällig, ich gehe nicht mehr zu Jagd.«

»Wo ist Ihr Karabiner?«, fragte die Majorin.

»Ich sagte Ihnen doch, ich gehe nicht mehr zur Jagd seit diesem Winter. Es bekommt mir nicht mehr, die langen Märsche bergauf und bergab. Ich habe Schmerzen in den Knien«, er schüttelte mit schmerzhaftem Blick den Kopf. »Ist nichts mehr für mich.«

»Aber Ihren Karabiner haben Sie noch?«

»Sicher«, antwortete er.

»Würden Sie ihn uns dann bitte zeigen?«

»Aber, ich sage Ihnen doch ...«

»Monsieur Issautier«, unterbrach die Majorin autoritär, »wir haben Grund zur Annahme, dass mit einem Gewehr Kaliber 7×64, wie Sie es besitzen, und entsprechender Munition«, sie zeigte auf das Kästchen, »auf einen Menschen geschossen worden ist. Verstehen Sie nun? Bitte zeigen Sie uns Ihre Mauser, Model m98, Kaliber 7×64, die hier auf dem Waffenschein ausgewiesen ist!«

»*Ah, bon?*« Robert Issautier ließ sich nun auch schwer auf einen Stuhl fallen. Er sah besorgt aus.

»*Ah, merde*«, machte seine Frau. »Erst haben Sie den Olivier verdächtigt, den Ravel erschossen zu haben, und jetzt verdächtigen Sie meinen Mann? Geht's noch?«

»Wie kommen Sie darauf?«, fragte die Majorin streng.

»Ich kann doch zwei und zwei zusammenzählen«, sagte sie wütend.

»Den Ravel?«, fragte Robert Issautier nun ungläubig und sah von seiner Frau zur Majorin. »Aber welchen Grund sollte ich denn haben, Régis Ravel zu erschießen?«

»Das möchten wir gern herausfinden.«

»Also jetzt mal halblang«, mischte sich seine Frau empört ein. »Wir haben mit dem Ravel überhaupt nichts zu tun und ich weiß nicht, was das soll mit dem Gewehr und diesen Verdächtigungen. Er wurde gefressen, vom Wolf, so ist es doch!«

»Maryse, misch dich nicht ein, bitte.« Ihr Mann sagte es in einem leicht ungeduldigen Ton.

»Ihr Karabiner!« Ungerührt wiederholte die Majorin die Aufforderung, ohne auf Maryse einzugehen.

»Ich kann Ihnen meine Mauser nicht zeigen«, sagte Robert Issautier nun.

»Warum nicht?«

»Weil ich sie Ihnen nicht zeigen kann. Darum.«

»Robert!«, rief seine Frau wütend dazwischen.

»Misch dich nicht ein, habe ich gesagt!«, fuhr er sie an.

»Ich kann sie Ihnen nicht zeigen. Das ist alles.«

»Wir können Sie auch mitnehmen und das Haus durchsuchen lassen«, sagte die Majorin nun entschlossen und kalt.

»Bitte sehr«, sagte Robert Issautier langsam und freundlich, »das können Sie gern machen, aber die Mauser werden Sie trotzdem nicht finden.« Er zuckte bedauernd mit den Achseln.

»Robert, spiel nicht den Esel!«, schimpfte seine Frau. »Er hat sie verloren, seine berühmte Moser«, sagte sie dann zu den Gendarmen, »aber das will er nicht zugeben.«

»Mauser«, korrigierte ihr Mann, aber er sah plötzlich müde aus.

»Wie bitte?« Die Majorin sah von Maryse zu Robert.

»Verloren hat er sein Gewehr, wie auch immer es heißt«, wiederholte seine Frau mit leicht verächtlichem Ton. »Eines Tages verliert er noch seinen Kopf.«

»Hör auf«, knurrte ihr Mann. Er sah ehrlich bekümmert aus.

»Nun erzähl schon!«, forderte sie ihn auf.

Aber Robert Issautier putzte sich zunächst umständlich die Nase und wischte sich dann mit dem Tuch die Augen aus.

»Wenn du es nicht erzählst, dann mache ich es«, wetterte seine Frau. »So weit kommt es noch, dass man dich verdächtigt ...«

»Jaaa, Maryse, jaaa«, unterbrach er sie gequält. »Ich erzähle es ja, aber lass mich doch erst mal Luft holen.« Es dauerte noch einen Moment, bis er ausreichend geschnauft und noch einmal ausgiebig in das Taschentuch trompetet hatte. Erst dann war er bereit, die Geschichte zu erzählen. Zu unangenehm war es ihm. »Also, es war zu Beginn der letzten Jagdsaison«, setzte er an und dann erzählte er, langsam und weitschweifig: Er war mit den anderen Jägern unterwegs gewesen, und wie so oft in den letzten Jahren hatte er keinen besonders guten Posten abbekommen. Die jungen Jäger schätzten ihn, vielleicht nicht zu Unrecht, als nicht mehr schnell genug ein und teilten das interessante Terrain unter sich auf. Außerdem sollte Julien an diesem Tag schießen dürfen. Julien, der junge Vereinsvorsitzende des Jagdvereins. Er, Robert, stand also auf seinem abgelegenen Posten und lauschte und spähte und es tat sich nichts. Und dann musste er pinkeln. Er verzog das Gesicht.

»Die Prostata«, sagte er. »Irgendwann muss die raus, die macht mich ganz krank. Ich glaube, ich hatte am Abend vorher die Medikamente vergessen, auf jeden Fall musste ich alle fünf Minuten pinkeln. Ich habe also die Mauser an den Baum gelehnt und habe ein paar Schritte gemacht, um mich zu erleichtern, und während ich so stehe und pi...«, er unterbrach sich, »na ja, Sie wissen schon, also während ich ... mich erleichtere, da sehe ich doch zur Rechten ...«, er machte eine kleine dramaturgische Pause und starrte dabei nach rechts auf den hölzernen Küchenboden, als sähe er dort etwas. Die Blicke der Gendarmen folgten ihm. »Einen Pilz!«, sagte er triumphierend, zeigte auf den Holzboden und lächelte dann die Gendarmen an. »Einen Steinpilz! Und was für ein Exemplar.« Einer der Gendarmen hustete kurz und schüttelte amüsiert den Kopf. Aber die Majorin sah erst ihn, dann Robert Issautier streng an. »So einen schönen Steinpilz habe ich schon lange nicht mehr gefunden«, fuhr der fort. »Ich konnte mein Glück gar nicht fassen. Ich dachte, da ist dieser schlechte Posten, den sie mir zugewiesen haben, doch für was gut, und ich bücke mich also«, sagte er und tatsächlich bückte er sich auf seinem Stuhl, um den imaginären Steinpilz vom Holzboden zu schneiden. »*Voilà*«, sagte er, sah die Gendarmen strahlend an und hielt einen imaginären Steinpilz hoch. »Und dann«, sagte er und blickte wieder zu Boden, »und dann sehe ich noch einen und ich dachte, heute, mein Alter, heute ist dein Glückstag! Und was soll ich Ihnen sagen, ich habe eine Plastiktüte aus meiner Jacke geholt und habe angefangen, Pilze zu sammeln. Und ich habe Pilze gefunden an diesem Morgen, oh ja«, erinnerte er sich und nickte bestätigend mit dem Kopf. »Und so lief ich immer weiter weg, und war ganz in Gedanken.

Erst als ich den Schuss hörte und die Hunde bellen und die anderen schreien, da wollte ich schnell wieder zurücklaufen, aber ich habe die Stelle nicht gleich gefunden. Ich wusste plötzlich nicht mehr, von wo ich gekommen war. Ich irrte einen Moment herum und als ich endlich zurück war, da war das Gewehr weg.«

»Was lässt du es auch stehen, Herrgott noch mal!«, fiel Maryse ihm ins Wort.

»Madame Issautier, bitte!«, sagte die Majorin streng.

»Zuerst glaubte ich noch, ich hätte mich geirrt«, sprach Robert Issautier weiter, »und es sei nicht die richtige Stelle. Ich lief alles noch einmal ab und, ich meine, ich kenne mich doch aus eigentlich, aber ...« Er schwieg. »Auf jeden Fall«, schloss er seine Ausführungen, »auf jeden Fall habe ich meine Mauser nicht mehr gefunden.«

Die Gendarmen schwiegen und sahen Robert Issautier forschend an.

»Und Ihre Jagdkameraden? Die konnten Ihnen nicht suchen helfen?«, fragte die Majorin.

»Ach, die sind dem Wildschwein hinterher, Julien hatte es nicht richtig erwischt, es war nur verletzt und rannte jämmerlich schreiend davon, also liefen sie ihm nach, immer weiter bergab, bis sie es unten am Fluss fanden. Sie gaben ihm noch mal einen Schuss und dann schleppten sie es zu viert den Berg hinauf, die hatten andere Sorgen als mein Gewehr und, um ehrlich zu sein, ich habe es ihnen auch nicht erzählt. Ich wollte nicht, dass sich die Jungen über mich lustig machen. Es ist eine andere Generation, wissen Sie.« Er seufzte und fuhr sich erneut mit dem Taschentuch über die Augen. »Ich bin am nächsten Tag wieder los und am übernächsten. Drei Tage habe ich alles abgesucht. Nichts. Es blieb verschwunden.«

»Und das sollen wir Ihnen glauben?«

»*Beh*«, machte Robert und hob in einer hilflosen Geste die Hände. »Glauben Sie es oder nicht. So war es.«

»Wann war das?«

»Mitte September, am 16., ein Samstag, es war Wildschweinjagd und das Datum vergesse ich sowieso nicht mehr.«

»In welchem Sektor haben Sie gejagt an diesem Tag?«

»In der Ecke von *Barbevieille*.«

»Wir haben eine Patronenhülse Kaliber 7 x 64 gefunden«, sie warf Duval einen Blick zu, aber er verzog keine Miene, »genau die Munition, die Sie hier haben, und zwar in *Pra Guillot*. Waren Sie dort einmal zur Jagd? Bevor Sie das Gewehr verloren hatten, meine ich. Ist das ein Gebiet, in dem Sie jagen?«

»*Pra Guillot?*«, wiederholte er langsam. »Ja, das kann schon sein. Und dort haben Sie eine solche Patronenhülse gefunden?«

»Ja.«

»Und Sie meinen, sie sei aus meiner Mauser abgeschossen worden?«

»Nun, dieses Kaliber benutzen hier im Tal nur wenige. Drei genau genommen. Sie sind einer davon, Monsieur Issautier. Wir befragen noch die beiden anderen Herren und wir werden die gefundene Hülse und die Gewehre vergleichen. Die Ballistik wird zeigen, aus welchem Gewehr geschossen wurde. Und wenn Ihre Mauser, sagen wir, verschwunden ist, so ist das kein gutes Zeichen, verstehen Sie?«

»Dann hat sie jemand gefunden und damit geschossen.«

»Das ist eine Möglichkeit. Sie haben Ihren Karabiner also nicht mehr?«

»Aber ich habe es Ihnen doch gerade erzählt. Glauben Sie, ich habe mir das ausgedacht?«

»Wir werden das zu Protokoll nehmen, Monsieur Issautier. Kommen Sie morgen zur Gendarmerie, dann werden wir das aufnehmen.«

»Morgen?«

»Ja, morgen. Dann haben Sie noch mal eine Nacht, um alles zu überdenken. Vielleicht findet sich das gute Stück ja doch noch. Manchmal fällt einem ja über Nacht etwas ein, nicht wahr?«

Robert Issautier winkte ab. Er wirkte müde. »Was ist eigentlich mit Olivier?«, fragte er dann.

»Der wird noch einen Moment bei uns zu Gast sein«, antwortete einer der Gendarmen.

»Ach so?«

»Ja.«

Am nächsten Morgen in aller Frühe machte Robert Issautier sich auf den Weg zur Gendarmerie. Duval sah ihn von seinem Balkon aus, zunächst hörte er ihn allerdings, denn der alte Geländewagen wollte nicht recht anspringen. Nach dem dritten Versuch, den keuchenden Motor zum Laufen zu bringen, stand Duval auf und öffnete die Balkontür. »Brauchen Sie Hilfe?«, rief er. »Wollen Sie, dass ich den Wagen anschiebe?«

»*Bonjour!*«, winkte Issautier zurück, schüttelte aber den Kopf. Nein, er brauchte keine Hilfe, und richtig, beim vierten Mal setzte sich der Motor dröhnend in Gang. »Ich kenne mein Wägelchen«, brüllte er laut, um den Motor zu übertönen.

»In Ordnung!« Duval winkte und schloss die Balkontür.

Nach dem Frühstück ging er zurück in sein Zimmer, legte sich auf sein Bett und las weiter in dem Buch über den Alltag der Schäfer und deren arbeitsreiches Leben in den kargen Bergen. Es kam ihm archaisch vor und so fremd, als handele es sich um eine andere Kultur in einem fremden Land. Später hörte er Stimmengewirr auf dem Platz vor der Auberge, dann in der Auberge, der Geräuschpegel nahm zu, und es wurde nicht mehr leiser. Duval begab sich nach unten.

Als Erstes sah er Maryse, die ohne Jacke vor der Auberge stand. Sie hatte rot geweinte Augen und rauchte nervös.

»Was ist passiert?«, fragte er.

»Das müssen Sie schon meinen Mann fragen, ich weiß nicht, was in ihn gefahren ist«, sagte sie wütend, zog ein letztes Mal an der Zigarette und drückte sie dann an der Hauswand aus. Sie steckte sie in einen kleinen Blecheimer voller Sand, der vor der Auberge vermutlich eben zu diesem Zweck stand.

In der Auberge schienen alle Einwohner versammelt zu sein. Alle redeten durcheinander.

Robert, niemals würde der jemanden umbringen. Und wieso sollte der den Ravel erschießen? Und war es nicht sowieso der Wolf gewesen, der ihn angegriffen und getötet hatte? Warum suchte man überhaupt einen anderen Schuldigen? Und wieso Robert? Er war einer der wenigen, der mit dem Ravel nicht aneinandergeraten war. Und hatte er nicht wirklich sein Gewehr verloren letzten Herbst? Hatte man das Gewehr denn jetzt gefunden? Nein? Aber vielleicht ist es ja dann gar nicht Roberts Gewehr, mit dem auf Ravel geschossen wurde. Wenn überhaupt auf ihn geschossen worden war. Sorgenvoll und aufgeregt wurden immer und immer wieder die gleichen Fragen gestellt.

Es war Lolotte, die Duval schließlich erzählte, was er bereits vermutete: Robert Issautier hatte der Gendarmerie überraschend gestanden, Régis Ravel erschossen zu haben.

Duval hörte stumm zu. Er fühlte sich unwohl, immerhin hatte er die Patronenhülse am Tatort gefunden.

»Haben Sie einen Anwalt?«, wandte er sich an Maryse.

»Wir werden mit dem Anwalt, der letztens Olivier verteidigt hat, Kontakt aufnehmen«, sagte sie und nestelte eine weitere Zigarette aus dem Paket. »Was machen Sie eigentlich wirklich hier?«, fragte sie ihn unfreundlich. »Sie haben uns die Gendarmerie auf den Hals gehetzt, oder?! Sie haben gesagt, Sie wollen Olivier helfen, und jetzt ... Ich sollte gar nicht mehr mit Ihnen reden.« Sie sah ihn böse an.

Duval versuchte erst gar nicht zu erklären, wie es zu diesem Missverständnis kommen konnte. »Es tut mir leid, Madame Issautier, aber es ist die Ermittlung der Gendarmerie«, sagte er nur. »Und wenn Ihr Mann die Tat gestanden hat ...« Er sprach nicht zu Ende.

»Ja, ja, natürlich«, brummte sie unwirsch und schniefte. Tatsächlich lief ihr eine Träne über die Wange. »Aber warum, warum?«, heulte sie.

»Ach, Maryse«, es war Lolotte, die sie in den Arm nahm. »Du tust immer so hart, aber du bist doch eine ganz Sensible, ich weiß das.«

Maryse versteifte sich erst, aber dann ließ sie sich gehen. »Was hat er nur gemacht, dieser dumme Kerl?«, heulte sie. »Wie soll ich das denn allein schaffen? Das Haus und den Garten und die Hunde und meine Mutter und ...«

»Aber wir sind doch da, Maryse«, sagte beruhigend Lolotte, »und Garten ist ja jetzt gar nicht. Es ist Winter. Um die Hunde kann sich einer der Jäger kümmern, Claude vielleicht. Wenn du irgendwohin musst, dann bleibe ich bei deiner Mutter, das verspreche ich dir.«

»Er hat immer alles geregelt. Ich war oft hart mit ihm, aber er hat doch immer alles geregelt.« Sie schluchzte.

»Er kommt wieder frei, Maryse, er ist unschuldig, das glaube ich ganz sicher. Das ist nur ein Missverständnis. Und in der Zwischenzeit sind wir alle für euch da. Das weißt du doch. Hörst du? Wenn du was brauchst, wir sind alle für dich da. Und für deine Mutter auch, das weißt du. Und für Robert. Glaub nicht, dass wir den aufgeben. Er ist unschuldig.«

Maryse weinte und schniefte. »Dieser Kerl«, schimpfte sie unter Tränen, »was tut er mir an!«

»Beruhige dich, Maryse, beruhige dich. Alles wird gut.«

Ich heiße Issautier Robert, ich bin 77 Jahre alt, von Beruf bin ich Maurer und Bauunternehmer, jetzt Rentner, ich wohne in Ste. Agathe, im Haus meiner Schwiegereltern, genaue Bezeichnung: La Bergerie.

Ich war am 22. Oktober 2017 in aller Frühe im Wald oberhalb der Gorges Rouges unterwegs, mit dem Ziel zu jagen. Allein, denn mit den jungen Jägern komme ich nicht mehr zum Zug. Sie lassen mich spüren, dass ich ihnen zu alt bin. Ich hatte meinen Karabiner dabei, eine Mauser m98, und einen meiner Jagdhunde. Ich hoffte, ein Wildschwein zu erlegen oder wenigstens einen Rehbock. Ich sah, dass am Rand der Wiese, die Pra Guillot heißt, in einem Zelt jemand lagerte, und ich dachte, es sind vielleicht Flüchtlinge. Ich habe einen Moment gewartet, um zu sehen, was sich dort tut. Ein Mann kam aus dem Zelt und mein Hund begann wild zu bellen. Ich sah, dass es Régis Ravel war. Er war sehr aufgebracht, weil ich ihm mit dem Hund den Wolf vertrieben habe, sagte er. Er kam auf mich zu, er war sehr wütend und hat mich beschimpft, er hat behauptet, dass ich wildere, dass er mir eine Anzeige verpassen würde, und er hat mich mehrfach gestoßen, sodass ich strauchelte. Dabei hat mein Hund sich bellend zwischen uns geworfen, ich stolperte über die Leine und fiel hin. Dabei hat sich ein Schuss gelöst und hat den Ravel getroffen. Er war sofort tot. Ich war völlig durcheinander und habe den Karabiner in die Schlucht geworfen, und dann bin ich nach Hause gelaufen. Ich habe mit niemandem gesprochen. Und ich wusste nicht, was ich tun sollte, und dann ... eine Woche später hat es angefangen zu schneien. Ich stand wohl unter Schock, anders kann ich mir mein Verhalten nicht erklären.

Das Geständnis war datiert und unterzeichnet.

»Das ist alles ein bisschen vage, finden Sie nicht?«, fragte Duval die Majorin. »Warum hat er niemanden informiert, wenn es doch ein Unfall war?«

Sie zuckte mit den Schultern. »Hören Sie, er hat es aus freien Stücken gestanden und nichts davon widerrufen. Wir haben ihn zweimal befragt. Wir waren sogar ein bisschen grob mit ihm, obwohl mir das persönlich missfällt, aber ich wollte, dass er sich bewusst ist, dass dieses Geständnis in letzter Konsequenz zu einer Gefängnisstrafe führt, und dass das kein Zuckerschlecken wird. Er blieb hartnäckig bei dieser Version. Ich persönlich halte es nicht für unwahrscheinlich, dass es sich so oder ähnlich abgespielt hat. Danach war er vielleicht verwirrt und durcheinander, in Extremsituationen und im Affekt handelt man nicht unbedingt logisch, sondern oft irrational. Das halte ich für sehr realistisch. Und wenn man einmal angefangen hat zu lügen, dann lügt man weiter. Ich habe viele Menschen gesehen, die Schuld auf sich geladen haben. Issautier ist sehr ernst, wirkt aber auch erleichtert. Es hat ihn belastet, das spürt man. Aber wenn es tatsächlich ein Unfall war, und angesichts seines Alters, und seiner Reue, die er ja zeigt, wird die Strafe nicht unmenschlich hoch ausfallen.«

»Aber gestern hat er doch glaubwürdig erzählt, dass er sein Gewehr verloren hatte, im September, wenn ich mich recht erinnere. Dann konnte er doch nicht Ende Oktober jemanden damit erschießen.«

»Er ist ein guter Geschichtenerzähler, würde sich gut im Bauerntheater machen, der Herr Issautier, aber ich habe diese Geschichte gestern gleich ein bisschen zu komödiantisch gefunden.«

Duval schnaufte. »Was passiert denn jetzt?«

»Commissaire, das wissen Sie so gut wie ich.« Die Majorin sah ihn leicht spöttisch an. »Er wird noch einmal dem Haftrichter in Nizza vorgeführt. Bleibt er bei seinem Geständnis, wird er umgehend in die Haftanstalt nach Nizza verbracht und bis zum Beginn seines Prozesses wird er dann dort in Untersuchungshaft sitzen.«

»Mhm«, machte Duval. »Ausgerechnet Nizza.« Die Haftanstalt in Nizza war mehr als überbelegt und es war dort in letzter Zeit gehäuft zu Selbstmorden gekommen.

»Hören Sie, Commissaire, wir sind hier nicht beim Wunschkonzert. Für die Zustände in den Haftanstalten bin ich nicht verantwortlich. Ich denke, dass ein Gefängnis in der Nähe seines Wohnortes ihm und seiner Familie entgegenkommt.«

»Sicher«, stimmte Duval zu. »Haben Sie denn diesen Karabiner schon gefunden?«

»Nein. Aber wir werden ihn finden.«

»Und wenn nicht?«
Die Majorin antwortete nicht.
»Kann ich mal mit ihm reden?«
»Wozu? Er wird Ihnen auch nichts anderes sagen.«

6

Duvals Mobiltelefon klingelte. Es war Annie.

»Léon?«

»Ja, Annie, was gibt's?«

»Was machst du?«

»Ich packe meine Sachen.«

»Oh!« Sie schwieg einen Augenblick. »Léon, ich habe die Pressemitteilung der Gendarmerie bekommen. Sie nennen keinen Namen, aber ich habe es trotzdem erfahren, Issautier hat gestanden!«

»Ich weiß. Ich war schon dort.«

»Bei der Gendarmerie?«

»Ja.«

»Aber glaubst du das?«

»Ich weiß es nicht, Annie.«

»Konntest du mit ihm sprechen?«

»Nein.«

»Und jetzt?«

»Jetzt werde ich nach Hause fahren.«

»So plötzlich? Das hat dir auf den Magen geschlagen? Du magst Issautier, oder?«

»Mhm«, machte Duval kurz.

»Und du hättest mich nicht angerufen?«

»Doch sicher, später.«

»Léon, ich rufe an, weil ... ich wollte wissen, ob du mit

mir zu Olivier fahren willst. Er ist jetzt wieder zu Hause und er hat mich angerufen. Er will mit mir sprechen.«
»Hast du Angst, mit ihm allein zu sein?«
»Angst? Ach was, natürlich nicht. Ich dachte nur ...«
»Wann willst du denn hinfahren?«
»Jetzt gleich.«
»Gut.«
»Heißt das, du kommst mit?«
»Ja.«
»Super. Soll ich dich abholen?«
»Ist das kein Umweg?«
»Nun, wenn du mir entgegenkommen willst, dann könntest du bis zu der Abzweigung fahren, von wo aus es zum Campingplatz geht, weißt du? Von da geht es auch zu Oliviers Hof, dort treffen wir uns und fahren dann mit einem Auto weiter.«
»Gut. Ich mache mich auf den Weg und erwarte dich dort. Bis gleich.«

Sie holperten einen verschneiten Feldweg bergauf, in den schon mehrfach schmutzige Spuren gefahren worden waren.

Nach einer scharfen Rechts- und einer weiteren Linkskurve endete er jäh auf einem offenen Platz. Sie waren am Hof von Olivier und dessen Familie angekommen und sogleich rannten drei riesige Hunde mit üppigem gelblich weißem Fell wild bellend um das Auto. »Ups«, machte Annie. »Ich hoffe, irgendjemand hält die Hunde in Schach, sonst steige ich hier nicht aus.«

Erst als Olivier erschien und nach den Hunden brüllte,

ließen sie davon ab, zähnefletschend vor den Autoscheiben zu knurren und zu bellen.

»Das ist ja mal ein Empfang«, schnaufte Annie. »Kann ich Ihnen die Hand geben, ohne dass sie sie mir abbeißen?«, fragte sie und sah misstrauisch die drei großen Hunde an, die wachsam neben Olivier standen, jederzeit bereit, sofort zuzubeißen. Zumindest kam es Annie so vor.

»Sicher.« Olivier grinste und drückte Annie und Duval die Hand. »Du bist die Journalistin und du bist wer?«, wandte er sich an Duval. »Der Assistent?« Er lachte über seinen eigenen Witz.

»Ein Freund«, sagte Annie.

»Léon Duval«, stellte Duval sich vor.

»Auch Journalist? Nehmt's mir nicht übel, aber ich möchte schon wissen, mit wem ich rede.«

»Ich bin Polizist«, sagte Duval. »Ich habe aber mit der Ermittlung nichts zu tun, im Moment zumindest nicht. Ich bin tatsächlich ein Freund von Annie und ich mache hier Urlaub.«

»Ach«, er pfiff durch die Zähne, »jetzt! Du bist der, der gerade in Ste. Agathe in der Auberge ist? Du warst auch bei Robert und Maryse, oder? Hier weiß man alles«, grinste er, als er Duvals verblüfftes Gesicht sah. Er sah spitzbübisch von Annie zu Duval. »Soso. Ich verstehe.«

Annie zog die Augenbrauen hoch und machte eine Grimasse. »*Voilà*. Das wäre geklärt. Noch Fragen?«

»Nee, nee, schon alles klar.« Er konnte nicht aufhören zu grinsen.

»Dann können wir ja jetzt zum Thema kommen.«

»Ja, kommt rein, es ist kalt und drin redet es sich besser, ich habe ein Feuer angemacht.«

Duval sah sich kurz um und schnüffelte. Ein eigenartiger

Geruch lag in der Luft. Hinter ihnen war eine große offene Scheune, Heuballen waren dort gestapelt und ein Traktor stand davor. Dann folgte er Annie und Olivier. Sie liefen über einen kleinen Trampelpfad durch den Schnee zwischen zwei geduckten alten Steinhäusern hindurch. Olivier öffnete die Tür des rechten Hauses und trampelte ein bisschen den Schnee von den Schuhen.

»Sollen wir die Schuhe ausziehen?«, fragte Annie.

»Ach was.« Olivier war schon mit den schweren Stiefeln vorangegangen. Sie standen in einem großen dunklen und niedrigen Raum, der Küche und Wohnzimmer in einem war. Ein großer schwerer Holztisch stand in der Mitte und mehrere unterschiedliche Stühle waren nachlässig darum herumgruppiert. Auf dem Tisch stand eine Kaffeekanne und eine halb volle Flasche Rotwein und offensichtlich benutzte Tassen und Gläser. In einem offenen Kamin brannte ein Feuer. Ein Stapel Holz lag davor. Gummistiefel in allen Größen standen und lagen in der Nähe der Tür herum. An mehreren Haken hinter der Tür hingen Jacken und Mützen. Auf dem Herd standen riesige Töpfe und Pfannen mit Essensresten, ungespültes Geschirr stapelte sich im Waschbecken. Spielsachen und Schulhefte lagen auf dem Tisch, über dem Herd hing auf einer Leine Wäsche zum Trocknen, mehrere Katzen schliefen aneinandergeschmiegt auf einem sichtlich durchgesessenen Sofa vor dem Fenster.

»Setzt euch. Wollt ihr was trinken?«, fragte Olivier und deutete auf die Flasche Wein, während er mit dem Ärmel die Krümel vom Tisch wischte.

»Vielleicht einen Kaffee«, schlug Annie vor. »Ich soll ja einen klaren Kopf bewahren. Sie haben Sie also wieder freigelassen«, fing sie an.

»Ha«, machte Olivier. »Kaffee also. Na, ich habe ja diesmal wirklich gar nichts verstanden«, antwortete er auf Annies Frage. »Die letzten Male, wenn sie mich einbestellt haben, wollten sie mir immer irgendwelche Einbrüche unterjubeln. Einmal bei Ravel, einmal bei einem anderen Kerl. Alles, was hier im Tal geschieht, versuchen sie mir in die Schuhe zu schieben. Als hätte ich nichts anderes zu tun.« Er schüttelte mit verächtlicher Miene den Kopf. »Ich hatte jedes Mal ein Alibi. Aber sie glaubten trotzdem, dass ich dahintersteckte. Ich mache zu viel Ärger. Ich bin der ideale Schuldige für alles. Und dieses Mal haben sie mein Gewehr und die Munition mitgenommen. Ich habe wirklich nicht verstanden, was sie jetzt schon wieder von mir wollten. Bis ich begriffen habe, dass sie mir den Mord am Ravel anhängen wollten. Dabei hieß es doch, man habe nur den abgefressenen Kadaver gefunden, oder? Also war es der Wolf, oder? Ist doch logisch. Vermutlich wollte er ihn streicheln, der Depp, und hatte ihn angefüttert oder was weiß ich. So vernagelt wie der war. Als ich das endlich begriffen habe, da hab ich denen aber was erzählt, das kannst du mir glauben! Das solltest du schreiben!«, sagte er grob zu Annie.

»Hm«, machte Annie, »jaja, mal sehen. Aber sie haben es Ihnen am Ende ja geglaubt, oder? Sonst wären Sie jetzt nicht hier.«

»Was weiß ich. Ich verstehe deren Taktik nicht. Sie haben mich zwar wieder freigelassen, beobachten tun sie mich aber immer noch. Habt ihr den Wagen an der Zufahrt gesehen?«

Annie schüttelte den Kopf, aber Duval nickte. »Ich dachte es mir«, sagte er.

»Ja«, machte Olivier, »ist natürlich total lächerlich. Wenn

ich abhauen wollte, würde ich zu Fuß oben durch den Wald verschwinden und mich bei Schäferfreunden verstecken. Aber wir sind ja nicht in Korsika ...«

»Was?«, fragte Annie. »Wieso Korsika?«

»Yvan Colonna«, sagte Duval und Olivier grinste.

»Ah«, sagte Annie. Sie verstand die Anspielung. Yvan Colonna, Schäfer und korsischer Nationalist, der wegen Mord an einem Präfekten verurteilt worden war, hatte sich jahrelang in den Bergen Korsikas in einer abgelegenen Schäferei versteckt, bevor er von der Gendarmerie dort eines Tages gefunden und festgenommen worden war.

»In Korsika, da gibt es wenigstens noch Solidarität. Hier«, er machte eine abfällige Miene, »hier kannst du allein verrecken.«

»Die korsische Solidarität, die auch kriminelle Taten schweigend billigt, finde ich durchaus fragwürdig«, sagte Duval streng. »Und gäbe es denn einen Grund, dass Sie abhauen müssten?«, setzte er nach.

»Oh«, machte Olivier empört. »Ich muss dir gar nix erzählen.«

»Nein«, sagte Duval. »Das ist richtig.«

Olivier machte sich mit der Kaffeemaschine zu schaffen und suchte im Küchenschrank nach einer Filtertüte und Kaffee. Dann nahm er zwei Tassen vom Tisch, spülte sie schnell mit der Hand aus und stellte sie wieder auf den Tisch. Annie schluckte leicht. Die Hände des Schäfers waren nicht besonders sauber. »Aber«, fuhr er dann fort, »ich habe zwar kein Alibi für den fraglichen Zeitraum, aber sie haben mich gehen lassen. Wenn auch nur, weil sie mich nicht mehr in der Zelle brüllen und randalieren hören wollten.« Er grinste.

Annie sah ihn fragend an.

»Irgendwann haben sie's verstanden, dass ich heimmuss. Wir sind hier mitten im Ablammen.«

»Ablammen?«, fragte sie und suchte ihr Notizheft in der Tasche.

»Ja, die Schafe bekommen ihre Lämmer.«

»Aha«, sagte Annie abwesend. Sie kramte noch immer in der Tasche.

»Sie glauben nicht, dass man Sie hat gehen lassen, weil Robert Issautier inzwischen die Tat gestanden hat?«, fragte Duval dazwischen.

Es klirrte. Olivier hatte den Löffel fallen lassen, mit dem er Kaffee in den Filter gefüllt hatte.

»Was?«

»Sie wussten das nicht?«

»WAS?«, fragte er noch einmal. »Sag das noch mal! Robert hat ...?! Aber was in drei Teufels Namen hat er ... Das ist jetzt nicht wahr?!«, fragte er nach. »Ihr wollt mich doch verarschen?«

Annie schüttelte den Kopf. »Er hat es heute Morgen auf der Gendarmerie gestanden.«

Olivier setzte sich an den Tisch und stützte den Kopf in die Hände. »Und das stimmt?«, fragte er erneut und sah von Duval zu Annie.

»Dass er gestanden hat, das stimmt«, bestätigte Annie.

»Aber er hätte doch niemals ...« Olivier sprach den Satz nicht zu Ende.

»Es war eine Art Jagdunfall«, erklärte Duval. »Ein Schuss hat sich unglücklich gelöst.«

»Ach so?« Olivier sah vor sich hin. »Ja, das kommt immer wieder vor«, sagte er bedrückt, »bei jeder Jagdsaison passiert so etwas. So eine Scheiße. Dann war er also schon tot, bevor der Wolf ...?!«, fragte er, ohne den Satz zu beenden.

Duval zuckte mit den Schultern.

»Was ist mit Maryse?«

»Sie ist sehr getroffen.«

»Das denke ich mir. Herrje ... wenn ich das gewusst hätte, dann hätte ich dich heute nicht angerufen«, sagte er zu Annie.

»Warum nicht?«

»Weil ich als Erstes zu ihr gefahren wäre.«

»Verstehe. Aber jetzt sind wir da ... was sollen wir tun?«

»Ja, wenn ihr schon mal hier seid ... machen wir schnell und dann ... aber herrje«, wiederholte er ein ums andere Mal.

»Gut«, befand Annie. »Und fühlst du dich auch in der Lage dazu?!«, fragte sie noch einmal nach.

»Ja, ja klar. Was willst du wissen?«

»*Du* hattest mich angerufen«, lachte Annie. »*Du* wolltest mir etwas erzählen, oder?«

»Ja, stimmt. Aber jetzt ist es wohl besser, wenn du mich fragst. Ich weiß grad gar nichts mehr.«

»In Ordnung. Deine Frau ist nicht da?« Das Duzen hatte sich so ergeben und Annie wäre sich spießig vorgekommen, Olivier weiterhin zu siezen.

»Die holt die Kinder von der Schule. Das sind jedes Mal anderthalb Stunden Fahrt hin und zurück. Vielleicht seht ihr sie nachher noch.«

Annie hatte das Notizheft aufgeschlagen und einen Stift in der Hand. »Olivier Mounier, du bist Schäfer in *Les Loges*, einem Weiler von Ste. Agathe«, begann Annie.

»*Ouh là*, jetzt wird's ernst.« Olivier lachte nervös.

»Vielleicht fangen wir damit an, wie und warum bist du Schäfer geworden? Warum hier?«

Jetzt lachte er laut. »Mädchen«, sagte er spöttisch, »was

für eine Frage, na weil ich von hier bin! Das ist mein Land, mein Hof. Mein Vater war schon Schäfer und mein Großvater auch. Ich bin mit Schafen aufgewachsen. Ich wollte nie etwas anderes machen.«

Annie kritzelte eilig in ihr Notizheft. »Ach so«, sagte sie. »Ich dachte, du seist aus den Pyrenäen hierhergekommen. Das habe ich zumindest so gehört.«

»Ist nicht ganz falsch«, räumte Olivier ein, »es ist nämlich nicht leicht, mit einem dominanten Vater und einem noch dominanteren Großvater auf demselben Hof zu arbeiten. Da flogen die Fetzen. Deswegen bin ich mit achtzehn Jahren weggegangen. Wie du schon sagst, in die Pyrenäen. Ich habe dort als Landarbeiter auf Schafhöfen gearbeitet. Da habe ich meine Frau kennengelernt übrigens. Eine halbe Spanierin. Ich glaube, eine andere Frau könnte mich nicht aushalten.« Er grinste. »Ich bin erst zurückgekommen, als mein Vater krank war. Mein Großvater war auch immer noch da, aber der konnte kaum noch etwas machen. Nur schimpfen, das konnte er immer noch. Das konnten sie beide gut. Nichts konnte ich richtig machen. Wir haben uns angebrüllt bis zum Schluss.« Er schüttelte den Kopf. »Sie sind beide im selben Jahr gestorben. Das war hart. Auch wenn wir uns immer bekämpft haben, aber so ganz allein war es plötzlich sehr einsam. Aber dann kam die große Freiheit. Endlich machst du alles so, wie du willst. Und? Es klappt nicht! Was für eine Scheiße. Ich habe geheult und geflucht und zu guter Letzt machst du es wieder so wie dein Vater. Das war eine gute Lektion. Die wissen schon was, die Alten. Dann kam glücklicherweise Elena und seitdem machen wir das hier zusammen.«

»Du meinst die Schafe?«

»Die Schafe, ja, den Hof, den Garten, die Kinder«, er grinste. »Wir haben vierhundert Schafe, die wir je nach Jahreszeit auf verschiedene Weiden führen. Das ist alles viel komplizierter geworden, seit der Dreckswolf wieder da ist. Früher konnten wir die Schafe auf den Weiden weitgehend sich selbst überlassen, aber jetzt muss immer einer da sein. Man muss das Weidegelände einzäunen und spätestens jeden zweiten Tag die Zäune umstecken, weil sie sonst die Wiesen überweiden.«

»Zum Wolf kommen wir gleich«, unterbrach Annie. »Wo sind die Schafe jetzt? Ich habe sie vorhin irgendwo gehört?!«

»Ja, jetzt sind sie im Stall. Wenn ein bisschen Schnee liegt, können sie noch raus, aber wenn der Schnee zu hoch ist, bleiben sie drin. Im Winter füttern wir Heu, zweimal täglich, und Luzerne und Körner. Deswegen müssen sie im Sommer auch hoch in die Berge, damit wir hier unten die Wiesen mähen können für das Heu. Alles ein großer Kreislauf. Um das alles richtig zu begreifen, müsstest du mal ein Jahr lang hier mitleben«, er sah sie herausfordernd an. »Jetzt ist allerdings die Zeit des Lammens, wie ich eben schon sagte. Da muss auch immer einer da sein. Stündlich, selbst in der Nacht, gehe ich schauen. Deswegen haben die Gendarmen mich auch gehen lassen, glaubte ich zumindest. Ich Idiot.« Er schüttelte wieder den Kopf. »Ich kann das immer noch nicht glauben ...«

Annie machte große Augen. »Wie? Ich verstehe den Zusammenhang nicht. Was gehst du schauen?«

»Na, ob sie allein klarkommen, oder ob sie mich brauchen, die Mädels.«

Er sah Annie und Duval an. Sie schienen es nicht zu begreifen. »Die Schafe werden alle zur gleichen Zeit besamt«, erklärte er. »Und dann werden sie alle zur gleichen Zeit trächtig und jetzt bekommen sie alle zur gleichen Zeit ihre Lämmer. Mit ein paar Tagen Differenz natürlich. Aber wir haben gerade eine riesige Geburtsstation bei uns.« Er sah auf die Uhr. »Ich muss eh hin. Vielleicht kommt ihr mit, dann versteht ihr es besser.«

Der Stall, der ein wenig abseits lag, sah neu aus, es war ein zweckmäßiges, helles, lang gestrecktes Gebäude aus Holz. Es roch darin nach Heu und Mist und streng nach Schafen und es blökte an allen Ecken und Enden. Der Stall war in kleine Pferche unterteilt und überall drängelten sich Schafe und kleine und kleinste Lämmer.

»Oh Gott, wie süß«, entfuhr es Annie, als sie die vielen weißen Lämmchen sah, die herumstakten, ungelenk hopsten und unter ihren Müttern standen und am Euter saugten. »Wie alt sind die denn?«

Olivier sah sie amüsiert an. »Zwischen einer Stunde und einer Woche. Ja, das ist die romantische Seite. Aber ich schwöre dir, wenn du wochenlang Tag und Nacht Hebamme gespielt hast, dann bist du nur noch müde.«

»Du hilfst vierhundert Schafen bei der Geburt?« Annie fragte es fassungslos.

»Nein, nicht bei vierhundert. Allen muss ich nicht helfen. Viele schaffen es allein. Und sie sind auch nicht alle besamt worden, die Jungen vom letzten Jahr, die warten noch ein bisschen. Die liegen da, siehst du?« Er zeigte auf einen Pferch, wo etwa dreißig bis vierzig Schafe lagen und gelangweilt hinübersahen.

»Aber schau, da geht's jetzt los.« Er zeigte auf ein Schaf, das in seinem Pferch auf dem Boden lag und sich mit dem Hals am Holz rieb. Dann stand es auf, machte ein paar Schritte, rieb sich am Gatter und legte sich wieder hin. »Habt ihr gesehen? Die Fruchtblase hing schon draußen«, erklärte Olivier.

Annie nickte stumm. Duval erinnerte sich an die Geburt seiner Kinder. Wie hatte Hélène gelitten, bis Matteo auf der Welt war. Stundenlang hatten die Wehen gedauert. Lilly hingegen kam tatsächlich innerhalb einer Stunde auf die Welt.

»Jetzt fängt sie schon an zu pressen«, erklärte Olivier die Haltung des Schafs, das halb in Seitenlage mit einem abgestreckten Hinterbein Kontraktionen hatte. »Fast wie im Lehrbuch macht sie das. Extra für euch!« Er grinste. »Und jetzt, jetzt siehst du, jetzt kommen die Füße. Mal kommen die Vorderfüße, mal die Hinterfüße, mal kommt der Kopf zuerst. Hier sind es die Füße.« Er beobachtete das sich mühende Schaf. »O.k., es sind die Hinterfüße, da müssen wir jetzt ein bisschen aufpassen, dabei kann das Lamm ersticken, wenn es zu lange dauert.«

Annie hatte die Kamera in der Hand, aber sie wagte es nicht, Aufnahmen zu machen. Sie standen und sahen zu, wie das Mutterschaf sich mühte, sein Lamm zu gebären. Als es nicht vorangehen wollte, griff Olivier ein. Er ging ruhig, aber bestimmt auf das Schaf zu und streichelte es. »Ganz ruhig. Ich helfe dir.« Er hatte plötzlich einen langen Plastikhandschuh an und griff dem Schaf in den Geburtskanal. Langsam und vorsichtig zog er an den Füßen des Lamms. »So«, sagte er zu dem Schaf, »und jetzt drück mal ein bisschen«, ermunterte er es. »Gut so. Und noch mal. Und noch mal.« Bei jeder Kontraktion zog er ein weiteres Stückchen des Lamms heraus. Es schien ewig zu dauern, bis ein kleines glitschiges Etwas vollständig geboren war. Dabei waren es nur ein paar Minuten, seit Olivier das Schaf unterstützte. Olivier rieb das Lamm mit Stroh ab und schwang es an den Hinterfüßen ein paarmal hin und her.

Dann steckte er einen Strohhalm in seine verschleimten Nüstern. »Hallo, wir wollen doch atmen«, sagte er und legte es neben das Mutterschaf, das sofort begann, es abzulecken. »Gut gemacht«, sagte er zu dem Schaf. Als er zurückkam, sah er Tränen in Annies Augen.

»He«, sagte er grob. »Nicht rumflennen.«

»Ich flenne nicht«, behauptete sie. Duval legte den Arm um sie und drückte sie kurz.

»*Allez*«, machte Olivier und tätschelte ihr die Schulter, »du wirst sehen, in zehn Minuten steht es und trinkt. Das geht hier Schlag auf Schlag.«

Sie standen noch eine Weile im Stall und beobachteten die Schafe und die Lämmer. Annie hatte sich wieder gefasst und machte Fotos. Ein kleines vorwitziges Lamm drängte sich in einem Pferch Olivier entgegen.

»Ah, Cacahuète, es ist noch nicht deine Zeit. Musst noch etwas warten auf dein Fläschchen«, sagte Olivier.

»Und Sie kennen sie alle mit Namen?«, fragte Duval überrascht.

Olivier lachte wieder. »Du bist das erste Mal auf einem Hof, könnte man meinen. Natürlich kenne ich sie alle. Die Milchbauern kennen alle ihre Kühe, ich kenne alle meine Schafe. Sie haben nicht alle einen Namen, sie kriegen ihre Nummern in die Ohren geheftet. Ich kann dir jetzt nicht sagen, die Nummer 4568 ist das und das Schaf, aber wenn ich es sehe, dann weiß ich, das ist das Lamm von dem Mutterschaf.«

»Tatsächlich?«

»Natürlich. Wenn du drei Hunde oder drei Katzen hast, weißt du doch auch, woher sie kommen und welchen Charakter sie haben. Als Schäfer hast du ein paar mehr Tiere, aber das Prinzip ist das gleiche.«

»Und das hier?«, fragte Annie und wuschelte dem neugierigen Lamm über den Kopf. »Cacahuète, hat es keine Mutter mehr?«, fragte Annie.

»Doch, aber die wollte es nicht. Das kommt vor.« Olivier zuckte mit den Achseln. »Alles kommt vor. Totgeburten, Fehlgeburten, Schafe, die ihre Lämmer nicht wollen. Dann wird man zur Ersatzmama und zieht es mit der Flasche auf. Die kriegen dann auch einen Namen und wachsen einem ein bisschen mehr ans Herz, ob man will oder nicht. Hä du«, sagte er und streichelte das Lamm, »du willst mein neues Leitschaf werden, was?« Er sah Annie provokant an. »Das letzte Leitschaf hat nämlich der Wolf auf dem Gewissen.«

»Ah, der Wolf, da sind wir endlich beim Thema, erzähl mal«, forderte Annie ihn auf und holte wieder ihren Notizblock aus der Tasche.

»Der Wolf.« Olivier sah aus, als wollte er ins Stroh spucken, das überall auf dem Boden verteilt war. »Das ist die größte Idiotie, die sie verzapfen konnten. Also vor allem, ihn unter Artenschutz zu stellen.«

»Aber er ist doch eher scheu, der Wolf, oder?«, fragte Annie bewusst provokant.

»Genau, lammfromm ist er, der Wolf.« Olivier sah Annie mit einer Mischung aus Mitleid und Verachtung an. »Hat man euch allen ins Hirn geschissen, oder was? Scheu«, er spuckte erneut aus. »Der Wolf ist scheu und rastet nur aus, weil ihn meine Schafe provozieren, oder was?« Er lachte verächtlich. »Genau das erzählen sie euch Städtern. Der Wolf *war* vielleicht mal scheu, weil er wusste, dass der Mensch ihn abknallen konnte. Aber wenn du das nicht mehr darfst, dann bist du in den Augen des Wolfs nur der Depp. Clever ist er nämlich, der Wolf, und der wird schnell immer dreister. Da nützen auch Zäune und Hunde nicht mehr viel. Oder ein Esel in der Herde. Freunde von mir haben zwei Lamas bei den Schafen. Bislang klappt das ganz gut. Lamas hat er noch nie gesehen, der Wolf, das schreckt ihn vielleicht im Moment ab, aber auch daran wird er sich gewöhnen. Der passt sich an, schneller als wir glauben. Der weiß schon, im Prinzip passiert ihm nichts. Das gibt er an die nächste Generation weiter. Und dann ist es vorbei mit dem scheuen Tier.«

»He«, machte Annie. Cacahuète hatte an ihrem Fotoapparat geknabbert. »Das geht doch nicht!«, wehrte sie das Lamm ab, das nun nach ihren Fingern schnappte. »'tschuldigung«, sagte sie zu Olivier gewandt, »aber kann es sein, dass es Hunger hat?«

Olivier grinste nur. »Kriegt nachher was, keine Sorge.«

»Mhhh, du Süßes, du«, schnurrte Annie und ließ das Lamm an ihren Fingern saugen. »Au!«, rief sie und zog erschrocken die Hand zurück. »Nicht beißen!« Sie sah Olivier an. »Es hat Hunger!«, sagte sie vorwurfsvoll.

»Sicher.« Olivier verdrehte kurz die Augen.

»Wie viele Wölfe gibt es Ihrer Ansicht nach hier im Mercantour?«, sprang Duval mit einer Frage ein,

»Zu viele«, grinste Olivier.

»Klar, aber gibt es eine Zahl?«

»Es gibt offizielle Zahlen, wenn du willst, aber na ja ...«, er machte ein verächtliches Gesicht.

»Du meinst, es sind mehr?« Annie hatte sich von dem Lämmchen losgerissen.

»Sicher. Die vermehren sich so schnell. Jede Wölfin wirft ja jedes Jahr gleich ein neues Rudel. Anders als der Bär in den Pyrenäen, der nur eine langsame Fortpflanzungsrate hat, vermehrt sich der Wolf sehr schnell. Und die Wölfe haben hier im Nationalpark keinen natürlichen Feind. Sie werden mehr und mehr. Du kannst nichts machen. Außer schießen. Und das werde ich zukünftig auch tun.«

»Aber ich dachte, man dürfe zur Verteidigung auch schießen? Das habe ich zumindest überall so gelesen.«

Olivier lachte rau. »*Ouh là*, so einfach ist das nicht, glaub das bloß nicht! *Ich* darf schon mal gar nicht schießen, selbst wenn ich den Wolf an der Gurgel habe! Will ich, dass ein Wolf geschossen wird, dann muss ich das *beantragen*. Da wird eine ganze Lawine an Verwaltungsarbeit losgetreten: ›Managementplan Wolf‹, sage ich nur! Da sind sie groß drin, in den Plänen. Du musst zunächst nachweisen, dass du alles Menschenmögliche getan hast, um deine Schafe zu schützen mit Zäunen und so weiter, und dass du vorher brav eine Checkliste abgearbeitet hast. Wenn dir der Wolf, obwohl du in die Luft geschossen hast, schon mehrfach Schafe getötet und dir vielleicht zusätzlich den Unterschenkel abgerissen hat, dann und nur dann kommt am Ende so ein neuer Wolfs-Beamter zusammen mit einem Förster, der dir vielleicht einen Wolf abschießt. Vorausgesetzt, das jährliche Limit von 32 abgeschossenen Wölfen im Jahr ist noch nicht erreicht.«

»40 sind es jetzt, habe ich neulich erfahren«, gab Annie von sich.

»40 ja, aber sie hören bei 32 auf und dann gibt es landesweit noch ein Kontingent für acht Wölfe im akuten Verteidigungsfall. Das alles ist so lächerlich.«

»Hast du den Wolf schon gesehen, Olivier?«

»Allerdings«, er schnaufte laut. »Das war im August letzten Jahres, oben auf der Sommerweide. Das vergesse ich nie. Ich war allein mit den Kindern. Die sind in den Ferien oft bei mir oben. Es war abends um neun und ich hatte die

Kinder grade so weit, dass sie, müde gerannt, ins Bett wollten. Dann haben die Hunde angeschlagen. Wilder als sonst. Ich wusste sofort, das ist der Wolf. Also bin ich raus. Ich war schon supernervös, aber die Hunde haben sie da noch vertrieben, wir haben also brav nach dem geforderten Mehrstufenplan gearbeitet«, er grinste. »Ich sah das Rudel in der Abenddämmerung davonlaufen, sechs oder sieben Wölfe waren es, die liefen ganz locker und gemächlich davon. Später dann, nachts, haben die Hunde wieder gebellt, ich meine, bellen tun die Hunde andauernd. Irgendein Fuchs oder ein Kaninchen rennt immer mal vorbei. Die Hunde bellen bei jeder Bewegung, und die Schafe blöken und das Geläut klingt durch die Nacht. Ich muss den Unterschied hören, wann es ernst wird. Verstehst du?«

»Und dann war es also ernst?«, fragte Annie.

»Jo«, machte er kurz und blickte kurz unter sich. »Ich sag's nicht gern, aber da ging mir«, er machte mit der Hand die Geste für ›Schiss haben‹, »der Arsch auf Grundeis, das kann ich euch sagen. Du weißt, du bist allein mit 2000 Schafen und hast zusätzlich drei kleine Kinder in der Hütte. Du siehst nichts, selbst mit einer Stirnlampe hast du nur einen Lichtstrahl, die Hunde bellen wie wahnsinnig, die Schafe blöken und rennen in Panik hin und her, ihr Geläut scheppert durch die Nacht. Du ahnst, du spürst, du weißt, die Wölfe sind da, vielleicht siehst du einen Schatten, vielleicht die Augen. Ich habe gebrüllt wie ein Stier, noch nie in meinem Leben habe ich so gebrüllt, es war, als müsste ich gleichzeitig auch meine Kinder verteidigen. Am nächsten Tag hatte ich keine Stimme mehr.« Er schwieg, als er sich daran erinnerte.

»Du hast nicht geschossen?«

»Nur in die Luft«, er zuckte mit den Achseln, »ich habe ja

auch gar nichts gesehen. Aber beim nächsten Mal, da werde ich schießen, sobald ich ihn sehe, das könnt ihr mir glauben. Mit den Wölfen ist es in etwa wie bei den Terroranschlägen gegen Flics, das müsstest du doch wissen«, wandte er sich an Duval. »Wenn du nicht zuerst schießt, dann erschießen sie dich.«

Duval verzog kurz das Gesicht.

»Sollen sie mich doch verdonnern.« Er spuckte noch einmal ins Stroh.

»Und damals hast du die vierzehn Schafe verloren?«

»Ja. Aber du siehst erst am nächsten Tag so richtig, was passiert ist. Ein Schlachtfeld war das. Und das mit den Kindern. Ich habe geheult damals.« Er rieb sich kurz über die Augen. »Vierzehn Schafe, darunter zwei meiner besten Mutterschafe und mein Leitschaf«, er sah kurz zu Cacahuète, die sich immer wieder ans Gatter drückte und leise blökte, »und einen wundervollen Bock. ›Gerissen‹, sagen sie. ›Vom Wolf gerissen.‹ Die Sprache ist auch neutral geworden. Schwachsinn alles. Zerfetzt hat er sie.« Er schüttelte den Kopf. »Sie haben von zwei Seiten angegriffen. Während die Hunde dann an einer Stelle ihre Verteidigungsarbeit machen, hat ein anderer Teil der Wölfe die Rückseite völlig ungeschützt zur Verfügung. Die sind schlau, die Wölfe. Sehr schlau.« Er schwieg einen Moment. »Am nächsten Tag musst du zusehen, wie die ersten Geier sich an den Eingeweiden satt fressen. Es ist ekelhaft. Und das soll alles so bleiben, bis sich ein Rissgutachter zu dir hinaufbequemt, um dich zu befragen und um zu sehen, ob es wirklich wolfstypische Spuren gibt, Wolfshaare und Exkremente, die beweisen, dass es der Wolf und nicht herumirrende Schäferhunde oder gleich deine eigenen Hunde waren.«

»Marie«, unterbrach Annie, »die kennst du auch, oder, die Schäferin?« Annie sah Olivier fragend an. Er nickte. »Also Marie hat gesagt, dass sie ihren eigenen Hund getötet hat, weil er das Jagen angefangen hat.«

»Klar. Musst du machen«, stimmte Olivier zu. »Geht gar nicht.«

»Gibt es denn trotzdem herumirrende Hunde? Ich frage das, weil ich immer wieder auf Zahlen stoße, die sagen, dass mehr Schafe von herumirrenden Hunden angegriffen werden als von Wölfen.«

»*Phh.* Das ist Teil der Propaganda.« Olivier spuckte erneut verächtlich aus. »Die Zahlen sind von anno dunnemals und werden immer wieder hervorgeholt, wenn's denen grad passt. Natürlich gibt es Hunde, die jagen, aber da, wo Wölfe sind, jagt kein Hund mehr.«

»Ach so?«

»Mhm.«

Annie machte sich eine Notiz. »O.k. Wo waren wir? Beim Rissgutachter, oder?«

»Rissgutachter, genau. Der kommt irgendwann und wenn er bestätigt, dass es wirklich ein Wolf oder mehrere waren, dann musst du dich befragen lassen, ob du auch angemessen gehandelt hast oder ob du ihn nicht vielleicht sogar provoziert hast. ›Warum bist du auch Schäfer geworden‹, sagen sie dir indirekt. ›Bau' halt zukünftig Gemüse an.‹« Er zog die Nase hoch und rieb sich erneut die Augen. »*Allez*«, sagte er. »Genug jetzt.« Er sah auf die Uhr. »Die Kinder kommen jeden Augenblick, die sollen mich nicht flennen sehen.«

»Ich weiß, dass es den Verlust nicht wettmachen kann«, sagte Annie vorsichtig, »aber du bekommst doch Ausgleichszahlungen, oder?«

»Jaja, klar.« Olivier winkte verächtlich ab. »Wenn du wüsstest, wie viel Zeit draufgeht, um all diesen Papierkram auszufüllen, um Monate später irgendeine Unterstützung zu bekommen. Und am Ende sagen sie dir, es war deine eigene Schuld, der Zaun war nicht hoch genug oder was weiß ich, und du kriegst gar nichts. Und selbst wenn du Monate später vielleicht Ausgleichszahlungen kriegst, das Geld macht es auch nicht wieder gut. Die Panik in der Herde. Meine eigene Angst, die unruhigen Nächte. Das ist wie nach einem Autounfall. Man hat ihn überlebt, die blauen Flecken vergehen, aber da ist die Panik, wenn man sich ans Steuer setzt. So ist das auch hier. Dass ich schlecht schlafe, dass die Schafe nervös sind, dass sie im nächsten Jahr viele Fehlgeburten haben, die Mütter ihre Lämmer nicht annehmen, all das sieht keiner, das ist Quatsch in deren Augen. Und dann kommt so ein Dreckskerl und will sich nicht mal ansehen, was der Wolf gemacht hat!«

»Den Ravel meinst du?«

»Ja, den Ravel.«

»War er der Rissgutachter?«

»Nein. Auf den Herrn Rissgutachter habe ich noch einen ganzen Tag gewartet. Bis der seinen Arsch aus Nizza hochbewegt hat. Aber der Ravel, dieser wolfsverliebte Idiot, der kam immer vorbei, um zu sehen, ob ich mit dem Quad vielleicht zu tiefe Spuren in die Wiesen gefahren habe und dergleichen. Da war er ganz groß drin, im Anzeige-Erstatten, wegen so was oder wegen Überweidung oder was weiß ich. Der stand an dem Morgen plötzlich da und ich sagte ihm, es sei nicht nötig, dass er wochenlang durch den Wald schleiche, um den Wolf zu sehen, er solle einfach nur mal ein paar Nächte bei mir übernachten. Dann könne er den Wolf in voller Aktion sehen und jetzt könne er sich gern ansehen, was er angerichtet habe! Da hat er nur abgewinkt und gesagt, meine Schafe interessierten ihn nicht. Meine Schafe interessierten den Herrn nicht! Also da, da habe ich ... na ja, das wisst ihr vielleicht, oder?«, unterbrach er sich.

»Du hast ihn geschlagen?«, ergänzte Annie.

»Genau. Ich war nach dieser Nacht einfach mit den Nerven runter. Ich konnte nicht ertragen, dass er mir so etwas sagte. Ich meine, gibt es keinen Respekt für uns? Und für unsere Tiere? Außerdem hatte ich keine Stimme mehr, ich hatte das Gefühl, ich müsste mich anders ausdrücken.«

»Das war ja dann sehr deutlich«, meinte Annie.

»Ach was«, winkte Olivier ab. »Das hat er aufgebauscht, der Knallkopp. Na ja, jetzt ist er tot, lassen wir ihn ruhen.« Er schwieg einen Moment nachdenklich. »Ich bin immer noch durcheinander, dass es Robert war«, sagte er dann. »Entschuldigung, ich denke noch immer daran.«

»Das ist verständlich«, sagte Duval und sah Olivier forschend an. »Sie haben sich wohl gestritten, es kam zu Handgreiflichkeiten. Dabei hat sich ein Schuss gelöst«, erklärte er dann. »Das hat Robert zumindest ausgesagt.«

»Sie haben sich gestritten? Sagten Sie nicht, es war ein Jagdunfall?«

»Ja, Robert Issautier war allein auf der Jagd. Dabei ist er auf Ravel gestoßen, der den Wolf beobachten wollte und wütend wurde, weil Robert und sein Hund den Wolf vertrieben hätten.«

»Ach so. Und Robert war allein auf der Jagd?«, fragte Olivier nach.

»Wundert Sie das?«, fragte Duval zurück.

Olivier dachte einen Moment nach und zuckte mit den Schultern. »Weiß nicht«, sagte er dann.

»Das hat Robert Issautier zumindest ausgesagt.«

»Aha«, machte Olivier. »Na, wenn er es ausgesagt hat, dann war das sicher so.«

»Das hat er«, bestätigte Duval.

»Na dann«, sagte Olivier.

Jetzt schlugen die Hunde an und bellten laut und wild. »Irgendwas ist los, ich muss da mal nachschauen«, sagte Olivier. »Kommt ihr mit?« Annie und Duval nickten und gemeinsam verließen sie den Stall.

Zwei Wanderer, ein Mann und eine Frau, waren auf dem Platz von den drei riesigen Hunden umstellt. »Na, Gott sei Dank, dass Sie kommen«, schimpfte der Mann sofort los. »Rufen Sie mal Ihre Hunde zurück! Was ist das denn für eine Art, derart aggressive Hunde frei laufen zu lassen?«

»Ho!«, machte Olivier und pfiff schrill. Die Hunde hörten auf zu bellen, zogen sich aber nur langsam knurrend zurück. »Und was ist das für eine Art, einfach so auf meinem Grundstück herumzulaufen?«, polterte er zurück. »Das ist mein Grundstück. Hier mache ich, was ich will! Was wollen Sie überhaupt hier?«

»Wir gehen spazieren. Das wird ja wohl noch erlaubt sein. Und ich werde mich beschweren über Ihre Hunde!«

»Genau, machen Sie das, beschweren Sie sich über meine Hunde«, schimpfte Olivier. »Ich werde mich über Sie beschweren! Sie sind auf einem Privatgrundstück unterwegs. Das ist kein Wanderweg hier.«

»Wir wollten nach Ste. Agathe laufen. Können wir nicht hier durchgehen? Wenn wir hier oben in den Wald gehen«, die Frau zeigte auf den Wald, der sich oberhalb des Hofes erstreckte, »könnten wir die Strecke enorm abkürzen.«

»Sie haben es immer noch nicht verstanden, was? Das

hier ist mein Grund und Boden. Nehmen Sie den offiziellen Wanderweg. Ich gehe ja auch nicht durch Ihren Garten, nur weil ich eine Strecke abkürzen will.«

»Aber es ist doch alles offen. Woher sollten wir denn wissen, dass es privat ist?«, empörte sich die Dame.

»Haben Sie nicht das Schild unten am Weg gesehen? Privatweg steht darauf. Das ist doch wohl deutlich genug. Und jetzt verziehen Sie sich, sonst lasse ich die Hunde wieder los.«

»Unverschämt«, hörte man die beiden Wanderer sagen, als sie den Rückweg antraten. »Ich werde mich beschweren«, sagte halblaut der Mann. »Das ist nicht in Ordnung mit den Hunden, die sind ja gemeingefährlich!«

»Habt ihr die gesehen? Diese Touristen! Die kotzen mich so an! Manchmal war ich mit dem Ravel sogar einer Meinung. Der hat nämlich auch die Touristen zurechtgewiesen«, sagte er dann. »Wenn die hier im Sommer bei uns über die Wiesen laufen, ohne zu begreifen, dass sie über mein Weideland gehen und dort picknicken und das Gras runtertrampeln, das ich zum Heumachen brauche, und mich dann noch anmaulen, ich solle mich nicht so anstellen.« Er schüttelte den Kopf. »Wo sind wir denn? Manchmal verstehe ich die Welt nicht mehr. Oben in den Bergen, da gibt's so Motorradspezis, die fahren mit Motocrossmaschinen die Geröllwege hoch und runter und dann auf 2000 Metern mit Karacho über die Weiden. Abgesehen von dem Lärm und dem Gestank zerfahren die auch das Weideland. Wenn ich nicht immer so brüllen würde jedes Mal, dann würden sie aus lauter Spaß noch durch die Herde fahren. Arschlöcher sind das.«

»Und die bekommen keine Anzeige?« Duval zog erstaunt die Augenbrauen hoch.

Olivier zuckte mit den Schultern. »Was weiß ich. Ich zeige sie nicht an, ich bin kein Denunziant. Und selbst wenn, eine Anzeige juckt die nicht. Sind eh alles so reiche Schnösel, die irgendwo in den Bergen ein Châlet haben, Papas Zweitwohnsitz. Die haben nix am Hut mit der Natur. Die kommen zum Feiern und Spaßhaben. Und der Papa ist Anwalt oder Regionalpolitiker. Die haben einen Freibrief und können hier tun und lassen, was sie wollen. Was willst du machen, die haben keinen Respekt, weil schon ihr Vater keinen Respekt hat. Und im Zweifelsfall regelt Geld alles.« Jetzt spuckte er tatsächlich auf den Boden. »Einer von denen verweigert mir seit zwei Jahren den Zugang auf die Sommerweide, weil meine Schafe dafür ein Stück über seinen Privatweg laufen müssen. Seine Frau heult, weil sie kacken und im Vorüberlaufen die Blumen abfressen. Dann müssen sie ihre Blumen eben einzäunen. Ich muss meine Schafe ja jetzt auch einzäunen. Natürlich scheißen meine Schafe und meine Hunde irgendwohin, aber ich laufe doch jetzt nicht mit einem Plastiktütchen hin und sammele das ein. Herrgott, das ist altes Weideland, das war schon immer so, seit Generationen, und jetzt hat so ein Stadtheini einen alten Hof gekauft und will hier Stadtregeln einführen. Wir sind hier auf dem Land!« Olivier hatte sich in Wut geredet. Annie schien zu ahnen, um wen es sich handelte. »Du sprichst von Xavier Fonteneau?«, fragte sie.

Duval sah an Oliviers Gesichtsausdruck, dass Annie ins Schwarze getroffen hatte, aber dennoch zuckte er mit den Schultern. »Ist egal, wer es ist. Die sind alle gleich. Solange sie in Valberg bleiben oder in Isola oder in Auron, ist es mir egal, aber wenn sie sich hier mitten reinsetzen und dann glauben, sie könnten ihr Recht anwenden, das kotzt mich an. Aber selbst der Bürgermeister katzbuckelt vor dem.

Denn der Herr ist mit dem Herrn Landtagsabgeordneten befreundet und außerdem hat er bei der Renovierung der Kirche finanziell geholfen. Da sagt dann auch der Bürgermeister nix mehr. Und ich mache jeden Tag zwei Kilometer Umweg mit meiner Herde. So sieht's aus.«

»Welchen Landtagsabgeordneten meinen Sie?«, fragte Duval dazwischen. »Tozzi?«

»Dupré«, antwortete Olivier. »Hier ist Dupré-Land. Tozzi ist ein Tal weiter zu Hause. Dort wo der Wolfspark ist.« Oliviers Stimme war voller Verachtung.

»Aha«, machte Duval. Er erinnerte sich, auf der Einweihungstafel den Namen Laurent Tozzi gelesen zu haben. »Tozzi hat den Wolfspark ins Leben gerufen, ist das richtig?«, fragte er nach.

»Aber sicher. Und dreimal dürft ihr raten, wer den Park leitet und wer die Konzession für das Restaurant und die Gîte bekommen hat.«

»Keine Ahnung. Mitglieder seiner Familie?«

»Exakt.«

»Aha«, machte Duval zum zweiten Mal.

»Ähm«, unterbrach Annie, »können wir noch mal zum ursprünglichen Thema zurückkommen?!«, nahm sie das Gespräch wieder an sich. »Ich wüsste gern noch ein bisschen was über deine Hunde, Olivier. Das sind Patous, oder? Herdenschutzhunde?«

»Genau«, bestätigte Olivier. »Früher hatten wir nur einen Hütehund, aber jetzt, mit dem Wolf, brauchen wir die Patous. Die schlafen und wachen bei der Herde, wenn die Schafe draußen sind. Auch oben, wenn wir im Park sind. Im Sommer. Ich kann ja nicht die ganze Zeit dabei sein. Und irgendwie muss man den Wolf ja in Schach halten, auch wenn es nicht immer gelingt.«

»Ja, aber wäre es nicht besser, wenn jemand die ganze Zeit bei der Herde wäre? Gerade um den Wolf in Schach zu halten?!«, fragte Annie.

Olivier schaute sie an und sah kurz aus, als wolle er losbrüllen. Dann riss er sich zusammen.

»Mädchen«, sagte er, »Mädchen, ja, das wäre besser, aber wie soll ich das machen? Dann mache ich nichts anderes mehr, verstehst du? Ich habe auch eine Familie, ich habe drei kleine Kinder. Ich liebe meine Schafe, aber ich liebe auch meine Kinder und meine Frau. Die will ich gern auch mal sehen. Und gleichzeitig haben wir hier unten den Hof, der auch Arbeit macht, und nicht zu knapp. Ich muss Holz machen und Heu. Und wir haben Hühner. Und einen Gemüsegarten. Wir sind, soweit es geht, Selbstversorger. Kommt, ich zeige euch das mal. Damit ihr euch das vorstellen könnt.«

Er führte sie zwischen den beiden Häusern hindurch und zeigte auf einen großen verschneiten Hang voller knorriger Obstbäume. Dazwischen lag ein mit einem einfachen Holzzaun abgesperrtes Terrain, auf dem man ein paar schwarz vertrocknete Sonnenblumengerippe stehen sah. Ein kleines, aus alten Fenstern zusammengebautes Gewächshaus stand daneben. »*Voilà*«, sagte er. »Das alles gehört noch dazu. Sieht man jetzt nicht viel mit dem Schnee. Aber das sind Apfel- und Nussbäume und das in der Mitte ist der Garten. Und hier«, er zeigte auf eine Hütte, umgeben von einem kleinen, mit Maschendraht abgesperrten Gelände, »hier sind die Hühner.« Tatsächlich streckte ein schwarzes Huhn den Kopf aus dem Hühnerhaus und gackerte kurz wie zur Begrüßung. »*Bonjour cocotte*«, lachte Annie.

»Bei dem Wetter sind sie drin. Im Sommer laufen sie

überall herum. Um all das kümmert sich Elena glücklicherweise. Und Elena kocht auch ein, Marmeladen, Obst, Gemüse, ganz wie früher. Ohne sie käme ich hier nicht zurecht, sage ich euch. Während die Schafe oben auf der Sommerweide sind, müssen wir gleichzeitig unten Heu machen für den Winter. Die Mädels da oben«, Olivier zeigte Richtung Stall, »die wollen nämlich alle ununterbrochen fressen, morgens und abends, verstehst du? Und zwar jeden Tag. Sommer wie Winter. Und Heu kaufen ist viel zu teuer.«

»Und dann gibt es ja wahrscheinlich auch noch tausend andere Sachen zu machen«, meinte Duval. »Man sieht ja, es ist ein alter Hof, das wirkt auf den ersten Blick sehr malerisch, aber ...«

»Genau, es ist eben alles alt. Das Haus müsste mal grundsaniert werden, es fehlt da eine Dachrinne und dort ein Schneefanggitter, das Dach ist an manchen Stellen undicht, und manchmal springt der Traktor nicht mehr an. Alles muss ständig repariert werden. Geld, um alles neu zu kaufen, haben wir nicht. Wir kommen mit den Schafen über die Runden, aber auch nicht viel weiter.« Olivier seufzte.

»Und kann man da gar nichts machen?«

»Wir haben uns jetzt mit anderen Schäfern zusammengeschlossen. Das bringt zwar nicht mehr ein, aber wir gewinnen Zeit für andere Dinge. Wir arbeiten lose zusammen, helfen uns gegenseitig bei der Schafschur, beim Heumachen und wir wechseln uns bei der Hochweide in den Bergen ab. Da oben sind wir dann mit 2000 Schafen unterwegs, ich kann dir sagen, das ist kein romantischer Spaziergang mit den Schäfchen, das ist anstrengende Arbeit. Du musst die nicht nur zusammenhalten und angemessen weiden lassen, du musst wissen, wie du sie verarzten kannst, wenn sich eines verletzt hat, oder eine Bindehautentzündung bekommt, oder Durchfall, oder irgendwie müde wirkt und vielleicht Darmparasiten hat.«

»Durchfall und Darmparasiten.« Annie lachte auf.

»Ja, da lachst du. Wenn du mit Tieren arbeitest, kannst du ihrer Scheiße nicht ausweichen. Das ist bodenständiges Leben und Arbeiten. Und du musst alles können. Das ist ein echter Allrounderjob. Körperlich hart und anstrengend. Du bist jeden Tag mit den Tieren zusammen und draußen, bei jedem Wetter. Ich mag das. Aber es hat wenig mit dem romantischen Schäferbild zu tun, das alle haben.«

»Und könnte man nicht einen Teil der Arbeit auch ›outsourcen‹?« Annie lächelte und machte bei dieser Frage mit den Händen Anführungszeichen in die Luft.

»Teilweise, ja. Wir bezahlen jetzt auch gemeinsam für ein paar Wochen einen Schäfer, der für uns einen Teil der Sommerweide übernimmt, aber auch wenn wir da zusammenlegen, es sind immer erst mal zusätzliche Kosten. Genau wie die Kosten für den Hubschrauber, der all das Schwere und Sperrige, das Hundefutter, das Salz und die Gasflaschen und was wir sonst noch brauchen, zu den Hütten liefert.«

»Das Hundefutter?«, wiederholte Annie halb fragend, halb spöttisch.

»Du hast doch die Patous gesehen, oder? Du hast keine Ahnung, was diese Patous fressen, und das jeden Tag! Das sind jede Menge 25-Kilo-Säcke, die müssen transportiert werden, und das sind auch alles zusätzliche Kosten.«

»Aber die Herdenschutzhunde werden doch auch subventioniert, oder?« Duval meinte sich zu erinnern, etwas in der Art in Annies »Wolfsdossier« gelesen zu haben.

»Jaja, klar.« Olivier winkte verächtlich ab. »Da sitzt du mit dieser Verwaltungsscheiße am Tisch, während du eigentlich dringender das Dach reparieren müsstest. Und weißt du, wie viel Ärger ich mit den Hunden habe, weil sie nicht nur den Wolf vertreiben, sondern jeden, der sich nähert? Das habt ihr doch gerade erlebt, oder? Jeder Spaziergänger, jeder Wanderer in der Nähe der Herde ist ein potenzieller Feind für sie. Frag mal Benoît! Der musste letztes Jahr auch einen seiner Hunde erschießen lassen, weil der einen Wanderer gebissen hatte. Dabei machte der Hund nur seine Arbeit, die Herde beschützen nämlich! Was für eine verdrehte Welt. Den Hund abschießen lassen, aber den Wolf beschützen!«

In diesem Augenblick begannen die Hunde wieder zu bellen. Eine Autotür knallte, man hörte zusätzlich helleres Hundegebell und Kinderstimmen. »Die Kinder«, sagte Olivier und lächelte. »Papa ist im Stall, oder? Können wir die Lämmer ansehen?«, hörte man sie rufen.

»Ich bin hier!«, rief Olivier und stapfte den kleinen Weg nach oben. »Papaaa«, riefen zwei rundliche rotbackige Mädchen, drängten sich an ihren Vater und sagten nachlässig »Guten Tag« zu Annie und Duval. Ein kleiner schwarzweißer Hund hüpfte aufgeregt zwischen ihnen herum und kläffte. »AUS!«, brüllte Olivier kurz und der Hund kuschte sich und schlich davon. »Das ist *Voyou*«, erklärte er, »mein Hütehund.«

»Was ist das für eine Rasse?«, fragte Annie.

»Das ist ein Bohderkollie«, antwortete das größere der beiden Mädchen lässig, »ein richtiger Hütehund. Er kommt aus Neuseeland.«

»Können wir in den Stall? Gibt es neue Lämmer?«, fragte die Kleinere aufgeregt dazwischen. »Border Collie, richtig«, antwortete Olivier, »und ja, es gibt neue Lämmer. Los, wir gehen alle«, sagte er. Und schon flitzten die Mädchen los. »He! Aufpassen!«, brüllte Olivier ihnen hinterher.

»Was für hübsche Kinder!«, sagte Annie und sah den beiden Mädchen, die mit wehenden Haaren und flatternden Kleidern unter ihren bunten Anoraks davonrannten, hinterher.

Olivier lächelte stolz. »Ja, und die sind auch supergut in der Schule. Von mir haben sie das nicht«, grinste er. Ein Junge mit einem etwas schmutzigen Gesicht und einem verschmitzten Lächeln war scheu am Stalleingang stehen geblieben und sah seinem Vater entgegen. »Komm her, Lucas, sag Guten Tag«, rief er seinen Sohn. »Das sind Leute, die sich für die Geschichte der Schafe interessieren. Ich erzähle, was wir machen, und gerade haben wir eine Geburt gesehen. Schau mal, ob du es findest!« Der Junge näherte sich vorsichtig und gab ihnen scheu die Hand. Im Stall drückte er sich verlegen an das Gatter und sah zwischen Annie und Duval und den Schafen hin und her. »Das!«, sagte er und zeigte auf das kleine Lamm, das von seiner Mutter trocken geleckt war und jetzt schon ganz wollig aussah und zwar noch etwas zitternd auf seinen Beinen stand, aber dennoch schon eifrig säugte. »Genau«, bestätigte Olivier. Die Mädchen waren bereits über das Gatter geklettert und streichelten die schon etwas größeren Lämmer. »Hopp, geh rein«, sagte Olivier und öffnete das Holzgatter und gab seinem Sohn einen Schubs, sodass er zu den Mädchen in den Schafspferch stolperte. »Ausgerechnet ich habe einen so ängstlichen Sohn«, sagte er halblaut zu Annie und Duval. »Kann ich kaum aushalten. Die Mädchen sind richtige Draufgänger, alle beide, aber er ... der wird kein Schäfer«, seufzte er.

»Vielleicht wird er nur ein etwas anderer Schäfer«, sagte Duval freundlich.

»*Coucou*«, rief es vom Eingang und eine große, schlanke Frau näherte sich und betrachtete sie neugierig. »*Bonjour*«, sagte sie mit dunkler Stimme und gab Olivier einen Kuss.

»Meine Frau, Elena«, stellte Olivier sie vor. Sie hatte etwas Wildes an sich, eine Spanierin wie aus dem Bilderbuch, dachte Duval, der versuchte, die stolze und große Frau neben dem kleinen gedrungenen Schäfer nicht allzu verwundert anzustaunen.

»Hast du das von Robert gehört?«, fragte Olivier sie halblaut.

Sie nickte. »Ist überall Dorfgespräch, wir kommen gerade von Maryse, deswegen sind wir so spät«, antwortete sie leise.

»Wie geht es ihr?«, fragte er.

»Es geht. Sie hat sich beruhigt. Erzähle ich dir später.«

Er nickte.

»Also?«, fragte Elena und sah Annie und Duval ein bisschen abschätzig an. »Sie machen Recherchen im Exotenland?« Sie rollte das R eigentümlich.

»Ja, nein«, Annie blieb souverän. »Ich lebe schon eine Weile hier. Also in Valberg«, erklärte sie.

»Ah, in Valberg, natürlich.« Es klang spöttisch.

»Wollt ihr vielleicht einen Kaffee?«, fragte Elena. »Kinder, wollt ihr einen Kakao?«, rief sie Richtung Schafspferch, wo die Kinder im Stroh herumsaßen und die Lämmer streichelten.

»Ja«, rief der Junge und kletterte über das Holzgatter. Strohhalme hingen an seiner Kleidung und er drängte sich an seine Mutter. »Nein« und »noch nicht«, riefen hingegen die Mädchen und blieben im Stroh sitzen.

»Ach, der Kaffee, an den habe ich nicht mehr gedacht«, entschuldigte sich Olivier.

»Das ist verständlich«, sagte Annie. »Und es war viel spannender hier. Aber wir werden jetzt aufbrechen, denke ich.« Sie sah Duval an.

»Ich habe da mal eine ganz andere Frage«, sagte dieser plötzlich. »Von dem Wanderwegprojekt *Les Balcons du Mercantour*, haben Sie davon schon mal gehört?«

Annie sah Duval perplex an.

»Wanderwegprojekt?«, machte der Schäfer und winkte ab. »Nee, nie gehört. Ist bestimmt schon wieder so ein Mist ausschließlich für die Touristen. Für Touristen tun sie alles im Park. Aber nicht für uns. Ich habe wirklich das Gefühl, es geht darum, uns Schäfer loszuwerden. Wir passen nicht mehr in das neue saubere Konzept vom Naturverständnis der Städter. Wir sind zu echt. Unsere Schafe riechen nach Schaf, die Hunde bellen und wir riechen nach Tieren und sind schmutzig. Das wollen sie so nicht sehen. Lieber richten sie irgendwo ein Freilichtmuseum ein und schicken die Leute dorthin und erzählen großartig etwas davon, die Erinnerung an früher aufrechterhalten zu wollen. In der Lozère haben sie so etwas gemacht. Dort gibt es jetzt Busparkplätze, die sind groß wie ein Fußballfeld und man karrt Touristen zu einem ehemaligen Schafhof mitten im Nichts. Da laufen sie dann durch mit Audioguides und starren altes Werkzeug aus Holz an und drei jämmerliche Schafe. Das hat ein paar neue Arbeitsplätze im Tourismus geschaffen, aber die echte Schäferei geht dort vor die Hunde, oder soll ich sagen vor die Wölfe?«

»Aber es gibt doch neuerdings die Festivals der Transhumanz. Da kommen doch Hunderte von Leuten, um gerade das Echte zu sehen«, hakte Annie ein.

»Ja«, Olivier grunzte mürrisch. »Dieses Jahr bin ich dran.«

»Aber das ist doch prima«, meinte Annie. »Oder nicht?«

Olivier wiegte den Kopf. »Na gut, ich sage mir, vielleicht bewirkt es noch etwas in den Köpfen der Leute, wenn sie echte Tiere sehen und sehen, dass wir noch da sind. Ansonsten ist es ein schreckliches Folklore-Spektakel. Ich meine, das ist Stress für uns alle, mehrere Hundert Tiere zu führen mit all den Leuten am Straßenrand und davor und dahinter, und die Leute glauben, das alles sei ein Riesenspaß, und sie machen ständig Selfies mit den Schafen und den Hunden und am allerliebsten noch mit mir. Das wollen sie heute. Schäfer zum Anfassen. Ich bin doch kein Clown.«

»Aber du machst es trotzdem?«

»Ich mache es, damit man mich hört und sieht, damit man die Schäfer sieht. Wir sind noch da! Das Spektakel mit Schafschur und was weiß ich, das Rahmenprogramm mit Trallala, das geht mir am Arsch vorbei. 'tschuldigung. Aber so ist es.«

»Wir machen es, damit man uns nicht sagen kann, wir spielten das Spiel nicht mit«, ergänzte Elena, die einem Lamm, das sich dem Gatter genähert hatte, zärtlich das Fell kraulte. Das Schäfchen knabberte an ihrem Jackenärmel und blökte. »Ja, du kriegst bald ein Fläschchen«, sagte sie zärtlich zu dem Lamm. Und zu Annie und Duval gewandt, sagte sie: »Es soll ja angeblich Toleranz in der Bevölkerung fördern. So richtig spüren wir davon nichts, aber wer weiß, vielleicht sind die Kids, die heute unsere Schafe gesehen haben, zukünftig aufgeschlossener. Und vielleicht kaufen die Leute besseres Fleisch, werden bewusstere Konsumenten. Man muss das hoffen.«

»In Cannes gibt es hin und wieder Veranstaltungen ›Der Bauernhof in der Stadt‹«, erzählte Duval.

»Ach ja, das gibt es jetzt überall«, sagte Elena geringschätzig. »Grauenhaft. Ich habe einmal einem Freund dabei geholfen, einmal und nie wieder. Dazu muss man Nerven haben. Das ist superanstrengend für die Tiere und für einen selbst auch. Ständig soll man erzählen und zeigen, wie man Käse macht, und am besten ununterbrochen den Käse zum Verkosten anbieten. Kaufen tun sie dann aber doch wieder *Caprice des Dieux* im Supermarkt, weil er billiger ist, weniger intensiv schmeckt und vor allem nicht nach Käse riecht.« Sie lachte. »Und die Kinder schreien, wenn ein Esel kackt. Es ist mir unbegreiflich, dass man so von der Natur entfremdet sein kann. Ich finde sie schrecklich, diese Veranstaltungen in der Stadt, das ist wirklich wie Zirkus für Städter. Ich kenne eigentlich kaum einen Bauern, der das wirklich gern macht.«

»Aber warum machen sie es dann?«

»Weil es gut bezahlt ist.«

»Ach so?«

»Ja. So einfach ist es. Dafür haben die Städte ein Budget und man verdient an einem Wochenende locker das, wofür man sonst einen Monat schuftet, das ist nicht zu verachten. Wir müssen auch Geld verdienen«, sagte Elena. »Wir haben ein Auto und Kinder und Stromrechnungen und zwei Handys und Telefon. Unsere Kinder sind noch bescheiden, aber auch sie wollen essen und nett angezogen sein und auch Ski fahren wie ihre Klassenkameraden, die wollen einen Computer und bald werden sie ein eigenes Handy wollen. Und das Dach von unserem Wohnhaus muss neu gemacht werden.« Sie schüttelte den Kopf. »Da spinnen sie auch mehr und mehr, die Leute vom Park. Als Gemeinde, die an den Park grenzt, wollen sie uns jetzt zwingen, ein Dach aus Lärchenholzschindeln zu machen, weil es die traditionelle Bauweise sei. Traditionell«, sie verzog spöttisch das Gesicht. »Hier im Tal gibt es mindestens ebenso viele Blechdächer wie Lärchenholzdächer. Unser Blechdach, das ist seit bestimmt 70 Jahren da, das ist auch traditionell, würde ich meinen. Die Tradition der Armen ist das. Natürlich ist es nicht schön. Aber wir können uns gar nichts anderes leisten. Schon ein neues Dach aus Blech würde uns 30 000 Euro kosten. Wo sollen wir die denn hernehmen? Ein Dach aus Lärchenholz ist jenseits unserer Mittel. Da klettert Olivier also selbst hoch und bessert es hier und da ein bisschen aus, es wird nicht schöner, aber es ist dicht. Und basta. Aber seit ich das dem Chef vom Park so gesagt habe, seitdem sind wir immer die primitiven Schäfer mit dem verrosteten Blechdach. Die sind so arrogant, die Leute vom Park, und so fern jeder Lebenswirklichkeit.« Sie schüttelte den Kopf.

»Aber wie soll man deiner Meinung nach den Stadtkindern die Natur nahebringen?«, fragte Annie.

»Es gibt ein paar Höfe, die machen das ganz gut, finde ich. Da fahren Schulklassen hin und erfahren vor Ort, wie Schäferei oder Kühe und Landwirtschaft funktionieren. Aber selbst da wollen sie nur eine schöne saubere Natur sehen. Bisschen Streichelzoo, bisschen Käseproduktion. Den Mist oder das Blut bei der Geburt, das bitte schön nicht.«

»Geburten soll man bitte gar nicht zeigen, das finden viele Eltern zu brutal für die Kinder.« Olivier sah Annie an. »Du hast ja auch geflennt.« Er grinste.

»Ja, es ist, wie soll ich sagen, ziemlich beeindruckend.«

»Das ist das Leben, Mädchen, so fängt es an. Das muss man doch wissen. Meine Kinder haben das von Anfang an gesehen und die sind nicht traumatisiert.«

»Ja, das will ich gern glauben.«

Sie standen nun wieder auf dem freien Platz vor dem Hof. »Einen Kaffee?«, fragte Elena erneut und rief nun auch mit lauter Stimme die Mädchen herbei.

»Nein, vielen Dank, aber wir haben euch lange genug aufgehalten. Wir fahren, oder?« Sie sah Duval an.

»Ja, und vielen Dank noch mal für das Gespräch«, stimmte Duval zu.

»Was wirst du daraus machen?«, wandte Olivier sich an Annie.

»Ich will noch einen anderen Schäfer besuchen, Benoît vielleicht, und mit Gérard werde ich noch mal sprechen, der hat vier Kühe verloren, wusstest du das?«

»Vier Kühe? Nein, aber es wundert mich auch nicht. Genau, sprich mit Gérard, der ist in Ordnung!«

Annie lächelte. »Ja, das ist er. Na, und dann versuche ich einen ausgewogenen Text über die Schäfer, die Viehhalter und den Wolf zu schreiben und ihn zeitnah im Nice Matin unterzubringen.«

»Kann ich den vorher sehen, den Text?«

»Das ist eigentlich nicht üblich, aber ich denke drüber nach«, sagte Annie.

»Was ist denn das für ein Wanderweg?«, fragte Annie, als sie den rutschig-verschneiten Feldweg wieder hinabfuhren. »Wieso weißt du das und ich nicht?«

»Tja«, machte Duval, »warum du davon nichts weißt, kann ich dir auch nicht sagen, aber ich fände es tatsächlich ganz interessant, wenn du da mal weiterforschen würdest.«

Rechts in einer Ausbuchtung, kurz vor der Ausfahrt zur

Kreisstraße, sahen sie einen dunkelblauen Wagen der Gendarmerie stehen. Zwei Männer saßen darin. »Sieh an«, sagte Annie. »Die habe ich vorhin gar nicht gesehen.« Duval grüßte freundlich, aber die Männer sahen ihn nur unbewegt an.

»Hör auf, die glauben, du machst dich über sie lustig«, sagte Annie.

»Ich wollte nur nicht unhöflich sein.«

7

Das Radio rauschte und krächzte nur, als Duval über die enge gewundene Straße durch die dunkelrote, vom Schnee überzuckerte Schluchtenlandschaft fuhr. Nur France Inter drang ansatzweise durch, aber auch France Inter ging regelmäßig in den vielen hohen, schmalen Tunneln, die man grob durch die Felsen gehauen hatte, wieder verloren. Er drückte auf die Taste für den Kassettenrekorder. Es lag noch immer die Kassette von Ferrat darin, er spulte sie zurück, um ihn noch einmal von den einfachen Alten singen zu hören, von denen, die in den Bergen geblieben waren, die sich den Mund am Ärmel abwischten, die aber alles über die Tiere und die Natur wussten. *Pourtant, que la montagne est belle,* brummte Duval den Refrain mit, aber er sah sie gerade nicht, die wundervolle Berglandschaft, die er durchfuhr. Weder sah er den großen Felsen in Form eines Frauenkopfs, der auf jeder Postkarte der Gegend abgebildet war, noch die bizarr gefrorenen Wasserfälle in den Schluchten und auch nicht die riesigen Eiszapfen, die an den feuchtkalten Tunneldecken beinahe drohend nach unten wuchsen.

Und er atmete auf, als er das enge und kurvige Tal verließ und die Route Nationale 202 erreichte. Er schüttelte gleichzeitig auch die soziale Enge ab, die ihm unangenehm geworden war. Das überraschende Geständnis Robert Issautiers hatte die Einwohner von Ste. Agathe erschüttert und aufgewühlt. Sie gluckten wie aufgeregte Hennen zusammen und besprachen wieder und wieder das Unfassbare. Nur Maryse sprach nicht mehr. Sie wirkte gefasster und saß mit verschlossener Miene, stumm und tränenlos, inmitten der besorgten Dorfbewohnern und rauchte. Ihm war dieses unaufhörliche Gerede, dem man nicht ausweichen konnte, zu anstrengend. Es war überhaupt anstrengend, das Leben da oben, zumindest im Winter, dachte er. Diese Kargheit und die weiten kurvigen Wege, die man täglich zurücklegen musste, um irgendwohin zu kommen. Er bewunderte Annie, die sich dort doch recht gut eingelebt hatte.

Es wurde ihm leichter, je weiter er sich entfernte, auch wenn ihm Robert Issautier nicht aus dem Kopf gehen wollte. Bald näherte er sich Entrevaux, und aus dieser Richtung kommend schien es, als sei die Festung Vaubans, die die zusammengedrängte mittelalterliche Stadt in abenteuerlicher Höhe überragte, auf einen schmalen Grat gebaut. Irgendwann müsste er einmal hier anhalten und das malerisch anmutende Städtchen erkunden, bislang hatte er es schnöde links liegen lassen, immer gedrängt von dem Bedürfnis, nur schnell das Ziel zu erreichen, sei es, um weiter oben in den Bergen sehnsüchtig Annie an sich zu drücken, sei es, um seinen Heimathafen an der Côte d'Azur wiederzuerlangen: Cannes. Auch heute fuhr er wieder nur vorbei an der mit Mauer und Türmen bewehrten Stadt, um die sich der Fluss wand. Es ging weiter über lange Geraden und viele Kurven, bergab, stets dem Fluss folgend, der sich schäumend und eisgrau in seinem Schieferbett wälzte und der auf seinem Weg nach unten viele andere Nebenflüsschen aufnahm, anschwoll, um sich schließlich zwischen Nizza und St. Laurent ins Meer zu werfen.

Ein letztes Mal tauchte er in die beiden langen dunklen Tunnel, und danach ward es Licht! Hell, weit und grün empfing ihn die Ebene. Er atmete auf. Heute gönnte er sich den Luxus, der Küstenstraße zu folgen, ganz diskret war sie mit *bord de mer* ausgeschildert, passte man nicht auf, führten sie einen schnell wieder auf banale Umgehungsstraßen oder gleich auf die Autobahn. Dann wäre er, wenn alles gut ging, in einer halben Stunde zu Hause. Aber heute, heute wollte er langsam ankommen und nach knapp zwei Wochen Schnee und Kälte die milden, frühlingshaften Temperaturen der Côte d'Azur auskosten. So oft war er diese Strecke schon gefahren, aber er konnte sich immer wieder daran erfreuen. Außerhalb der Saison zumindest. Im Sommer konnte man sie nicht befahren, so viele Autos drängelten sich auf ihr, dass man das Gefühl hatte, in einem nicht enden wollenden Stau zu stehen. Aber jetzt war es ein Vergnügen.

Die Strecke über die Küstenstraße von Nizza nach Cannes hatte ihr erstes Highlight schon gleich in Cagnes sur Mer. Cagnes wirkte gemütlich, kleinstädtisch und charmant, aber noch nie hatte er hier angehalten. Er hatte auch noch nie das mittelalterliche Haut de Cagnes besucht, das sich ein paar Kilometer weiter im Landesinnern auf einem Hügelchen erstreckte. Es gäbe im Hinterland noch so viel zu entdecken, dachte er, als er an *Marina Baie des Anges* mit seinen großen, weißen geschwungenen, ebenso faszinierenden wie abstoßenden Gebäuden vorbeifuhr, das er, wie üblich, ignorierte. Auf dem Weg nach Antibes hatte er nur Augen für das Meer und den breiten Kiesstrand, an dem bei fast jedem Wetter Angler neben ihren langen Angelruten standen. Häufig war die Strecke gesperrt, da bei Wind und Sturm die Wellen des Mittelmeers sich dann wild und gischtig bis auf die Straße warfen. Aber heute war es beinahe windstill, das Meer schwappte friedlich ans Ufer und es war sogar zweifarbig: ein verwaschenes helles Blau am Ufer, ein dunkleres Blau weiter draußen. An manchen Tagen schien ihm sein Farbverständnis zu begrenzt und er suchte in seinem Gedächtnis nach all den Grün- und Blautönen seines Malkastens, an die er sich erinnern konnte: Ultramarin-, Indigo-, Petrol-, Preußischblau. Es waren nicht sehr viele und er hatte Schwierigkeiten, sich die Farbe dazu vorzustellen. Petrolblau, dachte er. Das Meer war geteilt in milchiges Türkis- und Petrolblau. Er war zufrieden mit seiner Farbanalyse. Er liebte die Farben des Meeres und des Himmels im Winterhalbjahr mit der tiefer stehenden Sonne. Nie leuchteten die Blautöne des Meeres intensiver und nie sah man großartigere Sonnenuntergänge als im Winter. An diesigen Tagen aber flossen Himmel und Meer in zarten Blau- und Grautönen ineinander. Manchmal verspürte er Lust, die täglich wechselnden Farben des Meeres und des Himmels zu malen und die passenden Blautöne auf einer Palette auszuwählen oder zu mischen. Eines Tages würde er sich ein Skizzenbuch kaufen und Aquarellfarben, nahm er sich vor. Nun ja, eines Tages.

Hier, auf der Strecke am Meer entlang und nach den kalten und schneereichen Tagen in den Bergen, spürte er den Zauber des Südens wieder. Und wenn er an die grauen, smogverhangenen Pariser Winter dachte, konnte er sein Glück über den offenen blauen Himmel kaum fassen. »Der Süden ist blau«, hatte der Nizzaer Künstler Ben einst geschrieben und seither wurde es erschöpfend auf Postkarten wiederholt. Und ja, der Süden war blau, dachte er versonnen, so blau! Er verstand plötzlich, dass die Maler an der Côte d'Azur alle immer wieder auf der Suche nach einem besonderen Blau gewesen waren, einem Blau, das nicht nur das abbildete, was sie sahen, sondern auch anders war. Das Blau von Yves Klein. Matisse. Picasso. Was für ein Glück, hier leben zu dürfen!

Er hatte den endlos scheinenden Jachthafen von Antibes umfahren, bugsierte den Wagen nun durch das Tor in der Stadtmauer und schlängelte sich einige Meter durch die Altstadt, um Antibes an der Außenseite zu umfahren und um das Cap d'Antibes zu umrunden, eine natürliche Felsenhalbinsel, die wie eine Festung zwischen Nizza und Cannes ins Mittelmeer ragte. Eine Festung des Geldes, sagten manche, denn hier zogen sich die Reichsten der Reichen zum Urlaubmachen zurück. Eine Bastion voller Luxus und Exklusivität. Nur hin und weder erhaschte man von der Küstenstraße einen Blick auf grandiose Villen mit weitläufigen Grundstücken und luxuriöse Hotels im Innern der Halbinsel. Meist versperrten hohe Hecken und noch höhere Mauern die Sicht. Hingegen bot sich einem eine grandiose Sicht auf das Meer, auf die Altstadt von Antibes, und im Februar sah man die verschneiten Gipfel der Südalpen, die sich schon kurz hinter dem Strand erhoben und einen verblüffenden Kontrast zwischen Meer, Strand und Palmen schufen. Und später überraschte einen der Ausblick auf die Bucht von Juan les Pins. Das intensive Türkisblau des Meeres und die kleinen weißen Segelboote gaben der Bucht heute einen karibischen Anstrich.

Die Küstenstraße wand sich nun eng zwischen edlen Anwesen und der niedrigen Begrenzungsmauer zum Meer: Eine kleine Badebucht schmiegte sich an die nächste, ein paar bunte Jollen lagen kieloben auf dem Sand. Einmal müsste er hier anhalten und die Füße ins Wasser halten, aber Fußgänger ebenso wie Radfahrer lebten hier gefährlich, es gab für sie weder Weg noch Steg und ebenso wenig fand man einen Seitenstreifen zum Anhalten, sodass man am Ende seufzend weiterfuhr und die beneidete, die hier lebten. Aber vielleicht war es weniger zauberhaft, als man dachte, mit den unablässig vorbeirauschenden Autos. Derart getröstet, nahm er die letzten Kilometer bis nach Cannes in Angriff, das man auf der anderen Seite der Bucht bereits liegen sah. Und je näher Duval Cannes kam, desto mehr rückten Alltag und Beruf wieder in den Vordergrund. Durch die Stadt fuhr er schon wieder mit sachlichem Gemüt, er wählte nun pragmatisch die Schnellstraße und im Nu war alles wie immer. An der Ampel des Pont Carnot lief Momo freundlich grüßend und augenzwinkernd Slalom durch die wartenden Autos, und Duval ließ einen Euro in den ihm hingehaltenen Plastikbecher fallen. Momo warf einen kurzen Blick hinein und lächelte auf. Für einen Euro bekam man auch noch ein nuscheliges *Merci Msjöh, merci, bonne journée* zugerufen und für Duval tippte sich der Zeitungsverkäufer salutierend an die Stirn. »Ihnen auch einen guten Tag«, erwiderte Duval, die Ampel schaltete auf Grün. Duval überquerte die Kreuzung und fuhr zügig die Avenue de Grasse hinauf. In wenigen Minuten wäre er zu Hause. Vermutlich erwartete ihn der Kater, wie immer, auf der Mülltonne sitzend.

Es war Frühling an der Côte d'Azur und die Städte bereiteten sich auf die Frühlingsfeste vor. Während das benachbarte Mandelieu-la-Napoule der Mimose huldigte und es, wie jedes Jahr beim großen Festumzug, nicht nur Mimosen, sondern auch Bindfäden regnete, so feierte man in Menton die Orangen und Zitronen. Man hatte die Sicherheitsvorkehrungen in allen Städten erheblich verstärkt. Größere Sorgen aber machten den Sicherheitskräften die Organisation des bevorstehenden Karnevals in Nizza, dessen fantasievolle Umzüge nun nicht mehr über die Promenade des Anglais führten, sondern sich einmal um die Place Masséna drehten. Auch die Polizei in Cannes hielt sich dafür in Bereitschaft.

Duval wählte für seinen morgendlichen Lauf nun Wege durch den kleinen Naturpark La Croix des Gardes: Das helle Grün der Wiesen und die Gelbtöne der dort blühenden Mimosenbäume, die den Hügel stellenweise in zitronengelbe, in dottergelbe oder schwefelgelbe Felder verwandelten und deren süßlicher Geruch bei den einen Verzückung, bei den anderen nervöses Husten auslöste, zogen jedes Jahr erneut die Menschen an. Niemand konnte den Mimosen widerstehen. ›Auf hinaus, es ist Frühling!‹, schienen sie zu rufen und neben den Joggern und Hundehaltern, die hier täglich ihre Runden drehten, fanden sich nun auch Scharen von Spaziergängern, die mal offen, mal verschämt ein paar Zweige der empfindlichen Mimosen in der Hand trugen. Jeder wollte etwas von diesem intensiven, endgültig den Frühling verheißenden Gelb mit nach Hause nehmen, wohl wissend, dass die flirrenden, flaumigen Bällchen, kaum hatte man sie abgeschnitten, bereits ihren Lebensatem ausgehaucht hatten.

Duval grüßte im Vorübereilen die Kollegen der berittenen Polizei, die hier ihr Übungsgelände hatten, als sein Mobiltelefon klingelte. »Ja?«, japste er.

»Léon?«

»Ja?!«

»*Ça va?* Du klingst außer Atem.«

»Ich bin gerade gelaufen, was gibt es, Annie?«

»Die Demo für den Wolf findet heute Nachmittag in Nizza statt, um 17 Uhr auf der Place Masséna.«

»Doch nicht da oben?«

»Nein, sieht nicht so aus. Ich fahre hin. Sollen wir uns dort treffen?«

»Annie, das ist doch dein Thema, ich habe mit dem Wolf eigentlich nichts zu schaffen ...«

»Na, dann nicht. Ich dachte, es interessiere dich.«

»Mal sehen. Ich muss erst mal wieder an meinen Schreibtisch.«

»O.k., dann bis ein andermal, *salut* Léon!«, rief sie und hatte schon das Gespräch beendet.

Im Commissariat war alles wie immer. Die Klappzahlenuhr im Eingangsbereich hing seit Jahren bei 14.41 Uhr fest. Und auf den harten Metallstühlen warteten Menschen darauf, in eines der vielen kleinen Büros gerufen zu werden, um eine Anzeige zu erstatten, eine Zeugenaussage zu Protokoll zu geben oder aus anderen Gründen angehört zu werden. Die Schlange am Schalter nahm nie ab. Genauso wenig wie die Aktenordner, die sich in allen Farben auf Duvals Schreibtisch und in den Regalen stapelten. Er seufzte und nahm sich zunächst den Ablageordner vor und sah seine Post durch. Er fand einen Zettel, auf den Villiers vier Namen notiert hatte. Ravel Isabelle, Ravel Laurence, Ravel Jean-François und Ravel Casimir. Der Fall, der nicht mal seiner war, ließ ihn nicht los.

Er nahm ihn und ging damit nach nebenan.

»Die Ravels hier«, sagte er und hielt Villiers den Zettel hin. »Was ist mit denen?«

»Das sind die Ravels, die in Cannes leben. Es sind nur vier.«

»Und?«

»Nichts und.«

Duval verzog verärgert das Gesicht. »Können Sie bei Gelegenheit in Erfahrung bringen, in welcher Verbindung sie zu Régis Ravel stehen?«

»Sicher.«

»Danke.«

Duval beugte sich über seine Post. Er hatte den Stapel noch nicht abgearbeitet, als Villiers schon wieder in der Tür stand.

»Alles eine Familie. War ja fast anzunehmen. Ravel Laurence ist eine Tante. Schwester des verstorbenen Vaters von Régis Ravel. Ravel Isabelle ist die Tochter dieser Tante, eine Cousine also, und Jean-François ist ein Onkel. Es gibt noch Ravel Casimir. Der Großvater. Schon etwas betagt der Herr. 89 ist er. Ich hatte ihn nicht selbst am Telefon, er ist anscheinend schwerhörig. Eine Angestellte des Altersheims, in dem er lebt, sagte mir das.«

»Hm, hm«, machte Duval.

»Ermitteln wir jetzt?«

»Nicht wirklich.«

Villiers sah ihn verwundert an. »Aha«, machte er verständnislos.

»Irgendwas stimmt mit dem Fall nicht und mich ärgert, dass sich alle Welt offenbar mit der erstbesten Lösung zufriedengibt.«

»Aha«, machte Villiers erneut.

»Ich kann's nicht besser erklären, Villiers, aber lassen Sie mir das mal da«, sagte Duval und zeigte auf den Zettel.

Villiers reichte ihn ihm.

Duval blickte auf die Notizen. »Bougainvilléa«, las er laut.

»So heißt das Altersheim, in dem Casimir Ravel lebt.«

»Das ist bei mir um die Ecke.«

»Na dann«, machte Villiers und grinste.

»Danke, Villiers.«

Gegen 16 Uhr sah Duval auf die Uhr. Er nahm kurz entschlossen seine Jacke und klopfte bei Villiers an die Tür. »Ich fahre nach Nizza, da ist gleich eine Wolfsdemo, ich komme später noch mal rein, ja?!«

Villiers machte große Augen. »Sie fahren zu einer Wolfsdemo?«

»Ja, nicht als Teilnehmer, keine Sorge.«

»Aha. Hat das auch was mit dem Fall zu tun, in dem wir nicht ermitteln?«

»Möglich.«

»Na dann. Was wünscht man denn da? Frohes Heulen?« Er drehte den Kopf von unten nach oben und ließ ein dramatisches »*Ooouuuuuuh*« erklingen.

Duval konnte sich ein Lachen nicht verkneifen. »Bis später!«, sagte er und lief durch das abgenutzte Treppenhaus nach unten.

———

Auf der Place Masséna waren etwa hundert Menschen »für den Wolf« versammelt. Verschiedene Pro-Wolf-Gruppen und Naturschutzvereine hatten sich für diese Aktion unter dem Motto »Gebt dem Wolf eine Stimme!« zusammengeschlossen. Große Plakate mit Bildern von kuschelig aussehenden Wölfen und niedlichen Wolfsjungen waren rund um den Platz aufgestellt worden. Ein Plakat zeigte Brigitte Bardot, die einem freundlich aussehenden Wolf einen Nasenstüber gab. Ansonsten waren die Botschaften heterogen, man war mehr oder weniger radikal, aber eindeutig pro Wolf und gegen die Abschussquote und jegliche Diffamierung des Wolfs. Die Demonstranten verteilten Flugblätter und sprachen die Passanten an. Dazwischen liefen Spaziergänger mit Schäfer- und anderen Hunden, manche trugen T-Shirts mit der Aufschrift *liberté pour le loup!* »Freiheit für den Wolf!«.

In der Mitte des Platzes gab es zeitgleich ein etwas anderes Happening. Etwa dreißig weiß angezogene Gestalten mit Wolfsmasken hielten schweigend Transparente hoch, auf denen »Ich stehe unter Artenschutz!« oder »Rettet den Wolf in unseren Wäldern!« zu lesen stand.

Eine blonde Dame, die von Weitem an Brigitte Bardot erinnerte, rief laut und unter Zuhilfenahme eines Mikrofons eine Grußbotschaft derselben über den Platz. »Es ist an der Zeit! Lasst uns Frieden machen mit den Tieren!«, schmetterte sie. Danach forderte sie im Namen der Vereinigung »Gebt dem Wolf eine Stimme!«, die Franzosen sollten das Zusammenleben mit dem Wolf wieder erlernen. Jegliche Abschussquote sei überflüssig. Der Wolf würde nur sinnlos getötet. Die Hysterie der Schäfer und Viehhalter sei unerträglich, sie sollten ihre Herden mit wirksamen Zäunen schützen, und sei es mit Subventionen vom Staat, und ansonsten solle man den Wolf in Frieden lassen. Er habe Respekt verdient. Applaus brandete auf. »Bravo!« wurde hier und da gerufen.

Duval schüttelte amüsiert den Kopf. Von Weitem sah er Annie, die mit einer Demonstrantin sprach und sich Notizen machte. Er ging in ihre Richtung. »Wenn man einen Wolf oder eine Wölfin tötet, desorganisiert man das gesamte Rudel, und die Jungen pflanzen sich schneller fort, als sie es naturgemäß täten«, hörte Duval gerade noch. Dann zitierte die Demonstrantin eine neue Studie, wonach das Abschießen des Wolfs nicht etwa die Wolfsangriffe auf die Herden mindere, sondern im Gegenteil erhöhe. All das, weil die Rudel durch die Abschüsse desorganisiert seien.

»Sie wissen, dass die meisten Wölfe nicht weit von hier, im Mercantour, leben und es dort fast täglich Wolfsangriffe auf die Viehherden gibt?«, fragte Annie.

»Aber das wird doch alles aufgebauscht«, empörte sich die Dame. »Die wollen nur immer noch mehr Subventionen haben, diese Schäfer, es ist unerträglich! Die sollen besser auf ihre Tiere aufpassen, basta!«

»Jawohl, der Wolf ist wieder da und wir sollten froh darüber sein. Jetzt ist es an uns, wir müssen uns anpassen! In anderen Ländern klappt das doch auch!«, kam ihr eine andere Demonstrantin zu Hilfe.

»Darf ich fragen, wo Sie leben?«, fragte Annie abschließend.

»In Nizza.«

»In Antibes.«

»Was würden Sie sagen, wenn der Wolf morgen in Nizza oder in Antibes auftauchen würde?«

»Na, aber das ist doch ausgeschlossen! Der Wolf kommt doch nicht in die Stadt. Der Wolf gehört in die Berge und in die Wälder, und da soll er auch bleiben.«

»Bei Sophia Antipolis ist kürzlich schon der erste Wolf gesehen worden«, erzählte Annie.

»Tatsächlich? Das war bestimmt ein frei laufender Schäferhund«, wehrten die Damen gemeinsam ab. »Wissen Sie, da irrt man sich leicht. Selbst für Experten ist es nicht immer einfach, einen Wolf von einem Schäferhund zu unterscheiden«, sagte die Dame aus Nizza.

»Genau. Man soll auch nicht immer alles glauben, was erzählt wird. Die Leute werden heute so schnell panisch. Aber wenn ich morgen wirklich einem Wolf begegnen würde, dann würde ich in die Hände klatschen oder einen Stein werfen. Dann läuft er schon davon. Der Wolf ist scheu, wissen Sie?!«

»Es sei denn«, nahm jetzt wieder die erste Dame das Wort auf, »es sei denn, jemand hat angefangen, ihn zu füttern. Dann nähert er sich dem Menschen. Das aber ist nicht sein normales Verhalten. Füttern sollte man den Wolf keinesfalls!«

»Na, das lief doch recht friedlich ab, oder?«, fragte Duval.

»Ja, solange die einen in der Stadt demonstrieren und die anderen in den Bergen, so lange ist es friedlich. Im Internet kracht es gerade gewaltig, anonym lässt ja jeder gern seinen Hass raus. Ich befürchtete, dass es hier zu solchen Aktionen käme wie mit Olivier, weißt du?! Aber die Schäfer haben ja gerade anderes zu tun, als sich hier mit den Tierschützern anzulegen. Lieb, dass du gekommen bist, übrigens.« Sie lächelte ihn an. »Gehen wir noch einen Kaffee trinken? Ich muss dann bald wieder hochfahren.«

»Ja, auf einen Kaffee geht es, ich muss auch wieder ins Büro. Mein Schreibtisch biegt sich unter all den Akten.«

Zwei Tage wühlte Duval sich konzentriert durch die Papierstapel, dann stand er an der Rezeption des Altersheims und bat darum, Casimir Ravel sprechen zu dürfen. »Es geht um seinen verstorbenen Enkelsohn«, erklärte Duval und zeigte seinen Dienstausweis vor.

Der Rezeptionist drückte auf den Türöffner und ließ ihn ein. »Zimmer 36 im dritten Stock. Der Aufzug ist am Ende des Gangs«, er zeigte in die Richtung.

Duval klopfte an die Zimmertür und wartete. Es tat sich nichts. Er klopfte erneut und öffnete die Tür. In einem hellen, sonnendurchfluteten Zimmer saß ein Mann in einem Rollstuhl vor der geöffneten Balkontür. »Monsieur Ravel!«, sagte Duval und näherte sich. Der schwere Körper des Mannes hing ungelenk in einem Rollstuhl und der Mann schlief mit halb offenem Mund.

»Monsieur Ravel!«, wiederholte Duval und berührte den Mann am Arm. Er erwachte und blinzelte. »Da sind Sie ja«, sagte er und sah Duval an, als habe er ihn erwartet. »Ich schaff's allein nicht.«

»Was schaffen Sie nicht?«

»Was?«

»Was schaffen Sie nicht?«, fragte Duval etwas lauter.

»Sie müssen lauter sprechen, ich hör' Sie nicht«, brummelte der Mann. »Helfen Sie mir jetzt oder nicht?«

»Was soll ich tun?«, fragte Duval laut.

»Was?«

»WAS SOLL ICH TUN?«

»Na, mich richtig hinsetzen«, antwortete der Mann verärgert.

Duval griff dem Mann unter die Arme und zog den schweren Körper nach oben. Noch einmal hob er ihn an und versuchte, ihn richtig auf dem Sitz zu platzieren. Der alte Mann stöhnte und schnaufte dabei und stützte sich kraftlos mit den Armen auf die Lehnen des Rollstuhls, um seinen Körper zurechtzuruckeln.

»Besser?«

»Was?«

Na das kann ja heiter werden, dachte Duval. »BESSER SO?«

»Ja«, keuchte der Mann. »Es sind die Beine ... die wollen nicht mehr.«

»Monsieur Ravel«, begann Duval, um dann zunächst seinen Dienstausweis zu suchen. Er hielt ihm den Ausweis entgegen. Der alte Mann betrachtete ihn verwundert. »Sie sind gar kein Pfleger?«

»Nein.« Duval schüttelte zusätzlich den Kopf.

»Oh, dann entschuldigen Sie«, es war ihm sichtlich unangenehm, den Commissaire mit einem Pfleger verwechselt zu haben.

Es klopfte energisch und die Tür wurde weit aufgerissen. »DA BIN ICH, MONSIEUR RAVEL!«, rief ein kräftiger junger Mann mit blondem Pferdeschwanz, vermutlich der erwartete Pfleger. Verblüfft sah er Duval und Monsieur Ravel, der aufrecht in seinem Rollstuhl saß, an. »Ah, Sie haben Besuch, prima, und Sie haben es ja schon ohne mich hingekriegt«, lachte er. »Wollen Sie einen Kaffee?«, fragte er.

»Meinen Sie mich?«, fragte Duval.

»Sie beide.«

»Möchten Sie einen Kaffee?«, wandte sich Duval an den alten Monsieur Ravel.

»Was?«

»WOLLEN SIE EINEN KAFFEE?«, rief der Pfleger.

»Kaffee?«, fragte Casimir Ravel.

»JA. WOLLEN SIE EINEN?«, rief der Pfleger wieder.

»Ob ich einen Kaffee will?«

»JA!«

»Nein.« Casimir Ravel schüttelte den Kopf.

»Dann nicht. Wollen *Sie* vielleicht einen Kaffee?«, fragte er Duval.

»Ja, gern.«

Der Pfleger ging auf den Flur zu einem Rollwagen und goss aus einer großen Thermoskanne Kaffee aus. »Zucker?«

»Ja, danke.«

»*Voilà.*« Er servierte ihm eine Tasse Kaffee und legte ein Stück Zucker und einen Keks daneben.

»Danke schön.«

»MONSIEUR RAVEL!«, rief er.

»Ja?«

»SIE MÜSSEN IHRE HÖRGERÄTE EINSETZEN!«

»Was?«

Der Pfleger seufzte. »DIE HÖRGERÄTE!« Er zeigte auf die Ohren.

»Ja, ich hör' nicht mehr gut«, nickte der alte Mann.

»Genau«, sagte der Pfleger halblaut, »deshalb sollen Sie ja auch die Hörgeräte nehmen, Sie sturer alter Mann. Wo haben Sie sie heute wieder versteckt?« Er zog die oberste Schublade der Kommode auf und blickte hinein.

»Was suchen Sie?«, fragte alarmiert der alte Mann.

»IHRE HÖRGERÄTE!«

»Was?«

»ER SUCHT IHRE HÖRGERÄTE!«, rief Duval laut in ein Ohr des Mannes.

»Die Hörgeräte?«

Duval nickte.

»Die sind nicht da drin.«

»WO SIND SIE?«, rief Duval wieder in das Ohr.

»Keine Ahnung. Im Bad?«

Der Pfleger lachte. »So ist das jeden Tag, jeden Tag! Ich sag's Ihnen ...«

Aber er hatte sie tatsächlich im Bad gefunden und reichte sie dem alten Mann. Missmutig nestelte Casimir Ravel die kleinen Hörgeräte in beide Ohren.

»UND?«, brüllte der Pfleger. »HÖREN SIE JETZT?«

Casimir Ravel zuckte zusammen. »Natürlich höre ich Sie«, brummte er unwillig.

»GUT, SO KÖNNEN SIE SICH BESSER MIT IHREM BESUCH UNTERHALTEN!«

»Warum schreit er so?« Casimir Ravel sah Duval an.

»Ich weiß nicht«, lachte Duval. »Vermutlich hört er schlecht.« Er grinste den Pfleger an, der die Augen verdrehte und das Zimmer verließ.

»Sie sind also Polizist. Entschuldigen Sie bitte, dass ich Sie für einen Pfleger gehalten habe.«

»Kein Problem«, beruhigte ihn Duval. »Ich bin gekommen, um mit Ihnen über Ihren Enkel zu sprechen. Régis Ravel.«

»Régis?«

»Ja.«

»Er ist tot.«

»Ich weiß.« Duval schwieg einen Moment.

»Wann ist die Beerdigung, wissen Sie das?«

»Nein, das weiß ich leider nicht. Der Körper ist von der Gerichtsmedizin noch immer nicht freigegeben, soweit ich weiß. Das kann dauern.«

»Was?«

»GERICHTSMEDIZIN«, rief Duval. »Der Körper muss UNTERSUCHT werden.«

»Ach so«, sagte Casimir Ravel und sah vor sich hin. »Was ist mit ihm passiert?«

»Man weiß es noch nicht genau«, sagte Duval. »EIN UNFALL!«, fügte er laut hinzu, weil ihn der alte Mann fragend anstarrte.

»Ein Unfall?«

»Ja.«

»Was für ein Unfall?«

Duval seufzte. »Was hat man Ihnen denn gesagt?«, fragte er zurück.

»Ein Unfall, hat man mir gesagt. Hören Sie, ich bin vielleicht alt und ich höre schlecht, aber ich bin nicht senil. Sagen Sie mir, was passiert ist, ja?«

»So wie es aussieht, war es ein Jagdunfall.« Duval sprach langsam und deutlich.

»Ein Jagdunfall? Régis geht doch nicht auf die Jagd!« Der alte Mann war empört.

»Nein, aber er hat sich mit einem Jäger gestritten, dabei hat sich wohl ein Schuss gelöst«, erklärte Duval.

»Ach.« Er schwieg. »Können Sie mir ein Taschentuch geben?«, bat er Duval und zeigte auf eine Box mit Papiertaschentüchern, die auf dem Nachttisch stand. Duval reichte ihm die ganze Box.

Casimir Ravel zerrte ein Papiertaschentuch heraus und wischte sich die Augen ab, dann steckte er das Taschentuch zwischen sich und das Seitenteil des Rollstuhls. Die Box behielt er auf seinen Knien.

»Warum hat mir das keiner gesagt?«

Duval zuckte mit den Schultern, entschloss sich dann aber, noch eine Erklärung anzuhängen. »Weil es zunächst nicht klar war, man hatte nur seinen Körper gefunden, verstehen Sie?« Er sprach langsam und akzentuiert.

Der alte Mann sah Duval an und versuchte zu verstehen. »Die haben ihn da liegen lassen, die Jäger?«

»Ja.«

Casimir Ravel nickte langsam. »Wer war es?«

»Kennen Sie Robert Issautier?«

»Natürlich! Ich bin von da oben!«

»Er hat die Tat gestanden.«

»Robert?«

»Ja.«

»Nein!«

»Doch.«

Der alte Mann schwieg und nestelte ein weiteres Taschentuch aus der Box und wischte sich erneut über die Augen.

»Régis hat sich nicht nur Freunde gemacht, seitdem er für den Park arbeitet, ich weiß das. Und er war wie verrückt mit dem Wolf. Das gefällt den Leuten da oben nicht. Mir auch nicht«, sagt er langsam. »Aber ausgerechnet Robert ...«

»Er sagt, es war ein Unfall, ein Unglücksfall«, wiederholte Duval.

»Wollte Robert den Wolf schießen?«

»Nein, aber sie haben sich wohl wegen des Wolfs gestritten. Das sagt zumindest Issautier.«

»Hm, hm.«

Der alte Mann sah vor sich hin. »*Aijaijai*«, machte er hin und wieder. »*Aijaijai*.«

Duval trank schweigend seinen Kaffee.

»Was passiert denn jetzt mit seiner Garage?«, fragte Casimir Ravel plötzlich.

»Mit welcher Garage?«

»Régis hatte hier vor ein paar Monaten eine Garage gemietet, weil man bei ihm oben eingebrochen hatte, wissen Sie?! Er sagte, hier ist es sicherer.«

»Was ist ›hier sicherer‹?« Duval war aufmerksam.

»Ich weiß nicht. Das Auto, dachte ich.«

»Wo ist diese Garage, wissen Sie das?«

»Na, gleich hier ums Eck.«

»Hier ums Eck?!«

»Ja, so musste er nicht lange einen Parkplatz suchen, wenn er mich besuchen kam. Mit dem großen Auto, das er jetzt fuhr, war das nicht so einfach, wissen Sie?«

»Ja, ich kenne das Problem«, seufzte Duval.

»Wenn Sie mich mit meinem Rollstuhl hinschieben wollen, zeige ich sie Ihnen. Ich habe auch einen Schlüssel.«

»Sie haben den Schlüssel zur Garage?«

»Ja.«

»Na, dann machen wir doch einen kleinen Ausflug«, schlug Duval vor.

Es war eine ganz normale Garage und sie war beinahe leer. An einer Wand lehnten vier Ersatzreifen. Ein altes Möbelstück stand an der hinteren Wand. Daneben waren einige Kartons gestapelt. Duval öffnete zunächst einen, darin waren Faltblätter und kleine Hefte, Wanderführer für das *Haut Pays*, das Oberland, die vom Conseil Géneral herausgegeben und in den Offices de Tourisme kostenlos verteilt wurden. Casimir Ravel war vor den dunklen Schrank gerollt. »Der stand bei uns in der Küche«, sagte er versonnen. Er zog eine der Schubladen heraus und schaute hinein. Sie war voller schwerem, schwarz angelaufenem Silberbesteck. In der zweiten Schublade lagen Schlüssel und Krimskrams, und er wühlte darin herum.

»Wenn Sie erlauben, sehe ich mal hier hinein«, schlug

Duval vor und bückte sich, um die unteren Schranktüren zu öffnen. Ein vielteiliges Porzellan-Essservice mit grünem Weinranken-Dekor stand darin, daneben drei unterschiedlich große Zinnkrüge. Auf der linken Seite zog er drei Briefmarkenalben hervor. »Meine Sammlung!«, rief Casimir Ravel aufgeregt und Duval legte ihm die Alben auf den Schoß. »Ich dachte, sie wäre verloren gegangen!« Er blätterte vorsichtig die Seiten und die dünnen Zwischenblätter um und betrachtete versonnen die kleinen Marken, während Duval hinter einer kompletten Sammlung *Tintin* einen kräftigen braunen Umschlag entdeckte.

Er zog ihn heraus und sah hinein.

»Was ist das?« Casimir Ravel schaute neugierig auf.

»Was glauben Sie?«

»Keine Ahnung.«

»Geld«, sagte Duval.

»Geld?«

»Ja. Viel Geld, so wie es aussieht. Es gehört nicht Ihnen?«

»Nein«, sagte der alte Mann überrascht.

»Dann hat Ihr Enkel es wohl hier, na, sagen wir, *aufbewahrt*.«

»Warum? Und was ist das für Geld?«

»Ja, das frage ich mich auch. Ich werde es mitnehmen müssen«, sagte Duval zu Casimir Ravel. »Wir zählen es gemeinsam und dann bitte ich Sie, dass Sie mir quittieren, dass ich das Geld an mich genommen habe. Ich gebe es weiter an die Gendarmerie in Castellar, und es gehört zukünftig zur Ermittlung. Vielleicht hat sich doch alles ganz anders zugetragen mit dem Tod Ihres Enkels.«

»Ach so? Ich kann es nicht behalten?«

Duval schüttelte bedauernd den Kopf.

»Brauchen Sie Geld, Monsieur Ravel?«

»Na ja, nein, aber ... können wir nicht trotzdem sagen, Sie haben nichts gefunden, und wir teilen es uns?«, fragte er listig.

»Leider nein«, sagte Duval.

»Ach.« Der alte Mann war enttäuscht. »Aber irgendwann, wenn alles abgeschlossen ist, dann gehört das Geld doch zum Erbe von Régis, oder?«

»Das ist gut möglich.« Duval wollte den alten Mann nicht völlig enttäuschen. Er sagte ihm jedoch nicht, dass die Mühlen der Gerichtsbarkeit so unendlich langsam mahlten, dass er möglicherweise nicht mehr von diesem Geld profitieren würde.

---

97 000 Euro waren noch in dem Umschlag. Vermutlich waren es einmal 100 000 Euro gewesen oder vielleicht auch mehr. Es würde nicht mehr zu ermitteln sein. Aber es war Geld, das Régis Ravel sorgfältig versteckt hatte, warum? Und woher stammte es?

Duval fuhr einen Tag später erneut in die Berge und lieferte den versiegelten Umschlag bei der Gendarmerie ab. Die Majorin öffnete ihn, zählte das Geld nach, versiegelte den Umschlag erneut und schloss ihn im Safe ein.

»Ich danke Ihnen, Commissaire, aber wie Sie wissen, ist der Fall abgeschlossen«, sagte sie unterkühlt.

»Es muss nichts mit seinem Tod zu tun haben«, sagte Duval freundlich, »aber es könnte. Ravel hat Geld angenommen, er war vielleicht in eine Affäre verstrickt. Vielleicht hat er jemanden erpresst.«

»Hören Sie, Commissaire, wir haben zwischenzeitlich das gerichtsmedizinische Gutachten erhalten. Es gibt an einem Rippenknochen deutliche Anzeichen dafür, dass Régis Ravel tatsächlich von einer Kugel getroffen wurde. Und dass sich der oder die Wölfe erst danach an ihm zu schaffen gemacht haben. Es spricht also alles für die Version, die Robert Issautier gestanden hat.«

»Ja«, machte Duval gedehnt. »Ich glaube dennoch nicht, dass es sich so abgespielt hat. Ich halte vielmehr die erste Version seiner Geschichte für glaubwürdig, nämlich die, dass er das Gewehr verloren hat. Ich war dabei, als er sie erzählte, Sie erinnern sich? So etwas kann man sich nicht ausdenken.«

»Danke, Commissaire, für Ihre Einschätzung!« Der Ton der Majorin war schneidend. Sie erhob sich. »Einen schönen Tag noch!« Das Gespräch war für sie beendet.

»Vielleicht könntest du mir alles, was sich in den letzten Monaten so in deinem Einzugsgebiet zugetragen hat, zusammenstellen?« Duval sah Annie an.

»Wie *alles*?«, fragte sie fassungslos.

»Also nicht die runden Geburtstage im Altersheim, aber alles, was bemerkenswert war. Es gab doch diese Einbruchsserie, weißt du? Und du hast doch Zugang zum Archiv vom Nice Matin, oder? Wenn du Zeit dafür findest. Es ist ja nicht dringend.«

»Was suchst du denn genau?«

»Ich weiß es nicht. Ich versuche, mir einen Reim auf alles zu machen. Hast du schon was zu dem Wanderweg rauskriegen können?«, fragte Duval. »Und was ist eigentlich aus deinem Artikel über den Wolf geworden?«

»Ha!«, sagte sie mit grimmiger Miene. »Erst war der

Chefredakteur ganz begeistert. ›Super aktuell‹, sagte er, aber dann machte er plötzlich einen Rückzieher. Angeblich ist ihm jetzt der Text zu lang.«

»Du meinst, es steckt etwas anderes dahinter?«

»Sagen wir *jemand* anderes. Kritik an der Wolfspolitik passt nicht ganz in die Linie von Tozzi. Und was Tozzi nicht will, das findet zumindest hier in der regionalen Presse auch nicht statt, das kennst du doch, oder?«

»Ja«, seufzte Duval. »Es ist immer das Gleiche. Wie sieht denn Dupré die Sache? Kannst du von ihm nicht Unterstützung bekommen?«

»Ach ...«, sie winkte ab, »Dupré ist nur der zweite Mann im Landtag, und er unterstützt meines Erachtens die Schäfer auch nur, um deren Wählerstimmen zu bekommen. Tozzi, obwohl so konservativ, hat nämlich wegen der Wolfsfrage die Tierschützer hinter sich. Grundsätzlich bleibe ich lieber unabhängig, weißt du. Sonst rutsche ich auch in dieses ›Eine-Hand-wäscht-die-andere-System‹ rein. Ich will das nicht.«

»Verstehe. Hast du denn noch andere Schäfer befragt, welche, die weniger gewalttätige Aktionen anzetteln, vielleicht?«

»Natürlich, was glaubst du denn.« Sie seufzte. »Olivier in meinem Artikel zu Wort kommen zu lassen, ist tatsächlich ein Wagnis. Das war mir anfangs nicht so klar. Ich habe noch Benoît befragt, das ist ein ganz sanfter Schäfer, auch hundertprozentig öko und bio, und Marie, die Schäferin, weißt du, deren Hilfsschäfer neulich vom Wolf angefallen wurde. Die ist positionsmäßig so dazwischen.«

»Ja, ich erinnere mich.«

»Und mit Gérard habe ich auch gesprochen.«

»Benoît sagt, er ist nicht gegen den Wolf, aber er will nicht länger erdulden, dass seine Schafe getötet werden. Und er ist tatsächlich letztes Jahr nach Italien gereist, um zu sehen, wie sie es in den Abruzzen mit dem Wolf machen, weil ja immer wieder gesagt wird, in Italien und Spanien würden sie alle so prima mit dem Wolf zusammenleben.«

»Und das stimmt nicht?«

»Wenn ich ihm glauben will, dann läuft das zumindest in Italien alles andere als gut. Im Prinzip haben dort alle, so wie Marie, irgendwelche Schäfer aus dem noch ärmeren östlichen Ausland angestellt, die nicht nur schlecht bezahlt werden, sondern auch unter beschissenen Bedingungen arbeiten und die dann, anstelle der italienischen Schäfer, dauerhaft bei der Herde schlafen. Das ist ja auch keine befriedigende Lösung, finde ich. Und was konkret den Wolf angeht, so verschließt der italienische Staat wohl gnädig die Augen, wenn man den Wolf doch abschießt.«

»Sagt Benoît.«

»Ja, aber er ist glaubwürdig. So ist es ja immer mit Informanten. Ansonsten bleibt nur, dass ich selbst eines Tages nach Italien reise, um es zu recherchieren. Aber das gilt für die gebetsmühlenartig vorgebrachten Sätze, dass das Zusammenleben zwischen Wolf und Schäfern in Italien und Spanien problemlos ist, genauso.« Sie schwieg und eine steile Falte bildete sich auf ihrer Stirn. »Ich fürchte, ich werde missverstanden. Ich meine, ich habe keinen Artikel gegen den Wolf geschrieben. Ich bin nicht gegen den Wolf, ich stelle ein paar Fragen, das ist alles. Und was ich bei allen Schäfern und Landwirten, mit denen ich gesprochen habe, gespürt habe, war, dass sie der fehlende Respekt in der Diskussion am meisten kränkt. Wenn ich überhaupt etwas einfordere, dann das. Es muss doch einen wirklichen, respektvollen Umgang miteinander geben. Man braucht fähige Mediatoren, die beide Seiten hören und Lösungen für beide Seiten finden. So wie es jetzt aussieht, wollen sie sich alle nur gegenseitig an die Gurgel gehen.«

»Und woanders kriegst du den Text nicht unter? Also außerhalb des Einflussbereiches von Tozzi?«

Sie zuckte mit den Schultern. »Es bleibt ein schwieriges Thema. Es spaltet. Ich habe mich mit Michel und Claudie fast zerstritten, weil sie meine Aktion nicht gutheißen. Ich will dir gar nicht erzählen, was ich mir alles anhören musste. Es sieht in den Medien nicht anders aus. Vielleicht ist es noch nicht der richtige Moment für kritische Fragen.«

»Tut mir leid für dich«, versuchte Duval zu trösten.

Sie verzog gequält das Gesicht. »Eins sage ich dir, wenn sie das, was ich zu diesem Wanderweg rausgefunden habe, auch nicht wollen, dann gehe ich damit zum Regionalfernsehen. Bei France 3 kenne ich einen Typen, der sich für die Themen im Hinterland begeistert. Den versuche ich dafür zu kriegen.«

»Du hast also schon was rausgefunden?«

»Und ob! Das ist eine ganz komische Geschichte. Ich habe zunächst ein bisschen bei den Leuten herumgefragt, anscheinend weiß niemand von diesem Projekt des Parks. Und die, die es doch wissen müssten, die Bürgermeister der Dörfer zum Beispiel, die sind nicht erreichbar. Und bei den offiziellen Stellen, den Offices de Tourisme, der Communauté des Communes, dem Conseil Régional, erreiche ich auch niemanden. Es ist wie verhext. Wo immer ich anrufe, ist niemand zuständig, man beruft sich auf einen Vorgesetzten, der gerade nicht im Haus ist, und notiert meinen Namen, um mich zurückzurufen, was natürlich niemals jemand tut. Nur der Parc du Mercantour schickte mir eine ganz knappe schriftliche Mitteilung, das Projekt *Les Balcons du Mercantour* sei ein neuartiges Konzept für einen Hochgebirgs-Wanderweg, der zudem die Lücke im französischen Wegenetz schließen würde. Er sei in Koordination mit dem Conseil Général erarbeitet worden und würde bis zum Jahr 2020 etappenweise umgesetzt werden. Beim Conseil Général wollte natürlich offiziell niemand mit mir sprechen. Aber weißt du, wer der Präsident des Conseil Général ist?«

»Tozzi«, antwortete Duval trocken.

»Genau. Der hat natürlich sein eigenes Projekt abgesegnet. Und vermutlich wagte es keiner, gegen ihn zu stimmen. Auch Dupré nicht. Sosehr sie nach außen Konkurrenten sind, jeder lässt den anderen schön seine Spielplätze bauen. Dupré hat sich, um die etwas schickere Klientel anzuziehen, einen Golfplatz in ›seinem‹ Valberg geleistet, Tozzi gibt sich etwas volksnäher und baute in seiner Heimat diesen Wolfspark und jetzt eben einen Wanderweg. Aber vielleicht ist Dupré ja auch dafür, was weiß ich.«

»Vielleicht springt für ihn auch etwas dabei raus?! Ein kleiner Zusatzposten in irgendeinem Gremium der Region«, schlug Duval vor.

»Möglich. Nächstes Jahr bewerben sich beide für das Bürgermeisteramt in Nizza. Wer weiß, was da hinter den Kulissen gemauschelt wird.«

»Siehst du.«

»Immerhin hat ein Abgeordneter des Landtags, der aber nicht genannt werden will, ein bisschen aus dem Nähkästchen geplaudert. Vermutlich auch nur, weil er bei dem Projekt leer ausgegangen ist.« Sie schüttelte angewidert den Kopf. »Manchmal habe ich es so satt.«

»Und was hat er gesagt?«

»Dass Tozzi alles im Alleingang entschieden und enorme Mittel bereitgestellt habe für seinen sogenannten Prestige-Fernwanderweg, mit dem er tatsächlich internationales Publikum anziehen will. Und das übliche Genehmigungsverfahren hat er gar nicht erst abgewartet. Zumindest wurden fast in einer Nacht-und-Nebel-Aktion im letzten Herbst, schnell noch vor Einbruch des Winters, aber schon nach der offiziellen Wandersaison, Bauarbeiter mit dem Hubschrauber eingeflogen, die dort mit Minischaufelbaggern und Presslufthammern die ersten acht Kilometer dieser Strecke ausgebaut haben.«

»Woher weißt du das? Auch von dem Abgeordneten? Oder bist du hingewandert?«

»Nein, aber fast«, sagte sie schnaubend. »Ich bin auf einen Blog von zwei Hochgebirgswanderern gestoßen, die dort spät im letzten Herbst noch unterwegs waren. Sie waren schockiert von dem, was sich dort tat, und haben darüber auf ihrem Blog berichtet. Ich habe sie angeschrieben, um mehr zu erfahren, aber sie wandern gerade durch Patagonien. Sie wollen sich aber nach ihrer Rückkehr bei mir melden. Und sie schrieben mir, dass sie es dem Alpenverein gemeldet hätten, von dort damals aber keine Rückmeldung gekommen sei.«

»Aha.«

»Also habe ich meinerseits den Präsidenten des Alpenvereins befragt, der mir als einer der wenigen freundlicherweise Rede und Antwort stand und dieses Projekt klar befürwortet. Er erklärte mir, damit würde eine ›nationale Wanderweglücke‹ geschlossen. Denn auch heute kann man bereits die Seealpen sehr gut nah am Alpenhauptkamm durchwandern, muss dabei aus französischer Richtung gesehen aber grenzschlängeln, das heißt immer wieder stückweise auf italienische Wege und Hütten ausweichen – weil es keinen durchgehenden Wanderweg zwischen dem Lac de Rabuons und dem Col de la Lombarde gibt. Da musste der Alpenverein, der so stolz auf sein Wanderwegenetz ist, anscheinend immer mal spöttische Bemerkungen der Italiener hinnehmen. So etwas verletzt einen Präsidenten.« Sie schüttelte den Kopf.

»Wo ist denn das alles? Hast du eine Karte, nur damit ich mal eine Vorstellung davon bekomme?!«

»Hier.« Annie faltete eine der blauen Wanderkarten des IGN auseinander und legte sie auf den Tisch. »Zu deiner Orientierung: Valberg ist hier, hier ist Castellar, Ste. Agathe ist hier«, sie zeigte auf die verschiedenen Orte auf der Karte.

»Wo ist Boréon?« Duval versuchte, sich zu orientieren.

»Boréon ist ein Stück weiter im Süden, das ist nicht mehr auf dieser Karte. Aber der existierende Wanderweg verläuft hier entlang«, sie deutete auf eine rote Linie, die ein langes Stück parallel zur Staatsgrenze verlief. »Und hier etwas weiter westlich«, sie zeigte auf eine Stelle, »da irgendwo gab oder gibt es diese Baustelle.«

Sie blickten einen Moment stumm auf die Wanderkarte. »Weißt du, was der Witz ist?«, fragte Annie dann und sprach sofort weiter, »der Umweltminister hat ungefähr zur gleichen Zeit den *Parc du Mercantour* zusammen mit dem italienischen Teil *Parco Naturale delle Alpi Marittime* auf die Bewerberliste für das UNESCO-Weltkulturerbe gesetzt. Das schließt sich gegenseitig aus, verstehst du? Den Park quasi auf die Rote Liste zu setzen und gleichzeitig massive Veränderungsarbeiten vorzunehmen. Aber vermutlich war er von dem Ausbau des Wanderwegs vorsichtshalber auch nicht informiert.«

»Na, vermutlich wollte Tozzi nur für die zukünftigen Besucher des Weltkulturerbes eine geeignete Infrastruktur schaffen.« Duvals Ton war grimmig. »›Weltkulturerbe‹ ist ja so eine paradoxe Auszeichnung, die gleichzeitig die Massen anzieht, um das vom Verfall bedrohte Ziel noch schnell anzusehen, bevor es untergeht. Nur dass ein paar Millionen Subventionen zusätzlich in die Gegend fließen, um mit den Weltkulturerbe-Besucherströmen fertigzuwerden. Eigentlich sollte man diese Auszeichnung abschaffen. Ich denke das immer wieder. Oder mit dem Titel gleichzeitig einen Ausschluss der Besichtigung fordern.« Duval hatte sich ereifert.

»Ich wusste gar nicht, dass du dazu so eine dezidierte Meinung hast.«

»Du meinst, ein Flic kann außerhalb seiner Arbeit nicht reflektieren?«, fragte Duval herausfordernd.

»Nein, nein, natürlich nicht, verzeih. Aber ich habe ein dazu passendes Statement von Tozzi gefunden, direkt wollte er selbstverständlich nicht mir sprechen, ich bin vermutlich als *Persona non grata* gelistet. Hör dir das an: ›Wenn wir Weltkulturerbe werden, bekommen wir endlich den Platz auf der touristischen Landkarte, den wir verdienen. Wir werden alles tun, dass es so kommt.‹«

»Sehr schön«, sagte Duval in ironischem Ton. »Ein lokalpatriotisches Stoßgebet.«

»Und weiter: ›Wir sollten glücklich und froh sein, dass es diese Anzahl von Besuchern gibt. Da, wo es zu viele sind, muss nachgedacht werden, wie man eine intelligente Lösung hinbekommt, um die Besucherströme zu organisieren. Wir wollen den denkmalverträglichen Tourismus, der gelenkt werden muss.‹ Passt doch, oder?«

»Genau, und die Besucherströme werden intelligent über den neuen Wanderweg im zukünftigen Weltkulturerbe gelenkt.«

»So sieht's aus.«

8

In dem kleinen kargen Raum standen ein Tisch und drei Stühle. Die tristen Farben der Wände und der Möbel erinnerten Duval an sein eigenes Büro. Beige, braun, grau. Schmutzabweisend und neutral. In anderen Gefängnissen war man zu mehr Farbe übergegangen, Blau oder Grün in Verbindung mit einem bräunlichen Rot lagen gerade im Trend. Irgendein Farbtherapeut hatte wohl auf die positive Wirkung von Farben auf die Psyche im Alltag der Inhaftierten hingewiesen. Nicht so hier, obwohl der Raum offensichtlich vor nicht allzu langer Zeit frisch gestrichen worden war. Damit immerhin unterschied er sich vom Commissariat, dem noch lange keine Renovierung vergönnt sein würde. Er wartete. Hörte Schritte und Stimmen, die näher kamen, und das Klackern des Schlüssels, der die gegenüberliegende Tür öffnete.

»Sie?«, fragte Robert Issautier überrascht. »Was machen Sie denn hier?«

»Ich wollte mal nach Ihnen sehen.«

»Ach so? Na also das ist ja ... aber setzen Sie sich doch«, er zeigte höflich auf einen der Stühle.

»Danke.«

Duval nickte dem Gefängnisaufseher zu, der die Tür von außen wieder abschloss.

»*Bonjour* erst mal, wie geht es Ihnen, Monsieur Issautier?« Duval reichte ihm die Hand. Issautier drückte sie fest. »*Bonjour*, na, also mit Ihnen habe ich ja im Leben nicht gerechnet.«

»So kann's gehen«, sagte Duval. »Nun, wie geht es Ihnen?«, wiederholte er die Frage.

»Ach«, wehrte Robert Issautier ab, »es könnte besser sein, es könnte aber auch schlechter sein.«

»Wie sind Ihre Zimmerkollegen?«

Issautier bewegte den Kopf. »Eigentlich kann man immer mit demselben Satz antworten: ›Es könnte besser sein, es könnte aber auch schlechter sein‹.«

»Wie viele sind Sie in Ihrer Zelle?«

»Drei. Es geht. Wir sind eine Drei-Generationen-Zelle. Ein Junger, ein Alter und ein ganz Alter. Sie ahnen sicher schon, wer der ganz Alte ist, nicht wahr?«

Duval lächelte leicht.

»Ich habe recht bald um eine Aufgabe gebeten, ich kann durchaus ein paar Tage nur Belote spielen, aber dann muss ich etwas anderes tun.«

»Und? Hat man Ihnen etwas gegeben?«

Er nickte. »Sie halten mich hier wohl für einen harmlosen Opa, insofern war es relativ leicht.« Er lächelte. »Ich darf die Post verteilen.« Er sagte es stolz. »Das ist eine ganz wunderbare Aufgabe. Ich komme rum und sehe Menschen, und alle freuen sich, mich zu sehen, weil ich ihnen die Post bringe. Das ist sehr positiv, und es gefällt mir gut.«

»Wie schön.«

»Ja, und dann bekomme ich viel Besuch. Das ist auch schön. Zu sehen, dass mich die Menschen in meinem Dorf, in meinem Tal nicht vergessen haben. Dass sie sich alle immer wieder auf den Weg hierher machen. Es ist doch mühselig. Ich weiß das.« Er holte ein Taschentuch aus seiner Hosentasche und wischte sich kurz über die Augen. »Es ist schön, aber es ist auch jedes Mal schmerzhaft, verstehen Sie? Sie erzählen mir von allem, was zu Hause passiert.« Er schnäuzte sich laut in das Taschentuch und steckte es ein. »Einer hilft Maryse im Garten, ein anderer macht uns das Holz. Es gibt eine Solidarität im Dorf, das ist schön. Schön zu sehen, dass sie noch immer funktioniert. Aber das macht mir am meisten zu schaffen, dass ich weiß, es gäbe zu Hause so viel zu tun, und ich kann es nicht machen.«

»Ja, ich glaube, Ihre Frau vermisst sie auch sehr. Und nicht nur wegen des Gartens.«

»Ja.« Issautier holte erneut das Taschentuch heraus und wischte sich die Augen. »Ja, ja. Ich weiß. Aber was wollen Sie machen?«

»Na, das frage ich Sie, Monsieur Issautier.«

Robert Issautier sah Duval verständnislos an. »Mich?«

»Ja, Sie! Sie haben es doch in der Hand.«

Robert Issautier schaute noch immer verwundert.

»Warum, Monsieur Issautier?«

»Warum was?«

»Warum haben Sie eine Tat gestanden, die Sie nicht begangen haben?«

Robert Issautier sah Duval verwirrt an. »Aber«, begann er, »aber ... also ich weiß gar nicht, wovon Sie reden. Es war ein Unfall. Ein Unglücksfall«, beendete er schließlich den Satz.

Duval entgegnete nichts. Robert Issautier blickte stumm vor sich hin.

»Nun, Monsieur Issautier«, nahm Duval nach einer Weile das Wort wieder auf, »selbst wenn es ein Unglücksfall gewesen sein sollte, ich glaube nicht, dass Sie ihn verschuldet haben. Und wenn Sie mir eines Tages erzählen wollen, was wirklich passiert ist, dann lassen Sie es mich wissen.« Er reichte Issautier seine Visitenkarte. Issautier sah darauf. »Commissaire sind Sie, soso. Ich danke Ihnen, Commissaire«, sagte er. »Sehr liebenswürdig von Ihnen. Auch, dass Sie mich hier besucht haben, wirklich, ich schätze das sehr. Aber«, er schüttelte langsam den Kopf, »Sie irren sich, ich habe Ihnen nichts zu sagen.«

»Ich wollte nichts unversucht gelassen haben«, gab Duval zurück. »Also dann«, er erhob sich und reichte Issautier die Hand. »Was wünsche ich Ihnen? *Bonne continuation* vielleicht. Weiterhin alles Gute.«

Issautier schaute ihn schelmisch an. »Sie sind ein Zyniker, was?«

»Mitunter.« Duval grinste. Dann fügte er, in einem ernsthaften Ton, hinzu: »*Au revoir*, Monsieur Issautier. Passen Sie auf sich auf.«

»Danke, Commissaire. *Au revoir*.«

———

Es wurde Ostern. Duval war für drei Tage nach Paris geflogen und hatte die kleinen Tonfiguren, die die Kinder im Februar in der Töpferei in Castellar geformt hatten, im Gepäck. Lilly freute sich über ihr kleines Schaf, Matteo aber fand den von ihm geformten Wolf nun schon ein wenig albern. Nachlässig stellte er ihn in die Ecke eines Regals in seinem Zimmer. Er hatte beide Großmütter überredet, ihm zu Ostern statt der üblichen Schokolade Geld zu schenken, damit er sich die heiß ersehnte Playstation selbst kaufen könnte. Noch fehlte ihm dazu eine ganze Menge, aber er war guten Mutes, mit zukünftigem Geburtstags- und Weihnachtsgeld bald genug beisammenzuhaben. In der Zwischenzeit spielte er auf Bens Smartphone ohne Unterlass irgendwelche Pokémon-Spiele und war extrem schlecht gelaunt, wenn er das Telefon wieder zurückgeben musste. Duval sah es mit Unwillen und versuchte, Matteo mit Vernunft und Autorität zu einem anderen, weniger Smartphone- und Videospiel-orientierten Verhalten zu bringen. Matteo blieb störrisch und uneinsichtig und es endete in einem großen Geschrei, in dem sich alle Erwachsenen gegenseitig vorwarfen, keine Verantwortung zu übernehmen, und Duval reiste resigniert und verärgert wieder ab.

Zurück in Cannes widmete er sich den Hunderten kleiner Zeitungsmeldungen der letzten Monate für das gesamte Hinterland, die Annie ihm zusammengestellt hatte. Indirekt nahm er an allem teil: an Patronatsfesten, am Feuerwehrball, am Essen des Vereins für kulinarische Tradition, am Trüffelmarkt, den Handwerksmärkten, den monatlichen Erzeugermärkten, dem Boule-, dem Belote- und dem Reitturnier. Es gab Kranzniederlegungen an Feiertagen, Vernissagen von lokalen Kunstausstellungen, die Eröffnung einer Wäscherei, die Schließung des Friseurs, oder es wechselte der Besitzer eines bestehenden Etablissements, wie im Fall des Tabak- und Presseladens in Valberg. Die Grundschule in Castellar hatte eine neue Direktorin bekommen und das Altersheim feierte mehrfach seine hundertjährigen Bewohner. Eine Gruppe Jugendlicher war beim Haschischrauchen und Dealen erwischt worden, und ein Postbote hatte wegen Trunkenheit am Steuer seinen Führerschein verloren. In der Folge dann sogar seinen Job, dachte Duval, der sich an Eric Lemoine erinnerte. Dazwischen löschte die Freiwillige Feuerwehr hier einen Brand, pumpte dort einen Keller aus und transportierte Verletzte eines Autounfalls nach Nizza ins Krankenhaus. Wanderer waren bei Unwetter in Schwierigkeiten geraten, denn der Weg war unter ihren Füßen weggebrochen, überhaupt schienen die Straßen und Hänge im Hinterland bei Regen Tendenz zu haben, in Gerölllawinen abzurutschen. Duval zählte allein fünf Vorkommnisse dieser Art, gesperrte Straßen und sich daran anschließende monatelange Baustellen. Zu guter Letzt hatte der beherzte Arzt einer Senioreneinrichtung eine selbstmordgefährdete 60-jährige Bewohnerin erfolgreich vom Geländer der Brücke in der Schlucht, von der junge Menschen sich sonst auf der Suche nach einem Adrenalinkick an Gummibändern in die Tiefe stürzten, zurückgeholt. Duval betrachtete die Köpfe und Gesichter auf den pixelig-verschwommenen Fotos und hatte am Ende das Gefühl, sie alle ein wenig zu kennen. Die Meldungen über die Einbrüche las er mehrfach, druckte sie aus und heftete sie an die Magnettafel im Büro. Dann kaufte er sich eine Wanderkarte in großem Maßstab und zeichnete die Einbruchsorte ein.

Das Filmfestival warf seine Schatten voraus. Die Vorbereitungen für die enormen Sicherheitsvorkehrungen nahmen viel Zeit in Anspruch. Man hatte zwei Wochen vorher den Ernstfall eines Attentats geprobt, und beim Knallen der Platzpatronen, als das Palais des Festivals von vermummten Gestalten gestürmt wurde, versetzte es nicht nur die Einsatzkräfte, sondern auch die anwesenden Touristen, die die ausschließlich französischsprachigen Schilder *Ici se déroule un exercice de sécurité*, die man auf Absperrgitter befestigt hatte, nicht verstanden, kurzfristig in eine gewisse Nervosität. Aber trotzdem hielten alle Touristen ihr Smartphone auf die unklare Szenerie und machten gar Selfies davor. Wer wusste, wie viel CNN oder BFMTV einem dafür zahlte, dass man das ultimative Video eines Attentats in Cannes gedreht hatte?! Sah man doch nach jeder Schießerei stundenlang verwackelte Amateurvideos im Fernsehen. Aber nein, es war kein Attentat, es war nicht mal eine Filmaufnahme, nur ein Sicherheitstraining, wie man ihnen mehrfach auf Englisch zurief: *Exercise! You understand? Exercise!* Was für eine Enttäuschung!

Und auch das Festival verlief letzten Endes friedlich, abgesehen von den üblichen Skandalen: ein vom Wind verwehter Rock eines Starlets, der Blicke auf beinahe nicht existierende Dessous gewährte, ein großzügiges Dekolleté einer nicht mehr ganz jungen Schauspielerin, die zusätzlich in Begleitung eines jungen Unbekannten erschien, und wie immer Unverständnis über den Film, der letzten Endes die Goldene Palme gewann.

Duval stand mehrfach vor den Einbruchsmeldungen an seiner Pinnwand und überlegte. Dann nahm er entschlossen das Telefon und wählte die Nummer der Gendarmerie in Castellar.

Kaum hatte er aufgelegt, rief ihn Annie auf dem Mobiltelefon an. »Heute Abend!«, rief sie mit triumphierender Stimme: »Heute Abend auf FR 3!«

»Der Wanderweg?«

»Ja.« Sie klang sehr zufrieden. »In den Abendnachrichten. Musst du dir ansehen!«

»Mache ich, versprochen!«

»Léon, ich habe noch etwas gefunden, was vielleicht interessant für dich ist. Ich schick's dir, es sind mehrere Fotos, ich habe sie von den Hochgebirgswanderern bekommen, weißt du, die mit dem Blog.«

»Ja, ich weiß. Was für Fotos?«

»Ich schick sie dir. Schau sie an, du wirst es verstehen.«

Schon machte es *pling* in seinem Mailordner. »Angekommen«, sagte er, öffnete die Mail und klickte die Fotos an.

»Und?«, fragte Annie.

»Ist ja ein Ding«, sagte Duval. »Wann war das? Weißt du das?«, fragte er dann.

»Also, der Blogartikel ist von Mitte Oktober des letzten Jahres. Wann sie die Fotos exakt gemacht haben, ist unklar, aber ich kann die noch mal anschreiben.«

»Mach das. Ich werde in der Zwischenzeit mal die Baufirma dezent anfragen«, sagte Duval. »Wie schön, dass sie ihren Namen auf den kleinen orangefarbenen Schaufelbagger geschrieben haben.«

»Ja, nicht wahr?«, erwiderte Annie.

Abends schaltete Duval den Fernseher an und wählte France 3. Die Nachrichtensendung 19/20 begann gerade und er kraulte den Kater, der schnurrend neben ihm auf dem Sofa lag. »Eine Reportage von Alain Montferrand und Annie Chatel« kündigte die Sprecherin an. Mit einem Hubschrauber überflog der berichtende Journalist das grandiose Bergpanorama und zeigte dem Fernsehzuschauer von oben die Stelle des ausgebauten Wanderwegs, der an einer Stelle unter einer Gerölllawine begraben war. Dann berichtete er von dem Projekt *Les Balcons du Mercantour* und stand währenddessen mit wehendem Haar auf dem ausgebauten Abschnitt des zukünftigen »Prestigewanderwegs«, an dem bald luxuriöse Unterkünfte gebaut werden sollten, und all das mitten im Nationalpark Mercantour. Ob Laurent Tozzi eigentlich befugt sei, im Nationalpark ein solches millionenschweres Projekt zu realisieren, wurde gefragt, und der Journalist fuhr fort zu erzählen, wie man hier im vergangenen Jahr mit dem nicht mal genehmigten Ausbau bereits begonnen hatte. Mager, athletisch und braun gebrannt standen die beiden Hochgebirgswanderer neben ihm und berichteten von den Sprengungen, die sie beinahe live miterlebt hatten, und hielten dramatisch Bilder in die Kamera, auf denen man Bauarbeiter und den kleinen Bagger sah, der Steine abtransportierte. Von offizieller Seite wollte sich bislang niemand äußern, bedauerte der Journalist und versprach, am Ball bleiben zu wollen. Annie sah man während des ganzen Films nicht.

Duval rief sie an. »Ich hab's gesehen«, sagte er. »Glückwunsch, aber mehr als deinen Namen haben sie von dir nicht gebracht.«

»Ich weiß«, seufzte sie. »Ach, eigentlich war es klar, dass Alain es im Alleingang macht. Das Fernsehen ist seine Domäne, aber immerhin *haben* sie meinen Namen erwähnt! Und viel wichtiger ist es ja, dieses heimlich gestartete Riesen-Projekt öffentlich zu machen. Das ist mir gelungen.« Sie klang stolz.

»Wie geht es weiter?«

»Das werden wir sehen. Tozzi kann das nicht kommentarlos hinnehmen, der Park muss sich jetzt äußern und vielleicht kommt auch der Umweltminister hierher. Dann wird auch in der nationalen Presse darüber gesprochen.«

»Und im Nice Matin?«

»Und im Nice Matin«, bestätigte sie sehr zufrieden. »Gerade haben sie mir eine Nachricht geschickt!«

»Schön für dich!«

»Ja, ich bin froh, neben all den hundertsten Geburtstagen auch mal was Gehaltvolles zu machen.«

»Du machst doch ständig Gehaltvolles, Annie.«

»Findest du? Na, vielleicht sehe ich es nicht mehr richtig, weil ich doch überwiegend so viel Kleinkram produziere. Hast du eigentlich etwas anfangen können mit den ganzen Artikeln, die ich dir rausgesucht habe?«

»Oh ja, ich glaube schon. Ich werde in den nächsten Tagen noch mal in die Berge fahren. Du hast vermutlich keine Zeit, bei dem Rummel um den Wanderweg, der jetzt losgetreten wird?«

»Probier's einfach. Ruf mich an, wenn du da bist, o.k.?«

»Mache ich! *Bisou!* Ich küsse dich!«, sagte er.

»*Bisou, bisou!*«, rief sie fröhlich zurück.

Tatsächlich hatte die nur etwa fünfminütige Reportage, die im südöstlichen Regionalsender ausgestrahlt wurde, eine Lawine an Reaktionen losgetreten. Ungezählte Mails, Tweets, Anrufe und Veröffentlichungen auf Facebook-Seiten rauschten durch die Medienwelt. Sämtliche regionalen und nationalen Vereine zum Schutz von Fauna und Flora, dazu Wander-, Kletter- und sogar Mountainbikegruppen sowie sämtliche großen und kleinen Wanderreisen-Anbieter und privaten Wanderführer ließen ihrer Empörung auf ihren eigenen Internetseiten oder auf der des Senders freien Lauf. Nice Matin berichtete zunächst noch gewohnt vorsichtig, man wolle es sich mit Laurent Tozzi nicht verscherzen, aber hier sei er vielleicht doch etwas zu weit gegangen, wagte man zu sagen, zumindest müsse man die Reportage ernst nehmen, und man erbat zur Klärung der Situation ein Statement des Politikers.

Laurent Tozzi ließ sich eine Weile bitten, entschied sich dann aber, sämtliche Betroffenen zu einem großen »runden Tisch« einzuladen. Nice Matin berichtete erleichtert in einem doppelseitigen Artikel darüber. Mit reumütiger Miene entschuldigte sich Laurent Tozzi vor allen Eingeladenen, das Projekt nicht rechtzeitig explizit vorgestellt zu haben, das war, sagte er, ganz klar ein Fehler. Das Projekt eines für die Allgemeinheit zugänglichen Hochgebirgswanderwegs wollte er, der sich in der Nachfolge von Victor de Cessole, einem regionalen Alpenpionier, sah, jedoch nicht aufgeben, und mit Enthusiasmus versuchte er daher, die Anwesenden dafür ebenso zu begeistern. Selbstverständlich müsse auf Fauna und Flora Rücksicht genommen werden, zukünftige Arbeiten müssten ohne Frage zunächst vom Wissenschaftlichen Rat des Parc du Mercantour abgesegnet sein, und nein, er sei auch einer alternativen, möglicherweise naturverträglicheren Trasse, wie sie von manchen Gruppen vorgeschlagen wurde, nicht abgeneigt. Zusammenarbeiten wolle man zukünftig, um dieses wundervolle Projekt für die Südalpen zu realisieren.

Nicht alle Teilnehmer des »runden Tischs« zollten Beifall, aber der überwiegende Teil war doch von der aufrichtig vorgetragenen Entschuldigung sowie dem sichtlichen Brennen ihres Landtagsabgeordneten für das Projekt und seine Region, für die er nur das Beste wolle, milde gestimmt. Ein nächster Termin für den »runden Tisch« wurde anberaumt und Laurent Tozzi, noch immer in demütiger Haltung, aber doch sichtlich zufrieden über den Verlauf des ersten Arbeitsgespräches, wie er es nannte, stand danach der Presse Rede und Antwort.

»In meiner ganzen Laufbahn hier ist mir noch niemand begegnet, der so viel Besuch bekommt wie Sie«, hörte Duval, der bereits im Besuchszimmer saß, den Aufseher sagen, der mit dem klirrenden Schlüsselbund die Tür öffnete.

»*Ah bon*«, lachte Robert Issautier. »Das ist, bei allem Übel, auch für mich eine angenehme Überraschung«, gab er zurück.

Der weißhaarige Mann sah ein bisschen schmaler und müder aus als beim letzten Mal, fand Duval, vielleicht war es auch nur die fehlende Bräune im faltigen Gesicht. Aber er gab sich dynamisch, als er Duval begrüßte.

»Commissaire! Schön, Sie wiederzusehen.«

»*Bonjour* Monsieur Issautier, ich habe schon gehört, Sie schlagen alle Besuchsrekorde.«

»Ja, das ist eine mich sehr rührende Seite, das muss ich schon sagen. Ich hätte nicht gedacht, dass man mich so schätzt.«

»Wie ist es Ihnen ergangen seit meinem letzten Besuch? Sie sehen schmal aus.«

»Ach, das Essen hier ist nicht so toll, aber es geht schon«, winkte Issautier wie beim letzten Mal ab. »Reden wir über was anderes. Was führt Sie heute zu mir?«

»Wissen Sie«, begann Duval, »Annie Chatel, die Journalistin ...«

»Eine bemerkenswert hübsche Person«, unterbrach

Issautier, »wenn Sie erlauben, dass ich Ihnen das sage. Ihre Freundin, nicht wahr?«

»Ja«, sagte Duval, der sich gegen seinen Willen geschmeichelt fühlte. »Sie ist nicht nur hübsch, sie ist auch schlau«, fügte er hinzu.

»Keine Frage«, nickte Issautier.

»Sie hat recherchiert.«

»Sie ist ja Journalistin.«

»Eben. Nun, es geht bei ihrer Recherche um *Les Balcons du Mercantour*, sagt Ihnen dieses Projekt etwas? Es kam neulich auch in den Nachrichten, ich weiß nicht, ob Sie das verfolgen konnten?«

»*Les Balcons du Mercantour*«, wiederholte Issautier gedehnt. »Doch, doch, das soll ein neuer Wanderweg werden, oder? Ich glaube, ich habe so etwas gehört.«

»Genau. Ein neuer, komfortabler Wanderweg im Parc du Mercantour. Haben Sie eine Ahnung, wo genau der verlaufen wird, Monsieur Issautier?«

»Hmmm«, brummelte Robert Issautier und bewegte vage den Kopf.

»Nein? Sie sind doch ein Kind der Region?!«, sagte Duval ein wenig spöttisch. »Nun, es tut im Augenblick nichts zur Sache. Etwas anderes ist wichtig. Annie hat bei der Recherche unter anderem dieses Foto gefunden, Monsieur Issautier.« Duval holte eine Farbkopie in DIN-A4-Größe aus seiner Aktenmappe. »Wanderer haben dieses und andere Fotos letztes Jahr im Herbst aufgenommen. Sehr naturliebende Wanderer, denen dieser, sagen wir, etwas überhastete Ausbau des Wanderwegs nicht so richtig gut gefallen hat. Sie haben Fotos von den Bauarbeiten gemacht und sie auf einem Blog veröffentlicht.« Er machte eine Pause und sah Robert Issautier an, der keine Miene verzog. »Ahnen Sie schon, wer oder was auf diesen Fotos zu sehen ist?«

»Sie werden es mir schon sagen, nicht wahr?«

Duval schob den DIN-A4-Ausdruck über den Tisch und Issautier blickte darauf. »Ah ja«, machte er.

»Ja. Und Sie sehen das Datum, an dem diese Aufnahme gemacht wurde?!«

Issautier nahm das Blatt in die Hand, hielt es etwas von sich weg und kniff die Augen zusammen. »Ich kann es nicht erkennen.«

»Macht nichts, ich sage es Ihnen. Es war am 28. September. Die beiden Wanderer sind Ende Oktober noch einmal an dieser Stelle vorbeigegangen, um den Fortgang der Arbeiten zu dokumentieren, und haben erneut Aufnahmen gemacht. Und jedes Mal sieht man diesen Mann«, Duval tippte auf das Bild, »mit dem weißen Haar und dem Schnurrbart, der Ihnen aufs Haar gleicht, auf dem kleinen Schaufelbagger sitzen.«

Robert Issautier besah die anderen Aufnahmen, die Duval ihm eine nach der anderen reichte. Dann legte er sie schweigend auf den Tisch.

»Sie haben dort gearbeitet, Monsieur Issautier. In Ihrer Eigenschaft als ehemaliger oder Immer-noch-Maurer und Bauunternehmer haben Sie zusammen mit Ihrem Neffen Patrick Issautier«, Duval tippte auf das Bild des mageren Schnurrbartträgers, der auf eine Schaufel gestützt neben dem Baggerfahrer stand, »seines Zeichens ebenfalls Maurer und Bauunternehmer, und dessen Angestellten Farid Sibari den Auftrag, diesen bestehenden, aber sehr schmalen und schwierig zu begehenden Hochgebirgswanderweg in aller Stille zu einem breiten, komfortablen Wanderweg auszubauen.«

Robert Issautier sprach noch immer nicht. Seine Hände zitterten leicht, während er die Bilder wieder besah.

»Aber Sie haben den Weg bedauerlicherweise nicht in aller Stille ausgebaut«, Duval seufzte, »Sie haben es mit den guten alten Methoden gemacht, nicht wahr? Sie haben Dynamit eingesetzt. Was wollen Sie machen, der Fels muss weg, wenn der Weg so schön breit werden sollte wie geplant, nicht wahr? Sie haben also hier und da ein paar Sprengungen vorgenommen ... und das mitten im Nationalpark Mercantour.«

»Wissen Sie, was mich immer ärgert«, polterte Issautier nun los, »diese Kritik an meiner Arbeit von Menschen, die keine Ahnung haben! Keine Ahnung, nicht die geringste! Ich sage Ihnen auch nicht, was Sie zu tun haben und wie Sie es besser tun sollten, aber kaum setze ich irgendwo einen Spaten an, habe ich lauter Besserwisser an meiner Seite, die mir vorschlagen, es so oder anders zu machen, und mir sagen, dass es so, wie ich es mache, nicht gehen wird. Und dass ich ein Idiot bin, wenn ich es nicht so oder so mache. Mein ganzes Leben lang war das so!«

»Ich maße mir nicht an, Ihre Arbeit zu beurteilen, Monsieur Issautier, ob Sie Dynamit zur Sprengung eines Felsens in einem Nationalpark einsetzen dürfen oder nicht, das darf der Nationalpark entscheiden. Ihre Sprengungen haben allerdings nicht nur die Felsen, sondern auch die beiden Wanderer hochgradig erschüttert, die daraufhin alle Hebel in Bewegung gesetzt haben, um den Alpenverein und alle möglichen Naturschutzorganisationen zu informieren. ›Ein Weg, breit wie eine Autobahn‹, heißt es in ihren Aufrufen, wenn ich hier mal zitieren darf ...«, las Duval vor.

»Idioten!«, unterbrach Robert Issautier empört. »Absolut

lächerlich. Für wen halten die sich? Die wissen doch gar nichts. Achtzig Zentimeter sind es! Von wegen ›Autobahn‹, dass ich nicht lache. Und wir, wir haben über Generationen da oben gelebt und kein Mensch hat sich je darum geschert, wie wir leben oder besser, wie wir überleben, und auf welchen Straßen und Wegen wir unterwegs sind, Sommer wie Winter, und es schert sie auch immer noch nicht. Nur die Käferchen, die sind ihnen wichtig. Und die Blumen und die Bienen. So ein Schwachsinn. Dieser neue Wanderweg wird eine Menge Menschen anziehen, das bedeutet, es gibt zukünftig Arbeit in der Region da oben und es werden sogar neue Arbeitsplätze geschaffen, weil es neue Unterkünfte geben wird. *Das* ist doch wichtig! Die Menschen da oben sind wichtig. *Wir* sind wichtig!«

»Ich höre, was Sie sagen, Monsieur Issautier.«

»Ja. Sie hören es. Sonst hört uns keiner«, schimpfte Issautier. »›Was für eine Idee, da oben ganzjährig leben zu wollen‹, habe ich mehr als einmal gesagt bekommen, wenn ich manchmal erzählte, wie schwierig es sei, dort oben genügend Aufträge zu bekommen. Warum wir da oben bleiben würden, wenn es doch keine Arbeit gibt, fragt man uns spöttisch. Als sei das wahre Leben nur in der Stadt möglich und die Natur diene ausschließlich den Städtern in ihrer Freizeit am Wochenende und in den Ferien. Wir leben seit eh und je in der Natur und mit der Natur, ich weiß mehr über jeden Käfer und jedes Blümchen als so mancher, der sich neuerdings Naturfreund nennt. Und den Blümchen und Käferchen macht eine Sprengung im Fels nichts aus. Die Natur ist viel grausamer hin und wieder.«

»Ja. Letzteres ist sicher nicht falsch«, räumte Duval ein. »In den letzten Monaten hat auf Ihrem Bauabschnitt Schnee gelegen, aber seit Kurzem ist der Weg wieder begehbar, und, so leid mir das persönlich für Ihre Arbeit tut, ein Teil des Ausbaus ist unter einem gewaltigen Erdrutsch begraben worden. Die Wanderer sind immer mal wieder vor Ort, um den Zustand zu dokumentieren.« Duval legte weitere kopierte Seiten mit Text und Aufnahmen auf den Tisch.

»Sehen Sie. So etwas kommt vor, und da sagt niemand was.«

»Ja«, machte Duval. Er insistierte nicht auf dem Umstand, dass der Erdrutsch vielleicht durch die Sprengungen begünstigt worden war. Ihm ging es hier und heute auch nicht um den Naturschutz.

»Monsieur Issautier, es geht mir gar nicht um die Sprengungen. Mir geht es um etwas ganz anderes, denn ob Sie es wollen oder nicht, Sie haben ein Alibi für die Zeit, in der Régis Ravel ums Leben gekommen ist. Ihr Neffe und seine Angestellten bezeugen, dass Sie die gesamte Zeit zusammen mit Ihnen auf der Baustelle anwesend waren. Sie haben dort oben im vergangenen Herbst wie in einem Basiscamp zum Aufstieg zum Annapurna gehaust. Zu dritt in einem Zelt. Der Hubschrauber hatte sie alle drei und ihre Presslufthammer und den kleinen Schaufelbagger und alles, was Sie brauchten, eingeflogen. Es war kalt da oben. Das sieht man an Ihrer Kleidung. Es war kurz vor dem ersten Schneefall. Die Temperaturen gingen nachts deutlich unter null, nicht wahr?« Duval sah Issautier an, aber der reagierte nicht. »Am 22. Oktober, an dem Sie aus Versehen Régis Ravel in *Pra Guillot* erschossen haben wollen, waren Sie auch da oben. Mal eben kurz weg kam man von dort nicht. Viel interessanter ist also, warum Sie ein falsches Geständnis abgelegt haben und warum niemand, weder Ihr Neffe noch Ihre Frau noch sonst irgendjemand aus ihrem reizenden kleinen Dorf die Wahrheit sagen wollte?! Das wusste doch bestimmt der eine oder andere, oder? Man weiß doch alles voneinander da oben, nicht wahr? Und warum sagt Ihre Frau so gar nichts mehr, die Sie doch erst so tapfer verteidigt hat gegen die Gendarmen?«

Robert Issautier brummelte etwas und zuckte mit den Schultern.

»Sie waren an besagtem Tag nicht zur Jagd, Monsieur Issautier, weder allein noch mit den anderen, weil Sie nämlich schlicht in einem anderen Tal und trotz Ihrer Knieschmerzen und, verzeihen Sie, trotz Ihres Alters dort körperlich geschuftet haben, für diesen ominösen Wanderweg.«

»Was soll denn das heißen, ›ominöser Wanderweg‹?«, polterte Robert Issautier nun los. »Ich unterstütze dieses Projekt, jawohl! Endlich hat mal jemand eine Vision, eine großartige Idee, wie man Menschen die Berge nahebringen kann, und zwar ganz normalen Menschen, Familien mit Kindern, und nicht nur den drei oder vier sportlichen Hochgebirgswanderern. Auf diesem Weg, wenn er mal fertig ist, gibt es dann bequem erreichbare Etappenziele und komfortable Unterkünfte. Da können Familien durch eine Bergwelt wandern, die für sie sonst nie erreichbar wäre. Das ist doch eine großartige Naturerfahrung. Und gleichzeitig schafft man Arbeitsplätze für die Menschen, die hier leben. ›Bravo‹, sage ich dazu. Und dafür habe ich gerne meine Erfahrung und meine Arbeitskraft eingesetzt, jawohl! Und was heißt schon Arbeit, ich verstehe das gar nicht, was man heute unter Arbeit versteht. Arbeit und Freizeit. Verstehe ich nicht. Ich habe mein ganzes Leben lang gearbeitet. Jeden Tag. Ich arbeite gern, mich macht es zufrieden, ich nenne es auch nicht Arbeit, für mich ist es eine Beschäftigung. Warum sollte ich damit eines Tages aufhören, nur weil ich manchmal Schmerzen in den Knien oder ein bestimmtes Alter erreicht habe?«

»Aber warum musste das alles im Geheimen stattfinden? Warum sagt niemand, hallo, der Robert Issautier kann Régis Ravel gar nicht erschossen haben, nicht mal aus Versehen, weil er dabei war, in den Bergen einen Wanderweg auszubauen?«

Robert Issautier zuckte mit den Schultern.

»Sie sind ein solidarisches Völkchen da oben, was? Man hilft sich gegenseitig und wenn man schweigen muss, dann schweigt man. Und den Flics sagen wir schon mal gar nichts. Die sind nicht von hier. Die verstehen sowieso nichts. Ist es nicht so?«

Robert Issautier schwieg noch immer.

»Man wollte Fakten schaffen, ist es das? Wenn der Weg erst mal da ist, dann werden schon alle einverstanden sein? Und damit alle einverstanden sind und niemand aufmuckt, bekommt jeder noch einen Umschlag zugeschoben mit ein bisschen Handgeld?«

»Was soll das denn heißen? Ein Umschlag mit Handgeld! *Phh!*« Robert Issautier war nun wütend. »Ich sage Ihnen was, ich hätte gar kein Geld gebraucht, weil ich das Projekt großartig finde, großartig, hören Sie?!«

»Ich höre es wohl«, sagte Duval, »ich höre, dass Sie kein Geld *gebraucht* hätten, aber weil man es Ihnen schon mal angeboten hat, dann haben Sie es dennoch gern angenommen, ist es so? Deswegen sagt auch niemand etwas? Weil alle geschmiert worden sind?«

Robert Issautier war verärgert und schlug mit der Hand auf den Tisch. »Herrgott ... Sie drehen mir die Worte im

Mund herum. Ich habe Geld bekommen, weil man mich für meine Arbeit bezahlt hat, das meine ich.«

»Monsieur Issautier, hören Sie, ich will mich nicht mit Ihnen streiten, ich ermittele auch nicht in diesem Fall.« Eigentlich ermittelte er in gar keinem Fall, und warum er sich so engagierte, war ihm selbst nicht ganz klar, aber all das sagte er nicht. »Ich bin nur gekommen, um Ihnen Ihr wohlverdientes Alibi zu geben.«

»Sehr liebenswürdig von Ihnen«, brummelte Issautier in einem ironischen Ton.

»Ob Sie mir das nun danken oder nicht, aber *ich* wüsste gern, wer der *richtige* Täter ist, verstehen Sie? Ihm gebührt nämlich eine angemessene Strafe! Und Sie wollen doch nicht noch fünf Jahre, oder wie viel man Ihnen letztlich aufbrummen will, hier drinnen sitzen und sich nur noch *anhören*, was sich bei Ihnen oben im Dorf tut, oder? Sie haben doch Besseres zu tun, als im Knast Post auszutragen, auch wenn das sicherlich eine ehrenwerte Aufgabe ist.« Duval sprach eindringlich. »Seien Sie ehrlich, es fehlt Ihnen doch, mit den Händen in der Erde zu wühlen und alles, was Sie im Garten angepflanzt haben, wachsen zu sehen. Und die Berge ringsum. Und die Stille.«

Issautier hatte bei Duvals Worten sein Taschentuch herausgenommen und sich über die Augen gewischt. »Ach, die Stille«, machte er abfällig. »Ich nehme mein Hörgerät raus, dann ist es still genug.«

Duval lächelte leicht, aber dann fragte er in ernstem Ton: »Für wen opfern Sie sich? Für Olivier?«

Issautier wischte sich erneut über die Augen und gab einen kleinen, jammernden Ton von sich, der zu einem lang gezogenen »ach, aaaach, aaaaach« wurde.

Duval ließ ihm Zeit.

»Haben Sie Kinder, Commissaire?«, fragte Issautier dann unvermittelt.

»Ja, ich habe einen Sohn und eine Tochter.«

»Sehen Sie.« Issautier nickte schwer mit dem Kopf. »Wir, Maryse und ich, wir haben keine Kinder. Das hat uns immer gefehlt. Wir hätten so viel Liebe zu geben gehabt, und wir haben keine Kinder bekommen. Maryses Geschwister bekamen Kinder, meine Geschwister bekamen Kinder, alle im Dorf bekamen Kinder, nur wir nicht. Ich weiß nicht, ob es an ihr liegt oder an mir, es ist auch egal. Aber es hat unser ganzes Leben durcheinandergebracht. Und alles, was wir aufgebaut haben, ist so sinnlos geworden. Für wen macht man denn alles, wenn nicht für eine nachfolgende Generation?« Er sah Duval an, aber es war nur eine rhetorische Frage, denn schon sprach er weiter. »Maryse wollte unbedingt ein Kind, also haben wir uns für eine Adoption beworben. Aber man hat uns keine Kinder zur Adoption geben wollen, nicht mal Pflegekinder hat man uns zugestanden.« Er sah bekümmert aus und holte schon wieder sein Taschentuch hervor, das er in der Hand knetete. »Wissen Sie, früher hat man elternlose Kinder gern zu Bauernfamilien gegeben, es war eine einfache Lösung, der Staat war die Fürsorge los und für die Bauern waren die Kinder zusätzliche Arbeitskräfte. Niemand hat sich damals gesorgt, ob diese Kinder geliebt würden. Und oft genug waren sie nur billige Arbeitskräfte, die man herumgeschubst und geschlagen hat, man hat sie kaum zur Schule gehen lassen und sie oft schlechter behandelt als den Hund. Irgendwann hat sich das geändert. Man machte sich plötzlich Sorgen um das Wohl des Kindes und suchte ›bessere‹ Familien für die Kinder. Maryse und ich, wir sind beide selbst nicht lange zur Schule gegangen, wir haben wenig von dem, was man heute Kultur nennt. Wir waren wohl kein Paar, dem man noch Kinder anvertrauen wollte. Und mit einem Schafhof und einem kleinen Bauunternehmen sahen wir ganz danach aus, als hätten wir viel zu viel Arbeit und würden die Kinder, nach alter Tradition, sicherlich als Arbeitskräfte ausnutzen. Unser Antrag wurde nie, nie bewilligt. Dabei hatten wir einfach nur viel zu viel Liebe zu geben.« Issautier wischte sich erneut über die Augen. »Maryse hat das sehr verbittert. Mich auch in gewisser Weise, aber ich glaube, für Frauen, die gern Mutter gewesen wären und denen es nicht vergönnt war, ist es tragischer. Sie fühlte sich, als habe sie in ihrer Rolle als Frau versagt. *Voilà*«, machte er abschließend und lehnte sich im Stuhl zurück, als habe er damit alles erklärt.

»Sie haben also keine Kinder«, wiederholte Duval nachdenklich. »Und Olivier?«, fragte er erneut nach. »Zu ihm haben Sie ein besonderes Verhältnis?!«

»Olivier. Als er klein war, hat er sich zu uns geflüchtet, wenn sein Vater mal wieder zu fest zugeschlagen hat. Er war gern bei uns. Das wäre ein Sohn, wie wir ihn gern gehabt hätten, ja.«

»Er ist aber nicht Ihr Sohn?«

»Mein Sohn?«

»Ja, Sie verstehen schon, was ich sagen will?!«

»Illegitim, meinen Sie?«

»Ja, das meine ich.«

»Nein.« Er schüttelte entschieden den Kopf. »Olivier könnte fast mein Enkel sein«, erklärte er.

»Ist er Ihr Enkel?«

»NEIN! Herrje, Sie wollen mich missverstehen!«

»Nein, ich möchte nur *verstehen*, wieso Sie an Oliviers Stelle ins Gefängnis gegangen sind.«

»Das habe ich doch gar nicht gesagt.«

»Nein, aber getan haben Sie es. Sie wollten erreichen, dass man Olivier nicht mehr verdächtigt. Weil Sie glauben oder wissen, dass Olivier Régis Ravel getötet hat. Vielleicht hat es sich genauso, wie Sie es zu Protokoll gegeben haben, abgespielt, aber es waren nicht Sie, es war Olivier. Weil Olivier nun mal wütend und gewalttätig werden kann. Und weil Ravel sich ihm und auch anderen gegenüber mehr als einmal respektlos verhalten hat. Und Olivier ging bei Ihnen ein und aus, er hätte ohne Probleme Ihr Gewehr nehmen können.«

Issautier bewegte langsam den Kopf hin und her. »Wer weiß.«

»Ja, wer weiß das schon. Wissen Sie es?«

Issautier schüttelte den Kopf.

»Sie vermuten also nur, dass es so war? Und Sie gehen für einen Mann, der nicht mal Ihr Sohn ist, ins Gefängnis?«

»Er ist nicht mein Sohn, aber ich wünschte, ich hätte einen Sohn wie ihn. Er ist ein bisschen grob und schnell aufbrausend, aber er ist ein anständiger Kerl, er hat ein großes Herz und er ist fleißig. Und weiß der Himmel warum, wir haben ihn in unser Herz geschlossen, ja. Maryse liebt ihn abgöttisch. Anfangs war sie so eifersüchtig auf seine Frau wie eine echte Mutter, die ihren Sohn nicht hergeben mag. Aber jetzt, mit den drei Kleinen«, er lächelte, als er an sie dachte, »da hat sich das entspannt. Sie malen mir Bilder und schicken sie mir, besuchen dürfen sie mich nicht, weil wir eben nicht verwandt sind, aber ich würde alles tun, um Olivier und seine kleine Familie zu beschützen, verstehen Sie?«

»Das haben Sie schon bewiesen.«

»Er hat seine Familie, er hat den Hof, er hat noch sein ganzes Leben vor sich. Ich wollte nicht, dass seine Zukunft mit dieser Tat belastet ist. *Ich* habe mein Leben gelebt. Das meiste davon zumindest. Ein bisschen habe ich vielleicht noch vor mir.«

»Genau, und das werden Sie, wenn Sie mir erlauben wollen, dass ich mich einmische, auch nicht hier drinnen verbringen, Monsieur Issautier.«

Er schüttelte den Kopf. »Ich werde das nicht offiziell wiederholen.«

»Und wenn es gar nicht Olivier war, Monsieur Issautier?«

»Ach so?« Robert Issautier schien ehrlich erstaunt.

»Ja, haben Sie das schon mal in Betracht gezogen? Olivier glaubt, dass Sie es waren, Sie glauben, dass es Olivier war. Reden Sie mal ernsthaft miteinander und lassen Sie sich nicht von irgendwelchen Vermutungen leiten. Dafür geht es doch für Sie beide um viel zu viel. Erklären Sie ihm die Situation. Ich lasse Ihnen derweil die Kopien hier, falls Sie mit Ihrem Anwalt Kontakt aufnehmen wollen. Und jetzt lasse ich Sie wieder in Ihre Zelle gehen, damit Sie über alles in Ruhe nachdenken können.«

»Sie glauben, es war gar nicht Olivier?«

»Fragen Sie ihn!«

9

Kurz darauf fuhr Duval wieder in die Berge. Er hatte Wanderschuhe dabei, eine Flasche Wasser und ein kleines Picknick, und vorsichtshalber auch eine leichte Regenjacke. Hinter dem Dorf Ste. Agathe wählte er den schmalen geschotterten Feldweg, der, ein großes Schild wies darauf hin, bei Regen und Schnee als nicht befahrbar galt. Aber auch heute, an einem trockenen und sonnigen Tag, holperte und ruckelte der kleine Fiat tapfer und mühsam über grobes Geröll und vom Regen ausgewaschene Gräben sowie von groben Autoreifen geschaffene tiefe Furchen langsam bergauf. Er stellte sein Auto in eine der Ausweichstellen, die es hin und wieder gab, um zwei Autos die Möglichkeit zu geben, aneinander vorbeizufahren. Die letzten drei Kilometer würde er zu Fuß gehen.

Kaum hatte er angehalten und war aus dem Wagen gestiegen, war sie wieder da, diese Stille. Nur der heiß gelaufene Motor des Fiat lief noch etwas nach. Dann war auch das vorbei. Er lauschte. Mit einem monotonen Summen rauschte in gerader Linie ein dickes Insekt an ihm vorbei. Sonst hörte er nichts. Absolute Stille. Er ließ den Blick schweifen. Das Bergszenario war jetzt im Frühling weitaus beeindruckender als im Winter, wo der Schnee die wilde Natur weiß und weich überdeckte. Jetzt sah man erst, wie sich die unterschiedlich rauen Gipfel aneinanderfügten.

Manche waldig und mit wiesenbegrünten Hängen, andere, höhere, waren kahlfelsig und schroffkantig, dazwischen faltige Abgründe und runzelig gefurchte Felswände, durch die hin und wieder Wasserfälle rauschten. Ganz oben lag noch immer Schnee. Um ihn herum aber waren die Wiesen grün und mit hellgelben Flecken gemustert. Schlüsselblumen, erkannte er, als er sich näherte. Er entdeckte eine violette kerzenförmige Pflanze am Wiesenrand und dann noch eine. Wilde Orchideen! Mehrere Varianten wuchsen davon im Mercantour, hatte er in einem der Bildbände über den Naturpark gelesen. Dort hatte er auch die Fotos gesehen. Es war deutlich berührender, sie in der Natur zu entdecken, was ihn aber nicht davon abhielt, sie wieder zu fotografieren.

Er nahm seinen Weg auf und lief vorbei an rötlich und grünlich patinierten Felswänden, über die kleine Rinnsale liefen. Kleine Quellen sprudelten hin und wieder zwischen den bizarr geborstenen Steinen. Es gluckste und gluckerte überall. Das Tauwasser des Schnees floss bergab, sammelte sich in kleinen Gräben entlang des Weges und wand sich leise plätschernd den Berg hinab. Weiter oben durchschritt er einen lichten, noch zögerlich zartgrünen Lärchenwald. Unterhalb des Weges, nur von ein paar Ginsterbüschen verdeckt, aber ging es senkrecht hinab. Glatte dunkelgraue Felswände. Duval sah beeindruckt in die nicht enden wollende Tiefe. Unverhofft hörte er das durchdringende Pfeifen der Murmeltiere. Mit jedem seiner Schritte wurde es lauter und schriller. War er es, den sie als Gefahr ankündigten? Er blieb stehen und schaute in die Richtung, aus der das Pfeifkonzert kam, und versuchte, die Murmeltiere zu orten. Dann hob er suchend den Blick. Weit oben sah er einen Greifvogel langsam seine Kreise ziehen. Ein Adler?

Ein Geier vielleicht? Die Murmeltiere pfiffen noch immer, ohne dass er sie zwischen den Felsen ausmachen konnte. Urplötzlich sah er eine Bewegung, dann war es still. Er bedauerte, kein Fernglas mitgenommen zu haben. Niemals hätte er gedacht, dass er ein Bedürfnis haben könnte, Tiere zu beobachten.

Ein Stück weiter klackerte und polterte auf einmal eine kleine Steinlawine nach unten. Ein mittelgroßer Stein fiel vor seine Füße. Immer wieder lösten sich Steine aus den porösen Felsen, sei es, weil eine Gämse herumsprang oder ein Wanderer ihn losgetreten hatte, manchmal polterte ein Stein auch ohne äußeres Zutun hinunter. Er blickte nach oben. Gab es Gämsen da oben? Möglicherweise einen Steinbock? Er seufzte leise. Was für ein Tag.

Schon von Weitem sah er, dass aus dem Schornstein des Hauses Rauch aufstieg. Er war erleichtert.

Er klopfte und betätigte gleichzeitig die kleine altmodische Türglocke.

»Na, so was!«, sagte Agathe, als sie die Tür öffnete. Sie sah müde aus.

»*Bonjour* Agathe, ich weiß, es ist ein bisschen überfallartig, aber es hat mich irgendwie hierhergezogen«, bemühte sich Duval um eine Erklärung.

»Na, so was«, wiederholte sie, »ja, dann kommen Sie doch rein«, sie öffnete die Tür weit. »Möchten Sie etwas essen?«

»Nur, wenn es Ihnen keine Umstände macht, ich habe ein Picknick dabei – ich wusste ja nicht, ob Sie überhaupt da sind.«

»Warum haben Sie denn nicht angerufen?«

»Tja ...« Duval blieb eine Antwort schuldig.

Sie sah ihn kurz forschend an, dann senkte sie den Blick. »Wollen Sie etwas trinken?«

»Gern. Ein Bier vielleicht, wenn Sie so etwas haben.«

»Sicher.« Sie verschwand im Raum hinter der Küche. »Es ist aber nur kellerkalt«, sagte sie, als sie mit einer Flasche Bier wiederkam.

»Kein Problem.«

Sie öffnete die Flasche, holte ein Glas aus dem Schrank und schenkte ihm ein.

»Ich setze mich nach draußen, ist das in Ordnung?«

»Selbstverständlich, wie Sie möchten.«

Duval nahm die halb volle Flasche Bier und das Glas und setzte sich an den Holztisch vor dem Haus. Er nahm einen tiefen Schluck und stellte das Glas ab. »Es ist tatsächlich noch schöner als im Winter«, sagte Duval und drehte sich zu Agathe um, die an den Türrahmen gelehnt stehen geblieben war.

»Ja, aber hier beginnt der Frühling erst noch.« Sie zeigte auf die Bäume in der Nähe. »Die Eschen haben noch nicht mal Blätter.«

»Sie wollen sagen, es wird noch schöner?«

»Grüner wird es, heiterer, weniger karg. Jetzt blühen ja nur vereinzelt die ersten Blumen in den Wiesen: wilde Orchideen, Trollblumen, Vergissmeinnicht.«

Duval zog sein Mobiltelefon hervor, mit dem er die Orchideen fotografiert hatte, und zeigte sie Agathe. »Das sind die Orchideen, oder?«

»Ja, wilde Orchideen«, bestätigte sie. »Es gibt ich-weiß-nicht-wie-viele Varianten davon hier oben. Es gibt auch wilde Lilien. Die blühen etwas später. In drei bis vier Wochen explodiert die Natur geradezu. Dann sind die Wiesen ein reines Blumenmeer mit Butterblumen, Margeriten, Klee, Wiesensalbei. Das ist wundervoll. So lange, bis die Schafe zum Weiden kommen zumindest.«

»Die Schafe, ja«, sinnierte Duval. »Sind Sie eigentlich für oder gegen den Wolf?«, fragte er dann.

Sie lachte. »Ach je, ich bin, sagen wir, nicht gegen den Wolf, auch wenn ich mich im Winter, wenn ich allein unterwegs bin, nicht mehr sicher fühle, aber ich bin auch für die Schafe. Schafe sind auch Tiere.«

Duval trank noch einen Schluck Bier.

»Ich mache mir sowieso gleich etwas zu essen, wenn Sie mögen, essen wir zusammen, es wird einfach, ich habe noch etwas Schweinebraten da und Kartoffelpüree. Und ein Viertel einer einfachen Tarte gibt es auch noch.«

»Warum nicht, vielen Dank.«

Während Duval die grandiose Aussicht genoss und erneut diese unglaubliche Stille auf sich wirken ließ, bereitete Agathe das Essen zu und stellte Teller, Gläser und Besteck auf den Tisch. Kurz darauf kam sie mit einem großen, schwer beladenen Tablett wieder und platzierte eine Schüssel und mehrere Platten auf dem Tisch.

»Das ist ja alles ganz wunderbar, danke, Agathe.«

»Reste«, wehrte sie ab und schob Duval die Platte mit dem aufgeschnittenen Schweinebraten zu. »Bedienen Sie sich.«

»Danke, und guten Appetit!«

Sie aßen und sprachen vor allem über das Essen: die Qualität der Kartoffeln, mit dem hübschen Namen *Mona Lisa*, unbehandelte Kartoffeln eines Bauern aus Castellar, die sich ausgezeichnet für das Püree eigneten. Aber natürlich war das Püree auch deswegen so cremig, weil Agathe nicht mit Butter und Sahne gegeizt hatte. Dann plauderten sie über dies und das, über das Wetter und den Schnee, das Wandern und den Gegensatz zwischen Stadt- und Landleben. Und erst beim Dessert, als Agathe ihm ein Stück einer traditionellen Tarte aus Dosenmilch servierte, sagte sie: »Reden wir nicht länger drum herum. Ich weiß, dass Sie Polizist sind.«

»Ja«, sagte Duval. »Das ist kein Geheimnis.«

»Warum sind Sie da?«, forschte sie. »Doch nicht, um mit mir zu essen und mir Fragen zum Wetter zu stellen?«

»Ich bin nicht dienstlich hier, Agathe, wenn Sie das beruhigen kann. Aber ich bin nicht davon überzeugt, dass Robert Issautier der Schuldige ist.«

»Ich auch nicht.«

»Sehen Sie. Erzählen Sie mir etwas über diesen Wanderweg, Agathe, ja?!«

»Den Wanderweg?« Sie tat, als wüsste sie nicht, von welchem Wanderweg Duval sprach.

»*Les Balcons du Mercantour*«, half Duval ihrem Gedächtnis nach. »Sie haben mir das letzte Mal schon davon berichtet, erinnern Sie sich?«

»Ach so, ja«, sie nickte. »Was soll ich dazu noch sagen?«

»Es war Régis Ravel, der Sie überzeugen wollte, sich dafür zu bewerben, nicht wahr?«

»Ah ja«, sie klang verärgert. »Er hat mich bequatscht und mir sonst was vorgemacht, was ich alles erreichen könnte, dabei war alles nur heiße Luft, er wollte mich nur rumkriegen.«

»Es stimmte gar nicht mit dem Wanderweg?«

»Doch, schon, aber er war nie hier geplant gewesen, das habe ich aber erst vor Kurzem erfahren.«

»Ach so? Wer hat Ihnen das erzählt?«

»Ich hatte vor Kurzem Gäste, einer der Chefs vom Park hat hier seinen Geburtstag gefeiert, und wir sprachen darüber, dass mein Haus so isoliert liegt. Da habe ich noch mal gefragt wegen des Wanderwegs. Er war ganz eigenartig berührt und wollte erst gar nichts dazu sagen. Später sagte er mir unter vier Augen, dass ich das missverstanden haben müsste, der Weg sei nie so konzipiert gewesen.«

»Aha«, machte Duval.

»Na ja, ich bin vielleicht nicht sehr intelligent, aber ich weiß doch, was mir Régis erzählt hat. Ich habe da nichts missverstanden. Der hat mir Märchen erzählt! Das habe ich dem Chef vom Park natürlich nicht gesagt.«

»Ravel hat also versucht, Sie damit *rumzukriegen*?«

»Ja, kann man so sagen. Er schlich schon eine Weile um mich herum. Kam immer wieder unter den abenteuerlichsten Vorwänden.« Sie verzog ärgerlich das Gesicht. »Und dann plötzlich dieses Projekt. ›Agathe‹, sagte er, ›wir werden beide reich werden.‹ Ich war anfangs auch ganz Feuer und Flamme, es hörte sich toll an. Und er hatte mir Champagner mitgebracht. Das war ungewöhnlich, weil Régis eher geizig war.«

»Was genau hat er Ihnen erzählt, wissen Sie das noch?«

»Er sagte, es sei ein Wanderweg, der den Mercantour weltbekannt machen würde. Er würde zukünftig Touristen anziehen wie der Mont Blanc. Es würde alles noch hinter verschlossenen Türen gehandelt, aber an dem Tag, an dem das Projekt öffentlich bekannt würde, würden sie alle vor Neid erblassen. Und wir würden dabei sein! Ich habe Régis wirklich selten so begeistert von etwas gesehen. Abgesehen vom Wolf.«

»›Wir würden dabei sein‹, das hat er gesagt, ja? ›Wir‹? Meinte er da sie beide als Paar? Oder war er selbst involviert in das Projekt?«

»Das weiß ich nicht. Ich dachte, er meinte uns.«

»Fanden Sie es nicht erstaunlich, dass jemand, der jeden Grashalm im Park schützt und eigentlich keine Touristen im Park mochte, plötzlich so begeistert auf ein touristisches Großprojekt sprang?!«

»Nein, Régis hat es mir so erklärt: Wenn man die Touristen auf eine große ausgewiesene Strecke schickt, wird der Rest vom Park ganz klar geschützt.«

»Aha.«

»Mir hat's eingeleuchtet.«

»Ja, es hat eine gewisse Logik«, stimmte Duval zu.

»Aber als ich länger darüber nachgedacht habe, wurde ich unsicher. Ich meine, ich will ja gar nicht wirklich reich werden, also reich im Sinne von super viele Gäste haben, super viel arbeiten und super viel Geld verdienen. Ich bin ja schon reich, mit dem, was ich hier habe.« Sie zeigte mit dem Händen um sich. »Der Himmel, die Stille, das hier alles. Das reicht mir.«

»Und da war er enttäuscht?«

»Na ja, er war vor allem enttäuscht, weil ich *ihn* letzten Endes nicht wollte.«

»Letzten Endes?«

Sie druckste herum. »Ich hatte in der Zwischenzeit Sylvain kennengelernt. Ich war so dermaßen verknallt in Sylvain, dass mir die Geschichte mit Régis ganz falsch vorkam.«

»Ah, ich verstehe. Er hatte nicht nur *versucht*, sie rumzukriegen.«

»Nein, aber es fühlte sich plötzlich ganz fad und falsch an«, verteidigte sie sich. »Ich konnte ja auch nichts dafür, ich hatte so etwas vorher noch nicht erlebt. Ich sagte ihm, ich hätte mich getäuscht, es täte mir leid. Ich meine, es war auch keine wirklich lange Geschichte mit uns, es war eigentlich nicht der Rede wert.«

»Für ihn aber schon.«

Sie zuckte mit den Schultern.

»Und Sylvain?«, fragte Duval.

»Ach Sylvain«, sagte sie gequält. »Sylvain ist auch gegangen.«

»Oh, das tut mir leid.«

»Ja. Mir auch«, sagte sie mit leiser Stimme. »Aber es ging nicht mehr.« Sie stieß ein verzweifeltes Geräusch aus. »Es ging einfach nicht.« Sie schüttelte den Kopf. »Es war ... wissen Sie, anfangs war alles wunderbar. Große Gefühle, unsere Beziehung war sehr leidenschaftlich, sehr intensiv. Und er war so großzügig. Zum ersten Mal machte mir jemand einfach so Geschenke. Ich fand das toll und habe das wirklich genossen. Régis war ja eher geizig und mit meinem ersten Mann, na ja, wir hatten das Haus zu bauen und viel Geld für anderes war da nicht übrig. Sylvain überhäufte mich mit Geschenken und Liebesbezeugungen und ...« Sie schwieg und blickte verschämt zur Seite. »Und ich habe erstmals gemerkt, wie sehr mir das all die Jahre gefehlt hat. Ich war wie ein vertrockneter Schwamm. Ich sehnte mich so sehr nach ...« Sie beendete den Satz nicht und wich Duvals Blick aus. »Aber als wir hier dann richtig zusammengelebt haben, begann es bald zu kriseln. Erinnern Sie sich noch an den Tag, an dem Sie hier waren?« Jetzt sah sie Duval wieder offen an.

»Sicher«, sagte Duval. »An Ihrem Geburtstag war das, oder kurz danach.«

»Ja, mein Geburtstag. Er kam, weil er mich überraschen wollte, sagte er. Aber er hatte seinen Job hingeschmissen. Er hatte sich am Vortag mit seinem Chef überworfen und ist gegangen. Mitten in der Saison. So etwas macht man doch nicht!« Sie sah Duval an, als suche sie Bestätigung. »Das spricht sich rum und klar, für den Winter hat er natürlich nichts anderes mehr bekommen. Richtig gesucht hat er vielleicht auch nicht, aber er sagte, die Menschen hier seien ›scheiße‹, geizig und misstrauisch, und sie würden ihm absichtlich keine Arbeit geben, weil er nicht von hier sei. Er meckerte immer mehr. Und er nörgelte auch an mir herum. Vor allem, wenn er getrunken hatte. Außerdem war er eifersüchtig und rechthaberisch. Einmal hat er mit einem Gast einen Streit angefangen. So etwas geht ja gar nicht. Wissen Sie, ich streite mich nicht mit meinen Gästen. Ich bin da, sagen wir, ganz neutral, ich höre mir alles an und denke mir meinen Teil, es sind meine Gäste, basta. Und er musste mit einem ebenso dickköpfigen Typen einen Streit anfangen, ich weiß nicht mal mehr weswegen, aber er musste recht behalten unter allen Umständen. Es war einer meiner Stammgäste, das hat mich sehr geärgert, deshalb bin ich dazwischengegangen und habe gesagt, ›es reicht jetzt‹. Da hat er mir dann unterstellt, etwas mit diesem Typen zu haben ...«, sie schnaufte laut. »Das hat mich dann wiederum wütend gemacht. So wütend! Ich habe in der Küche gegen den Kühlschrank getreten, weil ich nicht wusste, wohin mit meiner Wut. So eine Wut kannte ich bis dahin gar nicht. Es war ...«, sie schaute verlegen vor sich auf den Boden, »unsäglich, aber leidenschaftlich, wie in einer italienischen Oper. Aber vor den Gästen geht es so nicht und ich dachte, er macht mir alles, was ich aufgebaut habe, kaputt.«

»Und da haben Sie ihn rausgeworfen?«

»Ach was, nein.« Sie machte eine ironisch-verzweifelte Grimasse. »Noch lange nicht. Ich kann quälende Situationen gut aushalten. Weggeschickt habe ich ihn erst«, begann sie nun mit ernster Stimme, »als er mich geschlagen hat.«

»Oh!«

»Ja.«

Das ›Ja‹ klang klein und resigniert, nicht kämpferisch oder wütend. »Es war nur eine Ohrfeige, aber so heftig, dass mir die ganze linke Gesichtshälfte wehtat, und mein Auge war blau und geschwollen. Da erzählt man dann so etwas wie ›ich habe mich gestoßen‹, wenn die Gäste fragen. Da hat es mir gereicht.«

»Es war die richtige Entscheidung, Agathe, das wissen Sie?«

»Ja«, sagte sie leise, »ich weiß schon.«

Duval hörte das unausgesprochene ›aber‹. Er bemühte sich um einen neutralen Gesichtsausdruck. Frauen, die von Männern geschlagen wurden, sich trennten und dann doch zu ihnen zurückkehrten, gab es viel zu viele. Das war eine der seltenen Situationen, in denen sogar Duval die Arbeit von Therapeuten sinnvoll fand, wenn sie versuchten, diesen selbstzerstörerischen Kreislauf zu unterbrechen. Aber leider gelang es nur selten.

»Was war der Grund dafür?«

»Er war eifersüchtig. Mal wieder. Kaum lächelte ich einen Gast an, unterstellte er mir, dass ich ihn hinterginge. Und er hatte einen Brief von Régis gefunden, indem Régis von einer gemeinsamen Zukunft sprach, aber das war ein Brief vom letzten Sommer, bevor ich mich wirklich von ihm getrennt habe. Was heißt getrennt«, sagte sie abfällig, »wir waren ja gar nicht wirklich zusammen. Es war so lächerlich. Er unterstellt mir sonst was, nur weil ich den Brief aufgehoben hatte. Ich meine, Régis ist tot in der Zwischenzeit ...« Sie hielt kurz inne und sah Duval an. »Régis hat Sylvain einmal wegen Wilderei angezeigt«, fügte sie hinzu.

»Zu Recht?«

»Das weiß ich nicht. Sylvain hat natürlich behauptet, es

sei Verleumdung. Ich habe damals Sylvain geglaubt und gedacht, das wäre Régis' Rache dafür, dass ich mit Sylvain zusammen war.«

»Und dann hat Régis Ihnen gesagt, dass der Wanderweg einen anderen Verlauf nehmen würde.«

»Ja, das war schlimm. Ich dachte, was die Kerle so alles tun, wenn sie ...«, sie brach ab. »Sylvain war superwütend«, sagte sie dann. »Das war ein Thema, da konnten wir wirklich gar nicht mehr drüber reden, ohne dass er ausrastete. ›Der hat unsere Zukunft ruiniert‹, tobte er jedes Mal.« Sie schwieg. »Und wenn Sylvain gewusst hätte, dass der Wanderweg sowieso nie hier geplant war ...« Sie hielt kurz inne. Duval sah, wie sie nachdachte. Dann stand sie auf. »Ich komme gleich wieder.«

Sie verschwand in der Remise und Duval hörte, wie sie dort Dinge laut hin- und herräumte. Mit einem großen schwarzen Müllsack kam sie zurück. Sie legte ihn auf den Tisch. »Da!«, sagte sie.

Duval musste den Sack nicht öffnen, er erkannte die Form des Gegenstandes darin auch so. »Wissen Sie, was da drin ist?«, fragte er Agathe.

»Ich vermute es.«

»Wissen Sie, wem es gehört?«

»Auch da habe ich eine Vermutung.«

»Haben Sie es angefasst?«

Sie schüttelte den Kopf.

»Gut.« Duval besah den Müllsack, ohne ihn zu öffnen. »Ich vermute, es ist das verloren gegangene Gewehr von Robert Issautier?!«

»Möglich«, sagte Agathe.

»Wie kommt es in Ihre Remise, Agathe?«

»Ich weiß es nicht«, sagte sie tonlos. »Keine Ahnung. Ich

habe es gefunden, als ich neulich die alten Gartenwerkzeuge suchte. Ich hatte in einer Ecke eine alte Sense, aber sie war verrostet und stumpf, und ich habe den Wetzstein gesucht, aber weil ich ihn nicht an seinem Platz fand, begann ich aufzuräumen und habe auch Zeug in die alten Schränke geräumt. Und dabei fand ich diesen schwarzen Sack. Ich konnte mich gar nicht erinnern, dass ich den hatte, und habe hineingeschaut. Gesehen habe ich eigentlich nichts, dunkler Gegenstand in einem dunklen Sack in einer dunklen Ecke der Remise, aber ich habe es trotzdem sofort begriffen.«

»Was haben Sie begriffen?«

»Dass Sylvain das Gewehr hier versteckt hat.«

»Sylvain?«

»Ja sicher. Ich war es bestimmt nicht.« Sie sah Duval funkelnd an. »Er hat mir ja nach dem Einbruch das Schloss ausgetauscht und vermutlich einen Schlüssel behalten. Oder vielleicht auch meinen benutzt, er weiß ja, wo ich sie aufbewahre. Was weiß ich. Als ich einkaufen war oder bei meiner Familie. Oder vielleicht sogar während ich da war. Er werkelte ja immer herum, baute mir ein neues Küchenregal, und er hat mir einen Handlauf an der Treppe angebracht und brauchte Werkzeug. Ich habe ihn nicht kontrolliert. Ich habe ihm vertraut. Er ging bei mir ein und aus. ›Du bist hier zu Hause, wenn du willst‹, habe ich ihm gesagt.«

»Das ist jetzt nicht mehr so?!«

Sie schüttelte den Kopf. »Vielleicht konnte er es damals, als ich ihm sagte, er müsse gehen, nur einfach nicht mitnehmen. Ich war ja dabei und habe zugesehen, wie er seine Sachen packte. Das wäre schon komisch gewesen, wenn er noch mal in die Remise gegangen und damit rausgekommen wäre, vermutlich deshalb.«

»Hm«, machte Duval. »Haben Sie und Sylvain sich seither wiedergesehen?«

Sie druckste etwas herum. »Ich bin ihm vor einigen Wochen hinterhergefahren«, bekannte sie dann. »Ich habe sogar kurzfristig Gäste abgelehnt, um ein paar Tage freizuhaben, ich Idiot! Ich dachte, ich überrasche ihn. Ich war überzeugt, er würde sich freuen und alles würde gut. Was man sich so alles in seinem Kopf ausmalt, wenn man ... ach na ja«, sie winkte ab.

»Er hat sich nicht gefreut?«, vermutete Duval. »Ist er verheiratet?«

»Ha!« Sie lachte bitter auf. »Das wäre auch noch eine Variante. Nein, das heißt, ich weiß es gar nicht. Ich stand nur irgendwann vor seinem Haus in La Clusaz und es sah wirklich toll aus, aber wissen Sie was?« Die Frage war nur rhetorisch, sie wartete Duvals Antwort gar nicht erst ab. »Es ist gar nicht sein Haus!« Sie schnaubte. »Es gehört einem reichen Geschäftsmann, und der hatte noch nie von Sylvain gehört. Also, es hätte ja sein können, dass er es von ihm gekauft hat oder gemietet hat, dass Sylvain ein Stockwerk bewohnt oder meinetwegen auch nur der Hausmeister ist oder was weiß ich. Nix dergleichen. Er hat vielleicht daran mitgebaut oder vielleicht nicht mal das. Ich kam mir so dumm vor.« Sie schwieg einen Moment. »Ich habe ihn angerufen und gefragt, wo er sei. Und er erzählte mir, dass er in seinem Haus in La Clusaz sei, vor dem Kamin, und es sich gut gehen ließe. Und dass er mich vermisse und den Rest habe ich gar nicht mehr gehört, so verstört war ich. Er hat mich von vorne bis hinten belogen. Und die Reisen nach Kanada und Australien, die er angeblich gemacht hat, die glaube ich ihm nun auch nicht mehr. Was stimmt denn überhaupt? Ich kam mir so bescheuert vor, dass ich ihm das alles geglaubt habe.«

»Sie haben ihn nicht damit konfrontiert?«

»Nein, ich war viel zu verstört. Und dann dachte ich, das mache ich nicht am Telefon. Ich will ihm dabei in die Augen sehen.«

»Und haben Sie das gemacht?«

Sie schüttelte den Kopf.

»Haben Sie in der Zwischenzeit erfahren können, wo er wirklich wohnt?«

»Nein.«

»Sie wissen aber schon länger, dass das Gewehr hier ist?«

»Ja. Aber es hat eben erst ›klick‹ gemacht in meinem Kopf. Als ich Ihnen das von Régis und Sylvains Eifersucht erzählt habe. Und von dem Wanderweg ...« Sie sprach nicht weiter.

»Und was denken Sie jetzt?«

»Na, ich denke, Sylvain hat das Gewehr von Robert Issautier gefunden, oder? Und ... ach, ich weiß nicht, was ich denken soll.« Sie schwieg. »Was machen wir denn jetzt damit?«, fragte sie dann und zeigte auf den schwarzen Müllsack, der mitsamt seinem Inhalt noch immer auf dem Tisch lag. »Nehmen Sie es an sich? Oder gebe ich es der Gendarmerie?«

»Räumen Sie es dahin, wo Sie es gefunden haben, fassen Sie nichts mehr an und sprechen Sie auf jeden Fall mit der Gendarmerie. Erzählen Sie denen alles, was Sie wissen und was Sie vermuten. Es ist ja mehr als wahrscheinlich, dass es das Gewehr von Robert Issautier ist. Das ändert möglicherweise alles. Was auch immer Sylvain ... wie ist eigentlich sein Familienname?«, unterbrach sich Duval.

»Lacan, also, wenn es stimmt, was er mir gesagt hat, was weiß ich. Vielleicht ist es auch nicht sein richtiger Name?!«

»Möglich ist das.«

»Vielleicht hat er das Gewehr ja auch nur gefunden«, mutmaßte sie nun. »Das bedeutet ja nicht, dass er auch damit geschossen hat, nicht wahr? Robert Issautier hat ja immerhin schon gestanden. Und Sylvain hat es vielleicht danach gefunden und aufgehoben, um es später zu verkaufen. Das könnte doch sein, oder? Er machte ständig solche Geschäfte. Den Motorschlitten hat er auch wieder verkauft. Unter Wert natürlich.«

»Agathe, vorhin sagten Sie, dass Sie Robert Issautier nicht für den Täter halten.«

»Stimmt.« Sie war kleinlaut.

»Sie mögen ihn immer noch, Ihren Sylvain, nicht wahr?«

Sie senkte schuldbewusst den Kopf. »Es ist ... ich meine, es ist bescheuert, aber er fehlt mir.« Tränen traten in ihre Augen. »So lange habe ich gut allein gelebt und jetzt ...« Kurz schluchzte sie auf und ihre Stimme bekam etwas weinerlich Quäkendes. »Ich will nicht mehr allein sein, wissen Sie.« Ein erneuter Schluchzer. »Und die guten Momente, die waren sehr gut, wissen Sie, es war alles sehr intensiv mit ihm ...«

»Ich verstehe schon«, unterbrach Duval, etwas ruppiger, als er wollte, aber er hatte keine Lust auf ihre intimen Geständnisse.

So fasste sie sich wieder, wischte die Tränen aus den Augen und zog die Nase hoch. Dann räusperte sie sich. »Es ist an einem Tag so und am nächsten Tag so«, sagte sie in sachlicherem Ton. »Einen Tag denke ich, sei vernünftig, er lügt, er tut dir nicht gut, und an anderen Tagen bin ich so sehnsüchtig und dann denke ich, ach egal, er hat einfach ein bisschen zu viel Fantasie, und ich möchte nur wieder in seinen Armen sein.«

Duval seufzte unhörbar. »Warum haben Sie mir das Gewehr also gezeigt?«

Sie zuckte mit den Schultern. »Vermutlich ist heute einer von den ›Sei-vernünftig-Tagen‹«, sagte sie und lächelte versuchshalber.

»So wird es sein.«

Der kleine Fiat rumpelte über den Schotterweg. Man wurde sicher genügsamer, wenn man für jeden Einkauf so eine mühselige Strecke zurücklegen musste, sinnierte Duval. Hatte man etwas vergessen, dann musste man sich ohne behelfen. Er dachte an Agathe. Unglaublich, dass eine junge Frau es hier allein aushielt. Einmal musste Duval anhalten und einen mittelgroßen Stein vom Weg räumen. Er blickte nach oben. Es wäre nicht schön, so einen Stein auf den Kopf zu bekommen, dachte er.

In einer der letzten Kurven, die er nun schon ganz schwungvoll nahm, rauschte plötzlich ein Geländewagen auf ihn zu. Duval bremste stark, der kleine Fiat rutschte auf dem Schotter hin und her, es staubte und Steinchen klackerten gegen das Autoblech. Schräg zum Weg und mit der Stoßstange knapp über dem Abhang blieb er stehen und schnaufte. Das war knapp. Sein Herz klopfte und seine Hände zitterten leicht. Der Geländewagen hupte auffordernd, er hatte zurückgesetzt und wartete ein Stück unterhalb in einer Ausbuchtung. Duval legte behutsam den Rückwärtsgang ein und manövrierte den Fiat vorsichtig wieder auf den Weg. Langsam fuhr er an dem Geländewagen vorbei. Er drehte die Scheibe hinunter, um ein launiges »na, das war knapp« loszuwerden, aber der bärtige Fahrer mit der verspiegelten Sonnenbrille machte seinerseits nur eine grüßende Geste mit der Hand hinter der Scheibe und gab bereits Gas. Duval stutzte. War das etwa Sylvain? Mit Bart? Oder doch nicht? Er versuchte im Rückspiegel noch die Departementsnummer auf dem Nummernschild zu erkennen, aber der Geländewagen war schon in einer großen Staubwolke verschwunden. Duval hielt an und holte sein Mobiltelefon hervor. »Kein Dienst«, informierte es ihn einmal mehr. Er versuchte dennoch den Notruf abzusetzen und gab die 17 ein, danach die 15 für die Feuerwehr, aber sein Telefon machte jeweils nur einen hohlen Piepston und war dann tot. »Herrgottsverdammte Scheiße«, fluchte er. Was sollte er tun? Zur Gendarmerie fahren, da wäre er ungefähr in dreißig Minuten, überlegte er. Und bis die Kollegen hier hinaufgefahren kämen, verginge bestimmt eine Stunde. In einer Stunde könnte Sylvain schon wieder weg sein. Wenn er es überhaupt war. Aber da war Duval sich fast sicher. Würde Sylvain sich lang und breit mit Agathe aussprechen? Würde sie ihn zurückhalten und versuchen, heimlich die Gendarmerie anzurufen? Oder würde sie ihn warnen? Er konnte ihre Reaktion nicht einschätzen. Duval warf das Mobiltelefon neben sich auf den Beifahrersitz und holperte mit dem Fiat weiter bergab. Er warf immer wieder einen Blick auf das Display. Irgendwann müsste es doch wieder ein Telefonnetz geben, herrje! In der letzten Kurve vor Ste. Agathe piepste es. Endlich! Sofort hielt er an und wählte die Durchwahl der Majorin.

»Hören Sie«, rief er in das Telefon, ohne sich mit Höflichkeitsfloskeln aufzuhalten, »das Gewehr von Issautier, es befindet sich bei Agathe in *La Bastière*! Ich glaube, der Mann, den wir suchen, ist auf dem Weg zu ihr. Sylvain Lacan. Er ist mir eben gerade begegnet. Ich vermute, er will das Gewehr wiedererlangen. Er hatte es da oben in der Scheune von Agathe versteckt.«

»Duval!«, stöhnte Majorin Delgado verärgert und verbarg ihren Unwillen über die neuerliche Einmischung Duvals nur schlecht. »Der Fall ist abgeschlossen!«, rief sie.

»Madame Delgado!«, rief Duval wütend. »Das Gewehr von Issautier, das haben Sie noch nicht gefunden, oder?«

»Wo sind Sie?«, fragte sie kurz.

»Auf dem Weg kurz oberhalb von Ste. Agathe, dem Dorf. Ich werde zurückfahren zu Agathe, nach *La Bastière* meine ich, um die Situation zu kontrollieren.«

»Wie sagten Sie heißt der Mann?«

»Sylvain Lacan.«

»Unternehmen Sie nichts, Duval! Wir kommen. Sind Sie bewaffnet?«

»Nein.«

»Dann unternehmen Sie schon zweimal nichts, verstanden?«

Aber Duval hatte die Verbindung schon unterbrochen, Er fuhr bis zu einer weiteren Ausbuchtung, wendete seinen Wagen so zügig, dass es wieder Steine spritzte, und gab Gas. Der kleine Fiat rumpelte tapfer bergauf. Braves Auto, er tätschelte kurz das Lenkrad. Plötzlich bremste er ab. Sie würden ihn kommen hören. Man hörte dort oben in der Stille jedes Geräusch. Und wenn er erst mal auf der langen Geraden wäre, würden sie ihn sehen. Würde er den Wagen irgendwo stehen lassen, blockierte er zwar den Rückweg für Sylvain, aber auch die Zufahrt für die Gendarmen. Er überlegte. Er würde mit dem Auto bis zu ihrem Haus fahren und so tun, als habe er etwas vergessen. Er war immerhin als Gast zu Agathe gekommen.

Schon von Weitem hörte er den Streit. »Hör mir doch zu,

Agathe!« Sylvain sprach mit lauter Stimme. »Ach was, ich glaube dir nichts mehr, du hast mich mit allem angelogen!«, rief Agathe wütend. »Nichts davon stimmt!«

»Agathe! Komm her. Meine Gefühle für dich sind echt, und das weißt du!«

»Gefühle, Gefühle. Du hast mich geschlagen, erinnerst du dich?«

»Geschlagen! Mir ist die Hand ausgerutscht und du hast mich provoziert, Agathe. Du hast offen mit diesem Typen geflirtet. Ich hatte keine andere Wahl, wenn ich nicht lächerlich aussehen wollte!«

»Entschuldigung!«, rief Duval dazwischen und näherte sich.

»Sie?«, fragte Agathe und sah ihn erschrocken an.

Sylvain blickte misstrauisch von Duval zu Agathe.

»Ich glaube, ich habe meine Sonnenbrille vorhin hier vergessen«, behauptete Duval und streckte Sylvain die Hand entgegen. »*Bonjour!* Sind Sie nicht der Skilehrer? Wir haben uns im Winter schon mal hier gesehen. Ich habe Sie erst nicht erkannt mit dem Bart. Ich glaube, wir sind uns gerade auf dem Weg begegnet.«

»Ah«, machte Sylvain, »ja, genau. Bart haben ja jetzt alle. Ich wollte es mal ausprobieren.«

»Ich bin mit dem Wagen gerade ganz schön ins Rutschen gekommen, das war knapp, einen Moment wurde mir ganz anders«, plauderte Duval weiter.

»Hab ich nicht bemerkt«, behauptete Sylvain.

»Ist ja alles gut gegangen, aber hin und wieder eine Barriere täte dem Weg ganz gut, finde ich. Haben Sie meine Brille zufällig gesehen?«, wandte er sich an Agathe.

»Nein«, sie blickte umher. »Vielleicht liegt sie oben im Badezimmer?«

»Vielleicht oben. Genau. Ich will mal nachsehen, wenn Sie erlauben?«

Agathe nickte.

Duval verschwand im Haus. »Lassen Sie sich nicht stören«, sagte er.

»Was hast du mit dem Typen?«, zischte Sylvain.

»Spinnst du? Gar nichts«, gab sie halblaut zurück. »Der ist vorhin hier überraschend aufgetaucht und wir haben zusammen gegessen. Das ist alles.«

»Was habt ihr oben gemacht?«

»Herrgott noch mal, er hat sich die Hände gewaschen!«

»*Voilà*, da ist sie!« Duval hielt demonstrativ seine Sonnenbrille hoch. »Ich habe ziemlich empfindliche Augen«, entschuldigte er sich. »Ohne Sonnenbrille bekomme ich schnell eine Bindehautentzündung. Trotzdem lasse ich sie immer wieder irgendwo liegen. Kennen Sie das?« Er kam sich vor wie Inspektor Columbo, der den trotteligen Ermittler spielte. Wie lange würde er hier noch unauffällig herumhängen können? »Darf ich vielleicht noch ein Glas Wasser ...?«, bat er Agathe, die seine Komödie durchschaute und zunehmend nervös wurde.

»Sicher. Möchten Sie auch einen Kaffee?«, versuchte sie das Spiel mitzuspielen.

»Sehr gern. Ich hätte nicht zu fragen gewagt.«

»Sylvain, einen Kaffee?«, fragte sie.

Er nickte stumm und zog an seiner Zigarette.

Sie verschwand geradezu erleichtert in der Küche und Duval setzte sich.

»Wie ist es Ihnen ergangen in der Zwischenzeit?«, erkundigte sich Duval bei Sylvain. »Wie war die Wintersaison?«

»Ach«, wehrte Sylvain ab, »besch...eiden, um ehrlich zu sein. Die Leute hier im Tal sind ziemlich komisch. Die machen alles unter sich aus. Auch die Jobs. Schwierig, hier Arbeit zu finden. Ich bin wieder zurückgegangen in die Haute Savoie.« Sein Blick fiel auf das Vorhängeschloss an der Remise. Er näherte sich dem Tor, drückte die Klinke herunter und rüttelte daran. Es war abgeschlossen. »Warum hast du noch ein Schloss angebracht?«, rief er Richtung Küche.

»Was?«, rief Agathe und streckte den Kopf aus der Tür. »Kaffee ist gleich fertig.«

»Das Schloss!« Sylvain gab der Scheunentür einen Tritt. »Warum hast du zusätzlich noch dieses verdammte Schloss angebracht?«

»Hör auf!«, rief sie. Er trat noch einmal gegen die Tür, dass es krachte. »HÖR AUF! Was machst du da?«

Sylvain sah von Duval zu Agathe und zur Scheune. Dann trat er dreimal hintereinander in die Tür. Das Holz splitterte.

»Beruhigen Sie sich, Sylvain!« Duval machte ein paar Schritte auf ihn zu. »Sylvain«, wiederholte er seinen Namen. »Sylvain, beruhigen Sie sich. Sie hat bestimmt einen Schlüssel für das Schloss, nicht wahr, Agathe? Würden Sie den Schlüssel holen, Agathe, bitte!«

Agathe sah ihn verwirrt an. Sie hatte die Espressokanne in der Hand und zitterte, als sie sie abstellte. »Sicher, einen Moment.«

»Kommen Sie, Sylvain«, Duval berührte ihn am Arm. »Kommen Sie, lassen Sie uns einen Kaffee trinken.«

»FASSEN SIE MICH NICHT AN!«, brüllte Sylvain los und schlug Duvals Arm so heftig zur Seite, dass Duval taumelte. »FASSEN SIE MICH BLOSS NICHT AN!« Er stand drohend vor Duval und blickte suchend um sich. Sie sahen beide gleichzeitig den Haufen mit gespaltenem

Holz. Es war Sylvain, der als Erster zugriff. »Wer sind Sie, hä? Was wollen Sie hier?« Er hob den Scheit Holz und machte einen Schritt auf Duval zu.

»HÖR AUF!«, brüllte Agathe. »HÖR SOFORT AUF!« Sie stand in der Tür und hatte ein Gewehr in der Hand, das sie zitternd auf Sylvain richtete.

»Wo hast du …?« Sylvain sah fassungslos Agathe und das Gewehr an. »Du kannst nicht mal damit schießen«, spottete er und ließ den Arm sinken. Das war der Moment. Blitzschnell griff Duval nach dem Scheit Holz, zog heftig daran, Sylvain verlor kurz das Gleichgewicht und Duval brachte ihn reflexartig mit einem Fußfeger zu Fall. Eine Sache von Sekunden. Gelernt ist gelernt, dachte er erleichtert, warf sich auf Sylvains Rücken und drehte ihm die Arme nach hinten.

»Das Gewehr, geben Sie mir das Gewehr, Agathe!«, befahl Duval. »Und holen Sie eine Schnur, schnell!« Agathe gehorchte. Sylvain bäumte sich brüllend auf, sodass Duval ihm mit dem Gewehrkolben einen kurzen Schlag an die Schläfe versetzte. Sylvain sackte zusammen. Agathe schluchzte auf. Duval fesselte ihm die Handgelenke mit einer blauen Plastikschnur, die Agathe ihm mit zitternden Händen reichte, auf den Rücken. »So«, sagte er. Agathe wimmerte und schniefte. Mit dem Gewehr in der Hand stand Duval noch immer da, als er eine Bewegung neben dem Haus wahrnahm.

»Keine Bewegung! Hände hoch! Waffen runter! Nehmen Sie das Gewehr runter. Duval!«, rief die Majorin mit gezogener Waffe. Gleichzeitig kamen zwei weitere Gendarmen von der anderen Seite ums Haus.

10

»Es war also Sylvain«, sagte Annie, während sie die mit Öl, Knoblauch und Rosmarin marinierten Lammkoteletts auf eine Platte legte.

»Ja. Er hat im Polizeigewahrsam alles gestanden. Zufällig war die Gendarmerie in Castellar gerade auf den Namen von Sylvain Lacan gestoßen, als ich angerufen hatte. Die Kollegen in der Haute Savoie hatten einen Mann mit einer Motocrossmaschine überprüft, die im vergangenen Jahr hier als gestohlen gemeldet worden war. Der junge Mann bestritt, das Motorrad gestohlen zu haben, und gab an, es von einem Bekannten, Sylvain Lacan, erworben zu haben.«

»Das Motorrad von Xavier Fonteneau!« Sie holte eine große Schüssel aus dem Kühlschrank und nahm den Deckel ab.

»Exakt. Hmmm.« Duval schnüffelte. »Was ist das?«

»Tabouleh, ein Couscoussalat.«

»Mhhhm, Annie, das sieht köstlich aus. Mir läuft das Wasser im Munde zusammen!«

»Wie weit bist du mit dem Grill? Können die Koteletts da jetzt drauf?« Sie hielt ihm die Platte entgegen.

»Ich schau mal.« Duval lief mit der Platte auf die Terrasse, wo er den kleinen Gartengrill angefeuert hatte, und besah kritisch die Glut. »Die Glut ist gut«, rief er. »Soll ich loslegen?«

»Klar.«

Es zischte, als Duval das Fleisch auf den Grill legte. Er griff nach dem Glas Pastis, das er sich gewohnheitsmäßig eingeschenkt hatte, lehnte sich an die Hauswand und blinzelte in die Abendsonne. »Und nachdem er diesen Diebstahl zugegeben hatte, gab er auch alles andere zu.«

»Die anderen Einbrüche gingen auch auf Sylvains Konto? Verstehe ich dich recht? Würdest du den Tisch decken, *chéri*?« Sie reichte ihm Teller, Gläser und Besteck an.

»Sehr wohl, Madame.« Duval nahm es ihr ab und deckte den Tisch. »Nun, nicht alle. Ich habe mir alles, was du mir zusammengestellt hast, gründlich angesehen. Am Ende war ich überzeugt, dass es zwei Einbruchsserien gab. Das habe ich der Gendarmerie gesagt, die waren zwar mal wieder verärgert über meine Einmischung, aber so war es schließlich. Einmal die, wo man Motorräder und wertvolles Werkzeug wie Motorsägen klaute, und dann die, wo man Alkohol und kleine Geldbeträge mitnahm. Apropos Alkohol. Was möchtest du zum Essen trinken?«

»Ich bleibe bei dem Rosé vom Apéro«, sagte Annie und warf sich noch ein paar Erdnüsse in den Mund. »Was war mit der Stereoanlage?«, fragte sie nach.

»Das war nur ein kleines schäbiges Ding ohne besonderen Wert. Diese Sorte Einbrüche, das waren tatsächlich Mutproben einiger Jungs, die sich im Dorf langweilten. Aber das Cross-Motorrad, das war ein anderes Kaliber, das hat einen Wert von 3- bis 4000 Euro. Es hat Sylvain gut gepasst, dass Olivier mit dessen Besitzer in Konflikt stand.« Duval drehte die Lammkoteletts um. »Wie möchtest du die Lammkoteletts? Durchgebraten?«

»Um Gottes willen. Leicht rosa.«

»Dann sind sie gleich fertig«, sagte er. »Bist du so weit?«

»Alles da.« Sie stellte die Schüssel mit dem Tabouleh auf den Tisch, einen Korb mit geschnittenem Baguette, ein Holzbrett mit Käse und die Flasche Rosé. »Und der Einbruch bei Agathe?«, fragte sie dann.

»Das war auch Sylvain. Es war ein Einbruch, um von sich abzulenken. Schließlich denkt ja niemand, dass man bei sich selbst einbricht. Und es passte ihm gut, dass er so ein neues Schloss einbauen konnte und damit einen Schlüssel zur Remise hatte. Dort konnte er immer mal etwas zwischenlagern. Wie etwa das Gewehr von Robert Issautier, das er bei seinen Touren durch den Wald gefunden hatte. Die Munition hat er sich irgendwo beschafft, er hatte ja Kontakte zum kriminellen Milieu.«

»Und damit hat er Régis Ravel erschossen?«

»Ja.« Duval stand neben dem Grill und wachte über das Fleisch. »*Hopp*, wir können!« Er warf die Lammkoteletts eins nach dem anderen auf die große Platte und stellte sie auf den Tisch. »*Bon appétit!*«

»Oh, ich freu mich so!« Annie beugte sich vor und gab Duval einen Kuss. »Olivier lässt dich herzlich grüßen. Er sagt, er hat uns Fleisch in 1-a-Qualität verkauft.«

»Daran zweifle ich keine Sekunde. Und du bringst es jetzt übers Herz, Lammfleisch zu essen, obwohl du die kleinen weißen Lämmchen gesehen hast?«

»Muss ich abstrahieren«, gab sie zu. »Ich glaube, wenn ich wüsste, es ist Cacahuète, die hier auf dem Tisch liegt, dann ginge es nicht. Aber irgendein durchnummeriertes Schaf, das ich nicht kenne, ist in Ordnung. Ich will auf jeden Fall kein neuseeländisches Lamm mehr essen, habe ich mir vorgenommen.« Sie schnitt das kleine Stück Fleisch an. Es war *à point*, rosa, blutete aber nicht mehr. »Perfekt«, befand sie, dann steckte sie sich ein Stück in den Mund

und kaute. Sie legte die Gabel ab und sah Duval an. »Ist es nicht fantastisch? Es ist wirklich ein Unterschied, oder?«

Duval hatte das Fleisch herausgelöst, nagte aber zunächst den knusprig gegrillten Knochen ab und nickte nur.

»Nimm auch was von dem Tabouleh, das passt gut dazu«, sagte Annie und löffelte Duval und sich selbst den Couscoussalat auf den Teller.

»Danke, Annie.«

»Und warum jetzt?«, nahm Annie das Gespräch wieder auf. »Nur, weil Régis Ravel etwas mit Agathe gehabt hatte?!«

»Du hast keine Vorstellung davon, wozu Menschen aus Eifersucht fähig sind«, erklärte Duval. »Im Prinzip waren beide Männer eifersüchtig und sie haben sich gegenseitig bespitzelt. Ravel war auf Sylvain eifersüchtig, der ihm Agathe ausgespannt hatte, weshalb er ihm eine Anzeige wegen Wilderei angehängt hatte. Ob zu Recht oder Unrecht, kann jetzt nicht mehr ermittelt werden. Sylvain Lacan sagt natürlich, zu Unrecht. Und er habe mit der Wilderei erst angefangen, nachdem er fälschlicherweise dafür bestraft worden sei und ›ganz zufällig‹ das Gewehr gefunden habe. Ausgleichende Gerechtigkeit nannte er das.« Duval nahm sich ein weiteres Lammkotelett.

»Spinner«, sagte Annie.

»Ja, im Prinzip ist er durchaus psychisch angeknackst. Er sah sich als Opfer, aber gleichzeitig auch als eine Art Robin Hood. Der Rächer der Entrechteten. Er wollte natürlich Agathe rächen, aber auch Eric Lemoine, an dessen Schicksal Ravel ebenso schuld gewesen sei. Ravel sollte dafür zahlen, dass er andere ins Unglück stürzte. Sylvain schloss sich dabei durchaus mit ein. Ravel habe Agathe mit dieser Geschichte von dem Wanderweg geködert und damit letztlich ihrer beider Zukunft ruiniert. Denn Sylvain sah sich schon als erfolgreichen Hotelbesitzer, der im Geld schwimmt, und dann, *puff*, zerplatzte dieser Traum wie eine schillernde Seifenblase. Dazu kam, dass Ravel nicht etwa beim Park für eine andere Trasse gestimmt hat, was völlig an den Haaren herbeigezogen war, so viel Einfluss hatte er nie gehabt, sondern, dass die Trasse nie dort oben geplant gewesen war«, erzählte Duval kauend und spießte gleichzeitig noch ein Lammkotelett auf. »Die sind wirklich vorzüglich, aber es ist ja kaum Fleisch dran«, entschuldigte er sich grinsend.

»Auch ein Spinner«, befand Annie.

»Ich?«, fragte Duval kritisch.

»Nein, Ravel.«

»Ah. Ja, durchaus. Aber was tut man nicht alles, um einer Frau zu imponieren ...«

»Das ist doch Quatsch«, winkte Annie unwillig ab und hangelte ebenso nach einem weiteren Kotelett. »Und das wäre doch sowieso irgendwann rausgekommen. Ich glaube das nicht.«

»Ach, es hat Agathe schon einen Moment lang beeindruckt, glaube ich. Und später hätte er es als Entscheidung von oben ausgeben können, gegen die er nichts habe machen können, und vermutlich dachte er, wenn Agathe erst mal seine Qualitäten erkannt hätte, würde sie dennoch bei ihm bleiben.«

»Na gut«, stimmte Annie nun doch zu, »möglich ist es.«

»Es ist ganz ausgezeichnet, dein Tabouleh.«

»Danke«, lächelte sie. »Ist ganz einfach, man muss nur alles klitzeklein schnippeln, das ist die meiste Arbeit daran«, meinte sie. »Und es wird jedes Mal etwas anders bei mir, aber ich glaube, das ist normal, es gibt tausendundeine Variante und alle geben vor, ›original‹ zu sein. Das libanesische Rezept sieht zum Beispiel Bulgur vor. Aber ich mache es am liebsten mit mittelgroßem Couscous, aber er muss schön locker sein, nicht zusammenkleben, und ich nehme nicht so viel Petersilie, wie sie immer angeben.«

»Und Minze«, befand Duval kauend.

»Ja, Minze und Zitrone, Olivenöl und Tomaten, und ich nehme auch Salatgurke. Und dann?«

»Wie und dann?«

»Ravel meine ich.«

»Ah, Ravel. Dann hat er so getan, als hätte er die Fäden in der Hand und als hätte *er* diese Entscheidung gegen sie getroffen oder mit getroffen, und das nur, um Agathe zu verletzen. Das hat dann wiederum Sylvain so in Rage gebracht, dass er bei Ravel eingebrochen hat. Alle Welt hat wieder Olivier, den Schäfer, verdächtigt, mit dem Ravel gerade aneinandergeraten war. Oliviers Alibi war aber so hieb- und stichfest, dass man sogar glaubte, es sei inszeniert und er habe die Tat angezettelt und Freunde von ihm hätten den Einbruch begangen, während er offen sichtbar bei Issautiers auf dem Sofa gesessen habe. Das kam Sylvain gerade recht. Zunächst wollte er den gestohlenen Computer wirklich nur verscherbeln, sagte er, wie all die anderen Dinge, die er auch geklaut hatte. Aber dann hat er doch in den Dokumenten und Mails herumgelesen und ist auf den Ordner zum Wanderweg gestoßen und wusste nun, dass Ravel Agathe angelogen hatte. Da war für ihn klar, dass Ravel dafür büßen musste. Und von nun an verfolgte er ihn.«

»Er streifte fortan mit Issautiers Gewehr durch die Wälder und er folgte Ravel, der wiederum auf den Spuren des Wolfs war.«

»Es war also eine vorsätzliche Tat?«

»Nicht sicher.« Duval schob den Teller ein Stück von sich und lehnte sich zurück. Er nahm einen Schluck Rosé und lauschte. »Ist das nicht unglaublich, wie laut die Frösche im Park nebenan quaken?«, fragte er.

»Ja, ich finde es total verrückt, wie laut sie sind, aber ich dachte, du hörst es nicht mehr.«

»Stimmt, manchmal höre ich es erst wieder, wenn sie aufhören. In der Regel um Mitternacht. Schlagartig hören sie alle miteinander auf. Eigenartig. Und sie sind ganz klein, manchmal verirrt sich einer in den Hof. Man könnte bei dem Lärm ja meinen, es handele sich um fette Kröten, aber nein, es sind kleine Laubfrösche!«

»Wo ist eigentlich der Kater?«

»Unterwegs.« Duval zuckte mit den Schultern. »Es ist Frühling.« Er grinste. »Aber der kommt schon wieder.«

»Bist du schon fertig?«, fragte Annie. »Du musst noch von dem Käse probieren, den ich uns mitgebracht habe. Dreimal Frischkäse: Schaf, Ziege und Kuh. Wir machen eine Verkostung!«

»Also, dann brauchen wir noch etwas Rosé«, sagte Duval, schenkte Annie und sich selbst nach, nahm ein Stück Brot, schnitt bedächtig von jedem Käse ein Stück ab und probierte sie nacheinander. »Das ist Käse von Benoît und der ist von Gérard«, mutmaßte er, »und von wem ist der Ziegenkäse?«

»Gut erkannt, bravo! Der Ziegenkäse ist von Célia, sie hat ihren Hof weiter unten im Tal. Welchen magst du am liebsten?«

»Schwer zu sagen. Richtig guter Käse«, befand Duval, »alle drei. Vielleicht mag ich den Schafskäse am liebsten.«

»Ich auch.« Sie lächelte. »Also unser Robin Hood Sylvain

folgte dem Trapper Ravel durch die Wälder?«, nahm sie den Faden wieder auf.

»Ja, Sylvain gibt vor, ihn nur beobachtet zu haben, in der Hoffnung, ihn bei etwas Illegalem zu erwischen.«

»Hm«, machte Annie. »Klingt unwahrscheinlich, oder?«

Duval zuckte mit den Schultern. »An dem besagten Morgen im Oktober sah Sylvain den Wolf und Ravel sah den Wolf ebenso. Sylvain hatte, sagt er zumindest, den Wolf im Visier und hätte ihn gern vor den Augen Ravels abgeschossen, nur um ihm wehzutun. Aber erstens ist er ein Tierfreund und dann war ihm klar, dass er danach den Ravel auch beseitigen müsste, denn der hätte ihn aus lauter Hass natürlich sofort vor Gericht gezerrt. Das alles muss sich in einem Bruchteil von Sekunden in seinem Kopf abgespielt haben. Und plötzlich hat er das Gewehr auf Ravel gerichtet und abgedrückt.«

»Sagt er.«

»Ja, das sagt er. Aber ob vorsätzlich oder nicht: Er sitzt tief genug in der Tinte. Einen Beamten, einen Angestellten des Staates, zu erschießen, da wird noch jedes Gericht ein hartes Urteil fällen. Da kommt er auch nicht mit einem psychologischen Gutachten durch, das sein Verteidiger anfertigen lassen will.«

»Und das Geld, das du in der Garage von Ravel gefunden hast?«

»Ich war erst nicht sicher. Ich vermutete, dass Ravel als Fluchthelfer arbeitete, der auf seinen Streifzügen nur vordergründig dem Wolf folgt und sich gut bezahlen lässt, weil er Flüchtlinge illegal über die Grenze bringt. Oder, dass er Geld bekam, um ein Auge zuzudrücken, wenn andere mit Flüchtlingen durch den Mercantour liefen. Aber jetzt glaube ich, dass er das Geld bekam, um den heimlichen

Ausbau des Wanderwegs nicht an die große Glocke zu hängen. Das erklärt seinen Enthusiasmus für ein touristisches Projekt, das ihm eigentlich ein Dorn im Auge hätte sein müssen, wenn man sich anschaut, wie er sonst mit Touristen im Park umgesprungen ist. Beweisen kann ich das allerdings nicht.«

»Und die Patronenhülse, die du gefunden hast?«

»Tatsächlich hat Sylvain instinktiv die Patronenhülse eingesteckt. Er hat sie erst wieder an den Tatort gebracht, als man Ravel gefunden hatte und vermutete, dass es ein reiner Wolfsangriff gewesen sei. Sylvain ist ein Tierfreund und ein Wolfsbefürworter, und dass man nun munkelte, der Wolf nähere sich dem Menschen und falle ihn an, das konnte er nicht durchgehen lassen. Ravel war schon tot, bevor sich der Wolf an ihm zu schaffen machte. Und dass der Verdacht durch die Patronenhülse auf Issautier gelenkt wurde oder indirekt auf Olivier, das nahm er in Kauf.«

»Schon durchgeknallt der Typ, oder?«

Duval zuckte mit den Schultern.

»Und es ist so, wie du sagtest, im Grunde geht es oft um Eifersucht und Habgier.«

»Es geht immer darum.«

»Immer? Meinst du wirklich?«

»Sagen wir, sehr häufig.«

»Und Issautier? Was passiert mit ihm?«

»Der kommt über kurz oder lang frei. Wenn er in dem Verfahren zur Aufhebung seiner Strafe an einen übel gelaunten Richter gerät, wird der ihm wegen Falschaussage oder Irreführung der Justiz eine Geldstrafe aufbrummen, aber ansonsten muss er sich keine Sorgen mehr machen.«

»Gut«, befand sie. »Aber was für eine Geschichte, dass er einfach so für jemand anderen ins Gefängnis geht, oder?«

»Na ja, es war nicht einfach irgendwer. Die Issautiers haben keine Kinder und für ihn ist Olivier wie sein Sohn. Für Maryse übrigens auch. Deshalb hat sie sich mit der Entscheidung ihres Mannes auch abgefunden, der davon überzeugt war, dass Olivier der Täter sei. Das kam übrigens schon mal vor in der Geschichte der großen Kriminalfälle, erinnerst du dich nicht an die Affäre Dominici?«

»Erinnern«, sie lachte, »wie willst du, dass ich mich erinnere, das ist doch mehr als sechzig Jahre her, aber ich habe natürlich davon gehört. Der Vater hat anstelle seines Sohnes die Schuld an drei Morden auf sich genommen, oder?«

»Ja«, bestätigte Duval. »Der Vater hat gestanden, weil er wollte, dass seine anderen Söhne und vor allem die Enkelkinder unbelastet und aufrecht durchs Leben gehen könnten. Und trotz aller Ungereimtheiten ist er verurteilt worden. Vielleicht hat er auch insgeheim gehofft, dass sein Sohn die Tat zugäbe, aber der hat geschwiegen.«

»Mhm«, sinnierte Annie. »Na gut.« Sie stand auf und ging in die Küche. Mit einer kleinen flachen Schüssel kam sie wieder. »Ich habe uns übrigens ein Tiramisu gemacht, Maurizio hat mir das Rezept gegeben, ›ächte italienische Tiramisu‹, hat er gesagt. Willst du?«

»Da sage ich nicht Nein. Wenn du mir danach noch eine ›ächte italienische *caffè*‹ servieren könntest?!«

»Ich will's versuchen. Ich habe extra vorhin noch in der Kaffeerösterei am Marché Forville frischen Kaffee gekauft. Ist vielleicht nicht die Röstung, die Maurizio bevorzugen würde, aber das Beste, was ich hier kriegen konnte.«

»Du bist echt so ein Schatz, Annie. Habe ich dir schon mal gesagt, dass ich dich liebe?«

»Hm«, sie runzelte ihre Stirn nachdenklich, »ich kann

mich nicht erinnern, wenn, dann muss es schon eine Weile her sein«, behauptete sie kokett.

»Komm her«, sagte er rau, stand auf und zog sie an sich.

»Achtung, das Tiramisu!«, kicherte sie und jonglierte mit der Schüssel, während sie sich küssten.

»Komm«, sagte Duval leise, nahm ihr die Schüssel aus der Hand und stellte sie nachlässig auf den Tisch. Er schubste sie leicht vor sich her.

»Und das Tiramisu?«, fragte sie gespielt empört.

»Das Tiramisu essen wir später.«

Epilog

Sie liefen schon einen Moment hinter der laut blökenden Herde her. Das Geläut, das viele der Schafe um den Hals trugen, tönte zusätzlich vielstimmig durch die Schluchten, deren dramatisch geformte Felsen in der Sonne in den unterschiedlichsten Rottönen leuchteten. Duval war eigenartig berührt. Noch nie hatte er so etwas erlebt. Fremdartig und seltsam kam ihm alles vor. Das Panorama und die sich auf der schmalen, kurvigen Straße lang dahinziehende weiße Schafherde ließen ihn sich fühlen wie in einer Filmkulisse. Er lief und wagte tiefe Blicke hinunter in die Schlucht auf den wild schäumenden Fluss, der sich dreihundert Meter unter ihnen dahinwand. Blicke, die einen beim Autofahren auf dieser Strecke verwehrt blieben. Das alles war so großartig. Er war froh, dass er Annies Einladung zum Fest der Transhumanz gefolgt war.

»Abgelehnt«, hatte sie gerade triumphierend gesagt, als er sie zum Fortgang des Projektes *Les Balcons du Mercantour* befragt hatte. Zwar war er der offiziellen, zunehmend stiller werdenden Berichterstattung gefolgt, aber was sich hinter den Kulissen tat, war ihm verborgen geblieben.

»Tozzi ist raus und das Projekt ist so gut wie gestorben«, erläuterte sie. »Auch keine Alternativtrasse, gar nichts, Schluss aus, Feierabend. Es sind viel zu viele Gruppen beteiligt, die alle unterschiedliche Interessen und Standpunkte haben. Zu viele Streitereien und Uneinigkeiten. Zwischen denen ist kein Konsens möglich. Im Prinzip verstehe ich jetzt sogar das Vorgehen Tozzis, der sich als Visionär sah und wusste, dass er es gegen all die Gruppen und Verbände nicht durchbekäme, weshalb er es in dieser Hauruck-Aktion allein und heimlich vorantrieb. *Les Balcons du Mercantour* ist gestorben, ein anderes, ähnlich gelagertes Projekt liegt nun in den Händen des Parks, dem es obliegt, einen Konsens herzustellen. Wann das sein wird, steht in den Sternen. Der Conseil Régional sagte aber für jedes Projekt dieser Art jederzeit seine Unterstützung zu, wann immer es so weit sein sollte.«

»Bist du zufrieden?«

»Ja, abgesehen davon, dass das für dieses Projekt bereitgestellte Geld jetzt vermutlich für irgendwelche anderen schicken Projekte, wie etwa einen weiteren Golfplatz, verwendet wird.«

»Natürlich. Einmal zugeteilte öffentliche Gelder müssen ja ausgegeben werden«, seufzte Duval. »Was geschieht mit der bereits ausgebauten Trasse?«

»Gar nichts. Die Natur wird sich das langsam zurückerobern. Wenn Wege nicht ständig unterhalten werden, verschwinden sie. In fünfzig Jahren siehst du davon nichts mehr.«

»Fünfzig Jahre braucht es?!«

»Was weiß ich. Vielleicht dreißig, vielleicht auch hundert. Aber was sind schon hundert Jahre für *diese* Berge!« Sie breitete die Arme aus und drehte sich einmal um sich selbst.

»Richtig«, stimmte Duval zu, »aber jetzt müssen wir uns ranhalten ...« Sie hatten den Anschluss an die Herde beinahe verloren. Duval, der sich diese Wanderung mit den

Schafen eher wie einen gemütlichen Spaziergang vorgestellt hatte, war erstaunt über die Schnelligkeit, mit der Olivier seine Herde vorantrieb. Dennoch kletterten immer wieder ein paar Schafe auf die Felsen und versuchten, dort ein paar Blumen abzufressen, der rote Mohn und der gelbe Löwenzahn leuchteten allzu verlockend, was Olivier jedes Mal einen wütenden Schrei ausstoßen ließ. Sein Border Collie sauste dann wie ein Blitz heran und jagte die Ausreißer wieder zurück in die Herde. Gefressen wird später. Jetzt wird gelaufen und bei der Transhumanz muss man zusammenbleiben. »*Hoooo!*«, brüllte Olivier ein ums andere Mal und knallte mit der Peitsche durch die Luft.

Annie entdeckte das kleine Schaf als Erste. Am Straßenrand lag es im hohen Gras. Von Weitem hätte man es für ein verloren gegangenes Plüschtier halten können. Sie näherte sich und befühlte den kleinen Körper. »Es lebt noch!«, sagte sie erschrocken und aufgeregt gleichzeitig. »Was machen wir denn jetzt? Es kann doch nicht hier liegen bleiben? Weiß Olivier überhaupt, dass er ein Lamm verloren hat?« Sie hob es entschlossen auf und nahm es wie ein kleines Baby in den Arm. »Ich bring dich zu deiner Mama«, flüsterte sie leise und trug das kleine Wesen, zusätzlich zu ihrer schweren Umhängetasche, tapfer die restlichen Kilometer bis zum Endpunkt der Wanderung. Hier am Dorfeingang herrschte Volksfeststimmung. Aus Lautsprechern dröhnte Musik, Tische und Bänke waren aufgestellt worden. Es gab Gegrilltes und Getränke, und die Menschen stürzten sich darauf, als hätten sie schon tagelang nichts mehr gegessen und getrunken.

Die Schafe hatte man in den Schatten unter die krummen Kiefern eines nahen Wäldchens getrieben. Dort standen sie dicht beieinander, rupften ein bisschen Gras, und

Schafsmütter und ihre Kinder vergewisserten sich blökend, dass man beieinander war.

»Olivier!«, rief Annie und als er sich umdrehte, hielt sie ihm das Schaf entgegen.

Aber Olivier verdrehte die Augen. »Seine Mutter hat es nicht gewollt, sie gibt keine Milch, es ist zu schwach«, sagte er grob.

»Aber«, sagte Annie bittend, »kann man nicht etwas tun? Du päppelst doch sonst auch die Schafe ohne Mutter auf!«

»Aber doch nicht während der Transhumanz«, polterte er los, »wie stellst du dir das vor? Ich habe dafür keine Zeit. Niemand hat dafür Zeit. Wer nicht mitkommt, hat Pech gehabt.«

»Es lag auf der Straße. Das geht doch nicht!«

»Dann leg es in den Anhänger«, sagte der Schäfer resigniert und wies auf den Geländewagen, der der Herde gefolgt war. »Dann ist es aus dem Weg.«

»Und dann?«

»Und dann?«, blaffte der Schäfer. »Nix und dann. Heute Abend ist es tot. Basta.«

Bedrückt kam Annie zurück. Noch immer trug sie das verstoßene Lamm im Arm. »Er wird es sterben lassen«, sagte sie betrübt.

Duval zuckte die Schultern. »Annie, er kennt die Tiere. Es ist vermutlich wirklich zu schwach, vielleicht ist es besser so.«

»Halte es einen Moment, bitte«, sie legte das müde Tier vorsichtig, aber entschlossen Duval in den Arm. »Ich muss trotzdem auch arbeiten heute und ein paar Fotos und O-Töne muss ich schon bekommen«, sagte sie. »Gib mir eine halbe Stunde, dann überlegen wir weiter, ja?«

Duval hielt das Lämmchen vorsichtig im Arm. Es war schwerer, als er gedacht hatte, sein kleiner Körper war warm und es roch eigentümlich. Sein Fell war gelblich grau, schmutzig und verfilzt. Es sah nicht halb so süß aus wie die wuschelig weißen neugeborenen Lämmer, die er bei Olivier im Stall gesehen hatte, aber es löste dennoch überraschend Beschützerinstinkte in ihm aus, die ihn an die Babyzeit seiner Kinder erinnerten. Er spürte, wie schwach das kleine Schaf war, es hatte die Augen halb geschlossen und konnte kaum noch den Kopf halten. Angesichts seines eigenen Durstes hatte Duval plötzlich Angst, dass dieses kleine Wesen in seinen Armen verdursten könnte. Was trinkt ein Lamm? Könnte er ihm Wasser aus seiner Flasche geben? Zunächst stellte er sich unter einen Baum in den Schatten und beobachtete Annie, die gerade eine Familie befragte und sich Notizen machte. Die Kinder erzählten aufgeregt und ein Mädchen ruderte dabei begeistert mit den Armen, vermutlich hatten sie zum ersten Mal echte Schafe gesehen. Das Lamm wog schwer in seinen Armen.

Er rumste mit dem Ellenbogen an die Tür.

»Herein!«, rief die raue Stimme, die er Maryse zuordnete.

Er trat ein. In der Tat saßen in der Küche Maryse, Charlotte und am Tischende die alte Frau, die vor sich hin döste.

»Oooh, der Herr Kommissar!«, setzte Maryse spottend an, aber ihre Augen lächelten. Dann erkannte sie die Situation. »*Maman*, ich glaube, das ist für dich!«, wandte sie sich mit lauter Stimme an ihre Mutter und tätschelte ihr den Arm.

»Hä?« Die alte Frau hob den Kopf und blinzelte. »Ach«, machte sie. »Was bringen Sie mir denn da?!« Von einem auf den anderen Moment war sie hellwach.

»Ich habe an Sie gedacht«, sagte Duval. »Ich, wir – es ist bei der Transhumanz buchstäblich auf der Strecke geblieben. Seine Mutter wollte es nicht. Und der Schäfer auch nicht.«

»Bah, die Transhumanz ist hart. Wer nicht mitkommt, hat Pech gehabt, so ist es eben«, sagte Maryse und sah das Lamm abschätzig an. »Keiner hat Zeit für so etwas. Ist es eins von Olivier?«

Duval nickte. »Vielleicht können Sie es retten?« Er sah Maryses Mutter an.

»*Allez*«, sie ließ sich nicht lang bitten und erhob sich schwer. »Woll'n mal sehen.« Auf ihren Stock gestützt ächzte sie sich mühsam Schritt für Schritt voran. »*Allez*, kommense«, forderte sie Duval energisch auf, »kommense, schau'n wir mal, was wir machen könn'. Ich hab noch einen Rest Milchpulver im Stall, glaub ich. Aber Sie müssen mir schon helfen, ich kann's ja net mehr tragen. Und dann könnense mir auch gleich helfen, das Fläschchen zuzubereiten. Das woll'n wir doch mal sehen, ob wir das net schaffen.«

Und kurz darauf gab Duval zum ersten Mal in seinem Leben einem Schaf ein Fläschchen, an dem es, halb verhungert und verdurstet, zunächst nur schwach, aber zunehmend kräftiger saugte.

Es blitzte kurz auf im dunklen Stall. »Wunderbar«, sagte Annie. »Das kommt aber unter Garantie auf die Titelseite vom Nice Matin. Ich sehe schon die Überschrift: ›Dramatische Hilfsaktion – Cannoiser Kommissar rettet Schafsleben‹.«

»Ich bitte dich, Annie!«

»Nein«, sagte sie und lachte, »keine Angst. Ist nur für deine Kinder. Lilly wird's gefallen, oder?«

Ja, dachte Duval. Lilly wird's gefallen. Vielleicht besuchen wir dich, wenn die Kinder das nächste Mal kommen, dachte er und strich über das filzige Fell des Lamms, das noch immer heftig schmatzend an dem schon leeren Fläschchen saugte. »Wird es durchkommen?«, fragte er die alte Frau.

»Ah«, machte sie und zuckte mit den Schultern. »Das weiß nur der liebe Gott. Vielleicht ja, vielleicht nein. Ich tu, was ich kann.«

»Danke«, sagten Duval und Annie gleichzeitig.

»Nichts zu danken. Die Schafe, das ist mein Leben. Aber vielleicht könnense, wenn Sie das nächste Mal kommen, einen Sack Milchpulver aus der Cooperative mitbringen?«

»Mach' ich«, sagte Annie. »Bring' ich Ihnen gleich morgen.«

»Das ist gut«, nickte die alte Frau. »Gut, gut. Dann woll'n wir doch mal sehen, ob wir das nicht schaffen, was«, sagte sie und alle drei sahen dem Lamm zu, wie es sich, leise blökend, tapfer bemühte, im Stroh aufzustehen.

Dank und Nachwort

An dieser Stelle danke ich allen Menschen des Haut Pays du Var, die mich vor Jahren herzenswarm und vorurteilslos in ihrer Mitte aufnahmen und mit denen ich fünf Jahre lang gelebt und gearbeitet habe. Ich bin ihnen noch immer sehr verbunden.

Die vorliegende Geschichte ist jedoch reine Fiktion. Castellar heißt in Wirklichkeit anders, und das Dorf Ste. Agathe werden Sie vergeblich auf der Landkarte suchen, es ist meiner Fantasie entsprungen.

Den Skiort Valberg aber gibt es und das kleine Restaurant *Le Central* existiert durchaus in einem benachbarten Dorf.

Das Projekt des Wanderwegs im Hochgebirge, *Les Balcons du Mercantour*, hat seinerzeit die Gemüter erhitzt. Es wurde 2009 endgültig aufgegeben.

Machen Sie Urlaub an der Côte d'Azur mit Kommissar Duval

Christine Cazon. Mörderische Côte d'Azur. Der erste Fall für Kommissar Duval. Taschenbuch. Verfügbar auch als E-Book

Christine Cazon. Intrigen an der Côte d'Azur. Der zweite Fall für Kommissar Duval. Taschenbuch. Verfügbar auch als E-Book

Christine Cazon. Stürmische Côte d'Azur. Der dritte Fall für Kommissar Duval. Taschenbuch. Verfügbar auch als E-Book

Christine Cazon. Endstation Côte d'Azur. Der vierte Fall für Kommissar Duval. Taschenbuch. Verfügbar auch als E-Book

Leseproben und mehr unter www.kiwi-verlag.de

Christiane Dreher. Zwischen Boule und Bettenmachen.
Mein Leben in einem südfranzösischen Dorf. Taschenbuch.
Verfügbar auch als E-Book

Wie oft küsst man sich in Frankreich eigentlich zur Begrüßung? Zweimal? Dreimal? Über was sprechen die Franzosen beim Essen, warum stehen sie so auf Schwarzwälder Kirschtorte, und wie schaffen sie es eigentlich, zu zweit in diesen engen Betten zu schlafen?
Diesen und vielen anderen Fragen geht Christiane Dreher in ihrem Buch nach – vor Ort und im Selbstversuch. Landleben à la française, geschildert mit viel Humor und einer gehörigen Portion Selbstironie. Ein Muss für alle Frankreichliebhaber.

Leseproben und mehr unter www.kiwi-verlag.de

Gestatten: Perez – Lebemann, Kleinganove, Hobbyermittler

Yann Sola. Tödlicher Tramontane.
Ein Südfrankreich-Krimi. Taschenbuch.
Verfügbar auch als E-Book

Yann Sola. Gefährliche Ernte.
Ein Südfrankreich-Krimi. Taschenbuch.
Verfügbar auch als E-Book

Yann Sola. Letzte Fahrt.
Ein Südfrankreich-Krimi. Taschenbuch.
Verfügbar auch als E-Book

Leseproben und mehr unter www.kiwi-verlag.de